Catherine Bybee
Herzflattern in San Diego

AF186198

Das Buch

Als ihr Vater schwer erkrankt, ändert sich Brooke Turners Leben von einem Tag auf den anderen. Sie will für ihn da sein – auch wenn das bedeutet, dass sie umziehen muss ins ferne San Diego. Ein schwerer Start für Brooke in einer Stadt, in der sie niemanden kennt.

Luca D'Angelo ist alleinerziehender Vater einer kleinen Tochter und Besitzer eines Restaurants in San Diegos Little Italy. Dass seine Mutter, ohne ihn zu fragen, die hübsche Gästewohnung unterm Dach an Brooke vermietet, passt ihm überhaupt nicht. Für ihn ist das Domizil der Großfamilie sein Hafen und seine Zuflucht. Mit einer fremden Frau im Haus ist es einfach nicht mehr dasselbe.

Keiner von beiden ist auf der Suche nach der Liebe. Aber dann stellen sie fest, dass das Leben seine ganz eigenen Pläne für sie hat ...

Die Autorin

New-York-Times-Bestsellerautorin Catherine Bybee wuchs im Bundesstaat Washington auf. Nach der Highschool zog sie nach Südkalifornien, um Schauspielerin zu werden. Bald aber hatte sie genug davon, sich den Lebensunterhalt als Kellnerin zu verdienen, und absolvierte eine Ausbildung zur Krankenschwester. Heute arbeitet sie hauptberuflich als Autorin. Zu ihren bekanntesten Werken zählen die Bücher aus den Reihen »Eine Braut für jeden Tag«, »Fast ...«, »Happy End in River Bend« und »Diesmal für immer«. Catherine Bybee lebt mit ihren zwei Söhnen in Südkalifornien.

Catherine Bybee

Herzflattern in San Diego

Ein D´Angelo zum Verlieben

Roman

Aus dem Amerikanischen von
Stephanie von der Mark

 Montlake

Die amerikanische Ausgabe erschien 2022 unter dem Titel
»When It Falls Apart« bei Montlake, Seattle.

Deutsche Erstveröffentlichung bei
Montlake, Amazon Media EU S.à r.l.
38, avenue John F. Kennedy, L-1855 Luxembourg
November 2022
Copyright © der Originalausgabe 2022
By Catherine Bybee
All rights reserved.
Copyright © der deutschsprachigen Ausgabe 2022
By Stephanie von der Mark

Die Übersetzung dieses Buches wurde durch Amazon Crossing ermöglicht.

Umschlaggestaltung: bürosüd⁰ München, www.buerosued.de
Umschlagmotiv: © Iamkaoo99 © stockyimages © PANG WRP
© Dudarev Mikhail © Ton Anurak © luckypic © Dhan Pal Singh
© f11photo/Shutterstock
Lektorat und Korrektorat: VLG Verlag & Agentur, Haar bei München,
www.vlg.de
Gedruckt durch:
Amazon Distribution GmbH, Amazonstraße 1, 04347 Leipzig /
Canon Deutschland Business Services GmbH, Ferdinand-Jühlke-Str. 7,
99095 Erfurt /
CPI books GmbH, Birkstraße 10, 25917 Leck

ISBN: 978-2-49671-232-2

www.montlake.de

*Für Tim. Ohne dich hätte
ich es nicht geschafft.*

Liebe Leserinnen und Leser,

vielen Dank, dass ihr eine Weile eurer wertvollen Zeit in der Welt von »Herzflattern in San Diego« verbringen werdet, einem Buch, das ich mit viel Freude für euch geschrieben habe.

Wenn ich sonst mit einem neuen Roman beginne, fülle ich die Seiten mit frei erfundenen Figuren, die in einer frei erfundenen Umgebung frei erfundene Dinge erleben.

Bei diesem Buch war es anders.

Zumindest, was manche Teile betrifft.

Möglicherweise habe ich mir diesmal die Freiheit herausgenommen, gewisse Begebenheiten aus meinem Leben und dem anderer realer Personen aufzugreifen. Man könnte diese Elemente vielleicht auch als »kreative Sachliteratur« bezeichnen. Ich möchte es euch überlassen, zu erraten, welche Teile auf wahren Begebenheiten beruhen und was Fiktion ist.

»Herzflattern in San Diego« spielt nach 2021, dem Jahr, in dem ich es geschrieben habe. Ich habe mir auch die künstlerische Freiheit herausgenommen, mir vorzustellen, wie es sein mag, wenn man sich um einen Verwandten kümmert, der ins Seniorenheim kommt. Falls sich meine Annahme als völlig falsch herausstellt, möchte ich mich darauf berufen, dass es sich letztendlich nur um einen Roman handelt.

So mancher Schriftsteller wird Ihnen versichern, dass das echte Leben oft merkwürdiger ist als die erfundenen Geschichten. Warum müssen wir also unsere Bücher mit Dingen füllen, die größer als das echte Leben erscheinen? Warum sollte ich nicht einfach eine Geschichte erzählen, mit der sich viele identifizieren können, eine Geschichte, die inspirierend sein und Hilfe bieten kann?

Nun, hier habt ihr genau dieses Buch.
Viel Vergnügen beim Lesen.

KAPITEL 1

Das durchdringende Schrillen ihres Telefons riss sie aus dem Tiefschlaf. Brooke schoss von ihrem Kissen hoch. Ihr Herz begann wie wild zu klopfen, als ihr beim zweiten Klingeln bewusst wurde, dass sie es nicht geträumt hatte. Das Telefon klingelte tatsächlich. Sie blickte auf das leuchtende Display ihres Handys.

»San Antonio Hospital« blinkte es ihr wie ein schlechtes Omen entgegen.

»Nicht schon wieder.«

Neben ihr stöhnte Marshall über die nächtliche Störung und drehte sich um.

Brooke holte tief Luft und nahm ab. »Hallo?«

»Miss Turner?«

»Ja, das bin ich.«

»Hier ist das San-Antonio-Krankenhaus, ich rufe aus der Notaufnahme an. Ihr Vater ist eingeliefert worden.«

Brooke schwang die Beine über die Bettkante und knipste das Licht an. »Was ist passiert? Hat er wieder einen Schlaganfall?«

»Nein, keinen Schlaganfall.«

Neben ihr richtete sich Marshall auf. »Was ist los?«

Brooke deckte mit der Hand das Telefon ab. »Mein Dad.« Dann wandte sie sich wieder dem Anrufer zu. »Was ist mit ihm?«

»Er hat einen Darmverschluss.«

Etwas erleichtert seufzte Brooke auf. Wenigstens klang es diesmal nicht so schlimm. Das letzte Mal, als sie mitten in der Nacht einen Anruf aus dem Krankenhaus bekommen hatte, war es ein Schlaganfall gewesen. Quasi ein Flirt mit dem Tod. »Okay.«

»Wir nehmen ihn auf und dann müssen wir ihn erst stabilisieren, bevor ich ihn operieren kann.«

»Sie sind die Chirurgin?« Brooke hatte angenommen, sie würde mit einer Krankenschwester sprechen.

»Ja, Entschuldigung, das hätte ich gleich sagen sollen. Ich bin Dr. Dubois. Ihr Vater ist in einem sehr schlechten Zustand, Miss Turner. Sie sind als Bevollmächtigte für ihn angegeben. Ich brauche Ihr Einverständnis für die Operation.«

»Kann er nicht selbst einwilligen?«

»Nein. Wegen der Schmerzmittel ist er nicht richtig ansprechbar.«

Brooke stieß sich vom Bett ab und wechselte das Telefon zum anderen Ohr.

»Babe?«, fragte Marshall.

Sie entfernte kurz das Telefon vom Ohr. »Dad muss operiert werden.«

Marshall stöhnte, und Brooke tappte auf Zehenspitzen in die Küche, wo sie das Licht einschaltete. Nicht, dass es jetzt noch einen Unterschied machte, nachdem sie beide hellwach waren, aber mitten in der Nacht bemühte man sich instinktiv darum, keinen Lärm zu machen.

Sie setzte sich an den kleinen Esstisch, nahm Block und Stift, um sich Notizen zu machen, während Dr. Dubois weiterredete. Die kurzzeitige Erleichterung darüber, dass ihr Vater vermeintlich nur an einer Verstopfung litt, wich einer existenziellen Angst, ihr Dad könne sich in einem lebensbedrohlichen Zustand befinden. Die Ärztin klärte sie darüber auf, dass es zu Komplikationen kommen konnte, etwa einer Blutvergiftung, die eine Verlegung auf die Intensivstation erfordert hätte. Aus alter Gewohnheit wanderte ihre Hand zum Fingernägelkauen an den Mund, bis sie es bemerkte und stattdessen mit einer Haarsträhne spielte. Ihr Blick fiel auf die Uhr. Es war kurz nach Mitternacht. Um diese Uhrzeit würde es schwierig werden, einen Flug zu bekommen.

Als sie auflegte, hatte sich ihr Magen zu einem Knoten zusammengezogen. Die Fragen überschlugen sich in ihrem Kopf: Wie sollte sie nur ihre Arbeit und alles andere organisiert bekommen, damit sie sich um ihren Vater kümmern konnte? Mal wieder.

Sie hörte Marshalls Schritte. Er ging um sie herum zur Spüle, wo er für sich ein Glas mit Wasser füllte. Nur in Jogginghose gekleidet stand er da und lehnte sich gegen die Küchentheke.

»Wie steht es um ihn?«

»Es hört sich nicht gut an.«

Als sie zu ihm aufsah, wandte er den Blick ab.

Brooke zog ihren Laptop zu sich und klappte ihn auf. Sie brauchte ein Ticket.

»Du fliegst hin.« Es klang wie ein Vorwurf.

»Natürlich.«

»Was ist mit Florida?«

Für die folgende Woche war eine Reise nach Key West geplant. Marshall verdiente seinen Lebensunterhalt mit Reisevideos auf YouTube, aber in den letzten Jahren hatte er oft zu Hause bleiben müssen. Deshalb hatten sie sich schon sehr auf diese Reise gefreut. »Du wirst wohl ohne mich fliegen müssen.«

»Schon wieder.«

Die Enttäuschung in seiner Stimme ließ ihr Kinn hochschnellen. »Mein Vater ist krank.«

»Dein Vater ist immer krank.«

Warum machte er das? Es war immer dasselbe. Was Marshall von ihrer Beziehung zu ihrem Vater hielt, brachte er durch Sticheleien, Seufzer und Kopfschütteln zum Ausdruck.

»Ich bin seine einzige Tochter.«

»Du hast eine Stiefschwester.«

»Die gerade eine Scheidung durchmacht und ihre eigenen kranken Eltern hat. Es ist nicht dasselbe.«

Marshall rollte mit den Augen und trank sein Wasser. »Kann ich langsam nicht mehr hören.«

Sie hatten sich schon darüber gestritten, als Brooke nach fast sechsmonatiger Rehabilitation ihres Vaters aus Kalifornien zurückgekehrt war. In den ersten paar Wochen hatte sie nicht gewusst, ob ihr Vater den Schlaganfall überleben würde, danach folgte eine lange Zeit, in der er sich langsam wieder erholte. Nach der stationären Reha kam er nach Hause und musste täglich zur Physio-, Ergo- und Sprachtherapie. Irgendwann hatte er den Rollstuhl gegen eine Gehhilfe austauschen können, bis er schließlich wieder selbstständig gehen lernte, wenn auch langsam und etwas wackelig. Wer es nicht besser wusste, hätte ihn für betrunken gehalten. Sein Sprachzentrum hatte Schaden genommen und die rechte Körperhälfte kooperierte nicht so gut mit der linken, aber insgesamt war er wieder einigermaßen auf den Beinen.

Er hatte überlebt, das war die Hauptsache.

»Was erwartest du denn von mir?«, fragte Brooke.

Marshall fuhr sich durch die Haare. »Liegt er im Sterben?«

Sie kniff die Augen zusammen. »Ich weiß es nicht. Ich hoffe nicht.«

Auf seinem Gesicht blitzte etwas auf, das sie nicht näher definieren wollte.

»Wie lange wirst du diesmal weg sein?«

»Mein Vater liegt gerade im Krankenhaus und möglicherweise geht sein Leben zu Ende und das Einzige, was du fragst, ist, wie lange ich weg sein werde? Ich weiß es nicht, Marshall. Eine Woche. Einen Monat … ein Jahr?« Seit drei Jahren war sie mit diesem Mann zusammen. Nach sechs Monaten waren sie sich einig gewesen, dass eine Hochzeit nur Verwaltungskram bedeutete, den keiner von ihnen brauchte. Beide stammten aus zerrütteten Familien; in Brookes Familie hatte es mehrere Scheidungen gegeben, in Marshalls zwei. Von Heiraten hielten sie beide also nicht viel. Sie einigten sich darauf, ehrlich zueinander zu sein und sich treu zu bleiben. Und so war es bisher auch gewesen. Zumindest wusste Brooke, dass sie ihren Teil der Abmachung einhielt. Ihr Lebensmittelpunkt war Seattle, aber sie waren oft auf Reisen. Brooke arbeitete für eine Marketingfirma im Homeoffice, was alles etwas leichter machte, seit ihr Vater vor zwei Jahren krank geworden war.

»Ich kapier es einfach nicht, Brooke. Der Mann war nie für dich da, als du klein warst. Ich weiß echt nicht, warum du dich so um ihn bemühst.«

Ihr Rückgrat versteifte sich. Er hatte ja nicht Unrecht, aber sie hasste ihn dafür, dass er sie darauf hinwies. »Du musst es nicht verstehen. Entweder unterstützt du mich und das, was ich tue, oder eben nicht.«

Mehrere Augenblicke lang starrten sie sich an. Brookes Blick war neutral, seiner ausdruckslos.

Schließlich stellte Marshall sein Glas in die Spüle und verließ wortlos die Küche.

Brooke kniff die Augen zusammen und schluckte den Schmerz hinunter, der sich in ihrer Kehle festgesetzt hatte, bevor sie die Webseite ihrer bevorzugten Fluggesellschaft öffnete.

* * *

»Ich kann dich zum Flughafen bringen.«

Marshall stand in der Tür, während Brooke die beiden Rollkoffer aus dem Schlafzimmer zog und sich ihre riesige Handtasche über die Schulter hievte. »Carmen holt mich ab.«

Brooke hatte einen Flug gebucht, den Rest der Nacht auf der Couch verbracht und Marshall während des Packens weitestgehend ignoriert.

»Du bist sauer.«

»Ich bin verletzt. Das ist ein Unterschied.«

»Babe …« Er berührte ihre Schulter, doch Brooke schüttelte ihn ab.

»Hör auf.«

Er ließ die Hand fallen.

»Es tut mir leid.«

Sie hielt inne. »Was tut dir leid?«

»Dass du sauer bist.« Dann korrigierte er sich schnell: »Verletzt. Dass ich dich verletzt habe.«

Sie rollte mit den Augen und ging zur Tür.

»Brooke.«

»Ich muss los.«

»Das sind ziemlich große Koffer.«

Sie hatte so viel eingepackt, wie hineinpasste. Beim letzten Mal war sie unvorbereitet gewesen und hatte sich Kleidung kaufen müssen. Das würde ihr nicht noch mal passieren. »Hast du Angst, dass ich nicht zurückkomme?«

»Ja.«

Sein Blick verriet, dass es stimmte.

»Gut. Denn vielleicht ist es so.«

Marshalls Kinnlade fiel herunter.

»Was? Wirklich?«

Ihr Herz pochte heftig gegen ihren Brustkorb. »Letzte Nacht hätte ich mir gewünscht, dass der Mann, mit dem ich mein Leben teile, mich einfach in den Arm genommen und mich gefragt hätte, ob es mir gut geht. Dass er mich gefragt hätte, ob er was tun, ob er mich irgendwie unterstützen kann. Aber es war, als hätte ich ein trotziges Kind vor mir stehen, das wütend ist, weil ich ihm den Urlaub vermassle.«

Marshall trat einen Schritt zurück. Er war drei Jahre jünger als Brooke, worüber sie in der Vergangenheit oft gescherzt hatten, doch jetzt schien sein Mangel an Reife eine Rolle zu spielen. »Vielleicht habe ich das verdient.«

Als sie an ihm vorbeiwollte, nahm er ihr einen der Koffer ab. »Dann lass mich dir wenigstens helfen.«

Sie wehrte sich nicht.

Draußen im Halteverbot stand Carmen mit laufendem Motor.

Brookes beste Freundin sprang aus dem Auto und öffnete den Kofferraum. »Perfektes Timing«, sagte Carmen.

Marshall hievte beide Gepäckstücke in den Kofferraum, schloss die Klappe, und blieb abwartend stehen.

Er sah Brooke an, die einen Schritt zurücktrat und deutlich machte, dass sie von einer Umarmung, einem Kuss oder irgendwelchen Versprechen zum Abschied nichts wissen wollte. Die unruhige Nacht auf der Couch hatte sie an jene Zeit erinnert, als sich ihr Vater von dem Schlaganfall erholte. Sie wusste, dass die Tage mit ihrem Vater gezählt waren, und dies war wieder mal ein Beispiel dafür, wie sich Marshall verhielt, wenn ihm etwas nicht in den Kram passte. Dass er sie so wenig unterstützte, hatte sie früher schon gestört, jetzt aber fand sie es niederschmetternd.

Er steckte die Hände in die Hosentaschen. »Ruf mich an, wenn du da bist.«

Allenfalls würde sie eine SMS schreiben.

Brooke nickte ihm zu, dann öffnete sie die Beifahrertür.

»Wir sehen uns, Marshall«, sagte Carmen, als sie sich hinters Lenkrad setzte.

Dann fuhren sie los.

Ein Blick in den Seitenspiegel verriet Brooke, dass Marshall immer noch dastand und ihnen nachsah.

»Was war mit euch?«, fragte Carmen.

»Marshall ist ein egoistischer Arsch.«

Carmen lachte laut auf und verstummte erst, als Brooke sie ansah und »Was?« fragte.

»Das merkst du erst jetzt?«

Nach dem ersten Abzweig war Marshall aus ihrem Blickfeld verschwunden. Jetzt richtete Brooke ihre Aufmerksamkeit auf die Straße. »Ich stelle unsere Beziehung infrage.«

Carmen warf ihr einen Seitenblick zu, dann wandte sie sich wieder nach vorn. »Du meinst es ernst?«

Da Brooke ihrer Stimme nicht traute, nickte sie nur.

Eine ganze Minute lang wurde geschwiegen. »Willst du, dass ich mich dazu äußere? Ich meine, ich traue mich gar nicht zu sagen: ›Ich habe ihn nie wirklich gemocht‹, denn vielleicht ist nächste Woche wieder alles okay und dann bist du sauer auf mich. Ich kann aber auch nicht sagen: ›Er ist der Richtige für dich‹, und dann machst du Schluss und hasst mich.«

Brooke schloss die Augen und drehte den Kopf zum Fenster, hinter dem die Häuser von Seattle vorbeizogen, bis sie zur Autobahn Richtung Flughafen kamen. »Ich würde dich nicht dafür hassen, dass du ehrlich zu mir bist.«

Ihre Freundin holte tief Luft und ließ sie langsam wieder ausströmen.

»Bist du sicher? Ich will nicht …«

»Ich bin mir sicher, Carmen. Sag mir, was du wirklich denkst, ohne Zensur. Auch wenn ich es nicht hören will.«

Als Carmen daraufhin das Lenkrad fester umklammerte und sich die Lippen befeuchtete, wusste Brooke schon, was sie sagen würde, noch bevor die ersten Worte ihren Mund verließen.

»Er hat dich glücklich gemacht … im ersten Jahr. Oder sagen wir die ersten sechs bis acht Monate.«

Bevor ihr Vater den Schlaganfall erlitten hatte.

»Aber seitdem bist du nicht mehr glücklich gewesen. Er hat dir eingeredet, dass du keine Romantik wie im Märchen brauchst.«

»Brauche ich ja auch nicht.«

Carmen schaute zu ihr. »Doch. Brauchst du.«

Damit lag ihre Freundin zwar falsch, aber sie meinte es nur gut.

»Marshall ist nicht der Richtige für dich. Er ist jung und egoistisch und er will sich nicht binden, nicht mal an einen Hund, geschweige denn an eine Frau oder ein Kind.« Carmen holte scharf Luft. »Gott, es tut mir leid. Ich wollte nicht …«

»Ist schon gut.« An jene Zeit und den Verlust von damals wollte Brooke nie mehr zurückdenken.

»Nein, das ist es nicht. Es tut mir leid, Brooke.«

Der Vorfall hatte sie sehr mitgenommen, und jetzt strömten zu viele Emotionen auf einmal auf sie ein.

Sie musste das Thema wechseln, und zwar schnell.

Carmen streckte die Hand aus und legte sie auf Brookes. »Du brauchst einen Mann, der gar nicht erst auf die Idee kommt, dich allein zu deinem Vater fliegen zu lassen. Einen, der eure Beziehung nicht infrage stellt. Einer, der einfach für dich da ist und deine Hand hält, wenn du es brauchst. Nichts anderes hast du verdient, Brooke. Das ist alles, was ich sagen will. Wenn du denkst, dass Marshall derjenige ist, dann gut. Ich bezweifle das allerdings. Und solange er in deinem Leben ist, wird der Richtige nicht auftauchen.«

Die Tränen, die sich während der Nacht und des Morgens aufgestaut hatten, brachen sich endlich Bahn.

Carmen sprach so viele Dinge laut aus, die Brooke insgeheim schon lange dachte. Nicht die Sache mit dem neuen

Mann, denn den brauchte sie jetzt weiß Gott nicht. Aber das, was sie über Marshall sagte. Er hätte sich wenigstens erkundigen müssen, wie es ihr ging.

Hatte er aber nicht.

»Ich könnte mitkommen.« Carmens Stimme war sanfter geworden.

»Und was ist mit Ben?«

»Ich habe einen Mann, der durchaus in der Lage ist, sich allein um unseren Sohn zu kümmern. Wenn meine Freundin mich braucht, bin ich da. Du musst es nur sagen.«

Brooke drückte Carmens Hand. »Danke, vielleicht komme ich auf dein Angebot zurück.«

Sie fuhren zum Terminal des Sea-Tac-Flughafens und parkten den Wagen. Nachdem sie das Gepäck aus dem Kofferraum geholt hatten, umarmten sie sich. »Danke fürs Bringen. Und für deine ehrlichen Worte.«

»Sei mir morgen nicht böse, falls du deine Meinung änderst.«

»Quatsch. Ich hab dich lieb.«

»Ich dich auch. Ruf mich an, wenn du gelandet bist.«

Brooke gab ihrer Freundin einen Kuss auf die Wange und machte sich auf den Weg zur Abflughalle.

KAPITEL 2

Desinfektionsmittel und Verzweiflung. Warum versuchten Krankenhäuser immer, das Hässliche mit dem schärfsten Kontrast in Form von diesem Chlorreiniger mit unaussprechlichem Namen zu überdecken?

Seit Brookes Vater vor zwei Jahren einen Schlaganfall erlitten hatte, war das viele Hin- und Herreisen eine Herausforderung, da Kalifornien so weit weg von ihrem eigentlichen Lebensmittelpunkt lag. Die Distanz machte es schwierig, für ihren Vater da zu sein und ihm zu helfen.

Er hatte behauptet, weiterhin Auto fahren zu können.

Sie war anderer Meinung gewesen.

»Niemand hat mir den Führerschein abgenommen.«

»Was daran liegt, dass das Straßenverkehrsamt und die Krankenhäuser nicht miteinander kommunizieren«, argumentierte sie.

»Ich kann besser fahren als laufen.«

Er hatte einen Pick-up mit Doppelkabine, mit dem er früher die Maschinenteile aus seiner Werkstatt transportiert hatte. Jetzt fuhr er nur noch drei Meilen zum nächsten Supermarkt, aber trotzdem machte sie sich Sorgen um ihn – und um die anderen Verkehrsteilnehmer. Brooke hatte ihm gezeigt, wie man sich ein Uber-Taxi bestellte. Und sie hatte veranlasst, dass ihm die Lebensmittel nach Hause geliefert wurden.

Aber nein, ihr Dad wollte davon nichts wissen.

Mit jeder Faser seines Daseins kämpfte er gegen den Verlust seiner Unabhängigkeit an.

Und wegen seiner Sturheit bekam Brooke schon in jungen Jahren graue Haare.

Sie konnte ihn einfach nicht vom Autofahren abhalten.

Ihm den Führerschein abzunehmen, war zu einem Geduldsspiel geworden. Man würde auf kleine Unfälle und Strafzettel warten müssen. Nicht, dass ihr Vater ihr von solchen Ereignissen erzählt hätte. Vielleicht würde irgendwann einer seiner Ärzte den Anruf bei der Zulassungsstelle tätigen. Und selbst dann war unklar, ob ihr Vater nicht auch ohne Führerschein ins Auto steigen würde. Die ganze Sache raubte ihr den letzten Nerv.

Sie rechnete jederzeit damit, dass nachts ein Anruf kam, um sie über einen Unfall zu informieren.

Jetzt war so ein gefürchteter Anruf tatsächlich gekommen, aber nicht wegen eines Unfalls, sondern wegen Darmproblemen.

Ihr Dad hatte die Essgewohnheiten eines Zwölfjährigen. Dabei war der Mann viermal verheiratet gewesen. Heiraten konnte er super, nur verheiratet bleiben nicht. Das hatte er sogar selbst zugegeben.

Seine Vorstellung von einer anständigen Mahlzeit umfasste alles, was weniger als fünf Minuten in der Mikrowelle brauchte. Und wehe, wenn man während des Aufwärmens kurz auf Pause drücken musste, um die Verpackung einzustechen oder das Gericht umzurühren, und anschließend das Gerät neu starten. Das war für ihn schon zu viel Aufwand.

Es war nicht das erste Mal, dass ihn seine schlechten Essgewohnheiten ins Krankenhaus gebracht hatten.

Egal, wie viel Brooke auch predigte, er hörte einfach nicht auf sie.

Nur wenn er mit einer Frau zusammen war, die für ihn kochte, schenkte er seinen Mahlzeiten mehr Beachtung. Um fair zu sein, hatte er auch das selbst gekochte Essen von Brooke zu schätzen gewusst, während er sich von seinem Schlaganfall erholte. Doch als sie ihn wieder allein gelassen hatte, war er direkt in sein altes Verhaltensmuster zurückgefallen. Schlechte Gewohnheiten ließen sich eben nicht so leicht ablegen.

Hier war sie wieder, und nachdem ihr Gesundheitszustand überprüft worden war, lief sie nun mit einem Besucheraufkleber auf der Brust durch die Gänge des Krankenhauses, um zu der Station zu gelangen, auf der ihr Vater lag. Obwohl die Pandemie vorbei war, galten in Krankenhäusern, Arztpraxen und Altenheimen neue Regeln.

Sie war direkt vom Flughafen hergefahren, ihr Gepäck lag noch im Mietwagen.

Bevor Brooke das Zimmer ihres Vaters betrat, sprach sie eine der Krankenschwestern an.

»Ich bin Brooke, die Tochter von Joe Turner. Wie geht es ihm?«

Die Schwester lächelte sie freundlich an und wählte ihre Worte sorgfältig, als sie antwortete: »Entweder hat er Schmerzen, oder seine Verwirrung wird durch die Medikamente verursacht. Immerhin hat er noch nicht versucht, sich die Schläuche rauszureißen.«

»Schläuche?«

Die Schwester bereitete Brooke darauf vor, was sie im Patientenzimmer erwartete. Nasenschläuche, Infusionsbeutel, Katheter. »Die Operation ist für morgen früh angesetzt.«

Brooke unterschrieb den notwendigen Papierkram und ging den Gang entlang.

Mit durchgestrecktem Rückgrat betrat sie schließlich den Raum und sagte »Klopf, klopf«, bevor sie den Vorhang zur Seite zog.

Ihr fiel die Kinnlade herunter.

Ihr Vater lag nur zur Hälfte im Bett, ein Bein hing seitlich herab. In den Händen hielt er einen der Infusionsbeutel.

»Hallo, Dad.«

»Brooke.« Der Name kam sehr verwaschen hervor. Das andere Ende des Schlauches, der in seiner Nase steckte, war an der Wand befestigt. Seine Augen waren glasig, sein Krankenhauskittel war über die Schulter gerutscht, sodass er mehr vom Körper freigab als bedeckte. Die Windel für Erwachsene, die er trug, schien fast von ihm abzufallen. Es wirkte, als wüsste er nicht, wo er war.

»Was machst du denn für Sachen?« Sie ließ ihre Handtasche auf einen Stuhl fallen und ging zu ihm.

»Was?« Ihm schien nicht bewusst zu sein, wie lächerlich er aussah, so halb im Bett, halb auf dem Boden liegend, mit dem Infusionsbeutel in der Hand.

Sie zeigte zum Tropf.

Joe schüttelte den Kopf, als deutete Brooke auf eine Fliege an der Wand. »Jemand muss den Beutel halten.«

»Ist dafür nicht dieser Ständer hier gedacht?« Sie legte die Hand auf den Rollständer, von dem er den Beutel offensichtlich heruntergenommen hatte.

»Äh … hm.«

O ja, ihr Vater war völlig verwirrt.

»Lass mich dir helfen.« Sie nahm ihm den Beutel ab und drückte den Knopf, um die Krankenschwester zu rufen.

* * *

Obwohl die Sonne bereits untergegangen war, herrschte noch eine für Südkalifornien typische drückende Hitze.

Brooke bog in die Einfahrt zum Zuhause ihres Vaters. Es war ein Haus im Bungalowstil mit wenigen Räumen, das direkt an ein baugleiches auf dem Nachbargrundstück anschloss.

Ihr Haus.

Sie hatte es ein paar Monate vor seinem Schlaganfall für ihn gekauft. Brooke hatte schon lange ein Haus oder eine Wohnung kaufen wollen, bevor Marshall in ihr Leben getreten war. Marshall hatte ihr jedoch eingeredet, dass es keinen Sinn habe, Wurzeln zu schlagen. Weiterhin zur Miete zu wohnen, hätte ihnen die Freiheit gelassen, auf der ganzen Welt zu arbeiten. Trotzdem hatte Brooke ihr Geld in eine Immobilie investieren wollen.

Nachdem die vierte Ehe ihres Vaters gescheitert und er gezwungen gewesen war, wieder einmal aus der gemeinsamen Bleibe auszuziehen, hatte er in seiner Maschinenwerkstatt gelebt. Doch im Laufe der Jahre und mit zunehmender Verschlechterung seines Gesundheitszustands war es bald keine Option mehr gewesen, in der schmutzigen Werkstatt zu leben. Als Brooke ihm vorschlug, ein nicht allzu großes Haus zu kaufen, in dem er wohnen konnte, wollte er zunächst nichts davon wissen. Er willigte erst ein, als sie ihm erklärte, dass sie vor allem ihr Geld investieren wollte und dass sie sich um ihre Zukunft kümmern müsse. Zu wissen, dass er ein Zuhause hatte, beruhigte sie ungemein, und nach dem Schlaganfall wäre es gar nicht anders gegangen.

Obwohl sie sich ursprünglich darauf geeinigt hatten, dass er sich finanziell an dem Kauf beteiligen werde, war es nie dazu gekommen. Der Schlaganfall hatte ihn in den Ruhestand gezwungen, und er hatte keine Möglichkeit mehr, Geld zu verdienen. Sie hatte ihrem Vater nicht nur geholfen, wieder auf die Beine zu kommen, sondern auch einen Crashkurs belegen müssen, was den Verkauf einer Maschinenwerkstatt anging. Am Ende hatte sie es geschafft, fast fünfzigtausend Dollar damit zu erzielen, was allerdings neben der Sozialhilfe, die er empfing, seine einzige Altersversorgung sein würde. Wenn er sparsam lebte, würde er damit zurechtkommen.

Zumindest hoffte sie es.

Brooke schaute aufs Garagentor des Bungalows, bevor sie aus dem Mietwagen stieg.

Plötzlich hatte sie ein Déjà-vu.

Sie schloss die Haustür auf, holte Luft, und trat ein. Ein saurer Geruch schlug ihr entgegen.

Mit der Hand vor der Nase schaltete sie das Licht ein.

Es roch nach Krankheit.

Brooke lief durch das Haus und öffnete Fenster und Türen. Sie stellte den Deckenventilator auf höchste Stufe, um die Luft zirkulieren zu lassen.

Beweise dafür, dass es ihrem Vater schon länger nicht mehr gut gegangen war, fanden sich in den Abfallbehältern neben dem Sofa und dem Esstisch.

Überall war Schmutz.

Schmutz in Ritzen und Ecken. Dreckiges Geschirr in der Spüle.

Sie öffnete den Kühlschrank und fand dort Schmelzkäse, Orangensaft und ein paar Soßen vor. Im Gefrierschrank war die übliche Tiefkühlkost ihres Vaters und sein Lieblingseis – die Sorte mit Nüssen, die er eigentlich nicht essen sollte.

Nach einem kurzen Blick ins Bad schloss sie angewidert die Tür.

Hundemüde rollte Brooke ihre Koffer ins Gästezimmer, das relativ unberührt geblieben war, und krempelte die Ärmel hoch.

Als Erstes musste alles in den Müll, was diesen widerlichen Gestank verströmte. Und das Badezimmer musste sie auch in Angriff nehmen, sonst würde sie sich ein Hotel suchen müssen.

Andererseits konnte sie sich beim besten Willen nicht vorstellen, dass sie im Umkreis von zehn Meilen ein Hotel finden würde, das gepflegt war.

Was ihren Vater hier, im Inland Empire, hielt, war ihr schleierhaft. Die Gegend hatte ihr noch nie gefallen. Es war heiß und trocken und drückend. Und wenn die Santa-Ana-Winde wehten, war es hier erst recht nicht auszuhalten. Doch Joe lebte hier schon seit mehr als dreißig Jahren.

Erschöpft lief Brooke im Haus umher und suchte nach Putzmitteln, um die unangenehmsten Dinge als Allererstes zu erledigen.

Ziemlich sicher waren die Putzmittel von ihrer bevorzugten Marke, weil es noch genau dieselben waren, die sie bei ihrem letzten Besuch gekauft hatte. Dass ihr Dad sie nicht allzu oft benutzte, konnte man nicht nur riechen, auch der allgemeine Zustand des Hauses ließ keinen anderen Schluss zu.

Es ärgerte sie, auch wenn sie es nur ungern zugab.

Vielleicht konnte er nicht mehr putzen und schämte sich zu sehr, es ihr zu beichten.

Auf der Suche nach einem Wischmopp öffnete Brooke die Tür zur Garage und schaltete das Licht ein.

Wie angewurzelt blieb sie stehen.

Vor ihr stand ein nigelnagelneuer, *sauberer*, viertüriger Subaru in strahlendem Blau.

Ihr klappte die Kinnlade herunter.

»Ich glaub, ich spinne.«

* * *

»Wo bist du?«

»Auf dem Krankenhausparkplatz.« Brooke hatte ihr Handy auf Lautsprecher gestellt und telefonierte mit Carmen. Die Fenster ihres Mietwagens waren gerade so weit geöffnet, dass etwas frische Luft hereinkam. »Dr. Dubois ruft an, wenn Dad aus dem OP kommt.«

»Du klingst müde.«

»Ich bin total erledigt. Das Haus war der reinste Saustall. Beziehungsweise ist es immer noch. Bis nach Mitternacht habe ich geputzt, aber man sieht kaum einen Unterschied.«

»O nein! Meinst du, ihm gehen jetzt endgültig die Kräfte aus?«

»Das habe ich auch gedacht, bis ich das Auto entdeckt habe.«

»Welches Auto?«

»In der Garage steht ein funkelnagelneuer Wagen.« Sie konnte es immer noch nicht fassen.

»Dein Dad hat ein neues Auto gekauft?«

Brooke nickte, obwohl Carmen es nicht sehen konnte. »Was zum Henker hat er sich dabei gedacht? Ein sportlicher Subaru, so ein kleiner Flitzer für einen Siebzehnjährigen. Und er ist makellos. Makellos, Carmen. Mein Vater hat so viel Autoputzmittel, dass der Wagen die nächsten fünf Jahre noch blitzeblank im Ausstellungsraum stehen könnte. Aber eine Toilette zu putzen, ist anscheinend ein Ding der Unmöglichkeit. Was in aller Welt geht hier vor? Er hat seit fünf Monaten diesen Schlitten, und meinst du, er hätte auch nur ein Sterbenswörtchen gesagt? Natürlich nicht.«

»Klar, du hättest ihm ja auch die Leviten gelesen.«

»Aber hallo! Das Geld aus dem Verkauf seiner Firma ist seine Rente. Es muss für den Rest seines Lebens reichen. Sein alter Pick-up war noch völlig in Ordnung. Und abbezahlt. Wofür brauchte er ein neues Auto?«

»Tief durchatmen, Süße. Reiß dir deswegen nicht die Haare aus.«

Brooke sah auf ihre linke Hand, deren Finger sich tatsächlich gerade um eine Haarsträhne gewickelt hatten, und legte sie wieder auf den Schoß zurück. »Es ist so frustrierend. Ich kaufe ihm ein Haus, und er lässt es verkommen. Er kauft sich ein Auto und pflegt es so, dass man von der Motorhaube essen könnte. Die monatliche Rate beträgt fünfhundert Dollar. Meinst du, er hätte mir angeboten, das Darlehen abzubezahlen? Fehlanzeige. Dafür kauft er sich ein Auto. Ich könnte ausflippen!«

»Wenn dein Vater gut mit Geld umgehen könnte, hättest du ihm nicht das Haus kaufen müssen.«

»Ich könnte echt aus der Haut fahren. Und ich bin wütend auf mich selbst, weil ich wütend auf ihn bin. Er wird gerade operiert, und wer weiß, ob er es schafft, und ich stehe hier auf dem Krankenhausparkplatz und schimpfe über ihn.«

Carmen packte jetzt ihre Stimme der Vernunft aus. »Es ist okay, Brooke. Jeder an deiner Stelle würde sich so fühlen.«

Am liebsten hätte sie geschrien. »Komm mir jetzt nicht mit so einem Spruch!«

»Hast du mit Marshall telefoniert?«

»Ich habe ihm eine SMS geschrieben.«

»Und?«

»Nichts ›und‹. Ich habe nur geschrieben, dass ich gut angekommen bin. Er hat angerufen, aber ich bin nicht rangegangen. Ich habe ihm geschrieben, dass ich nicht die Energie habe, mich mit ihm zu streiten, und dass ich anrufe, wenn ich bereit bin.« Brooke hatte keine Ahnung, wann das sein würde. Wenn sie Marshall von dem Haus und dem Auto erzählte, würde er nur wieder darauf herumhacken, dass sie nicht so viel für ihren Dad tun dürfe, dass sie heimfliegen und sich nicht weiter um ihn kümmern solle. Dann würde der ganze Streit von vorn losgehen, wie schon so oft in der Vergangenheit.

»Was das angeht, hat er sich sowieso danebenbenommen.«

»Eben.«

»So was brauchst du nicht«, sagte Carmen.

»Ich weiß.«

»Du brauchst dein romantisches Märchen.«

Brooke verdrehte die Augen. »Das gibt es hier nicht.« Sie blickte durch die Windschutzscheibe. Hier war es zwar ruhig, aber flach und langweilig. Keine Flüsse oder Seen, keine Berge, kein Meer in Sicht. »Die Gegend ist so deprimierend.«

»Daran erinnere ich mich auch noch.« Carmen war nach dem Schlaganfall für ein paar Tage mitgekommen, und als klar war, dass Brookes Dad durchkommen würde, war sie wieder nach Hause geflogen.

Brookes Telefon tutete, weil ein zweiter Anruf kam. »Die Ärztin ruft an. Ich muss aufhören.«

»Okay. Ruf mich zurück.«

Eine Stunde später durfte sie ihren Vater auf der Intensivstation besuchen. Man hatte ihn nach der Operation dorthin gebracht, weil sein Blutdruck zu niedrig war, und die Chirurgin hatte entschieden, ihn über Nacht am Beatmungsgerät zu lassen, in der Hoffnung, dass man ihn am nächsten Tag wieder von der Maschine nehmen konnte.

Brooke trat ins Zimmer und ging zögerlich zu seinem Bett, darauf bedacht, der Krankenschwester nicht in die Quere zu kommen.

Sie nahm die Hand ihres Vaters, deren Finger geschwollen waren. »Hey, Daddy. Ich bin's. Du hast alles überstanden. Jetzt musst du dich nur noch ausruhen und wieder gesund werden.«

Er rührte sich nicht. Ja, er zuckte noch nicht einmal mit der Wimper.

Die Geräusche der Beatmungsmaschine, die zudrückte und wieder losließ, und das Piepen des Monitors, der seine Herzfrequenz überwachte, erfüllten den Raum.

Es war kaum zu glauben, dass dieser Mann noch vor drei Jahren auf seinem Motorrad herumgedüst war, als wäre er James Dean. »Du hast ein paar schlechte Karten gezogen«, flüsterte sie in den Raum.

Zehn Minuten später teilte ihr die Schwester mit, dass sie sie anrufen werde, wenn sich an seinem Zustand etwas änderte. Brooke verstand das als Zeichen, jetzt besser zu gehen.

Sie gab ihm einen Kuss auf die Stirn, versprach, am nächsten Tag wiederzukommen, und verließ das Krankenhaus.

Draußen waren die Temperaturen gestiegen. Brooke ging zum Mietwagen und setzte sich hinters Steuer. »Und was jetzt?«

* * *

Ihr Handy klingelte.

Brooke riss die Augen auf, ihr Puls raste bis zum Hals. Ohne zu sehen, wer anrief, hob sie ab. »Hallo?«

»Miss Turner?«

»Ja?«

»Hier ist Lily. Ich bin heute Abend die zuständige Krankenschwester für Ihren Vater. Wir denken, Sie sollten besser ins Krankenhaus kommen.«

»O Gott ... was ist passiert?« Brooke hatte bereits die Füße aus dem Bett geschwungen und tastete nach der Nachttischlampe.

»Ihrem Vater geht es sehr schlecht. Er hat Fieber bekommen und sein Blutdruck ist sehr niedrig. Wir geben ihm Medikamente zur Stabilisierung. Aber seine Nieren scheinen zu versagen.«

Tränen sammelten sich in ihren Augen. »Stirbt er?«

»Wir versuchen alles, um das zu verhindern. Aber die Möglichkeit besteht, weshalb ich Sie anrufe. Kann Sie jemand herfahren?«

»Ich bin ... nein. Es geht auch so, es ist nicht weit.«

»Okay. Atmen Sie erst mal ruhig durch. Sie haben Zeit. Ich habe es mit der Oberschwester besprochen und stelle einen Stuhl für Sie ins Zimmer.«

Brooke schnappte sich die Hose, die sie tagsüber schon getragen hatte, und schob die Beine hinein. »Danke.«

»Bleiben Sie ruhig.«

»Ich versuche es. Es geht mir gut.«

»Okay.«

Brooke beendete den Anruf, zog sich die restlichen Klamotten an, schlüpfte in ihre Flip-Flops und rannte zur Tür hinaus. Im Auto stellte sie fest, dass sie ihr Handy auf dem Bett hatte liegen lassen. Sie umklammerte das Lenkrad und holte tief Luft.

Zurück im Haus holte sie ihr Telefon und ein Ladekabel. Dann ging sie ins Schlafzimmer ihres Vaters und nahm auch noch den Rosenkranz von seinem Nachttisch mit. Ihr selbst bedeutete er nichts, ihrem Dad dafür umso mehr. Plötzlich überkamen sie so starke Emotionen, dass es ihr die Kehle zuschnürte. Ihr entwich ein Laut, der dem eines verwundeten Tieres ähnelte.

»Tief durchatmen«, sagte sie zu sich selbst.

Sie ging wieder zum Auto und fuhr aus der Einfahrt.

Im Krankenhaus war es nachts ruhiger als tagsüber, nur auf der Intensivstation gab es kaum einen Unterschied. In manchen Zimmern war immerhin das Licht gedimmt, die meisten aber waren hell erleuchtet. Dort waren auch die Vorhänge, die sonst die Betten abschirmten, zurückgezogen, damit das Pflegepersonal die Patienten sehen konnte, ohne das Zimmer zu betreten. Privatsphäre hatte bei Schwerkranken keine Priorität.

Brooke stand vor der offenen Zimmertür ihres Vaters.

Anders als noch ein paar Stunden zuvor war ihr Dad nun gleich an ein halbes Dutzend Infusionsbeutel, Pumpen und Maschinen angeschlossen. An ihm selbst konnte sie keinen großen Unterschied feststellen. Er hing nach wie vor an einem Beatmungsgerät, seine Augen waren geschlossen, die Arme locker an den Bettseiten festgebunden.

»Sie sind sicher Joes Tochter«, sagte die Krankenschwester, als sie Brooke dort stehen sah.

Da Brooke ihrer Stimme wieder einmal nicht traute, nickte sie nur.

»Ich bin Schwester Lily.«

»Eben war doch noch alles in Ordnung. Wie konnte das …?«

»Er hat eine Blutvergiftung. Darminhalt im Bauchraum ist nie gut.« Lily zeigte zu den Infusionsbeuteln, deren Inhalt in Brookes Dad gepumpt wurde. »Wir tun alles, was wir können, um das Problem zu beheben. Die nächsten vierundzwanzig bis achtundvierzig Stunden sind entscheidend.«

Brooke näherte sich dem Bett und griff nach der Hand ihres Vaters. Die Schwellung in seinen Fingern schien sich verdoppelt zu haben. »Warum ist er festgebunden?«

»Wir mussten die Beruhigungsmittel reduzieren, weil sein Blutdruck so niedrig ist. Da greift er manchmal nach den Schläuchen.«

Und die herauszuziehen, wäre alles andere als hilfreich. »Kann er mich hören?«

Lily schenkte ihr ein Lächeln. »Ja, das kann er, aber erwarten Sie nicht zu viel.«

Brooke beugte sich zum Ohr ihres Vaters hinab. »Daddy? Kannst du mich hören? Ich bin's, Brooke. Ich bin bei dir.«

Sein Kopf bewegte sich leicht. Selbst das brachte die Tränen hervor, die sie so verzweifelt zurückhalten wollte. »Ich liebe dich, Daddy. Du musst kämpfen, okay?« Sie drückte seine Hand und spürte ein Zucken seiner Finger.

Mit der Schulter wischte sie eine Träne von ihrer Wange.

»Ich gehe erst, wenn es dir besser geht, und du weißt, wie launisch ich werde, wenn ich nicht genügend Schlaf abbekomme.«

Diesmal rührte sich ihr Vater nicht.

Brooke erschauderte und richtete sich auf.

»Ich hole Ihnen eine Decke und etwas Wasser. Wollen Sie auch einen Kaffee?«, fragte Lily.

»Sie müssen nicht extra …«

»Es ist kein Problem. Wir halten die Räume hier kühl und ich nehme an, Sie sind ohne Pullover hergekommen.«

Brooke nickte.

Lily zeigte auf den Sessel im Raum. »Man kann die Lehne zurückstellen. Ist nicht so bequem wie ein Bett, aber vielleicht kriegen Sie ja doch noch ein Stündchen Schlaf ab.«

Der Anblick des Sessels veranlasste Brooke, den Kopf zu schütteln. Nach dem Schlaganfall ihres Dads hatte sie schon einmal ein paar Nächte in einem solchen Sessel verbracht. »Dann nehme ich doch lieber einen Kaffee.«

»Bin gleich wieder zurück.«

»Danke.«

Lily verließ den Raum, und Brooke wandte sich wieder ihrem Vater zu. »Komm schon, Dad. Du schaffst das.«

* * *

»Ich fliege zu dir.«

Brooke fuhr sich müde durch die Haare. Sie brauchte eine Dusche und ein paar Stündchen Schlaf. »Carmen, nein. Bitte nicht. Es hat keinen Sinn. Noch nicht.«

»Brooke …«

»Hör zu, sie lassen sowieso nur mich ins Zimmer, und dort bleibe ich, bis es ihm entweder besser geht oder bis er …« Sie konnte sich nicht dazu durchringen, das Wort auszusprechen.

»Genau deshalb muss ich zu dir.«

»Carmen, bitte. Wenn du hier bist, habe ich nur ein schlechtes Gewissen, dass ich mich nicht um dich kümmere. Und wenn für meinen Dad die Zeit gekommen ist, werde ich dich umso mehr brauchen. Im Moment hilft es mir mehr, dass du abhebst, wenn ich dich anrufe.«

»Verdammt noch mal, Brooke! Das hast du letztes Mal auch schon gemacht.«

»Und da habe ich es dir auch gesagt, als ich dich gebraucht habe, und dann bist du gekommen, wofür ich dir immer noch dankbar bin. Jetzt ist es nicht anders. Glaub mir, im Moment kannst du hier nichts tun. Du würdest nur auf dem Parkplatz warten oder im Haus meines Dads rumsitzen und dich zu Tode langweilen. Wenn er das hier überstanden hat, muss ich ihn wirklich überreden, irgendwo hinzuziehen, wo das Klima besser ist.« Die ganze Nacht hatte sie sich den Hintern abgefroren, und jetzt war ihr höllisch heiß, als sie sich auf dem Parkplatz vor dem Krankenhaus an ihren Mietwagen lehnte und eine Verschnaufpause einlegte.

»Du bist ganz schön stur, weißt du das?«

»Und trotzdem hast du mich lieb.«

»Stimmt.«

Brooke blickte auf, als ein Pärchen an ihr vorbeiging. »Ich muss mit Marshall reden.«

»Hast du das noch nicht gemacht?«

»Ich schiebe es immer wieder auf. Er fliegt übermorgen nach Florida.«

»Er sollte lieber zu dir nach Kalifornien fliegen. Wenn ihm etwas an dir liegt.«

Brooke wickelte eine Haarsträhne mit dem Finger auf. »Ich bin froh, dass er nicht hier ist. Erleichtert, um genau zu sein. Ich hatte letzte Nacht viel Zeit zum Nachdenken. Und weißt du, worüber ich *nicht* nachgedacht habe?«

»Nein.«

»Dass ich ihn gern hier hätte, dass ich ihn vermisse. Dass ich mich leer fühle ohne ihn an meiner Seite. Als Dad damals den Schlaganfall hatte, haben solche Gefühle meinen Verstand überflutet, mein Herz. Aber jetzt bin ich einfach nur erleichtert, dass ich mich nicht um Marshalls Befindlichkeiten scheren und mir seine Anweisungen anhören muss, was ich seiner Meinung nach tun oder lassen sollte. Mein Vater liegt vielleicht im Sterben und trotzdem will ich nicht, dass der Mann, mit dem ich zusammen bin, an meiner Seite ist. Das sagt doch alles, oder?«

»Ich glaube, deine Emotionen fahren gerade Achterbahn«, entgegnete Carmen ruhig.

»Denkst du, dass ich falschliege?«

»Das habe ich nicht gesagt. Als deine beste Freundin schlage ich dir nur vor, dass du jetzt erst mal diese Krise durchstehst oder zumindest die nächsten Tage abwartest und schaust, was passiert, bevor du irgendwelche großen Schritte wagst.«

Brooke ließ die Strähne los und zwang sich, ihre Haare in Ruhe zu lassen. »Du hast recht. Ich werde mich kurz und knapp halten. Irgendwann in den nächsten Tagen wissen wir, ob mein Dad es schafft.«

»Und wenn ja?«

»Keine Ahnung. Darüber hat noch niemand mit mir gesprochen.« Weshalb sie glaubte, dass niemand damit rechnete, dass er durchkommen werde.

Und Brooke hatte zu große Angst, zu fragen.

»Okay. Ich schicke dir jede Stunde eine SMS. Wenn du deine Meinung änderst, nehme ich den nächsten Flug.«

»Danke.«

»Hab dich lieb, Süße.«

»Ich dich auch.«

Brooke beendete den Anruf und starrte aufs Handy.

Sie stand seit zwanzig Minuten außen und musste dringend wieder zurück zu ihrem Dad. Ihre Eile konnte sie als Vorwand verwenden, das Gespräch bald zu beenden, falls Marshall überhaupt drang ing. Mit diesem Ausweg in Sicht wählte Brooke seine Nummer.

Nachdem es zweimal geläutet hatte, rechnete sie schon nicht mehr damit, dass er abhob.

Beim dritten Mal war er in der Leitung.

»Hey. Ich habe mich schon gefragt, ob du anrufen würdest.«

Sie kniff die Augen zusammen. »Ja, aber ich kann nicht lange reden. Dad liegt auf der Intensivstation. Es geht ihm sehr schlecht.«

»Hmm. Ich bin … tut mir leid. Tja, tut mir leid, das zu hören.«

Brooke hielt inne.

Sie wartete.

Schluckte.

Die lange Stille fühlte sich an, als hätte sie ein Messer im Bauch stecken.

Als ihm schließlich klar wurde, dass Brooke das Schweigen nicht unterbrechen würde, sagte Marshall: »Wie geht es …«

»Weißt du was, ich muss jetzt aufhören. Viel Spaß in Florida, Marshall.«

»Brooke?«

»Wirklich, ich muss aufhören.« Sie legte auf.

All die roten Warnflaggen, die Marshall geschwenkt hatte, schlugen ihr mit seinem Schweigen ins Gesicht. *Es tut mir leid.* Nicht: »O nein, was kann ich tun? Ich nehme den nächsten Flug. Ich komme zu dir. Was ist passiert?« Gott, er hätte so viel fragen oder zumindest sein Bedauern äußern können. Aber nein, es tat ihm nur leid.

Carmen mochte zwar damit recht haben, dass es besser war, mit so einer wichtigen Entscheidung zu warten, doch Brooke hatte sie längst getroffen.

Unabhängig davon, was mit ihrem Vater geschah, ihre Beziehung zu Marshall war beendet.

KAPITEL 3

Nach mehr als einer Woche auf der Intensivstation wurde ihr Vater in die chirurgische Abteilung gebracht, wo er sich innerhalb der nächsten drei Wochen so weit erholte, dass er in eine Pflegeeinrichtung verlegt wurde. Was allerdings nicht bedeutete, dass er jetzt wieder völlig gesund war. Die Blutvergiftung hatte seinem Körper schwer zugesetzt. Er hatte einiges an Gewicht verloren, außerdem konnte er gewisse Körperfunktionen nicht mehr kontrollieren, und die Operationswunde verheilte nicht richtig.

Wieder einmal befand sich Brooke in einem Hamsterrad, in dem sie sich so gut es ging um ihren Vater kümmerte, während sie gleichzeitig versuchte, ihr eigenes Leben in den Griff zu kriegen.

Wobei sie kläglich versagte.

Im Pflegeheim war die Besuchsregelung nicht so locker wie im Krankenhaus. In der ersten Woche wurde ihr Vater isoliert, weshalb sie ihn in der neuen Einrichtung zunächst nicht besuchen durfte.

Als sie ins Haus ihres Vaters zurückkam und dort die Tür aufstieß, fiel ihr Blick als Erstes auf die gestapelten Kisten, die überall zwischen den Möbeln herumstanden und in denen sich ihr Leben befand.

Ohne viel Aufhebens hatte Brooke mit Marshall Schluss gemacht.

Er hatte es wohl kommen sehen.

Natürlich hatte er es kommen sehen.

»Das war's also? Du kommst nicht mal nach Hause, um persönlich mit mir Schluss zu machen?«, fragte er auf FaceTime. Sie hatte sich für einen Videocall entschieden, um die Trennung so human wie möglich zu gestalten.

»Ich habe gewartet, bis du aus Florida zurück bist. Mehr geht nicht. Ich kann hier gerade nicht weg, und es hat keinen Sinn, noch länger so zu tun, als wenn nichts wäre.«

Marshall saß an der Theke in ihrer Küche, seiner Küche, und starrte ins Telefon. »Ich wusste, dass sich dein Vater zwischen uns stellen würde.«

Brooke biss sich buchstäblich auf die Zunge, um die Worte nicht laut auszusprechen, die ihr entweichen wollten. Die Krankheit ihres Vaters war nur der Auslöser gewesen, nicht die Ursache. Aber es hatte keinen Sinn, sich mit Marshall zu streiten.

Es war vorbei.

Sie hatte sich entschieden, und nichts konnte ihren Entschluss ändern.

»Ich habe Carmen gebeten, beim Packen meiner Sachen zu helfen.«

»Ich kann ...«

»Marshall.«

»Gut.« Er lehnte sich im Stuhl zurück und blickte mit zusammengekniffenen Augen auf den Bildschirm. »Du hasst das Haus deines Vaters.«

»Darüber musst du dir jetzt keine Sorgen mehr machen.«

»Nach sechs Monaten wirst du dort verrückt.«

Sie war jetzt schon dabei, verrückt zu werden. Aber das würde sie ihm nicht auf die Nase binden.

Sie beendeten das Gespräch mit kaum mehr als einem bitteren Abschiedsgruß.

Mithilfe von FaceTime und Carmen waren bald danach Brookes Sachen gepackt, und inzwischen türmten sich die Kisten im Haus ihres Vaters.

Die sperrigen Dinge, die sie damals in die Beziehung mitgebracht hatte, konnte Marshall behalten oder verkaufen oder was auch immer. Ein Auto besaß sie nicht, denn in Seattle hatte sie keins gebraucht. Jetzt schien es, als hätte es das Schicksal so gewollt.

Es war erbärmlich.

Innerhalb von zwei Wochen war ihr Leben in Kartons gepackt und verschickt worden.

Und jetzt war sie mitten ins Leben ihres Vaters geplumpst.

Nun gut, immerhin war es ihr eigenes Haus. Zumindest auf dem Papier.

Aber es war die richtige Entscheidung, hier zu wohnen, sich um ihren Dad zu kümmern und ihm zu helfen, wieder auf die Beine zu kommen.

Mit ihren Habseligkeiten um sich herum fühlte es sich allerdings an, als läge eine Schlinge um ihren Hals, die ihr die Luft zum Atmen nahm. Schlimmer noch, ihr Vater war nicht einmal hier. Und keiner konnte ihr sagen, wie lange er in der Pflegeeinrichtung bleiben würde.

Außerdem stellte sich die Frage, welche Pflege er brauchen würde, wenn er nach Hause kam, und ob Brooke in der Lage war, sie selbst zu übernehmen.

Brooke vergrub ihr Gesicht in den Händen und versuchte, ihren Atem zu beruhigen.

Wenn sie früher in Seattle ein Gefühl der Enge verspürt und gedacht hatte, ihr Leben sei eingekesselt, war sie stets zum Meer gegangen. Sie hatte sich am Puget Sound an einen Landungssteg gesetzt und dem Geflüster der Wellen gelauscht. Die frische, feuchte Luft hatte die schlechten Gedanken vertrieben, ihren Kopf von allen Sorgen befreit.

Aber hier, in einer Gegend, in der es Wasser nur in Form von Gartenpools oder künstlich angelegten Flüssen mit Betonbett gab, war ihr diese Flucht nicht möglich. Auch wenn Brooke auf den ständigen Regen an der Pazifikküste im Norden gut verzichten konnte, so vermisste sie doch dessen Auswirkungen.

Als ihr bewusst wurde, dass sie seit gut zwanzig Minuten dastand, auf die Kartons starrte und über ihre Situation nachdachte, ließ Brooke ihre Handtasche auf den Couchtisch fallen und ging in die Küche.

Dort holte sie eine Flasche Chardonnay aus dem Kühlschrank. Ein paar Minuten später saß sie mit ihrem Laptop auf der kleinen Veranda. Ihr Projekt, das sie bald einreichen musste, lag unvollendet vor ihr. Es handelte sich um eine Marketingkampagne für eine vegane Bioseife, wofür Brooke normalerweise binnen eines Wochenendes etwas Geniales zu Papier gebracht hätte. Oder zumindest hätte sie schnell eine zündende Idee gehabt. Die Ausarbeitung für die Umsetzung nahm ein bisschen mehr Zeit in Anspruch. Obwohl ihre Chefin zwar Verständnis für die Verzögerung hatte, wurde es langsam Zeit, sich der Sache anzunehmen, und jetzt, da ihr Dad ihr gerade keine Zeit stahl, musste sie sich unbedingt an die Arbeit setzen.

Doch Brooke starrte wieder nur blinzelnd auf den Bildschirm.

Sie nippte an ihrem Wein und rollte die Schultern.

Da piepste der Computer und meldete den Erhalt einer Chatnachricht, die sie sogleich öffnete.

Wie geht's deinem Dad?

Es war Carmen.

Anstatt zu tippen, drückte Brooke auf FaceTime.

Carmens lächelndes Gesicht kam zum Vorschein. »Hey, du.«

»Hey.«

»O nein!«

»Nein, nein, alles okay. Mir geht's gut.« *Mir geht's beschissen.*

»Wo bist du? Ich dachte, du wärst bei deinem Dad. Haben sie ihn nicht heute verlegt?«

»Doch, aber sie lassen mich nicht rein. Anscheinend gelten in Pflegeeinrichtungen andere Regeln als im Krankenhaus.«

»Wann darfst du zu ihm?«

»Frühestens in einer Woche.« Brooke griff nach ihrem Weinglas.

»Was machst du gerade?«

»Ich versuche zu arbeiten.«

»Und, kommst du voran?«

Brooke sah zur Pergola über ihr, die kurz davor war, auseinanderzufallen. Dagegen sollte sie bald mal etwas unternehmen. »Nicht wirklich.«

»Moment mal, trinkst du Wein?«

Brooke warf einen Blick auf das Glas in ihrer Hand. »Ja, warum?«

»Na ja, es ist zwei Uhr nachmittags … an einem Dienstag.«

Brooke verdrehte die Augen und trank ungerührt einen Schluck von ihrem Wein. »Meine Tage gehen hier ineinander über.«

Carmen schwieg einen Atemzug lang. Dann sagte sie: »Ich glaube, ich komme jetzt lieber zu dir, bevor du eine Intervention brauchst.«

Brooke stellte das Glas auf den Tisch, wandte den Blick vom Bildschirm ab und schwieg.

»Was? Keine Widerrede?«

Das ständige Gefühl, die Kontrolle zu verlieren, stieg wieder an die Oberfläche. »Ich weiß nicht, wie ich das durchstehen soll, Carmen. Diesmal habe ich keine Ahnung, wie. Ich fühle mich jetzt schon, als würde ich ertrinken, und dabei bin ich erst seit einem Monat hier.«

»Ich buche ein Ticket.«

Brooke sah ihre beste Freundin an, während ihr eine einzelne Träne über die Wange kullerte. »Ich brauche dich.«

* * *

Carmen saß während des Gesprächs mit dem Pflegeheimleiter an Brookes Seite.

Sie war am Abend zuvor angekommen; die beiden hatten Wein getrunken, gelacht und geweint und sich viel zu viele Kohlenhydrate einverleibt.

»Ihr Vater benötigt im Moment intensive Pflege. Die Wundschwester rechnet damit, dass er noch mindestens zwei Monate Pflege braucht. Er bekommt drei weitere Wochen lang Antibiotika, dann werden wir neu entscheiden, ob er nach Hause entlassen werden kann.«

»Aber ich dachte, er braucht noch zwei bis drei Monate intensive Pflege?«

Kyle, der Heimleiter mit grau meliertem Haar, war in gesetztem Alter und sah aus, als bräuchte er ein paar Pfund mehr auf den Rippen. Brooke hatte das Gefühl, dass er wenig Lust auf dieses persönliche Gespräch verspürte, auf das sie bestanden hatte.

»Sobald die Infusionen mit den Antibiotika abgesetzt sind, können wir eine private Krankenschwester für zu Hause anfordern.«

Carmen beugte sich nach vorn. »Soweit ich weiß, ist Mr Turner inkontinent und verwirrt.«

Kyle schaute auf seine Notizen. »Ja, richtig. Aber er hat ja auch schon einen Schlaganfall gehabt.«

»Von dem er sich so weit erholt hat, dass er zumindest keine Probleme mit Inkontinenz mehr hatte. Vor der neuen Sache ist er ohne fremde Hilfe zurechtgekommen. Er hat zwar eine Schwäche auf der rechten Seite, aber hat alles allein gemanagt.« Brooke sah zwischen dem Heimleiter und Carmen hin und her, während sie sprach.

»Aha, verstehe. Wohnt er bei Ihnen?«

»Nein … Beziehungsweise, so in der Art.« Brooke blickte zu Carmen. »Ich bin hier, um ihm wieder auf die Beine zu helfen, so wie ich es auch nach dem Schlaganfall getan habe.«

Kyle nickte ein paarmal, dann schüttelte er den Kopf. »Es ist noch zu früh, um eine Prognose abzugeben, wie gut er sich erholen wird, aber meiner Erfahrung nach nimmt in Fällen wie dem Ihres Vaters die Unabhängigkeit ab, je mehr sich die gesundheitlichen Probleme häufen. Ich würde nicht erwarten, dass Ihr Vater wieder der wird, der er früher war.«

Brooke blinzelte einige Male. »Die Ärzte haben gesagt …«

»Die Ärzte sagen, dass OP-Wunden verheilen und sich der Zustand verbessert. Hier sehen wir, wie Patienten die Fähigkeit verlieren, selbstständig zu essen, auf die Toilette zu gehen oder ihre Medikamente rechtzeitig einzunehmen. Die Routine des normalen Lebens wird durch die Aufnahme in unsere Einrichtung unterbrochen und manchmal löst sich damit auch der Wunsch nach Selbstständigkeit auf. Ich sage nicht, dass das bei Ihrem Vater so sein muss, aber vielleicht sollten Sie sich darauf einstellen, dass er auch langfristig Pflege brauchen wird.«

»Welche Art von Pflege wäre das?«, hakte Carmen nach.

Kyle blickte wieder auf die Papiere in seinem Schoß und blätterte die Notizen durch. »Ihr Vater hat allein gelebt?«

»Ja. Komplett ohne fremde Hilfe.«

»Ist er noch Auto gefahren?«

Brooke seufzte. »Ja.«

Kyle sah zu ihr auf. »Und Sie denken, dass er das Auto besser hätte stehen lassen sollen.«

»Ja.«

»In welchem Zustand war sein Haus?« Brooke öffnete den Mund und musste an das Chaos denken, das sie vorgefunden hatte. »Hat Ihr Vater in letzter Zeit irgendwelche extravaganten Anschaffungen gemacht? Irgendetwas Ungewöhnliches gekauft?«

Jetzt tätschelte Carmen ihre Hand.

Kyle hörte auf, weitere Fragen zu stellen, und legte die Hände in den Schoß. »Jeder kann einen Darmverschluss bekommen, aber bei älteren Menschen, die sich nicht ausgewogen ernähren oder sich nicht genug bewegen, ist die Wahrscheinlichkeit für solche Probleme höher. Möglicherweise wird Ihr Vater seine Eigenständigkeit nicht mehr zurückgewinnen.« Kyle legte den Kopf schief. »Es steht mir nicht zu, den Leuten zu sagen, was sie tun oder lassen sollen, wenn es um ihre Angehörigen geht. Aber ich kann Ihnen sagen, dass die Pflege eines älteren Menschen ein Vollzeitjob ist, und zwar rund um die Uhr, ohne Feierabend, ohne freies Wochenende. Es ist noch zu früh, um beurteilen zu können, ob Ihr Vater die Kontrolle über seine Körperfunktionen wiedererlangen wird. Wenn nicht, dann müssen Sie …«

»Ich verstehe schon!«, unterbrach sie ihn ungeduldig.

»Auf jeden Fall müssen Sie überlegen, ob Ihr Vater noch allein wohnen kann. Sobald er keine Antibiotika mehr braucht und zu Hause gepflegt werden kann, wird er heimgeschickt, falls Sie bereit sind, ihn zu waschen und seine Windeln zu wechseln.«

Brooke kniff die Augen zusammen.

43

»Und wenn das nicht infrage kommt?«, wollte Carmen wissen.

»Dann betreutes Wohnen, sobald die OP-Wunde verheilt ist. Falls er oder Sie die finanziellen Mittel dafür haben. Gehört ihm das Haus, in dem er gelebt hat?«

»Nein«, antwortete Brooke. »Er bezieht Sozialhilfe und hat keine großen Rücklagen.«

Kyle begann, die Papiere in seinem Schoß zu ordnen. »Medicare bezahlt nur für eine bestimmte Zeit den Aufenthalt im Pflegeheim, wenn ein Arzt die Notwendigkeit bestätigt. Sie können natürlich einen Antrag auf Verlängerung stellen, falls der Arzt ihn vorzeitig entlassen will, und das sollten Sie auch tun. Allerdings müssen Sie sich darauf gefasst machen, dass der Antrag wahrscheinlich abgelehnt wird.«

»Was soll das heißen?« In Brookes Kopf begann sich alles zu drehen. Es waren einfach zu viele Informationen, die Kyle auf sie einprasseln ließ.

»Ab dem Zeitpunkt, an dem Medicare die Rechnung nicht mehr bezahlt, muss Ihr Vater die Kosten selbst tragen.«

»Und wie hoch sind die?«

»Unser Tarif beträgt vierhundertdreißig Dollar pro Tag.«

»Was zum …« Carmen fuhr halb aus ihrem Stuhl hoch.

Kyle hob eine Hand. »So weit sind wir noch nicht, aber ich will nur, dass Sie verstehen, was auf Sie zukommt. Im besten Fall erlangt Ihr Vater alle seine Fähigkeiten zurück, kann wieder laufen, selbstständig zur Toilette gehen, sich duschen und stellt in den nächsten Tagen hier nichts Dummes an, dann kann er nach Hause entlassen werden, und es reicht, wenn ab und zu eine Pflegekraft kommt, bis die OP-Wunde verheilt ist.«

Brooke dachte an die Hülle des Mannes, der gerade oben im Bett lag, und konnte sich nicht vorstellen, dass dies geschehen würde. Und selbst wenn … der Zustand seines Hauses, seine unvernünftige Anschaffung …

»Das wahrscheinlichere Szenario ist, dass Ihr Vater mehr Zeit braucht. Er wird Hilfe für die alltäglichen Dinge benötigen, er trägt Windeln, braucht Hilfe beim Duschen, beim Anziehen. Im betreuten Wohnen kriegt er diese Hilfe, allerdings wird man ihn dort erst aufnehmen, wenn die Naht vollständig verheilt ist. Es wird also eine ansehnliche Rechnung auf Sie zukommen. Wir werden die Ärzte bitten, den Aufenthalt so lange wie möglich zu verlängern, aber ich gehe davon aus, dass Sie für mindestens vier Wochen die Kosten selbst tragen müssen, da Medicare nach einem Monat die Zahlungen einstellt.«

Brooke rechnete im Geiste nach.

»Wenn Ihr Vater eine Immobilie besitzt, könnten Sie diese verkaufen, um die Kosten zu decken.«

Seufzend sah Brooke zu Carmen. »Mein Vater war vier Mal verheiratet. Es ist ziemlich schwierig, etwas anzusparen, wenn man ständig sein Vermögen aufteilen muss.«

Kyle gluckste über diese Aussage. »Es gibt hier in der Gegend viele Einrichtungen für betreutes Wohnen.«

Brooke schloss wieder die Augen.

»Allerdings …«

»Was denn noch?«, fragte sie und fürchtete sich vor der Antwort.

»Es wäre praktischer, wenn Ihr Vater in Ihrer Nähe wohnen würde. Wenn Sie sich fürs betreute Wohnen entscheiden, werden Sie ihn wahrscheinlich trotzdem zu Arztterminen bringen und ihm das Nötigste besorgen müssen. Die Einrichtungen können zwar auch das meiste veranlassen, aber es wäre deutlich einfacher für Sie, wenn Sie in seiner Nähe wären. Je mehr Sie gelegentlich übernehmen können, desto geringer fallen die Gesamtkosten aus. Es ist schwierig, seine

Pflege aus der Ferne zu koordinieren. Washington State ist weit weg von hier.«

Brooke dachte an die Kisten im Haus.

In dem Haus, das sie vielleicht verkaufen musste, um die Rechnung zu bezahlen.

»Vielen Dank. Ich hatte echt keine Ahnung.«

»Niemand hat eine Ahnung, bis es so weit ist«, sagte Kyle und erhob sich.

Brooke bedankte sich bei ihm.

Nach dem Gespräch lief sie neben Carmen zum Parkplatz.

»O Gott!«

»Ja«, stimmte Brooke zu.

»Dein Dad wird nicht wollen, dass du ihm den Arsch abwischst.«

Sosehr sie ihn auch liebte, aber sie selbst wollte das auch nicht. »Vielleicht schafft er es ja doch allein.«

Sie hielten vor dem nagelneuen Auto, das ihr Vater in seinem Leichtsinn gekauft hatte und für das nun jeden Monat eine beträchtliche Summe von seinem Bankkonto abgebucht wurde. Auch wenn Brooke das Ding schon aus Prinzip hasste, war es doch sinnvoll, den Wagen zu nutzen, statt sich einen zu mieten.

»Und dann? Lebt er in dem Haus so weiter? Was macht er als Nächstes, sich ein Boot kaufen?« Carmen klopfte aufs Autodach.

Brooke riss die Tür auf und setzte sich hinters Lenkrad. Zehn Minuten später betraten sie das Haus.

Beide stöhnten auf. Die Wände des Raums schienen nun noch enger zu sein, in den Ecken standen Kisten, immer noch hing der alte Gestank in der Luft.

»Vergiss das hier«, sagte Carmen. »Komm, pack deine Tasche.«

»Warum?«

46

»Ich habe eine Idee.«

»Ich kann nicht ...«

»Nur ein paar Tage. Vertrau mir einfach. Wir fahren weg.«

»Aber mein Dad ...«

»Der ist gut versorgt. Also, geh deine Siebensachen packen.«

Carmen hatte recht.

Trotzdem zögerte Brooke. »Wohin fahren wir?«

»Komm einfach mit mir.«

KAPITEL 4

Es tat gut, zur Abwechslung mal auf der Beifahrerseite zu sitzen.

Musik tönte aus den Lautsprechern, die Klimaanlage lief auf Hochtouren, da es draußen mehr als dreißig Grad hatte.

Sie fuhren Richtung Süden.

»Ich habe meinen Pass nicht dabei«, sagte Brooke, als klar wurde, dass sie nicht noch weiter in die Wüste, sondern in die entgegengesetzte Richtung unterwegs waren.

»So weit fahren wir nicht.«

Sie hatten den unerträglichen Verkehr im Inland Empire hinter sich gelassen, und endlich gab es auf dem Highway freie Fahrt.

Brooke betrachtete die Landkarte auf ihrem Handy. »San Diego?«

»Warst du da schon mal?«, fragte Carmen.

Brooke schüttelte den Kopf. »Nein. Ich war nur in Los Angeles, in Hollywood, Disneyland und an diesem Ort, den mein Vater sein Zuhause nennt.«

»Nicht mal irgendwo am Strand?«

»Na ja, doch, ein paarmal, aber ich könnte dir nicht sagen, wo. Da war ich noch ein Teenager.« Als Kind war sie nur selten in Südkalifornien gewesen.

»Dann freu dich schon mal. San Diego ist ganz anders als alle anderen Orte in Kalifornien. Vor allem anders als da, wo dein Dad wohnt.«

»Dazu braucht es nicht viel.«

»So schlimm ist es auch wieder nicht«, entgegnete Carmen.

Brooke starrte ihre Freundin an. »Wo er wohnt, ist es zu heiß, zu trocken, und es gibt nirgendwo Wasser. Keine Seen, keine Flüsse, kein Meer. Man hält es nur aus, wenn der Wind weht, aber dann kann man auf dem Weg zum Supermarkt nicht mehr die Augen öffnen.«

»Ein paar Tage in San Diego werden wie eine Kur für dich sein.«

Als die Wüste im Rückspiegel verschwand und die Stadt vor ihnen ins Sichtfeld kam, sahen sie immer wieder auch die Küste mit ihren Buchten.

Sie schalteten die Klimaanlage aus und ließen die Fenster herunter.

Die Temperatur war auf zwanzig Grad gesunken, obwohl die Sonne noch immer hell am Himmel stand. Die Luft war so feucht, dass man es auf der Haut spürte, aber es war längst nicht mehr so drückend schwül.

Carmen hatte ein Zimmer im Hyatt Hotel gebucht. Das Hochhaus bot einen wunderbaren Blick über die Bucht und aufs glitzernd blaue Wasser.

Brooke stand am Fenster und blickte schweigend aufs Meer.

Wie sehr hatte sie das vermisst!

Das Wasser. Die Ruhe.

»Alles in Ordnung bei dir?«, fragte Carmen von der anderen Seite des Zimmers.

»Das ist genau das, was ich gebraucht habe.«

»Ich weiß.«

Brooke blickte lächelnd über die Schulter. »Lass uns einen Spaziergang machen.«

Carmen schnappte sich ihre Handtasche. »Ich bin bereit.«

Keine zwanzig Minuten später schlenderten sie jede mit einem Eisbecher aus Seaport Village in der Hand neben vielen anderen Touristen und Einheimischen über die Uferpromenade. »Ich kann gar nicht glauben, wie viel kühler es hier ist«, sagte Brooke zum wiederholten Mal.

»Weil wir hier am Meer sind.«

»Schon. Aber … ich weiß auch nicht. In Washington State macht es nicht so einen gravierenden Unterschied, ob man am Meer ist oder im Landesinneren. Zumindest nicht so sehr wie hier.«

»Du vergleichst Äpfel mit Birnen.«

»Eher Hühnchen mit Salat.«

Carmen leckte das Eis von ihrem Löffel. »Was hat deinen Dad eigentlich in Upland festgehalten?«

»Die Arbeit. Frauen.«

Carmen lachte. »Er hat seit dem Schlaganfall nicht mehr gearbeitet, und wann ist seine letzte Ehe zu Ende gegangen?«

Brooke kniff die Augen zusammen. »Oh, das war vor acht Jahren, glaube ich. Er hat sich aber immer mit seinen Freunden getroffen.«

»Vor dem Schlaganfall.«

»Ja.«

»Aber jetzt nicht mehr.«

»Nicht mehr so oft«, bestätigte Brooke.

»Warum bleibt er dann noch?«

Brooke zuckte mit den Schultern. »Weil es das ist, was er gewohnt ist.«

Carmen deutete mit dem Löffel auf sie. »Aber du bist es nicht gewohnt.«

»Was willst du damit sagen?«

»Dein Vater hat dir die Verantwortung für seine Pflege übertragen, richtig?«

»Ja.« Vor dem Schlaganfall hatte sie seine Patientenverfügung und eine dauerhafte Vollmacht erhalten. Das war damals ein Geschenk des Himmels gewesen und erwies sich jetzt als noch nützlicher.

»Warum nimmst du deinen Dad nicht mit nach Seattle?«

Brooke winkte mit einem Schnauben ab. »Er würde Seattle genauso sehr hassen wie ich Upland.«

»Soll das heißen, *du* musst einen Kompromiss eingehen, um ihm für den Rest seines Lebens entgegenzukommen?«

Carmen hatte nicht ganz unrecht, aber so einfach war das alles nicht.

Sie lösten sich aus dem Fußgängerstrom und setzten sich auf eine Bank. »Es fällt mir schwer, mich mit dem Gedanken anzufreunden, dass er in einem Heim leben soll. Ihn in einen anderen Bundesstaat umziehen zu lassen, kann ich mir auch nicht vorstellen. Außerdem hält mich ja auch nicht mehr viel in Seattle.«

»Autsch«, sagte Carmen beleidigt.

Brooke legte ihrer Freundin die Hand aufs Knie. »Dich meine ich nicht. Du bist mein Fels in der Brandung, das weißt du doch. Marshall und ich hatten eine Menge gemeinsamer Freunde. Wenn ich nicht mehr da bin, ist es für sie einfacher, wenn sie sich nicht entscheiden müssen, wen sie einladen, ohne jemandem auf den Schlips zu treten.«

»Das meinst du ja wohl nicht im Ernst. Wer schert sich schon um Partyeinladungen?«

Brooke stellte ihren halb geleerten Eisbecher ab. »Es macht die Trennung einfacher. Die räumliche Entfernung hilft mir, Marshall in die Vergangenheit zu verbannen. Vielleicht ändere ich in einem Jahr meine Meinung. Wer weiß schon, was nächstes Jahr los ist? Mein Dad könnte wieder krank werden.«

»Er könnte auch wieder gesund werden.«

Brooke lehnte den Kopf an die Schulter ihrer Freundin und blickte aufs Meer. »Früher war ich optimistischer. Aber jetzt frage ich mich, ob ich das Haus verkaufen muss, um das Geld für ein Heim aufzutreiben.«

»Du musst aber auch irgendwo wohnen.«

»Ich weiß, nur ist der Markt im Moment wirklich gut. Ich könnte das Geld investieren, eine kleine Wohnung für mich mieten, und wenn meinem Dad das Geld ausgeht, kann ich was vom Erlös des Hausverkaufs nehmen. Es wird nicht für immer reichen, aber …«

»Väter leben nicht ewig.«

Brooke schüttelte den Kopf. »Ich werde es schon hinkriegen. Ich muss nur einen Ort finden, der mich inspiriert, damit ich kreativ genug für meinen Job bin und für uns beide sorgen kann.«

»Na ja …« Carmen griff nach Brookes Eiscremebecher und stand auf. »Wir sind jetzt hier, um dich für ein paar Tage von dem ganzen Mist abzulenken, und ich schlage vor, dass wir gleich damit anfangen. Wie wär's, wenn wir heute Abend so eine Bootstour machen, wo man viel Alkohol trinkt?«

»Eine Sauftour?«

Carmen nahm Brooke an der Hand und zog sie hoch. »Jetzt stell dich nicht so an. Ich komme nicht oft raus.«

* * *

»Ich kann gar nicht glauben, dass du gestern Abend nicht auf Scotts Angebot eingegangen bist«, begann Carmen, als sie am nächsten Morgen das Hotel verließen, um die Stadt zu erkunden.

»Du meinst diesen Zwölfjährigen?« Während der Hafenrundfahrt hatte man einen wunderbaren Blick auf den

Sonnenuntergang gehabt und ein paar Dinge über San Diego erfahren können. Es gab ein leichtes Abendessen und dazu alkoholische Getränke. Unter den Gästen waren viele Singles auf der Suche nach Unterhaltung gewesen. Wie Scott. Dieser Halbstarke, von dem Carmen sprach.

»Er war nicht zwölf.«

»Ich bin mir ziemlich sicher, dass er den Ausweis seines großen Bruders gemopst hat, um aufs Schiff zu kommen.«

»Er war bei der Marine, das kann nicht sein.«

»Selbst wenn er einundzwanzig war, ich bin sechsunddreißig. Also nein, wirklich nicht.«

Carmen stöhnte. »Er war doch süß.«

»Ist dir jemals in den Sinn gekommen, dass ich das vielleicht nicht will? Auf gar keinen Fall. Ich habe mir noch nicht mal die verschmierte Wimperntusche wegen Marshall abgewischt, und das Letzte, was ich will, ist, mich auf einen anderen einzulassen. Außerdem habe ich keine Zeit. Und ich wohne nicht hier.«

»Ich glaube nicht, dass er auf der Suche nach was Festem war.«

»Ich will aber auch nichts für jetzt. Ich will gar nichts.«

Carmen zog die Stirn kraus.

»Schau mich nicht so an. Mir geht's gut. Ich muss mich nur erst mal selbst finden. Ich muss mir darüber klar werden, was ich mit meinem Dad machen soll, mit meinem Leben … mit unserem Leben. Und wenn sich dann was ergibt, vielleicht.«

»Dann doch so was wie Scott?«

Brooke verdrehte die Augen. »Ich glaube, ich kann auch was Besseres kriegen als einen *Scott*.«

Sie schlenderten den Harbor Drive entlang, bis sie an der Anlegestelle vorbeikamen, wo sie am Abend zuvor an Bord gegangen waren. Von dort kamen sie zum Waterfront Park. An der langen Reihe mit Wasserfontänen spielten Kinder, auf den weitläufigen Rasenflächen saßen überall Leute. Kinder planschten im Wasser, während die Eltern Fotos schossen, um sie anschließend auf irgendeiner Social-Media-Seite zu posten.

Seltsam, Brooke hatte schon seit Wochen nicht mehr an ihre Statusseite gedacht.

Es war ja auch nicht so, dass sie etwas Interessantes zu posten gehabt hätte. Nichts, womit man angeben konnte.

Seit ihrer Ankunft in Kalifornien war sie regelrecht deprimiert gewesen, und das aus gutem Grund.

Doch als sie die Kinder beim Spielen beobachtete, legte sich ein Lächeln auf ihre Lippen.

Carmen stupste sie an und machte Brooke auf die Tatsache aufmerksam, dass sie stehen geblieben war. »Du brauchst einen Mann, der dir so was macht.«

»Carmen!« Es klang wie eine Warnung und bedeutete »Lass gut sein«. Sie kamen nicht oft auf Babys zu sprechen und wenn doch, wechselte Brooke lieber schnell das Thema.

»Na gut. Lass uns woandershin gehen.«

Sie verließen den Park, gingen ein paar Blocks weiter, und bald befanden sie sich wieder inmitten geschäftigen Treibens.

»Was ist das denn?«

Brooke deutete zu einem riesigen Schild hinauf, das die Straße überspannte: »Little Italy«. An den Straßenlaternen hingen italienische Flaggen. Restaurantterrassen befanden sich dort, wo sonst Autos parkten. Die Gäste saßen in grün angelegten Bereichen, die von den vorbeifahrenden Autos durch Zäune abgetrennt waren. Zwischen den Gebäuden hingen Lampions, die den Straßenzug noch einladender machten.

»Das ist verrückt«, rief Carmen staunend, die sogleich ihr Handy zückte und Fotos machte.

»Hast du gar nicht gewusst, dass es das hier gibt?«

»Ich habe gestern Abend jemanden darüber reden gehört, aber ich hätte nicht gedacht, dass es in der Nähe unseres Hotels ist.«

Brooke wich einem Paar mit einem großen Hund aus. »Das habe ich gar nicht mitbekommen. Wahrscheinlich hat mich da gerade dieser Scott belabert.«

Die Restaurants waren zur Straße hin geöffnet, Empfangskellner standen auf einer Art Podest und sprachen die Passanten an, um sie auf die Speisekarte aufmerksam zu machen.

Die Gebäude sahen zwar anders aus als in Italien, aber die Atmosphäre war ähnlich energiegeladen.

Brooke grinste, als sie hörte, wie sich die Restaurantmitarbeiter auf schnellem Italienisch unterhielten, während sie geschäftig umherliefen. Sie hatte das Reisen vermisst, als sie sich das erste Mal um ihren Dad gekümmert hatte, und sie wusste auch jetzt, dass sie so schnell nicht wieder in ein Flugzeug steigen würde. Ganz zu schweigen davon, dass sie nun von Marshall, dem Reise-Influencer, getrennt war, der sich möglicherweise gerade in Italien aufhielt.

Brooke schüttelte den Gedanken ab und freute sich, hier zu sein.

»Das gefällt mir«, sagte sie und sog alles in sich auf.

»Hast du Hunger?«, fragte Carmen.

»Eigentlich nicht.«

»Willst du trotzdem was essen?«

Brooke blieb stehen und sah sich um. »Auf jeden Fall.«

Sie sahen sich die verschiedenen Angebote an und entschieden sich für D'Angelo's Trattoria, die authentisch klingende Speisen anbot und mehr Ambiente zu haben schien als die meisten anderen Lokale, an denen sie vorbeigekommen waren.

»*Buongiorno*«, begrüßte sie die Kellnerin, eine Mittzwanzigerin mit langen dunklen Haaren und olivfarbener Haut.

»Hallo. Haben Sie einen Tisch für zwei?«, erkundigte sich Brooke.

»Ja, natürlich. Drinnen oder draußen?«

Brooke zeigte auf einen Tisch für zwei Personen auf der Terrasse. »Können wir uns vielleicht dort hinsetzen?«

»Gerne.« Die junge Frau lächelte freundlich und führte sie zu dem Tisch, dann reichte sie ihnen die Speisekarten.

»Danke.«

»*Prego.*«

Als die Frau wegging, beugte sich Brooke vor. »Ich liebe dieses Viertel. Ich liebe die ganze Stadt. Wir sitzen im Freien und es ist weder zu heiß noch zu kalt.«

»Also einfach *perfetto*«, scherzte Carmen.

»Im Ernst, es ist ein bisschen wie Seattle, nur mit besserem Wetter. Nein, es ist sogar besser als Seattle, weil das Hafenviertel nicht nach Fischgedärm riecht.«

»Igitt.«

»Du weißt, was ich meine.«

Ein Kellner kam zu ihnen an den Tisch. »Hallo, meine Damen. Ich bin Giovanni und ich werde Sie heute bedienen. Darf ich Ihnen etwas zu trinken bringen? Eine Bloody Mary vielleicht? Ein Glas Wein?«

»Wie wär's mit einem Aperol Spritz?« Ihr Standardgetränk während der letzten Italienreise.

»Gute Wahl.«

»Das nehme ich auch«, sagte Carmen.

Als der Kellner ging, legte Brooke ihr Handy weg. »Er ist Italiener.«

»Ich glaube, das sind sie hier alle.«

Brooke konnte sich ein Lächeln nicht verkneifen. »Meinst du, D'Angelo ist ein Familienname?« Zum ersten Mal seit Wochen fühlte sie sich inspiriert.

Jemand stellte ihnen eine Wasserkaraffe auf den Tisch.

Ein paar stille Sekunden vergingen, dann wandte Brooke ihre Aufmerksamkeit wieder Carmen zu.

Die starrte sie an.

»Was?«

»Ich werde dir jetzt einen Vorschlag machen.«

»Okay.«

Carmens Lächeln verflog. »Du musst mir versprechen, dass du nicht sofort sagst, dass es nicht geht oder dass es eine schlechte Idee ist. Versprich mir, dass du darüber nachdenkst, und statt zu sagen, es geht nicht, überlegst du, *wie* es gehen könnte.«

»Wenn du so was sagst, hört sich das an, als wäre ich ein furchtbar negativer Mensch.«

Ihre Freundin schenkte ihr ein sanftes Lächeln. »Die Frau, die ich vor vielen Jahren kennengelernt habe, war nicht so. Aber in letzter Zeit bist du durchaus pessimistisch, wegen der Sache mit deinem Dad und der mit Marshall. Ich weiß nicht, Brooke … dein Glas ist in letzter Zeit oft halb leer.«

Nur allzu gern hätte Brooke widersprochen, doch damit hätte sie sich selber etwas vorgemacht.

»Okay. Ich verspreche es.«

Carmen beobachtete die Leute, die am Restaurant vorbeigingen, dann sagte sie: »Such hier nach einem Heim für deinen Dad und verkauf das Haus. Zieh nach San Diego.«

Was für eine verrückte Idee!

Carmen schien diesen Gedanken von ihrem Gesicht abzulesen. »Du hast es mir versprochen.«

»Stimmt.«

»Es wäre doch der perfekte Kompromiss. Dein Vater ist nur zwei Stunden von dem Ort entfernt, an dem er sein ganzes Leben verbracht hat, wobei das eigentlich keine Rolle mehr spielt, weil er in einem Seniorenheim leben wird. Und du bist in einer Stadt, in die du dich auf Anhieb verliebt hast. Du kannst dich um ihn kümmern und hasst nicht jeden Tag, den du an einem Ort verbringst, welchen du nicht ausstehen kannst.«

Der Kellner kam mit den Getränken. »Haben Sie sich schon etwas zu essen ausgesucht?«

»Wir haben noch nicht mal einen Blick in die Speisekarte geworfen«, sagte Carmen entschuldigend.

»Winken Sie mir einfach, wenn Sie was gefunden haben. Keine Eile.« Er ging zu einem anderen Tisch.

Brooke hob ihr Glas. »Die Idee ist verlockend.«

»Die Idee ist brillant.«

»Gio!«, rief der Barkeeper dem Kellner zu und begann mit einem Schnellfeuer aus italienischen Sätzen.

Sie wechselten ein paar Mal hin und her, und aus welchem Grund auch immer entlockte es Brooke ein Grinsen. »Verrückt.«

»Vielleicht schauen wir mal, was wir essen wollen.«

Eine Stunde später hatten sie zwei Vorspeisen vertilgt, waren beim zweiten Drink und warteten auf das Hauptgericht.

Carmen suchte im Internet nach Einrichtungen für betreutes Wohnen in der näheren Umgebung, während Brooke aufstand und die Toilette suchte.

Einer der Angestellten wies ihr den Weg in den hinteren Teil des Restaurants.

Dort fand sie einen großen Raum vor, von dem aus man einen Blick in die offene Küche werfen konnte, und im Gegensatz zu den Küchen der Schnellrestaurants entlang der Autobahn hatte man hier keine Scheu davor, den Gästen zu zeigen, wie ihr Essen zubereitet wurde.

Die Vorbereitungen fürs Mittagsgeschäft waren in vollem Gange, in der Küche herrschte reges Treiben. Natürlich war es für Brooke keine Überraschung mehr, dass auch hier nur Italienisch gesprochen wurde. Und zwar in voller Lautstärke.

Brooke freute sich, das richtige Restaurant ausgewählt zu haben. Wenigstens wusste sie, dass ihre Mahlzeit echt italienisch sein würde.

Sie ging zur Toilette und befand sich kurz danach wieder auf dem Weg nach draußen.

Als sie dieses Mal an der Küche vorbeikam, hörte sie eine männliche Stimme. »Francesca!«

Dann, wie in Zeitlupe, geschahen zwei Dinge gleichzeitig. Ein kleines Mädchen, nicht älter als acht Jahre, kam um die Ecke geflitzt, während sich gleichzeitig eine Kellnerin umdrehte, in den Händen zwei Teller mit dampfend heißer Pasta.

Brooke sah den drohenden Zusammenstoß und riss das Mädchen schnell weg, wodurch sie eine größere Katastrophe verhinderte.

Die Frau blieb abrupt stehen, fand aber schnell ihr Gleichgewicht wieder. »Franny!«

»'tschuldigung«, sagte das Kind.

Große dunkelbraune Augen blickten zu Brooke auf, als sie das Mädchen wieder auf dem Boden absetzte. »Du musst aufpassen. Die Teller sind heiß.«

»Francesca Mari!« Hinter ihnen ertönte eine tiefe Baritonstimme, die sehr nach einem verärgerten Vater klang.

Sie blickten beide auf.

Brooke hatte das Gefühl, die Umgebungsluft habe sich erhitzt. Vielleicht brachte der Mann auch nur die Wärme aus der Küche mit, aus der er gerade gekommen war. Anhand seiner Dienstkleidung konnte man erkennen, dass es sich um einen der Köche handeln musste. Er blickte das Mädchen streng an, dann sagte er etwas auf Italienisch zu ihr, und ihre Antwort darauf schien ihn noch mehr zu verärgern.

Als er vor sich hin brummte, drehte sich Francesca zu Brooke und sagte artig: »Danke, dass Sie mich gerettet haben.«

Brooke beherrschte sich sehr, um nicht laut zu lachen. »Gern geschehen.«

Dann lief das Mädchen fort.

»Langsam!«, rief der Vater ihr hinterher.

Sie sahen, wie Francesca daraufhin übertrieben langsam marschierte, als wollte sie ihren Vater veräppeln. Dann drehte sich das Mädchen noch einmal um.

Ihr Vater war nicht annähernd so erheitert wie das Kind.

»Entschuldigen Sie bitte«, sagte der Mann.

»Kein Problem. Ich bin ja froh, dass nichts passiert ist.«

Leicht entnervt blickte er über Brooke hinweg zu seiner Tochter.

»Sie ist süß.«

Diese Aussage zauberte nun doch ein Lächeln auf sein Gesicht. Woraufhin in Brookes Lunge nicht mehr genügend Sauerstoff ankam. Vermutlich konnte dieser Mann mit dem markanten Kinn und dem dunklen Teint allein durch sein Lächeln so ziemlich alles erreichen, was er von einer Frau wollte. Dazu noch ein bisschen *amore* hier und *amore* da …

Aber was dachte sie plötzlich für einen Unsinn? Wahrscheinlich war er verheiratet.

Schließlich hatte er eine Tochter.

Denn es handelte sich ja um ein Familienrestaurant, in dem dieses kleine Mädchen herumlief, das die Angestellten Franny nannten.

»Danke für Ihr beherztes Eingreifen.«

Seine Stimme ließ ihr Inneres dahinschmelzen wie Schokolade in der Sonne.

Brooke starrte den Mann an und musste an all die Kunstwerke denken, die es in Italien zu sehen gab. Kein Wunder, dass so viele Männer in Marmor und Stein gemeißelt waren. Wenn alle Italiener so aussahen wie der hier …

Er räusperte sich.

Sie schloss die Augen und spürte, wie ihre Wangen glühten. »Ich lasse Sie jetzt lieber weiterarbeiten.«

Er nickte. »Ist wahrscheinlich eine gute Idee.«

Doch seine Füße blieben genau dort, wo sie waren.

Sein Lächeln wurde weicher, als sie einen weiteren Blick in seine Augen wagte.

»Gut. Ähm …«

Hatte er gerade gelacht?

Brooke ging schnell und ohne sich umzusehen an ihren Tisch zurück. Das warme Prickeln auf ihrem Rücken ließ vermuten, dass er ihr hinterherblickte.

Nachdem sie und Carmen zwei Stunden auf der Terrasse verbracht hatten und die Rechnung kam, stand eine Null mit einem »*Grazie*« darauf.

Sie sprachen den Kellner an, aber der beharrte darauf, dass Brooke Franny vor einer Verletzung bewahrt habe und dies dem Restaurant eine kostenlose Mahlzeit wert sei.

Da ihnen nichts anderes übrig blieb, bedankten sie sich herzlich und machten sich auf den Weg.

»Bist du bereit, dich auf Wohnungssuche zu begeben?«, fragte Carmen.

»Du bist voreilig.«

»Findest du?«

Brooke blickte sich im Gehen noch einmal zum Restaurant um.

Vielleicht hat Carmen recht.

KAPITEL 5

»Heute war viel los. Endlich geht's wieder aufwärts.«

Luca schaute von der anderen Seite des Tisches zu seiner Mutter. Es kam nicht oft vor, dass sie gemeinsam aßen und dabei die Tageseinnahmen zählten, denn das Geschäft war eine gefühlte Ewigkeit lang im Keller gewesen. Nach den jahrelang andauernden, immer wieder neu verhängten Beschränkungen und dem daraus resultierenden Personalmangel hatte sich erst in letzter Zeit wieder eine gewisse Normalität eingestellt.

»Was ist das?« Mari hielt eine Quittung in der Hand.

Luca kniff die Augen zusammen und erkannte seine Unterschrift auf dem Zettel mit dem Gratisessen.

Er dachte an die freundlichen Augen, an ihr Lächeln.

Sein Schweigen dauerte einen Moment zu lange, und als er sich dabei ertappte, räusperte er sich. »Deine Enkelin hat sich einen Spaß daraus gemacht, während des Mittagsgeschäfts durch die Küche zu rennen. Ein Gast hat sie abgefangen und uns vor der Fahrt ins Krankenhaus bewahrt.«

»Hmm.« Seine Mutter blickte ihn über den Kassenzettel hinweg an, als könnte sie seine Gedanken lesen. »War sie hübsch, dieser *Gast*?«

Luca wandte seine Aufmerksamkeit wieder der Tagesabrechnung zu, um den Blicken seiner Mutter zu entgehen. »Ich glaube, ich habe nicht gesagt, dass es eine Frau war.«

»Also ja.«

»Mama, hör auf.«

Mari schob das Papier beiseite. »Was denn? Darf eine Mutter ihren gut aussehenden, alleinstehenden Sohn nicht nach einem hübschen Mädchen fragen?«

»Steck deine Energie vielleicht lieber in die Erziehung deiner Enkelin, damit sie die Küche nicht mehr als Spielplatz benutzt.«

Mari schnalzte mit der Zunge, wie immer, wenn sie anderer Meinung war. »Das arme Kind braucht Geschwister. Unsere Angestellten sind ihre Spielkameraden. Das ist nicht richtig.«

So gern Luca widersprochen hätte, seine Mutter hatte recht. Allerdings hatte er nicht vor, Franny einen Bruder oder eine Schwester zu schenken, ohne die dazugehörige Mutter an seiner Seite zu haben. Und sich eine Frau zu suchen, war ein zu großer Aufwand.

Luca beendete den Tagesabschluss und schob den Papierkram beiseite. Er nahm sich Brot und brach ein großzügiges Stück ab. »Vielleicht kannst du morgen mit Franny in den Park gehen.«

»Vielleicht.«

Giovanni kam zu ihnen in den hinteren Teil des Restaurants und warf seine Schürze über einen der Stühle. »Wir müssen mehr Kellner einstellen.«

Luca stöhnte.

Mari schnalzte wieder mit der Zunge.

Da kam Chloe mit Franny an ihrer Seite.

Wann war seine Tochter nur so groß geworden? »Müsstest du nicht schon längst im Bett sein?«, fragte er lächelnd.

Franny fasste sein Grinsen als Einladung auf, rannte zu ihm und sprang ihm auf den Schoß.

»Und habe ich nicht gesagt, dass du im Restaurant nicht rennen darfst?«

»Es ist ja niemand mehr da«, protestierte sie.

»Wo sie recht hat, hat sie recht«, meinte Gio, indem er sich etwas von den Hummerravioli nahm, die Luca als Tagesgericht zubereitet hatte. Das Rezept dafür stammte von seiner Mutter, die aber nicht mehr so viele Stunden hinter dem Herd verbrachte wie er, weil sie sich um Francesca kümmerte.

Sergio rief von der Bar: »Ich gehe jetzt.«

»Hast du Hunger?«, fragte Mari.

»Ich habe schon gegessen«, antwortete er abwinkend. »*Ciao, ciao.*«

Alle anderen riefen ebenfalls »*ciao*«.

Chloe folgte ihm und schloss hinter ihm die Eingangstür des Restaurants. »Ich komme morgen erst gegen fünfzehn Uhr«, sagte sie, als sie wieder zum Tisch zurückkehrte.

»Das ist perfekt, weil ich um vier gehe. Du musst dann bedienen«, informierte Gio seine Schwester.

»Ich kann auch bedienen«, mischte sich Francesca ins Gespräch.

Für ihre Hilfsbereitschaft umarmte Luca sie fest. »In ein paar Jahren, meine Süße.«

»Nonna hat gesagt, dass sie auch bedient hat, als sie so alt war wie ich. Stimmt's, Nonna?«

Alle Augen richteten sich auf Mari. »Es waren andere Zeiten.«

Gio aß und redete dabei mit vollem Mund. »Laut Arbeitsrecht könnten wir dann zusperren, aber wenn wir nicht bald mehr Personal einstellen, müssen wir Franny halt als Erwachsene verkleiden. Sie wäre sicher eine großartige Hilfe.«

Das brachte Francesca zum Kichern.

»Wir werden schon zurechtkommen«, hörte sich Luca sagen.

Frannys Mund öffnete sich für ein löwengroßes Gähnen. Luca lächelte sie an. »Okay, gib Nonna einen Kuss. Zeit fürs Bett.«

»Aber ...«

Er stupste ihr mit dem Finger auf die Nase, woraufhin sie ihren Widerstand aufgab und von seinem Schoß rutschte. Sie ging um den Tisch herum, gab allen einen Gutenachtkuss und kehrte zu ihm zurück. Sie war sein ganzer Stolz. Jetzt hob er sie hoch, obwohl sie dafür eigentlich schon viel zu groß war. »Oh, bist du schwer, du hast zu viel von Santorinis *gelato* gegessen«, neckte er sie.

»Nur ein bisschen.«

Er ging zum hinteren Teil des Gebäudes und durch den privaten Ausgang zum Treppenhaus. Direkt über dem Restaurant wohnten seine Mutter, Giovanni und Chloe. Er und Francesca wohnten noch eine Etage höher, obwohl seine Tochter oft bei ihrer Tante oder Großmutter schlief, was Luca stets erlaubte.

Sie brauchte Frauen in ihrem Leben, da sie ohne Mutter aufwuchs.

»Papa?«

Frannys Kopf ruhte auf seiner Schulter, während er sie in ihr Zimmer trug.

»Ja?«

»Kannst du mich morgen zur Schule bringen?«, fragte sie, als er sie auf dem Bett absetzte.

»Ja, aber Nonna holt dich ab.«

Damit schien sie zufrieden zu sein, wie ihr Lächeln zeigte. Sie kuschelte sich in die Decke und nahm ihr abgewetztes Plüschlama, das sie immer noch zum Schlafen brauchte.

»Geh essen, Papa.«

Er gab ihr einen Kuss auf die Stirn und schlug die Decke um sie. »Träum was Schönes.«

Ihre Augen waren bereits geschlossen.

Er tappte leise aus dem Zimmer und ließ auf dem Weg nach unten die Tür offen stehen.

Das war sein Leben. Jeder Tag verlief gleich, aber um nichts in der Welt hätte er etwas daran ändern wollen.

* * *

»Wie viel möchten Sie dafür?«

Brooke schaute über die Schulter zu dem Mann, der auf der anderen Seite der Einfahrt stand. Es war acht Uhr morgens, auf dem Hofflohmarkt herrschte mehr Trubel als im Walmart während des Sonderschlussverkaufs. »Fünfzig.«

Der Mann kniff die Augen zusammen und hielt die Bohrmaschine hoch. »Das ist sie nicht wert.«

»Sie haben recht, sie ist eigentlich hundert wert, aber ich will sie heute noch loswerden.« Elektrowerkzeuge waren das einzig Wertvolle, was ihr Vater besaß. Und da sie nach seinem Schlaganfall schon einmal auf dieser Bühne getanzt hatte, wusste sie, welchen Preis sie für die Gegenstände verlangen musste, die er behalten hatte. Jetzt würde er sie sicher nicht mehr brauchen und Brooke hatte auch nicht die Absicht, sie zu verwenden. »Für Sie fünfundfünfzig.«

»Ich gebe Ihnen sechzig«, rief ein anderer Mann.

Brooke lächelte ihn an. »Mein Dad muss ins Pflegeheim. Wer am meisten bietet, kriegt den Zuschlag.«

Der erste Mann legte die Bohrmaschine wieder zurück und ging weiter. »Kannste haben, Kumpel.«

Bis um neun Uhr waren alle Werkzeuge verkauft und das meiste Geld, das sie am heutigen Tag einnehmen würde, in ihrer Tasche. Als Nächstes waren die Gartengeräte an der Reihe.

Brooke hatte vor, für sich eine kleine Wohnung zu mieten, womit sich das Ausmaß der Gartenarbeit auf eine Topfpflanze für ihren Dad und vielleicht einen Kräutergarten für sie beschränkte. Harken und Spaten hatten keinen Platz in ihrem Leben.

Nur ein Minimum an Möbeln würde im Haus bleiben, bis es verkauft war.

Ihr Vater würde für sein Zimmer im Heim nur ein Bett, ein kleines Sofa, einen Fernseher und einen Beistelltisch brauchen. Sie hatte ohne ihn seine Sachen durchforstet und ausgewählt, was er behalten sollte und was ein neues Zuhause finden würde.

Das Gespräch über den Umzug ins Heim war eines der schwierigsten gewesen, die sie je hatte führen müssen.

Ihr Dad hatte jetzt zwar wieder einen klaren Kopf, doch sein Körper war nicht mehr der alte.

»Wir müssen darüber nachdenken, was als Nächstes geschieht«, hatte sie gesagt, als klar wurde, dass er nicht allein zurechtkommen würde, sobald er aus dem Pflegeheim entlassen wurde. »Allein zu wohnen ist für dich keine Option mehr.«

Ihr Vater blinzelte einige Male, bevor er einen lang gezogenen Seufzer ausstieß. »Ich weiß. Aber jetzt bist du ja hier.«

Brooke schluckte. Nicht nur einmal. »Ich kann dich nicht pflegen.«

Er legte die Hände auf seinen gewölbten Bauch. Sie konnte sich vorstellen, woran er in diesem Moment dachte. An die OP-Wunde, die nur langsam verheilte. An die Windel, die er tragen musste, weil er nicht rechtzeitig zur Toilette kam.

»Wir können eine Pflegekraft einstellen.«

Brooke hasste es, ihm seine Hoffnungen zu zerstören. »Das können wir uns nicht leisten. Medicare übernimmt dafür nicht die Kosten.«

»Und wenn sich mein Zustand verbessert?«

»Und wenn nicht?« Sie beugte sich vor und legte die Hand auf seinen Arm. »Dad, hör zu, ich kann nicht in Upland leben. Selbst wenn im Haus genug Platz wäre, könnte ich trotzdem nicht dort wohnen. Sosehr ich dich auch liebe, aber ich kann mir nicht vorstellen, deinen Hintern abzuputzen.«

»Eher stürze ich mich von einer K-Klippe, bevor ich … bevor ich mir von meiner Tochter den H-Hintern abwischen lasse.«

Immerhin waren sie sich in dieser Sache einig.

»Ich habe mich über betreutes Wohnen informiert.«

Seine Augen wurden schmal, dann öffnete sich sein Mund. Doch sie unterbrach ihn, bevor er zu Wort kam.

»Du wirst dein eigenes Apartment haben, Dad. Dort kriegst du Hilfe, es kommt jemand, der dich pflegt«, sagte sie so behutsam wie möglich. »Sie machen deine Wäsche, putzen die Räume und du bekommst dreimal am Tag eine Mahlzeit. Du hast auch eine kleine Küche, wo du dir selbst was zubereiten kannst, wenn du willst.«

»Ein A-Altersheim.«

»Betreutes Wohnen. Das Entscheidende ist, dass du es dir nicht leisten kannst, eine Krankenschwester einzustellen. Und ich auch nicht, ohne das Haus zu verkaufen.«

»W-wo willst du wohnen?«

»Lass uns nach San Diego ziehen«, sagte sie mit einem aufmunternden Lächeln. »Es ist nicht weit von hier. Ein guter Kompromiss.«

Er schüttelte den Kopf.

»Dad, ich tue alles, was ich kann. Ich habe mein Zeug gepackt und bin nach Kalifornien gezogen. Ein bisschen musst du mir schon auch entgegenkommen. Du kannst nicht allein in dem Haus bleiben und ich kann nicht … ich *werde* dort nicht leben.« Ungewollte Tränen traten ihr in die Augen. »Findest du es fair, wenn ich alles aufgebe und du gar nichts?«

»Ich bin derjenige, der … der im Bett liegt.«

»Und ich versuche, es dir so angenehm wie möglich zu machen. Meine Arbeit leidet. Mein Privatleben ist flöten gegangen.« Sie hasste die Tränen, die ihr nun über die Wange liefen.

»Betreutes Wohnen.«

»Es ist die beste Lösung. Bitte, Dad. Ich habe alles durchgerechnet. Mit deinen Ersparnissen kommst du eine Weile über die Runden und mit dem Erlös des Hausverkaufs wird, falls nötig, der Rest ausgeglichen.«

Jetzt schüttelte er nicht mehr den Kopf.

Er legte die Hand auf ihre. »Du wischst mir nicht den A-Arsch ab.«

Die Entscheidung war also gefallen.

Jetzt ging es nur noch darum, wie sie es bezahlen sollte.

Sie brauchte das Geld aus dem Hausverkauf, um es zu schaffen, und würde bald mit einem Finanzplaner reden müssen. Falls ihr Vater keine anderen gesundheitlichen Probleme bekäme und noch zwanzig Jahre lebte, brauchte sie einen Plan, wie sie ihn versorgen konnte.

Das Geld der Sozialversicherung half zwar, deckte aber nicht mal die Hälfte der Kosten ab, die auf sie zukommen würden. Aber er würde regelmäßige Mahlzeiten und Hilfe zu jeder Tages- und Nachtzeit bekommen. Und das war sehr wichtig.

Der Kompromiss war San Diego.

Er würde dort in der Nähe in ein Heim ziehen, und wenn sie den Verkauf des Hauses in die Wege geleitet hatte, würde sie ein kleines Apartment für sich suchen und ein neues Leben beginnen.

Carmen hatte recht.

Der Umzug nach San Diego war die bestmögliche Lösung für diese beschissene Situation, in der sie und ihr Vater sich befanden.

»In San Diego kenne ich niemanden.«

Brooke blickte ihm in die Augen, nicht bereit, klein beizugeben.

»Echte Freunde nehmen die Fahrtzeit auf sich. Und wenn du wieder fit genug bist, fahren wir deine alte Heimat besuchen. Das Heim ist kein Gefängnis. Es ist ein Seniorenheim, wo man kommen und gehen kann, solange man alle Sinne beisammenhat.«

Daraufhin zeigte ihr Dad ein Grinsen. »Ich kann m-mich nicht mehr an meine alten Witze erinnern.«

»Wofür ich eigentlich ganz dankbar bin«, neckte sie ihn. Seine Witze waren furchtbar, während er sie urkomisch fand.

Endlich waren die schwierigen Entscheidungen getroffen; jetzt ging es darum, sie in die Tat umzusetzen. Sie hatte ein Heim für ihren Dad gefunden und einen Immobilienmakler, der ihr versicherte, dass sie gleich am ersten Tag mehrere Angebote erhalten werde und dass wahrscheinlich innerhalb von dreißig Tagen der Verkauf über die Bühne gebracht werden konnte.

Brooke wartete nur noch darauf, ein Entlassungsdatum für ihren Dad zu erhalten, um loslegen zu können.

Erst dann würde sie nach einer Wohnung für sich suchen. Obwohl sie durchaus überlegte, ob sie schon früher damit beginnen sollte. Andererseits musste sie die eigene Miete, die Raten fürs Darlehen, die Kaution für ihren Vater und, und, und gleichzeitig stemmen. Bei dem Gedanken wurde ihr ganz übel.

Während es immer heißer wurde und nur noch hier und da ein paar Leute vorbeikamen, durchforstete Brooke einen Teil der unzähligen Akten, um die sich ihr Vater seit vierzig Jahren nicht mehr gekümmert hatte. Darunter waren auch Geburtstags- und Weihnachtskarten sowie Briefe seiner längst verstorbenen Mutter aus der Zeit, als er damals von der Ostküste nach Kalifornien gezogen war. Ein oder zwei waren ganz interessant zu lesen, aber sonst stand auf allen dasselbe.

Und dann waren da noch die Abschiedsbriefe.

Ihr Vater hatte nicht nur ein paar gescheiterte Ehen hinter sich, es gab auch noch so einige andere Frauen, die nicht gut auf ihn zu sprechen waren.

Warum also diese Briefe aufbewahren?

Nach der Lektüre von zwei, drei Briefen wurde Brooke klar, dass ihr Dad keiner war, der leicht Vertrauen fasste. Eigentlich hatte sie das längst gewusst. Dieser Mangel an Vertrauen führte zu Unsicherheit und Eifersucht, was jede Beziehung zum Scheitern brachte.

Jetzt war er allein. Ja, er hatte noch sie als Tochter, aber es war nicht dasselbe, was Brooke nur allzu gut wusste.

Einen kurzen Moment lang dachte sie an Marshall und ihr fiel ein, dass sie seit mehr als einer Woche keinen Gedanken mehr an ihn verschwendet hatte.

Sie vermisste zwar die Sicherheit, die eine Beziehung bot, aber nach dem Mann sehnte sie sich nicht zurück.

Er hatte sich auch nicht mehr gemeldet und nie wirklich versucht, sie umzustimmen.

Hätte er sie aufrichtig geliebt, hätte er es versucht, oder nicht?

Brooke schüttelte die aufkommende Melancholie ab und schaute auf die restlichen Flohmarktwaren.

Sie öffnete den Kofferraum des Sportwagens, mit dem sie fahren wollte, bis alles verkauft und sie nach San Diego gezogen war. Dann würde sie die monatlichen Zahlungen für das verdammte Ding einstellen und es dem Autohaus zurückgeben, wo ihr Vater es herhatte. Sie packte die Kleidung ein, die sich nicht verkaufen ließ, sowie die verschiedenen Haushaltsgegenstände, die der alte Mann angesammelt hatte, und warf das Flohmarktschild in den Abfalleimer.

Nach drei Fahrten zum Sozialkaufhaus war sie bereit für eine Dusche, ein Abendessen und das Bett.

Als sie gerade die Zutaten für ihren Salat klein schnitt, klingelte ihr Handy.

»Miss Turner?«

»Ja, das bin ich.«

»Hier ist Simone.« Es war die Sozialarbeiterin, mit der Brooke schon öfter gesprochen hatte.

»Haben Sie schon ein Entlassungsdatum?«

»Ja, Donnerstag in einer Woche. Bis dahin sollte die Wunde so weit verheilt sein, dass ein einfacher Verband genügt. Das Heim hat zugestimmt, dass man ihn so aufnehmen könnte.«

Brooke unterbrach ihre Tätigkeit und begann sogleich, im Kopf ihre Pläne für die Woche umzuwerfen. »Okay. Vielen Dank. Geben Sie mir Bescheid, falls sich etwas ändert.«

Sie legte auf und war schon müde, wenn sie nur an die Arbeit dachte, die noch vor ihr lag. Ein kurzer Anruf bei ihrem Immobilienmakler setzte ihr eine Frist, bis wann sie das Haus für Besichtigungstermine fertig haben musste. Sie konnte die Garage für den ganzen Kram nutzen, für dessen Durchsicht sie noch länger brauchen würde, während das Haus zum Verkauf stand. Ihr blieben noch vier Tage zum Packen und Putzen. Dann stand eine Reise nach San Diego an, um für ihren Dad das Apartment im Seniorenheim herzurichten. Sie würde ein paar Mal hin- und herfahren müssen. Nachdem sie den Raum für ihren Vater ausgemessen hatte, war sie zu dem Schluss gekommen, dass es keinen Sinn hatte, einen Lastwagen zu mieten und seine Möbel ins Heim zu bringen. Nichts davon würde passen. Er brauchte nur ein Einzelbett und eine kleine Couch. Die Möbel aus dem Haus waren zu groß und taugten ohnehin nicht mehr viel. Es war billiger, neue Möbel zu kaufen und sie vor dem Umzug liefern zu lassen. Sie würde ein paar Lampen und seine Bilder mitnehmen, damit sich sein Apartment noch ein bisschen wie sein altes Zuhause anfühlte.

Das war alles, was sie tun konnte.

Brooke beendete ihr Abendessen, räumte die Küche auf und trug ihr zweites Glas Wein ins Wohnzimmer.

Es war seltsam, in einem Haus zu sitzen, das zwar ihr gehörte, aber sich gleichzeitig fremd anfühlte.

Sie und Marshall waren immer unterwegs gewesen und ihr Zuhause war dort, wo sie sich gerade aufgehalten hatten. Eine Zeit lang hatte das gut funktioniert. Doch sie war mit Marshall nie wirklich glücklich gewesen. Die Beziehung zu ihm hatte ihr keine Sicherheit geboten, keine Stabilität.

Brooke brauchte etwas anderes. Sie wusste nicht, ob San Diego eine Lösung auf Dauer bot, aber zumindest war es der richtige Ort, um mit der Suche zu beginnen.

KAPITEL 6

In der Trattoria D'Angelo herrschte an diesem Nachmittag etwas weniger Betrieb als beim letzten Mal, als sie mit Carmen dort gegessen hatte. Allerdings war in Little Italy, das bei den Touristen sehr beliebt war, fast zu jeder Tageszeit viel los.

Brooke hatte einen Platz in einer Nische ergattert, vor ihr lag eine Zeitung mit den Immobilienanzeigen der Stadt.

Sie war am Vormittag in San Diego angekommen, hatte sich mit dem Leiter der Seniorenresidenz getroffen und einen großen Scheck für den Einzug ihres Vaters ausgestellt. Jetzt musste sie sich um eine Bleibe für sich kümmern.

Ihre Wunschliste war minimal. Ein abgetrenntes Schlafzimmer wäre ideal, aber auch ein Loft oder ein großes Studio würden gehen. Ein eigener Parkplatz ... Aber brauchte sie überhaupt ein eigenes Auto, wenn sie den Wagen ihres Vaters los war? Sie konnte auch mit einem Uber-Taxi zu ihrem Dad fahren. Doch wenn er wieder krank werden würde, und das war eigentlich gewiss, musste sie ihn zu Arztterminen fahren. Also kam der eigene Parkplatz auch auf die Liste. Und was war mit einer Klimaanlage?

Brooke schaute sich im Restaurant um und sah die vielen offenen Fenster. Sie setzte ein Fragezeichen dahinter.

Geschirrspüler? Na ja, sie war allein.

Waschmaschine und Trockner? Ihre Klamotten zum Waschsalon zu schleppen, war nichts Neues. Nicht ideal, aber es ging auch so.

Schwimmbecken oder Whirlpool? Klar, das wäre schön, aber ein Balkon mit Aussicht wäre noch besser.

Aber man konnte nicht alles haben.

»Einmal die Ricotta- und Spinatravioli«, sagte die Kellnerin, die mit einem Teller vor ihrem Tisch stand.

»Oh, Entschuldigung.« Brooke schob Zeitungen und Notizen beiseite und machte Platz für ihr spätes Mittagessen.

»Kein Problem.« Die Frau stellte den Teller ab. »Sind Sie auf der Suche nach einer neuen Wohnung?«

»Ja, meine erste Wohnung, um genau zu sein. Also, ich meine, hier im Ort.«

Die Frau schenkte ihr ein Lächeln, das bis zu ihren Augen reichte. »Wie aufregend! Sie werden San Diego lieben.«

»Das hoffe ich. Ich habe ein paar schwierige Monate hinter mir.«

»Tut mir leid.«

Brooke wusste auch nicht, warum sie das einer Fremden erzählte. »Ist schon okay. Darf ich Sie was fragen?«

»Klar.«

»Wie heiß wird es hier? Braucht man eine Klimaanlage oder kann man die Fenster offen lassen und dann tut es auch ein Ventilator?«

Die Frau zeigte auf den Boden. »Hier, in Meeresnähe, funktioniert das mit dem offenen Fenster und einem Ventilator vielleicht bis auf zwei Wochen im Jahr. Natürlich nicht in einem Restaurant.«

»Das habe ich mir gedacht.«

»Weiter im Landesinneren braucht man mehr Luft.«

Brooke seufzte. »Am liebsten hätte ich was mit Blick aufs Meer.«

Eine schnelle Abfolge kleiner Schritte war zu hören.

»Franny!«

Brooke musste lachen, als sie das Mädchen zwischen den leeren Tischen herumsausen sah.

»Wie ich sehe, rennt sie immer noch«, meinte Brooke.

»Ah, waren Sie schon mal hier?«

»Ja, vor ein paar Wochen, mit meiner Freundin. Francesca hat da fast eine Kellnerin umgerannt. Ich habe sie aufgefangen, und dann war Ihr Koch so freundlich und hat dafür die Rechnung aufs Haus gehen lassen. Dafür bin ich jetzt wiedergekommen und diesmal bezahle ich auch.«

»Ach so, ich habe mir schon gedacht, dass Sie mir bekannt vorkommen. Ich bin Chloe, und meine Nichte Francesca hält sozusagen den Laden am Laufen. Aber jetzt, wo wir wieder viel zu tun haben, muss sie sich wohl einen anderen Ort zum Spielen suchen.«

»Armes Mädchen.«

»Sagen Sie ihr das lieber nicht, sonst kommt sie mit der Mitleidstour. Unsere Kleinste in der Familie kriegt alles, was sie will, glauben Sie mir.« Chloe schaute auf die Pasta. »Aber ich halte Sie vom Essen ab. Ich lasse Sie jetzt besser in Ruhe.«

»Kein Problem. Danke.«

Chloe ging weg, und Brooke lächelte.

Die Ravioli waren sogar noch besser als beim letzten Mal. Eigentlich war Hummer kaum zu übertreffen, aber bei diesem Gericht zerging der Käse auf der Zunge und es schmeckte himmlisch.

Wie um alles in der Welt schaffte es Chloe, ihre schlanke Linie zu bewahren, wenn sie jeden Tag so etwas zu essen bekam?

Brooke hatte sich das schon während ihrer beiden Reisen nach Italien gefragt. Dort gab es Pasta, und zwar jeden Tag in riesigen Mengen und in allen möglichen Varianten. Neben Nudeln gab es auch noch Unmengen an Brot und Wein, und trotzdem waren die Frauen schlank und die Männer hatten Sixpacks. Brooke führte es darauf zurück, dass man dort so viel zu Fuß lief. Ihre Reisen hatten sie nach Florenz und Rom geführt, wobei ihr Florenz am besten gefallen hatte. Little Italy war zwar nicht Florenz, aber diesseits des Großen Teichs kam es der Stadt am nächsten. Und in Anbetracht des Gesundheitszustands ihres Dads war das so viel Italien, wie sie in den nächsten Jahren kriegen konnte. Dass sie nicht reisen konnte, war ein sehr deprimierender Gedanke.

Aber sie würde das Beste daraus machen. Vielleicht konnte sie sich die Zeit nehmen, ein bisschen Italienisch zu lernen, damit sie sich, falls sie doch mal wieder nach Italien reiste, besser verständigen konnte.

Die Idee gefiel ihr.

Neue Vorsätze, neue Lebensziele und etwas, auf das sie sich freuen konnte.

Während sie sich einen weiteren Bissen Tortellini mit Käse im Mund zergehen ließ, schloss sie genießerisch die Augen.

»Wie ich sehe, scheint Ihnen das Essen zu schmecken.«

Als Brooke aufblickte, sah sie eine ältere Frau, die ihr freundlich zulächelte.

»Die Ravioli sind sündhaft lecker. Sie sollten sie mal probieren.«

Die Frau legte eine Hand auf ihre Brust und verneigte sich leicht. »*Grazie.* Es ist das Rezept meiner Großmutter.«

Brooke wischte sich mit der Serviette den Mund ab. »Ist das Ihr Restaurant?«

»Genau. Ich bin Mari D'Angelo«, stellte sich die Frau vor.

»Brooke Turner. Ich bin neu in der Stadt. Also, bald neu hier. Ich bin heute zum zweiten Mal in Ihrem Restaurant und jetzt schon ein großer Fan.«

Das Lächeln der Frau war ansteckend. Sie war Ende fünfzig, vielleicht Anfang sechzig, und sprach mit starkem Akzent, was vermuten ließ, dass Englisch nicht ihre Muttersprache war.

»Sie ziehen in unser Italien?«

»Das würde ich gerne, aber die Mieten sind hier ein bisschen hoch.«

Das Getrappel kleiner Füße kündigte mal wieder Francesca an. »Nonna, Nonna!«

»Langsam, bevor dich noch dein Papa erwischt«, warnte Mari die Kleine.

»Zu spät.« Die tiefe italienische Stimme jagte Brooke einen Schauer über den Rücken, als der Inbegriff eines Italieners in Sicht kam. Statt der weißen Kochuniform trug er diesmal Jeans und ein legeres Hemd. Er hatte ein markantes Kinn und klare, durchdringende Augen.

Und er war sexy. Verdammt sexy.

»Wir gehen jetzt in den Park«, kündigte Franny ihrer Großmutter an.

Brooke grinste. »Da kannst du rennen, ohne Gefahr zu laufen, dass du mit einer Kellnerin zusammenstößt.«

Nach diesen Worten blickte Francescas Vater zu Brooke. Erst verengte sich sein Blick, dann hellten sich seine Gesichtszüge auf. »Sie.«

Er hatte sie also wiedererkannt.

Was Brooke überraschte. »Hallo, so sehen wir uns wieder.«

Maris Blick wanderte von ihm zu ihr. »Ihr kennt euch?«

Brooke schüttelte den Kopf. »Nein. Eigentlich nicht. Als ich zum ersten Mal hier war, sind Franny und ich zusammengestoßen.«

Franny kniff die Lippen zusammen und blickte auf. »Echt?«

»Ich habe das ganz anders in Erinnerung.« Er nahm sich die Zeit und erklärte der Frau, was geschehen war. Lächelnd verschränkte Mari die Hände, während sie zuhörte.

»Ich verstehe«, sagte Mari, als er fertig war. »Francesca ist genauso ein Energiebündel, wie du in ihrem Alter warst.«

Wie zur Bestätigung zerrte das Mädchen an der Hand ihres Vaters. »Jetzt komm endlich. Bald musst du wieder das Abendessen kochen.«

Mari winkte ihrem Sohn. »Geht nur. Ich bin für den ersten Ansturm da, falls ihr euch verspätet.«

»Wir sind bald wieder zurück.« Sein Blick wanderte zu Brooke. »Genießen Sie Ihr Essen, äh ...« Er wartete, als hätte er eine Frage gestellt.

»Ich heiße Brooke.«

»Brooke«, wiederholte er. »Und nochmals vielen Dank.«

»Bitte, es ist ... es war kein Problem.«

Er sagte noch etwas auf Italienisch zu seiner Mutter, dann ging er mit Franny an der Hand fort.

»Mein Sohn. Er ist ein guter Mann und ein super Vater. Schwer, so allein, aber er schafft es«, sagte Mari, als er außer Sichtweite war.

Brooke fragte sich, ob Mari vielleicht ein bisschen zu viel preisgab, dafür, dass sie sich gar nicht kannten. Oder vielleicht war das einfach die italienische Art.

»Ich habe Ihren Sohn nun schon zwei Mal getroffen, aber leider seinen Namen nicht erfahren.«

Maris Lächeln verwandelte sich in ein Strahlen. »Luca. Ein starker Name, *vero*?«

»Ja.« Als Brooke auf ihren Teller hinunterblickte, hielt Mari erschrocken die Luft an.

Dann rasselte sie etwas auf Italienisch herunter und entschuldigte sich ausgiebig. »Bei all dem Gerede ist Ihr Essen ganz kalt geworden.«

Bevor Brooke widersprechen konnte, rief Mari etwas in die Küche, dann zog die Matriarchin der Familie D'Angelo den

Teller mit der kalten Pasta weg und ersetzte ihn gleich darauf durch einen dampfenden. »So ist's besser.«

»Aber das wäre doch nicht nötig gewesen.«

»O doch! Essen Sie in Ruhe, und wenn Sie fertig sind, können wir uns vielleicht bei einem Cappuccino unterhalten.«

Brooke freute sich über das Angebot. »Sehr gern.«

* * *

Als ihr Teller leer war und aussah, als hätte Brooke ihn abgeleckt, setzte sich Mari zu ihr an den Tisch, als wären sie alte Freunde.

»Lassen Sie mal sehen, wo Sie wohnen wollen.« Sie zeigte auf die Anzeigenseiten, die Brooke neben sich gelegt hatte.

»Was ich will und was ich mir leisten kann, ist leider nicht dasselbe. Aber vielleicht können Sie mir etwas über die Stadtteile sagen, damit ich nicht in einer schäbigen Gegend lande.«

»Ich bin voreingenommen und bevorzuge natürlich unser Little Italy. Dieses Restaurant hat früher meinem Vater gehört und dann mir und meinem verstorbenen Mann.«

»Das tut mir leid. Also, dass Ihr Mann gestorben ist, meine ich«, erklärte Brooke.

»Es ist schon etliche Jahre her. Mein Vater ist nach Italien zurückgegangen, um sich um seine Eltern zu kümmern, als sie alt wurden, und ist dortgeblieben. Seitdem hat er uns ein paarmal besucht, aber jetzt ist er zu alt für diese Reise.«

»Lebt er noch?«

»Ja, er ist einundachtzig.«

»Wie schön.«

Mari lächelte und blickte wieder auf die Zeitung mit den Anzeigen. Sie nahm einen Stift und begann, einige von Brookes Vorschlägen zu streichen.

»Nein … das auch nicht … das hier auf gar keinen Fall.«

Brooke schaute, welche Wohnungen Mari von der Liste strich. Die billigeren außerhalb von Little Italy fielen weg wie Fliegen von der Wand.

»Nein. Sogar Chloe würde beipflichten, dass diese Gegend heutzutage ein bisschen überlaufen ist.«

Mari tippte mit ihrem Stift auf die Wohnungsangebote, die nicht weit vom Restaurant entfernt lagen.

Es waren die Hochhäuser von Little Italy, die viele Annehmlichkeiten boten und deshalb mit dem entsprechenden Preisschild versehen waren.

»Sie haben hier Fragezeichen daneben geschrieben. Warum?«, wollte Mari wissen.

»Eine Frage des Budgets«, antwortete Brooke. »Es kommen ein paar unerwartete Ausgaben auf mich zu und finanzielle ... äh, Engpässe.« Sie fühlte sich nicht wohl dabei, über die Situation ihres Vaters zu sprechen. Es hätte zu viele Fragen aufgeworfen, die Brooke nicht mit einer Fremden besprechen wollte. Ihre Hoffnungen, in Strandnähe zu wohnen, lösten sich allmählich in Luft auf. Zumindest für die nächste Zeit. »Vielleicht gibt es im Landesinneren auch irgendwelche Gegenden, die Sie mir empfehlen könnten ...«

Mari kniff nachdenklich die Augen zusammen und forstete die Anzeigen durch. »Hm, vielleicht habe ich eine Lösung für Sie.«

»Ich bin für alles offen.«

Mari nickte. »Nehmen Sie Ihre Handtasche und folgen Sie mir.«

Brooke schaute auf die Uhr und wusste, dass sie auf dem Rückweg nach Upland in dichten Verkehr geraten würde, aber sie schob den Gedanken beiseite. Ihre Suche zusammen mit jemandem einzugrenzen, der sich in der Stadt auskannte, war wichtiger als ein paar verlorene Stunden auf einem kalifornischen Freeway.

Brooke folgte Mari, während diese sich den Weg durch den hinteren Teil des Restaurants bahnte.

Sie kamen durch Bereiche, die den Angestellten vorbehalten waren, wo die gedämpften Farben des Lokals in strahlendes Weiß übergingen, mit Oberflächen, die einfacher zu reinigen waren. Mari wechselte ein paar Worte auf Italienisch mit denjenigen, die sie ansprachen, während sie Brooke weiter zu dem unbekannten Ziel führte.

Durch eine Tür gelangten sie in einen Gang und dann in ein Treppenhaus, das aussah, als gehöre es zu einem normalen Haus und nicht zu einem Restaurant.

»Was meine geliebten Eltern hier am meisten mochten, ist der darüber liegende Wohnbereich. Im Erdgeschoss ist das Restaurant, im ersten Stock wohne ich mit meinen Kindern. Dort habe ich ganz früher mal mit meinen Eltern gelebt und später mit meinem Mann.« Mari zeigte auf eine Tür im Treppenhaus, an der sie nun vorbeigingen. Sie stiegen die Treppe weiter nach oben. »Mein Luca und meine kleine Francesca wohnen im zweiten Stock.« Sie zeigte auf eine Tür.

Brooke begann zu ahnen und zu hoffen, was es mit diesem Ausflug auf sich hatte.

Im obersten Stockwerk blieb Mari stehen. »Auf dieser Etage befindet sich eine kleine Wohnung, die wir für Gäste nutzen. Für die Familie, wenn sie zu Besuch kommt, oder für meine Kinder, wenn ältere Leute kommen, die nicht mehr so gut Treppen steigen können. Ich überlege schon seit einem Jahr, die Wohnung zu vermieten. Jetzt kommt nicht mehr so viel Besuch wie früher.«

Mari öffnete die unverschlossene Tür und trat ein.

Der große Raum mit Dachschrägen und sichtbaren Balken schien direkt aus einem italienischen Reiseführer zu stammen und erinnerte an das Ambiente des Restaurants. Die Küche, die an den Wohn- und Essbereich angrenzte, war klein, aber mit allem Nötigen ausgestattet: Es gab einen Backofen und einen kleinen Single-Kühlschrank, der für Gäste von Restaurantbesitzern sicher ausreichend war.

Die Einrichtung war in Weiß und Crème gehalten, mit gelben und olivgrünen Farbakzenten.

Die Wohnung war wunderschön.

Brooke ging schweigend weiter, steckte den Kopf in das gemütliche Schlafzimmer, das hübsch eingerichtete Bad, in dem eine alte Badewanne auf Füßen mit Brause und Duschvorhang stand.

Durch die Fenster zur Straße fiel natürliches Licht, nach hinten hinaus konnte man ebenfalls Fenster zum Lüften öffnen.

»Es gibt eine Dachterrasse, zu der man von hier einen direkten Zugang hat, die Sie aber mit meiner Familie teilen müssten. Wir gelangen über eine andere Tür vom Treppenhaus dorthin. Sonntagabend essen wir bei schönem Wetter immer hier oben.«

Mari deutete auf eine Tür in der Küche. Sie traten hindurch und gelangten auf eine riesige Dachterrasse. Die Aussicht war überwältigend. Man konnte von hier auf die Bucht und die Schiffe blicken, und man spürte die frische Meeresbrise auf der Haut.

Über die gesamte Länge waren Lichterketten aufgehängt. Ein langer Tisch stand dort, und es gab eine Sitzecke mit einer Gasfeuerstelle.

Brooke schloss die Augen und holte tief Luft. »Ich traue mich gar nicht zu fragen, was die Wohnung kosten würde.«

Mari gluckste. »Ich würde Sie nicht hierherbringen, um Sie zu enttäuschen, meine Liebe. Es hat ja niemand was davon, wenn das Apartment leer steht. Allerdings gibt es keine Klimaanlage, das müssen Sie wissen. Und die Küche ist armselig, wie Sie sehen können.«

»Für mich ist sie perfekt.«

»Kochen Sie nicht?«, wollte Mari wissen.

»Eher weniger. Es ist nicht meine Stärke.«

Mari schüttelte den Kopf. »Ich kann es Ihnen beibringen. Unsere Sonntagsessen sind lang und laut.«

»Das stört mich nicht.«

»Ich bräuchte ein bisschen Zeit, um die Möbel zu entfernen, damit Ihre Sachen Platz haben.«

»Nein!« Brooke hätte fast aufgeschrien. »Ich meine, könnte ich die Wohnung auch möbliert nehmen? Ich bin sehr ordentlich und gerne bereit, eine gute Kaution und eine Reinigungsgebühr für alles zu zahlen, das …«

»Das wäre perfekt. Haben Sie keine eigenen Möbel?«

»Ein paar schon, aber nichts Großes. Es ist eine längere Geschichte.« Eine, die sie jetzt nicht erzählen wollte.

»Vielleicht mal bei einem Glas Wein«, schlug Mari vor.

»Oder einer Flasche«, konterte Brooke.

Die ältere Frau grinste.

»Sie gefallen mir, Brooke.«

Brookes Handflächen begannen zu schwitzen. »Wie hoch ist die Miete, Mrs D'Angelo?«

Mari ging auf die Frage nicht ein. Stattdessen lief sie zum Rand der Dachterrasse und zupfte an etwas herum, das wie ein Kräutergarten aussah. »Bestehen Sie auf einem Mietvertrag?«

»Also …« Brooke zögerte. »Das ist ein Experiment für Sie, richtig?«

»Richtig. Aber …«

»Ich würde Sie auch nicht binden wollen, wenn Sie sich noch nicht ganz sicher sind, ob es auf Dauer sein soll, auch wenn das für mich natürlich ideal wäre. Es ist sehr nett von Ihnen, dass Sie mir vorschlagen, die Wohnung zu mieten und na ja, vielleicht könnten Sie mir dreißig Tage vorher Bescheid geben, falls Sie wollen, dass ich wieder ausziehe.«

Mari hob ihr Kinn und lächelte. »Sie sind eine weise Frau. Ja, das lässt sich einrichten.« Damit ging sie an Brooke vorbei und wollte wieder in die Wohnung zurück.

»Mrs D'Angelo?«

»Ja?«

»Der Preis?«

Mari hielt inne, schnupperte an dem Kraut in ihrer Hand und wartete einen Moment, bevor sie Brooke eine Zahl nannte.

Es war der Preis, den man für ein kleines Apartment in einer schlechten Gegend bezahlt hätte.

»Das ist lächerlich wenig«, wandte Brooke ein.

Mari hob einen Finger. »Keine Klimaanlage.« Sie hob einen zweiten Finger. »Kein Aufzug.« Einen dritten. »Eine Küche für Kleinkinder.« Einen vierten. »Die Waschmaschine befindet sich im hinteren Teil des Restaurants, weshalb Sie nur nach Geschäftsschluss waschen können. Natürlich können Sie aber auch meine jederzeit benutzen.« Als Letztes ging ihr Daumen nach oben. »Und meine Familie ist recht laut. Liebenswert, aber laut.«

Brooke zögerte nicht länger. »Ich nehme die Wohnung.«

Sie atmete tief ein und hielt die Luft an.

»Einverstanden.«

KAPITEL 7

»Du hast *was* gemacht?«

»Ich habe das Apartment im obersten Stockwerk vermietet.«

»Die Gästewohnung«, korrigierte Luca sie.

»Wir können das Geld gut gebrauchen.«

»Uns geht's gut.«

»Gib mir mal den Wein.«

Luca starrte seine Mutter an, die gerade so beiläufig nach dem Wein gefragt hatte, als hätte sie zuvor gesagt, sie wolle Franny einen Pulli kaufen.

»Mama.«

»*Grazie*«, sagte sie zu Chloe, die ihr die Weinflasche reichte, aber genauso besorgt über diese Neuigkeit aussah wie die anderen.

»Das ist unser Zuhause«, sagte Gio.

»Es bleibt ja trotzdem unser Zuhause.«

»Wenn Fremde hier wohnen?« Luca ließ nicht locker. Er warf einen Blick auf seine Tochter, die wie ein ausgehungertes Kind ihr Abendessen verschlang.

»Du machst dir umsonst Sorgen.«

»Mama!« Chloes Stimme schallte durch den Raum.

»Du brauchst dir wirklich keine Sorgen zu machen. Ich habe die Person, die das Mietverhältnis eingeht, genau überprüft.«

Luca verschluckte sich fast. »»Die das Mietverhältnis eingeht‹, wie sich das schon anhört.«

»Was ist mit Franny?«, fragte Gio.

»Genau!« Luca zeigte auf seine Tochter.

Francesca hörte bei der Erwähnung ihres Namens zu kauen auf und sah hoch.

»Sie ist doch eine Abenteurerin. Francesca wird gut klarkommen.«

Luca schaute zu seinem Bruder. »Man kann das sicher wieder rückgängig machen.«

»Klar, das geht sicher.«

Da klatschte Mari laut mit der Hand auf den Tisch. »Ich habe für diese Familie noch nie eine falsche Entscheidung getroffen. Ihr werdet so lange meine Entscheidungen respektieren, bis ich nicht mehr in der Lage bin, mich um diese Familie zu kümmern. Die letzten Jahre waren für uns alle schwierig. Wir können das Geld gut gebrauchen. Durch die Miete haben wir eine zusätzliche Einnahmequelle.« Sie holte tief Luft. »Ich erwarte, dass ihr auch jetzt die Gastfreundschaft zeigt, die wir unseren Verwandten entgegengebracht haben. Die Räume bleiben möbliert. Falls noch etwas oben ist, das ihr behalten wollt, müsst ihr es holen. Nächste Woche geht's los.«

Es hatte bisher nur wenige Momente in Lucas Leben gegeben, in denen er sich seiner Mutter mit ganzer Kraft hatte widersetzen wollen.

Dieser war einer davon.

»Francesca braucht Stabilität«, lautete sein Argument.

»Die hat sie ja trotzdem.«

»Mit fremden Leuten, die bei uns ein und aus gehen?«, rief Gio aufgebracht.

Luca wusste die Unterstützung seines jüngeren Bruders zu schätzen.

»Was heute ein Fremder ist, ist morgen ein Freund.«

»Oder Feind«, knurrte Luca.

Seine Mutter drehte sich zu ihm. »Seit wann bist du so zynisch?«

»Seit mir das Leben bewiesen hat, dass ich recht habe.« Er atmete schwer und versuchte, seine Gedanken abzuschütteln. »Meinst du nicht, dass wir zumindest einen Moment deiner Zeit verdient hätten, um so eine Entscheidung, die uns alle betrifft, gemeinsam zu besprechen?«

Mari hielt inne, dann hob sie ihr Glas an die Lippen. »Manche Entscheidungen im Leben trifft man eben spontan aus dem Bauch heraus. Es sind immer die richtigen, das kannst du dir merken. Dein Vater hat mir in genau so einem Moment damals einen Heiratsantrag gemacht. Beim Blumenpflücken auf einer Wiese.« Ihr Lächeln wurde wehmütig, ihr Blick glasig von der Erinnerung.

Luca wollte etwas sagen, doch da fuhr sie schon fort: »Er hat mir diesen armseligen Blumenstrauß gereicht und ist auf die Knie gefallen. Wir waren kaum mehr als Kinder.« Mari sah Luca eine Sekunde lang an. »Es gibt Momente im Leben, in denen man weiß, dass man das Richtige tut. Für mich war das mit der Wohnung eben auch so ein Moment. So, und jetzt lasst uns essen.«

Er zwang sich, ruhig zu bleiben.

Schweigend wurden die Teller herumgereicht. Die Einzige, die unbeeindruckt zu sein schien, war Franny, die mit ihrem Essen schon fast fertig war, während die anderen noch nicht einmal angefangen hatten.

»Mama …«

Mari ignorierte Luca und wechselte das Thema: »Der neue Kellner macht sich ganz gut, findet ihr nicht auch?«

Und schon war das Gespräch über den Mieter vom Tisch. Beziehungsweise unter den Teppich gekehrt.

Später, nachdem er Franny ins Bett gebracht hatte und in den unteren Stockwerken alles ruhig geworden war, stieg Luca die Treppe nach oben und betrat das Gästeapartment.

»Zu spät.« Gio war ihm zuvorgekommen.

Luca nahm gegenüber von seinem Bruder Platz und legte die Arme auf die Stuhllehne. »Was in aller Welt hat sie sich nur gedacht?« Sein Blick schweifte durch den Raum, der den Geschwistern stets ein Zufluchtsort gewesen war. Als Kinder hatten sie sich ins oberste Stockwerk zurückgezogen, wenn sie dem Trubel des Restaurants und den Erwachsenen entkommen wollten. Als Teenager hatten sie mit ihren Freunden hier Partys gefeiert. Als Erwachsene hatten sie Familie und Freunde zu langen Aufenthalten eingeladen, ohne dass man sich auf die Füße getreten wäre.

»Wenn ich nur gleich zu Jahresbeginn hier hochgezogen wäre«, meinte Gio mit einem schweren Seufzer.

»Niemand hätte das ahnen können.«

Gio schüttelte den Kopf und griff nach dem Bier, das auf dem Couchtisch stand. »Es sind noch welche im Kühlschrank.«

Luca winkte ab.

»Vielleicht ist ja doch was Gutes dran.«

»Wie bitte?«, fragte Luca.

Gio schüttelte den Kopf. »Ich weiß nicht, vielleicht ist es ein Zeichen. Für mich. Wohin sollte ich eine Frau bringen, Luca? In die Wohnung zu meiner Mutter? Dafür hatten wir immer das Apartment.«

Daran hatte Luca noch gar nicht gedacht.

Durch die Entscheidung seiner Mutter waren Gio, was Sex betraf, sozusagen die Flügel gestutzt worden.

»Und jetzt?«, fragte Luca, der genau wusste, was sein Bruder sagen wollte.

»Ich muss ausziehen. Die Zeit ist reif.«

Luca konnte seinen Wunsch nach Veränderung durchaus nachvollziehen. Wenn auch bei ihm selbst damals der Schuss nach hinten losgegangen war. Es war wichtig, dass er Franny in der Nähe seiner Mutter und seiner Schwester großzog, damit sie starke Frauen um sich hatte. Wenn seine Tochter nur ihren abgestumpften Vater in ihrem Leben gehabt hätte, wäre das furchtbar gewesen.

»Was? Kommt gar keine Widerrede?«

Luca erhob sich vom Stuhl und entschied sich nun doch für das Bier. »Nein, keine Widerrede. Aber eine Bitte.«

»Und die wäre?«

»Bleib noch im Restaurant, bis wir mehr Personal gefunden haben.« Luca öffnete die Flasche und trank einen Schluck.

»Natürlich, Luca. Ich rede ja nur davon, mir eine eigene Wohnung zu suchen, nicht davon, mich von dieser Familie zu trennen.« Gio breitete die Arme weit aus. »Selbst wenn ich eine Frau hätte, wäre dieses Apartment bald zu klein. Wegen all der Kinder, die ich mal haben will.«

»Such dir eine Frau und dann zieh in meine Wohnung. Franny und ich können dann hier oben wohnen.«

Gio lachte. »Hast du den Mieter vergessen? Außerdem gibt es hier nur ein Schlafzimmer. Bevor du dich versiehst, ist Franny ein launischer Teenager.«

Bei dem Gedanken wurde Luca ganz übel. »Du hast recht. Dann such dir dein Weingut in der Toskana und wir ziehen alle zu dir.«

»Du sagst das im Scherz, aber wenn ich erst mal dorthin reise, bleibe ich vielleicht wirklich.«

Luca kniff die Augen zusammen. »Hier gibt es auch Weingüter. Temecula liegt dreißig Meilen entfernt.«

»Und ist dreimal so teuer.«

Gio hatte schon davon geredet, mal ins Weingeschäft einzusteigen, als er das Zeug zum ersten Mal getrunken hatte – was ungeachtet der amerikanischen Gesetze an ihrem Familientisch mit zehn Jahren der Fall gewesen war. Stark mit Wasser verdünnt, versteht sich. Im Laufe der Zeit hatte Gio sich fortgebildet und war nun ein zertifizierter Sommelier. Während er an einem Aufbaukurs für Fortgeschrittene teilgenommen hatte, war es auf der ganzen Welt zum Lockdown gekommen. Der nächste Teil des Kurses sollte in Italien stattfinden. Bisher hatte er die Reise weiter aufgeschoben, aber nun war die Zeit gekommen und Luca wusste, dass sein Bruder bereit war, von hier wegzugehen.

»Ich werde dich unterstützen, egal wie du dich entscheidest, aber ich hoffe wirklich, dass du deine Träume *hier* weiterverfolgst. Setze ruhig mal einen Fuß nach Italien, aber behalte deine Beine hier.«

Gio grinste. »Ich hab dich auch lieb, Bruder.«

Wieder sahen sie sich in der Dachgeschosswohnung um und seufzten.

»Was in aller Welt hat sich Mama nur gedacht?«

* * *

Brooke begrüßte lächelnd ihren Vater an der Tür des Pflegeheims.

Er hatte dreißig Pfund abgenommen und war um zwanzig Jahre gealtert.

Trotz des Rollstuhls lächelte auch er.

»Bist du bereit, dich in die Szene zu stürzen?«, fragte sie ihn glucksend.

»L-lass uns von hier v-verschwinden.« Sein Stottern war seit dem Schlaganfall geblieben und hatte sich im Zuge der neuen Krankheit etwas verstärkt. Wenn er mal nicht stotterte, dann suchte er nach den richtigen Worten.

Die Krankenschwester hatte ein Klemmbrett mit Papieren dabei, die Brooke unterschreiben sollte. »Da Sie Ihren Vater selber fahren und nicht der Krankenwagen, müssen Sie diese Verzichtserklärung unterschreiben.«

»Kein Problem.«

Zehn Minuten später, als die Papiere unterschrieben waren, ihr Vater auf dem Beifahrersitz des Subaru saß, den sie, seit sie das Ding in der Garage entdeckt hatte, verfluchte, und nachdem sie den Rollstuhl sicher im Kofferraum verstaut hatten, fuhren sie los.

»Ich habe Hunger«, verkündete ihr Vater, noch bevor sie auf die Hauptstraße bogen.

»Das wundert mich nicht.«

»D-das Essen ist … schrecklich. Und immer kalt.«

»Es ist ein Pflegeheim.« Als ob das eine gute Entschuldigung gewesen wäre. »Worauf hast du Appetit?«

»Auf einen Burrito.«

Brooke schreckte zusammen. Sie wusste, dass er eine Windel trug. Und die Fahrt nach San Diego dauerte ohne Stau schon zwei Stunden. Eine Toilettennotlage war die einzige echte Sorge, die sie hatte. »Bist du sicher?«

Ihr Vater grinste. »Ganz s-sicher.«

Da sie keine andere Wahl hatte, fuhr sie zum gewünschten Fast-Food-Restaurant, ließ ihren Vater bei heruntergelassenen Fenstern im Auto sitzen und rannte hinein, um seinem Wunsch nachzukommen. Als sie weiterfuhren und ihr Vater vor Genuss stöhnte, spielte ihre Sorge darüber, wie er das Essen verdauen würde, keine Rolle mehr. »So gut, was?«

»Das Beste.«

Wobei die kulinarische Messlatte ihres Vaters ziemlich niedrig hing. »Freut mich.«

»Ist denn das Essen d-dort, wo ich hinmuss, auch gut?«, wollte er wissen.

»So hat man es mir zumindest gesagt.« Sie fuhr auf den Freeway auf, wo man nur im Schneckentempo vorankam. Den dichten Verkehr im Inland Empire würde sie nicht vermissen, wenn das Haus erst einmal verkauft war und Brooke keinen Grund mehr hatte, je wieder dorthin zu fahren.

»Aber du hast es s-selbst nicht probiert.«

»Nein. Es gibt einen Haufen Regeln für Besucher von außerhalb. Und da ich mit dir im Krankenhaus ein und aus gegangen bin und dann im Pflegeheim, durfte ich mich nicht lange dort aufhalten. Sie haben mir nur erlaubt, deine persönlichen Sachen in die Wohnung zu bringen und sie einzurichten. Mehr nicht.«

»Oh.«

Brooke beobachtete ihn aus den Augenwinkeln, während er in Gedanken versunken seinen Burrito verspeiste.

Sie wusste, dass ihm die Vorstellung, in ein Heim zu ziehen, nicht gefiel. Er war noch nicht bereit, seine Unabhängigkeit aufzugeben, obwohl Alter und Krankheit sie ihm längst gestohlen hatten.

»Sie müssen dich für ein paar Tage isolieren. Das sind die Regeln, Dad. Wir haben darüber schon gesprochen.« Der Verkehr war weniger geworden und sie konnte endlich aufs Gas drücken.

Er seufzte, sagte aber nichts.

»Es ist nicht für immer.«

»Du verkaufst das Haus.« Es war keine Frage. Auch das hatten sie schon mehrfach besprochen.

»Es ist die einzige Möglichkeit, wie ich alles stemmen kann.« Ihre Stimme war lauter geworden und ihre Geduld war jetzt schon erschöpft, obwohl sie erst seit einer guten halben Stunde unterwegs waren.

»Ich weiß, dass du alles … alles tust. Es ist schwierig für mich.«

Brooke holte tief Luft, griff nach der Hand ihres Vaters und hielt sie fest. »Ich weiß, Dad. Dass das alles nicht leicht für dich ist, kann ich mir vorstellen. Als du auf der Intensivstation am Beatmungsgerät gehangen hast, dachte ich, dass du es nicht schaffen würdest.«

»Ich war auf der Intensivstation?«

Er hatte diese Frage schon einmal gestellt. »Über eine Woche.«

»Daran kann ich mich gar nicht erinnern.«

»Natürlich nicht.«

»Ich erinnere mich an v-vieles nicht.« Er blickte aus dem Fenster. »Vielleicht kommt die Erinnerung zurück.«

Und vielleicht auch nicht.

»Ich werde nur zwanzig Minuten von dir entfernt wohnen. Wenn man dich dann wieder besuchen darf, können wir zusammen Sport schauen.« Sie hasste alles, was mit Sport zu tun hatte, hatte aber schon öfters ihm zuliebe ein paar Spiele mit ihm angesehen.

»Diesen Rollstuhl da werde ich auch nicht lange brauchen«, sagte er voller Überzeugung.

»Hoffentlich.«

Er klopfte an die Wagentür. »Du kannst den Wagen behalten.«

Sie schüttelte den Kopf. »Das können wir uns nicht leisten.«

»Doch, klar, ich habe ihn gekauft.«

Brooke schluckte. »Du hast nichts angezahlt, Dad. Die monatliche Rate beträgt über fünfhundert plus Versicherung. Du brauchst das Geld der Sozialhilfe fürs betreute Wohnen.« Und dann noch eine ganze Stange mehr aus ihrer eigenen Tasche, damit es reichen würde. »Sobald das Haus verkauft ist, bringe ich den Wagen zum Autohändler zurück.«

»Nein.«

»Dad?«

»Was, wenn ich wieder fahren kann?«

Sie hielt das Lenkrad fest umklammert, um den Fluch, der ihr schon auf der Zunge lag, zurückzuhalten. »Dad«, sagte sie stattdessen beherrscht. »Selbst wenn du wieder fahren könntest – das Krankenhaus hat deine Brieftasche mitsamt Führerschein verloren. Die Zulassungsstelle wird dir nie wieder einen neuen ausstellen, das wissen wir beide.«

Gott, sie hasste diese Diskussion.

Den Wagen hatte sie auf den ersten Blick gehasst. Sie war enttäuscht, dass er das Auto so gut gepflegt hatte, während er ihr Haus hatte verkommen lassen. Allein die Tatsache, dass er auch nur einen Funken Energie aufbrachte, um mit ihr darüber zu streiten, war eigentlich schon eine Beleidigung. Doch tief in ihrem Innern wusste sie, dass es das letzte Quäntchen Unabhängigkeit war, das ihm nun auch noch entglitt.

»Ich werde es noch ein bisschen länger behalten. Aber, Dad, wir können es uns nicht leisten, da musst du mir schon vertrauen.«

Nachdem er nun schwieg, blickte sie zu ihm und sah, wie er aus dem Fenster starrte. Sein Blick war vor unvergossener Tränen getrübt. »Das ist schwer, B-Brooke. Ich trage eine v-verdammte Windel. Ich kann mich nicht an meine Gebete erinnern …« Er fing an, mit den Fingerspitzen zu tippen.

»Ich bin sicher, dass du genügend Ave Maria gebetet hast, um Gott zufriedenzustellen«, beruhigte sie ihn.

»Ich weiß, dass du nur tust, was du tun musst.«

Immerhin schien er es zu verstehen. »Ja, so ist es.«

Als sie auf dem Parkplatz seines neuen Zuhauses angekommen waren, zerrte Brooke den Rollstuhl aus dem Kofferraum.

Eine Frau von der Verwaltung, die sich um die Neuankömmlinge kümmerte, kam zusammen mit der Dame vom Empfang, um ihn zu begrüßen.

Joe, der sich offenbar über den Anblick von jungen, hübschen Frauen freute, packte seinen alten Charme aus.

Der Eingangsbereich des Heims war geräumig und bot viele Sitzgelegenheiten für die Bewohner. Flügeltüren führten zu einem großen Speisesaal, der gerade leer war. Es gab außerdem einen schönen Hof mit Springbrunnen und Blumenbeeten.

Einige Heimbewohner musterten den Neuankömmling neugierig und winkten ihm zu.

Brookes Dad war schon immer ein geselliger Mensch gewesen, und Brooke hatte den Eindruck, dass er sich an diesem Ort durchaus wohlfühlen konnte, wenn er ihm nur eine Chance gab.

Mit dem Aufzug fuhren sie in den zweiten Stock. Brooke zeigte ihm den Weg zu seinem Zimmer, während sie ihn die weitläufigen Gänge entlangschob.

Drinnen angekommen, schloss sie die Tür hinter sich.

»Wie gesagt, deine Couch hat leider nicht reingepasst, aber dafür habe ich diese hier gekauft.«

Er schob sich mit den Füßen weiter in den kleinen Raum hinein und legte die Hände auf den Schoß. »Es ist schön.«

Seinen Fernseher hatte sie an der Wand aufgehängt.

Gerahmte Fotos von Familie und Freunden hingen neben Schnappschüssen von ihm, aufgenommen beim Tanzen und bei der Arbeit. »Ich habe die vielen Klamotten, die ich im Haus gefunden habe, in den Schrank gehängt. Aber eigentlich bezweifle ich, dass du alle brauchst. Wenn dir langweilig ist, kannst du sie durchsehen, und das, was du aussortierst, steckst du einfach in einen Plastiksack. Dann hast du mehr Platz im Schrank. Im Haus sind auch noch ein paar Sachen von dir. Wenn dir was einfällt, was du brauchst, kannst du es mir noch bis zum nächsten Monat sagen.«

Er schob sich ins Schlafzimmer, dann steckte er den Kopf ins Bad. »Das wird schon passen.«

Sie gab ihm ein kleines Gerät mit einem Knopf, das er sich um den Hals hängen sollte. »Falls du Hilfe benötigst, brauchst du nur hier draufzudrücken. Dann kommt sofort jemand und schaut nach dir.«

Joe wirkte plötzlich müde, seine Bewegungen wurden langsamer. »Es ist kalt hier drin.«

Brooke sprang auf und ging zum Thermostat, um die Temperatur höherzudrehen. »Sie waschen deine Klamotten und machen das Apartment sauber. Sie sorgen sogar dafür, dass du deine Medikamente nimmst.«

»Die kann ich auch ohne Hilfe einnehmen.«

»Jetzt lass uns mal schauen, wie der erste Monat verläuft. Wenn es dir besser geht, dann super. Glaub mir, man muss für alles extra bezahlen, von der Tablette bis zur Dusche. Wenn du es allein schaffst, perfekt. Aber wenn nicht, bist du hier gut versorgt und du musst dir keine Sorgen machen.«

Er gähnte. »Okay.«

»In den ersten Tagen wird dir dein Essen aufs Zimmer gebracht. Später kannst du dann auch in den Speisesaal runtergehen.«

Er zwang sich zu einem Lächeln. »Ich werde schon zurechtkommen, Brooke.«

Gott, das hoffte sie sehr.

Es musste einfach klappen.

Er gähnte erneut. »Fährst du noch heute Abend zurück?«

»Nein. Ich bleibe über Nacht in meinem neuen Apartment und fahre morgen noch mal los, um eine Ladung zu holen.« Und so würde es ein paarmal pro Woche weitergehen, bis sie schließlich komplett eingezogen war. Wenn der Verkauf des Hauses abgewickelt war, würde sie die allerletzte Fuhre zum Sozialkaufhaus bringen und den restlichen Müll entsorgen. Danach würde das Haus Geschichte sein.

Gott sei Dank!

Ihr Vater öffnete die Arme. »Sag mir Auf Wiedersehen und dann h-hau ab.«

»Wir sehen uns in ein paar Tagen. Wenn du was brauchst, ruf an.«

»Es sieht so aus, als h-hättest du an alles gedacht, meine Liebe. Ich werde schon klarkommen.«

Sie beugte sich hinunter und umarmte ihren Vater. »Ich hab dich lieb, Daddy.«

»Ich dich auch, K-Kleine. Vielen Dank für alles.«

Brooke ging denselben Weg zurück, den sie gekommen waren, dann blieb sie an der Rezeption stehen, um dem Heim mitzuteilen, dass sie die Nacht in San Diego bleiben werde, falls man sie brauchte.

Nachdem sie ins Auto gestiegen war, warf sie noch einmal einen Blick auf das Gebäude. »Es ist die richtige Entscheidung«, sagte sie laut zu sich.

Sie umklammerte das Lenkrad, bewegte den Kopf hin und her und spürte, wie sich Zweifel einschlichen.

Welche andere Option hätte sie gehabt? Wahrscheinlich war bereits jemand bei ihm, der ihm half … ihm die Windeln wechselte.

Mit einem dicken Kloß im Hals fuhr Brooke los.

KAPITEL 8

Mrs D'Angelo hatte Brooke den kleinen Stellplatz gezeigt, der sich hinter dem Gebäude befand.

Er lag in der Mitte zwischen einem großen Geländewagen und einem winzigen Toyota, der schon etwas in die Jahre gekommen war.

Heute parkte sie zum ersten Mal bei ihrem neuen Zuhause.

Sie hatte einen Schlüssel für die Hintertür, durch die sie von der Rückseite des Gebäudes zu ihrer Wohnung gelangen konnte. Es gab auch ein Tastenfeld für ein automatisches Schloss, dessen Code sie allerdings noch nicht wusste. Natürlich hätte sie auch vom Restaurant aus ins Haus gelangen können, doch solange die Familie und das Personal sie nicht kannten, hielt sie das nicht für angebracht.

Schon gar nicht, wenn sie Kisten schleppte. Von denen sie heute nur ein paar dabeihatte.

Brooke stieg aus dem Auto und ging nach hinten, um eine Kiste vom Rücksitz zu holen.

»Sie dürfen hier nicht parken!«

Überrascht ließ sie die Kiste los und richtete sich auf.

»Mrs D'Angelo hat gesagt, dass dies hier mein Park...«
Jetzt erst sah sie den Mann und machte mitten im Satz eine
Vollbremsung.

Es war Luca, der in weißer Kochuniform dastand, eine
Hand in die Hüfte gestemmt, die andere gestikulierend in der
Luft. Jetzt hielt auch er inne.

Es war, als hätten sie sich beide im selben Moment erkannt.

»Oh ...«

»Ihre Mutter hat gesagt ...«

»Sie sind die Mieterin?«

Worüber er nicht glücklich zu sein schien. Um das zu wissen, brauchte Brooke keine Kristallkugel.

Trotz ihres Unbehagens straffte sie den Rücken. »Richtig.
Ich glaube, das ist der Stellplatz, den mir Ihre Mutter zugewie-
sen hat.«

Luca ließ die Arme fallen. »Das ist er.«

»Sie sind verärgert.« Ohne dass ihr Gehirn die Erlaubnis
dazu gegeben hätte, entwichen diese Worte ihrem Mund. Es war
ungefiltert das, was sie dachte, und die einzige Entschuldigung
dafür war, dass sie erschöpft und nicht zum Spaßen aufgelegt
war, nachdem sie ihren Vater heute ins Altersheim gebracht
hatte.

Luca bemühte sich um ein Lächeln, was ihm allerdings
nicht recht gelang. »Ich habe nicht damit gerechnet, aber eigentlich sollte es mich nicht überraschen. Meine Mutter ist sehr ...«

Brooke kniff die Augen zusammen. »Sehr was?«

Diesmal lachte er sogar kurz und sie spürte, dass es echt
war. »Herzlich willkommen. Sie heißen Brooke, nicht wahr?«

Wusste er, wie sie hieß, weil er ein gutes Namensgedächtnis
hatte, oder konnte er sich daran erinnern, weil er sich ihren
Namen genauso gut eingeprägt hatte wie sie sich seinen?
»Richtig.«

»Brauchen Sie mich? Ich kann helfen.«

Brauchen Sie mich?, hallte es in ihrem Kopf nach.

Sie schüttelte den Kopf. »Nein, vielen Dank. Es geht schon.«

Brooke wandte sich wieder dem Rücksitz zu und zog eine Kiste heraus.

Dabei rutschte ihr die Handtasche von der Schulter, was sie aus dem Gleichgewicht brachte.

Als sie sich aufrichtete, wollte Luca ihr die Kiste abnehmen. »Bitte. Meine Mutter würde kein Wort mehr mit mir reden, wenn ihr zu Ohren kommt, dass ich mich nicht wie ein Gentleman verhalte.«

Ohne den Karton loszulassen, entgegnete sie: »Ich werde Sie nicht verpetzen.«

»Ich bestehe aber darauf.«

Brooke hatte zwei Möglichkeiten. Entweder spielte sie weiter mit ihm Tauziehen oder sie sparte sich einmal den Treppenanstieg in den dritten Stock.

Jetzt blickte sie ihm direkt in die dunklen, durchdringenden Augen, und schließlich gab sie nach. »Danke.«

Sie folgte ihm, den Koffer hinter sich herziehend, ins Haus. Im obersten Stockwerk angekommen, war sie ziemlich aus der Puste.

»Wollen Sie es sich vielleicht noch anders überlegen?«, fragte Luca.

»So spare ich mir das Fitnessstudio«, erwiderte sie.

Ein kurzes Nicken, dann öffnete er die nicht abgesperrte Tür und trat ein. »Wo soll ich die Kiste hinstellen?«

»Egal wo.«

Luca setzte den Karton mitten im Wohnzimmer ab. »Sie sind die erste Mieterin, die wir je hatten.« Er ging in die kleine Küche und holte einen Schlüssel heraus. »Ich habe ein Schloss an der Tür angebracht. Für den Notfall hat auch meine Mutter noch einen Schlüssel.«

»Sie werden kaum merken, dass ich hier bin, Mr D'Angelo«, versicherte sie ihm.

Plötzlich löste sich seine Steifheit ein wenig. »Mr D'Angelo war mein Vater. Ich bin Luca.«

»Ich bin mir bewusst, dass dies eine neue Situation für Ihre Familie ist. Aber ich bin keine Zwanzigjährige, die in ihrer ersten Wohnung ständig Partys feiert. Ich bin neu hier in San Diego und kenne hier noch niemanden. Also brauchen Sie sich keine Sorgen zu machen. Eine Partymaus bin ich sowieso nicht.«

Luca verengte kurz die Augen. »Es geht mir weniger um den Lärm, sondern eher um die Sicherheit meiner Tochter.«

»Meinen Sie etwa, ich könnte eine Gefahr darstellen?«
Worauf wollte er hinaus?

Er schüttelte den Kopf. »Das kam jetzt irgendwie falsch rüber. Ich meinte, es geht weniger um die Partys, sondern eher um die Gäste.«

Oder wen Brooke aus anderen Gründen zu sich einladen würde. Sie dachte kurz an Marshall und rollte mit den Augen, während sie immer noch den Griff ihres Koffers festhielt. »Ach, bitte. Ich habe der Männerwelt so gut wie abgeschworen. Wenn ich könnte, würde ich eher ans andere Ufer wechseln. Franny ist bei mir sicher, Luca.«

»Danke für Ihre … für deine Zusicherung.«

Sie ging zum Schlafzimmer. »Ich habe nur ein paar Kisten mitgebracht. Und ich bin sicher, dass Sie … also dass *du* etwas Besseres zu tun hast.«

Da ertönte ein »Hallo« aus dem Flur.

Brooke drehte sich um und Luca seufzte. »Gio.«

»Hallo, Bruderherz. Habe ich mir's doch gedacht, dass ich Stimmen höre.«

Lucas Bruder brauchte nicht ganz so lange, um sein Lächeln zu finden. Er winkte mit einer Weinflasche in der

Hand, während er die Wohnung betrat. »Ich bin gekommen, um unsere neue Mieterin zu begrüßen.«

»Ich heiße Brooke.«

»Ich bin Giovanni. Der jüngere und besser aussehende Bruder.« Er trat vor und streckte ihr die Hand entgegen.

»Er meint, der eingebildetere Bruder«, korrigierte Luca ihn.

»Ich bringe Wein, während Luca wahrscheinlich mit einer Litanei von Verhaltensregeln daherkommt.«

Brooke neigte den Kopf zur Seite und schaute Luca an. Eine ziemlich treffende Annahme des jüngeren Bruders.

»Findet hier oben eine Party statt?«

Durch die offene Tür kam jetzt noch Chloe, deren Gesicht Brooke sogleich wiedererkannte.

Und als Chloe sah, wer hier einzog, musste sie lachen. »Hab' ich es mir doch gedacht! Mama hat mir nichts sagen wollen, aber als sie sich zu dir gesetzt hat und ihr euch unterhalten habt, habe ich schon geahnt, dass du diejenige bist, an die sie das Apartment vermietet.«

»Hi, Chloe.«

Chloe drehte sich zu ihren Brüdern. »Und ihr habt euch Sorgen gemacht! Schaut, alles wird gut.«

»Wir haben uns überhaupt keine Sorgen gemacht«, stritt Luca ab.

Brooke warf ihm einen erstaunten Blick zu. »Ach nein?«

Er hob die Hand, als wollte er sich verteidigen, dann ließ er sie sinken.

»Also doch«, stellte sie fest.

Jetzt kam auch noch Franny in den Raum gehüpft, gefolgt von Mari, die etwas langsamer unterwegs war als ihre Enkelin. »Wie ich sehe, ist jetzt niemand mehr im Restaurant, um nach dem Rechten zu sehen«, sagte sie ganz ohne Vorwurf.

»Schau, wer gekommen ist«, sagte Chloe, während sie einen Schritt zur Seite trat, um den Blick auf Brooke freizugeben.

»Hallo, Mrs D'Angelo«, sagte Brooke.

Mit einem breiten Lächeln auf dem Gesicht und indem sie beide Hände ausstreckte, trat Mari zu ihr. »Sie werden sich ... ach, was sage ich, *du* wirst dich hier sicher wohlfühlen.«

»Danke.«

Mari blickte auf den Karton. »Ist das alles, was du hast?«

»Es warten noch ein paar Kisten im Auto. Ich werde ein paar Mal hin- und herfahren müssen, um alle meine Sachen herzuholen. Aber wie gesagt, ich habe nicht viel.«

Mari drehte sich zu ihren Söhnen. »Habt ihr gehört? Es sind noch ein paar Kisten im Auto.«

»Ich kann das schon ...«

»Unsinn.«

Luca gluckste, als er an ihr vorbeiging. »Habe ich es nicht gesagt?«, raunte er Brooke zu.

Gio drückte Chloe die Weinflasche in die Hand, um ebenfalls beim Tragen zu helfen.

»Wohnst du jetzt hier?«, wollte Franny wissen.

»So ist es.«

Das Mädchen musterte Brooke mit geschürzten Lippen.

»Weibliche Verstärkung können wir immer gut gebrauchen«, versicherte Chloe ihrer Nichte.

»Also ist das gut?«

»Auf jeden Fall!«, rief Mari.

Zufrieden setzte sich Franny ganz selbstverständlich auf die Couch, was nur bedeuten konnte, dass sich das Kind hier oben schon öfters aufgehalten hatte.

»Ich mach die Flasche auf. Chloe, gib Tony Bescheid, dass er die Spezialität des Tages zubereiten soll, damit Brooke an ihrem ersten Abend hier nicht mehr wegmuss. Wir stoßen auf unsere neue Freundin an, helfen ihr beim Einzug, und dann lassen wir sie allein.«

»Das müssen Sie doch nicht ...«

»Genauso wird es gemacht, Brooke. Anders kenne ich es nicht.«

Chloe ging zur Tür. »Widerstand ist zwecklos. Sie gewinnt immer.«

»Und bring noch mehr Wein«, rief Mari ihrer Tochter hinterher.

Dann ging Mari in die Küche, mit der sie besser vertraut war als Brooke, und holte den Flaschenöffner. »Wo hast du denn deine restlichen Sachen?«

»Zwei Stunden nördlich von hier. Ich muss in den nächsten Wochen noch öfter dorthin fahren.«

Der Korken löste sich mit einem Plopp, dann öffnete Mari den Geschirrschrank. Sie nahm sechs Weingläser heraus, eine beachtliche Menge, wenn man bedachte, wie klein das Apartment war, zu dem sie gehörten. »Ich habe alles reinigen lassen und das Bett ist frisch bezogen. Wenn irgendwas fehlt, gib mir Bescheid. Ich habe meine Familie gebeten, ihre persönlichen Gegenstände zu entfernen.«

Der einzige Unterschied zu vorher war, dass die Familienbilder von den Wänden verschwunden waren. Noch war sie gar nicht richtig angekommen und schon war das Haus voller D'Angelos.

Jetzt kamen Luca und Gio wieder zurück. »Wohin damit?«

»Ins Schlafzimmer, bitte.«

Als die beiden Männer von dort wieder herauskamen, machte sich Gio noch ein letztes Mal auf den Weg nach unten.

Brooke sah zu Luca und fragte sich, wie sie entschieden hatten, wer die letzte Kiste aus dem Auto holen würde. »Hat er das kürzere Streichholz gezogen?«

Da musste Luca grinsen. »Bei ›Schere, Stein, Papier‹ verloren.«

Als Chloe mit vollen Händen zurückkam, eilte Brooke ihr zu Hilfe. »Das sieht mir aber nach mehr als nur Wein aus.«

»Tony schickt in fünfzehn Minuten jemanden mit deinem Essen hoch.«

Luca nahm den Laib Brot mit in die Küche. Dazu hatte Chloe eine Flasche Olivenöl und Balsamico-Essig gebracht. Außerdem Käse und Oliven. Und noch mehr Wein.

»Ihr seid ja verrückt.«

»Gewöhn dich schon mal dran«, meinte Chloe.

Als Gio die letzte Kiste herbeischleppte, war der Wein eingeschenkt, das Brot aufgeschnitten und Olivenöl und Essig waren zum Dippen in Schälchen gefüllt.

Mari reichte Brooke ein Glas und nahm sich selbst eins.

Die anderen folgten ihrem Beispiel.

Franny bekam ein Glas Wasser gereicht.

»Willkommen in unserem Zuhause. Hoffentlich wirst du hier genauso glücklich sein wie wir. *Alla salute!*«

»Danke«, sagte Brooke, bevor sie einen Schluck vom Wein nahm.

»Jetzt will ich dir ganz offiziell meine Familie vorstellen. Das hier ist Francesca, unsere Prinzessin, die in hübsche Damen hineinrennt und zu viel *gelato* von der Eisdiele nebenan isst.«

»Da gibt es super *gelato*«, sagte Gio zu Brooke.

»Das ist Chloe, meine Jüngste, die eigentlich Vegetarierin wäre, wenn sie nicht unsere Gene hätte, und die ihre schlanke Linie bewahrt, indem sie sich in waghalsige Positionen verbiegt, die die meisten Menschen ins Krankenhaus bringen würden.«

Chloe hob zwei Finger. »Ich gebe zweimal pro Woche Unterricht. Bin ein selbst ernannter Yogi.«

Brooke grinste. »Ich könnte auch ein bisschen Namaste in meinem Leben gebrauchen.«

»Ich kann es dir beibringen.«

»Das würde mir gefallen.«

Gio stöhnte. »O Gott, jetzt sind es schon zwei.«

Chloe stieß ihren Bruder in die Seite und brachte ihn damit zum Schweigen.

»Giovanni«, fuhr Mari fort. »Mein jüngster Sohn und Weinkellner.«

»Sommelier«, korrigierte er sie.

»Eines Tages wird er sein eigenes Weingut besitzen und mich mit einem Dutzend Enkelkinder segnen. Falls er eine Frau findet.«

Brooke lachte. »Ein Dutzend?«

»Irgendwer muss ja die Felder bestellen.«

»Der Wunsch nach einem Dutzend Kinder könnte die meisten Frauen abschrecken. Vielleicht solltest du diese Info erst mal für dich behalten«, scherzte Brooke.

»Das sage ich auch immer«, pflichtete Chloe ihr bei.

»Und dann haben wir noch meinen Ältesten, Gianluca.«

»Luca«, verbesserte er sie.

»Ja, ja. Alle wollen ihn immer zu Gian abkürzen. Aber das gefällt uns nicht, also bleibt es bei Luca. Sein richtiger Vorname ist Gianluca, benannt nach dem Großvater seines Vaters. Mein Luca ist ein exzellenter Koch, ein liebevoller Vater und ein großartiger Versorger dieser Familie.«

»Versorger im Sinne, dass er uns gerne mit Regeln *versorgt*, die wir dann brechen«, warf Gio ein.

»Zum Beispiel die Regel, dass man keine Partys schmeißen darf?«, fragte Brooke, während sie an ihrem Wein nippte und Luca einen Blick zuwarf.

»Ganz genau. Du scheinst ihn schon gut zu kennen«, meinte Gio.

»Ich lerne schnell.«

»Und du passt gut hierher«, sagte Mari ergänzend.

Eine neue Stimme ertönte von draußen. »Hey, Chloe … hier ist das Essen.«

Chloe stellte das Glas ab und nahm den Teller entgegen.

»Luca«, sagte der Mann. »Tony sagt, es gibt viel zu tun.«

»Ich komme gleich«, entgegnete Luca und stellte sein Glas ab. Als er an Brooke vorbeikam, blieb er stehen. »Noch mal herzlich willkommen. Und danke für dein Versprechen.«

»Gern geschehen.«

Mari brummte. »Nun gut. Dann lassen wir dich jetzt mal besser allein.«

Es war nur noch wenig Wein in den Gläsern, als sie sie auf den Tresen abstellten.

»Ich kann dir beim Abspülen helfen«, bot Chloe an.

»Nein, kein Problem. Dann kann ich gleich herausfinden, wo alles ist.«

»Hat mich gefreut, Brooke«, sagte Gio.

»Danke, dass ihr meine Sachen hochgebracht habt.«

Er zeigte einen Daumen nach oben und ging.

»Gib Bescheid, falls du was brauchst«, sagte Mari.

»Das mache ich«, versicherte Brooke ihr.

Franny hielt die Hand ihrer Großmutter fest. Als auch die beiden gegangen waren, blieb nur Chloe zurück.

»Hat mein Bruder etwa gesagt, dass du keine Party feiern darfst?«, flüsterte sie.

Brookes Gesichtsausdruck musste sie verraten haben, denn jetzt fluchte Chloe leise.

»Ich glaube, er hat sich eher Sorgen gemacht, dass seine Tochter im Treppenhaus irgendwelchen fremden Männern begegnen würde.«

Chloe sog scharf die Luft ein. »Das geht ihn wirklich nichts an.«

»Mag sein, aber seine Tochter geht ihn etwas an. Ich kann ihn schon verstehen.« Auch wenn sie das von ihrem eigenen Dad nicht kannte, so war es doch schön zu sehen, dass manche Väter ihre Rolle ernst nahmen.

»Du scheinst mehr Verständnis dafür zu haben als ich.«

»Ach nein, es hat mich nicht vor den Kopf gestoßen.« *Na ja, vielleicht ein bisschen.* »Ihr wart alle viel freundlicher, als ich das für möglich gehalten hätte. Ich hatte noch kaum einen Fuß in mein Apartment gesetzt und schon war eine Party im Gange. Bitte, sag nichts zu Luca. Es ist schon in Ordnung. Ehrlich.«

Chloe hob beide Hände und ließ sie wieder fallen. »Gib mir Bescheid, wenn du Lust auf Yoga hast. Ich kann dir eine Matte leihen.«

»Danke, sehr gern.«

»*Ciao.*«

Als das letzte Mitglied der Familie D'Angelo gegangen war, lehnte sich Brooke gegen die Wohnungstür und stieß einen lauten Seufzer aus.

»Meine Familie ist laut. Liebenswert, aber laut.«

Mari hatte echt keine Scherze gemacht.

KAPITEL 9

»Sie ist seit drei Tagen weg. Haben wir sie vergrault?«

Wobei von »wir« keine Rede sein konnte. Wenn jemand sie vergrault hatte, dann er.

Luca sah auf die leere Parklücke zwischen seinem Auto und dem seiner Schwester.

»Sie hat gesagt, wir würden kaum merken, dass sie hier ist.«

»Was nicht dasselbe ist wie gar nicht hier zu sein«, wandte Chloe ein.

Am Tag nach ihrem Einzug war Brookes Auto gegen Mittag verschwunden und seitdem nicht mehr zurückgekehrt.

Chloe gab ihm einen Klaps auf die Schulter.

»Autsch. Wofür soll das denn sein?«

»Dafür, dass du ihr gesagt hast, dass sie keinen Mann zu Besuch haben darf.«

Luca fiel die Kinnlade herunter. »So was habe ich nie gesagt.«

»Aber so was Ähnliches.«

»Habe ich gar nicht.« *Aber ich habe es angedeutet und sie kritisiert, indem ich das mit den Partys gesagt habe.*

»Sie hat ein Recht darauf, in ihrer eigenen Wohnung zu machen, was sie will.«

Luca blickte wieder aus dem Fenster, von dem aus man den leeren Parkplatz sah.

Seine Schwester folgte seinem Blick.

»Sie ist eine erwachsene Frau. Ich bin sicher, dass es ihr gut geht.« Warum hatte er dann mehrmals am Tag nachgeschaut, ob sich die Stille im Obergeschoss durch das fehlende Auto erklärte?

»Eine Erwachsene, die vielleicht einen Freund hat, und jetzt befürchtet, dass sie in ihrer eigenen Wohnung kein Privatleben mehr haben darf.«

Luca überkam ein Schauder. »Sie hat keinen Freund.«

»Woher willst du das wissen?«

Er setzte sich aufs Sofa und legte die Füße auf den Couchtisch. »Sie hat es mir gesagt.«

»Wie bitte?« Chloe bellte ihm diese Frage geradezu entgegen.

»Brooke hat gesagt, sie hat alle Männer aufgegeben, uns abgeschworen oder so was in der Art. Und dass ich mir keine Sorgen machen muss, dass nachts irgendwelche Männer auf dem Weg zu ihr an unserer Tür vorbeilaufen.« Er rieb sich die Augen. Er war ziemlich müde, da der Betrieb im Restaurant nun richtig an Fahrt aufnahm. Aber es war schön, dass die Touristen wieder zurückgekehrt waren.

Chloe stieß seine Füße vom Tisch und brachte ihn dazu, sich aufzurichten.

»Was ist dein Problem?«

»Willst du mir sagen, dass unsere Mieterin … eine Fremde, dir in den wenigen Minuten erzählt hat, sie sei eine Nonne?«

»Das bezweifle ich. Sie hat auch gesagt, dass sie nicht lesbisch ist.«

»O Gott, Luca!« Chloe war ganz aufgebracht. »Was zum Teufel hast du nur gesagt, um sie zu so einer Aussage zu bringen? Kein Wunder, dass sie verschwunden ist und nicht mehr zurückkommt.«

Er straffte die Schultern. »Es war ein ganz normales Gespräch.«

»Wirklich?«

»Ja.«

»Hat sie auch gefragt, ob du Frauen zu Besuch hast?«

Er kniff die Augen zusammen. »Nein. Natürlich nicht.«

»Aha. Und hat sie gefragt, ob du auf Männer stehst?«

»Chloe!«

Seine Schwester verschränkte die Arme vor der Brust und starrte ihn herausfordernd an.

Je länger sie schwieg, desto mehr hallten ihre Worte in seinen Ohren wider.

Luca neigte den Kopf von einer Seite zur anderen.

»Scheiße.« Er sprang auf und lief die Treppe hinunter.

Seine Mutter saß im Büro des Restaurants.

Das Personal für den frühen Mittagstisch baute gerade auf, noch hatte das Restaurant nicht geöffnet.

In dem Moment, als seine Mutter hinter dem Schreibtisch aufblickte, erstarrte er.

Chloe stieß ihn von hinten an.

»Guten Morgen.«

Das zu sagen, wirkte etwas ungelenk, nachdem sie sich heute Morgen schon gesehen hatten, bevor er Franny zur Schule gebracht hatte.

Seine Mutter lehnte sich zurück und faltete die Hände im Schoß. »Das kann ja heiter werden.«

Nun kehrte Lucas Stimme wieder zurück. »Ähm, nein. Ich wollte nur wissen, ob du eine Kopie von dem Mietvertrag hast, den Brooke unterschrieben hat.«

Ein leichtes Lächeln bewegte die Lippen seiner Mutter. »Und wozu brauchst du die?«

Er warf seiner Schwester einen Blick zu.

Chloe riss nur die Augen auf, sagte aber nichts.

»Für den Fall eines Notfalls.«

»Gibt es denn einen solchen?«, wollte Mari wissen.

»Nein. Im Moment nicht.«

Seine Mutter setzte sich gerade hin. »Dann brauchst du die Kopie ja nicht.«

Jetzt drängte sich Chloe nach vorn. »Mama, es geht darum, dass sich Luca Sorgen um sie macht.«

»Tu ich das?«

»Ich gehe davon aus, dass nichts ist. Aber du kennst ja die Männer, sie denken, wir Frauen sind unfähig, auf uns selbst aufzupassen.« Chloe stellte ihn als Macho dar. Dafür gab er ihr jetzt seinerseits einen leichten Schubs, sodass sie sich bemühen musste, das Gleichgewicht zu halten.

»Das habe ich nie gesagt.«

»Willst du behaupten, dass du dir keine Sorgen machst?«, fragte Chloe.

»Nein. Wie du schon sagst, Brooke geht es sicher gut. Aber sie ist neu in der Gegend und kennt hier niemanden. Wir haben zwar ihre Telefonnummer, aber sie hat unsere nicht unbedingt. Ein Krankenhaus würde wahrscheinlich nicht die Nummer eines Restaurants anrufen, falls sie die in ihrem Handy gespeichert hat.« Als Luca die Worte laut aussprach, begann er sich tatsächlich Sorgen zu machen, dass vielleicht mehr hinter Brookes Verschwinden stecken könnte als seine laute Familie.

Mari stieß sich mit einem Nicken vom Schreibtisch ab. »Das ist ein gutes Argument.« Sie zog eine Akte aus dem hinteren Teil des Büroschranks heraus, öffnete sie und schrieb eine Telefonnummer auf einen Zettel, den sie ihm reichte. »Gib mir Bescheid, wenn du was herausfindest.«

»Danke.«

Oben angekommen, blickte Chloe ihn herausfordernd an, während er die Telefonnummer auswendig lernte. »Und?«

»Ich rufe sie an. Aber du darfst mich dabei nicht so anglotzen.«

Chloe rollte mit den Augen und drehte sich um.

Luca wählte die Nummer, ging in sein Schlafzimmer und schloss die Tür.

Nach dem dritten Klingeln nahm Brooke ab. »Hallo?« Ihre Stimme klang knittrig.

»Brooke?«

»Ja. Wer ist denn dran?«

»Ich bin's, Luca …«

Sie schwieg.

»D'Angelo.«

»Ja. D'Angelo.« Sie stieß die Luft aus, als hätte sie den Atem angehalten, und er glaubte zu hören, wie sie leise »Gott sei Dank« sagte.

»Geht es dir gut?«, fragte Luca.

Sie räusperte sich und diesmal klang ihre Stimme, als wäre sie den Tränen nahe. »Ja. Es geht mir gut. Ich habe die Nummer gesehen und dachte, vielleicht … Egal. Verdammt. Ja, mir geht's gut.«

»Du klingst aber nicht so.«

»Du kennst mich nicht. So klinge ich eben, wenn's mir gut geht.«

»Dann will ich lieber nicht hören, wie du klingst, wenn es dir nicht gut geht.«

Luca hörte sie lachen. Das gefiel ihm besser als die »Mir-geht's-gut-Stimme«.

»Warum rufst du an, Luca?«

Jetzt musste er sich räuspern. »Na ja, Chloe hat sich Sorgen um dich gemacht. Da habe ich gesagt, dass ich dich mal anrufe und mich nach dir erkundige.«

»Chloe?«

»Ja. Und meine Mutter. Ich habe ihnen gesagt, dass du eine starke, patente Frau bist, aber da du gleich nach dem Einzug verschwunden und schon seit ein paar Tagen weg bist, haben sie sich Sorgen gemacht. Das ist typisch italienisch«, log er. Gut, sich Sorgen zu machen war durchaus eine italienische Eigenart. Oder vielleicht war es was Katholisches. Oder waren es gar doch seine eigenen Schuldgefühle?

»*Sie* machen sich Sorgen, aber *du* bist derjenige, der anruft. Interessant.«

Sie kaufte es ihm nicht ab.

Luca fuhr sich durch die Haare. »Ich habe mich angeboten. Wir wollten sichergehen, dass du eine Kontaktnummer hast. Also eine private Nummer von uns. Du weißt schon, für den Notfall. Wir wissen, dass du niemanden hier hast und … ja, wir haben uns Sorgen gemacht.«

»Du kannst aufhören, dir Sorgen zu machen, Luca. Mir geht's gut. Wenn ich meine Augen offen halten kann, bin ich heute Abend zurück.«

Es fühlte sich plötzlich an, als wäre er schon wieder einen Schritt zu weit gegangen. »Der Anruf bedeutet wirklich nicht, dass ich mich in dein Privatleben einmischen will.«

»Es kommt mir auch nicht so vor.« Ihre Mir-geht's-gut-Stimme klang jetzt schon deutlich besser.

»Musst du noch weit fahren? Sich müde hinters Steuer zu setzen, ist keine gute Idee.«

»Luca?«

»Ja?«

»Ich bin schon groß.«

Er schüttelte den Kopf und schloss die Augen. »Und ich bin ein Idiot. Tut mir leid. Aber jetzt hast du meine Privatnummer. Du kannst mich gerne anrufen.«

»Danke. Und sag deiner Mutter und Chloe, dass ich bald nach Hause komme.«

Luca grinste. »Das mach ich. Fahr vorsichtig.«

»Luca!« Sein Name klang wie eine Warnung.

»Gut, dann fahr eben wie eine Verrückte.«

Sie lachte. »Mach ich.«

Grinsend legte er auf.

Sie wuchs ihm irgendwie ans Herz, diese Brooke, die er nicht mögen wollte.

Als Luca aus dem Schlafzimmer kam, stand Chloe immer noch draußen und wartete.

»Geht's ihr gut?«

»Ja. Ich soll dir ausrichten, dass sie heute Abend oder morgen zurückkommt.«

»Ich sag Mama Bescheid.«

»Okay. Und jetzt verschwinde, damit ich noch ein bisschen Ruhe habe, bevor Franny von der Schule heimkommt.«

* * *

»Ich bin ein G-Gefangener.«

»Bei solchen Labortests kommt so was vor, Dad.«

»Du hast gesagt drei Tage.«

Brooke telefonierte mit ihrem Dad über die Freisprechanlage, während sie im dichten Verkehr zurück nach San Diego fuhr. Er hatte angerufen, um sich über etwas zu beschweren, wogegen sie nichts tun konnte. Was ihrem ohnehin schon beschissenen Tag noch das i-Tüpfelchen aufsetzte.

»Du bist seit drei Tagen dort. Sie brauchen eben erst deine Ergebnisse. Es ist für alle eine Herausforderung. Üb dich ein bisschen in Geduld. Ich wette, dass bis morgen alles vorliegt.« Sie hätte nicht viel darauf gewettet, aber sie musste ihm etwas sagen, um ihn zu beruhigen.

»Ich ... ich ... Hast du die W-Wohnung verkauft?«

Sie wusste, worauf er hinauswollte. »Der potenzielle Käufer hat das Geld auf ein Treuhandkonto überwiesen, und jetzt muss das Haus erst noch die Inspektion überstehen.« Vermutlich würde das aber nicht der Fall sein. Wahrscheinlich würde es auf ein neues Angebot hinauslaufen, was den heutigen Tag zu einem schlechten machte und die letzten drei langen Tage erklärte, die mit Gutachten und Reparaturen gefüllt gewesen waren. Alles in dem Bemühen, so viel Geld wie möglich aus dem Verkauf des Hauses herauszuholen. Brooke war erschöpft und nun auch mit ihrem Job in Verzug. Sie musste aus Upland raus, um sich wieder ganz auf ihre Arbeit konzentrieren zu können. Jetzt auch noch den Job zu verlieren, wäre eine Katastrophe gewesen.

»Kannst du den Verkauf stoppen?«, fragte ihr Vater.

»Das wird nicht passieren.« Sie trat auf die Bremse, da es sich mal wieder staute, wie so oft auf den Straßen in Südkalifornien. Der Wagen wurde langsamer, im selben Maße, wie sich ihr Puls beschleunigte. Das Gespräch ließ ihren Blutdruck in die Höhe schnellen, was sie mit jedem Herzschlag spürte. Die frühere gute Laune ihres Vaters kam seit dem Schlaganfall nur noch selten hervor und wollte heute offenbar in ihrem dunklen Kämmerchen bleiben.

»Mir ... mir gefällt es hier nicht.«

Die tief stehende Sonne blendete sie.

»Dad, ich kann jetzt nicht darüber reden. Ich sitze im Auto und es herrscht furchtbar viel Verkehr. Wenn du in einer Stunde noch wach bist, ruf mich an. Oder wir sprechen uns morgen. Sicher haben sie bis dahin deine Testergebnisse und dann wirst du dich auch besser fühlen.«

Einen Moment lang war es still in der Leitung. Sie hörte, wie er gähnte. »Okay.«

Lauter rote Rücklichter waren zu sehen, dann war die Leitung tot.

Die Musik schallte wieder aus dem Radio, und der Verkehr geriet gänzlich ins Stocken.

Sie spürte, wie Tränen aufsteigen wollten, die sie zurückdrängte.

Als sie vierzig Minuten später in ihre Parklücke bog, atmete sie auf.

Von draußen drang der Lärm von Little Italy ins Auto und brachte das Lächeln zurück, das ihr zuvor vergangen war.

Anders als beim letzten Mal bemerkte keiner der D'Angelo-Männer ihre Ankunft, und so lief sie ganz allein sechs Mal die Treppen rauf und runter, um ihre Kisten nach oben zu schleppen.

Als sie das erledigt hatte, war sie froh, aber ziemlich kaputt. Am liebsten hätte sie sich aufs Sofa fallen lassen, aber sie musste noch einmal los, um ein paar Lebensmittel zu besorgen.

Zum Glück blieb wenigstens ihr Telefon still.

Der Laden an der Ecke war klein, hatte aber alles, was sie brauchte. Sie füllte ihren Einkaufswagen, und anschließend hätte sie gern alles auf einmal nach oben gebracht, musste aber doch zwei Mal gehen.

Kaum hatte sie die Tür hinter sich geschlossen, hörte sie ein Klopfen.

Als sie öffnete, war niemand zu sehen. Dafür lag vor der Schwelle eine Tüte, an die ein Zettel geheftet war.

Ohne einen Blick hineinzuwerfen, ahnte Brooke, dass es sich um etwas Essbares handelte.

Sie nahm die Tüte, stieß mit der Hüfte die Tür zu und las den Zettel, während sie zum kleinen Küchentisch ging.

Falls du Hunger hast.

Willkommen zu Hause.

L

Der Zettel starrte sie an … oder war sie es, die den Zettel anstarrte? Jedenfalls stand Brooke eine Ewigkeit reglos da.

Anscheinend hatte Luca doch nach ihr Ausschau gehalten. In Anbetracht seiner anfänglichen Begrüßung, beziehungsweise seines Verhörs, gab ihr diese Geste das Gefühl, dass er vielleicht doch nicht ganz so viel gegen ihre Anwesenheit hatte.

Lächelnd räumte Brooke die Einkäufe weg, bevor sie sich die Hände wusch und einen Teller und Besteck holte, um ihre Mahlzeit zu verspeisen.

Nach zwei Bissen der mit Käse überbackenen Muschelnudeln in würziger Hackfleischsoße holte Brooke die ungeöffnete Weinflasche, die die D'Angelos am ersten Abend mitgebracht hatten.

Als sie den Korken entfernt und den ersten Schluck getrunken hatte, fühlte sie sich, als hätte sie ein Stück Italien im Wohnzimmer.

Die Geräusche des geschäftigen Restaurants und der Passanten auf der Straße drangen durch die offene Schiebetür herein, die zur Dachterrasse führte. Brooke schloss die Augen und genoss den Moment – das leckere Essen, für das sie nicht in der Küche hatte stehen müssen, während sie in ihrer eigenen Wohnung saß.

Zwei Atemzüge später zwang sie sich, die Augen wieder zu öffnen, und merkte jetzt, wie die Müdigkeit sie zu übermannen drohte.

Dieses schnelle Dauerlauftempo brachte sie um. Wie schon in der Zeit nach dem Schlaganfall fiel es ihr auch jetzt schwer, eine Balance zu finden. Wieder einmal drehte sich das Hamsterrad, und jedes Mal, wenn sie versuchte, aus dem verdammten Ding auszusteigen, drehte es sich nur noch schneller.

Jetzt musste endlich der Hausverkauf abgeschlossen werden.

Dann konnte das ständige Pendeln aufhören und sie würde endlich wieder ein eigenes Leben haben.

Auch wenn das bedeutete, dass sie sich mit ihrem Vater streiten musste.

Bei dem Gedanken an das letzte Gespräch entwich ihr ein Stöhnen. Wie viel Ärger würde er ihr noch machen?

Brooke schob das Essen auf dem Teller herum, weil sie plötzlich den Appetit verloren hatte, und trank einen Schluck vom Wein.

Ein paar Tage arbeiten, sich an die neue Umgebung gewöhnen, dann würde es ihr besser gehen.

Und mal wieder eine Nacht richtig schlafen.

Oder eine Woche.

Eine ganze Woche lang nur schlafen.

Während sie dem Gedanken nachhing, klingelte ihr Telefon und das Bild ihres Dads leuchtete ihr auf dem Display entgegen.

* * *

Ihr erster Halt war Walmart, wo sie die kleinste Mikrowelle kaufte, die sie je gesehen hatte. Eine, die auf die winzige Küchentheke im Apartment ihres Vaters passte. Dann fuhr sie zum Heim.

Die junge Frau am Empfang begrüßte sie freundlich durch die Scheibe. »Guten Morgen.«

»Hallo. Ich bin Brooke, die Tochter von Joe Turner.«

»Ja, ich erinnere mich. War Ihr Besuch für heute angekündigt?«

Brooke schüttelte den Kopf. »Nein. Aber mein Dad hat mich gestern Abend angerufen und mich gebeten, ihm das hier zu besorgen. Darf ich es ihm vielleicht schnell hochbringen?«

Jetzt schüttelte die andere Frau den Kopf. »Legen Sie es auf den Empfangstresen, dann bringen wir es ihm später aufs Zimmer. Solange er in Quarantäne ist, darf er leider noch keinen Besuch empfangen, sonst beginnt die Isolation wieder von vorn und ein neuer Test wäre erforderlich.«

Brooke stellte die Mikrowelle ab. »Ja, diesbezüglich hatte ich auch noch eine Frage. Heute ist schon der vierte Tag und man hat mir gesagt, dass die Quarantäne nur drei Tage dauern würde. Wahrscheinlich kommen heute die Ergebnisse, aber so allein dreht mein Dad ein bisschen am Rad. Ich würde mir wünschen, dass er sich hier gut einlebt.«

»Dessen sind wir uns bewusst. Allerdings wurden die Proben erst gestern entnommen. Die Ergebnisse liegen also erst in zwei Tagen vor.«

»Wie bitte?«

»Es tut mir leid. Es hat ein Terminproblem gegeben. So etwas kommt leider vor.«

Am liebsten hätte Brooke ihrem Ärger Luft gemacht, aber in der Lobby tummelten sich andere Heimbewohner, zwei davon waren mit ihren Rollatoren unterwegs, einer saß im Rollstuhl, ein anderer ging sehr langsam. Es war besser, sie beherrschte sich und machte keine Szene. »Können Sie dafür sorgen, dass mein Vater das Ding hier möglichst bald erhält? Er hat sich beschwert, dass das Essen, das er aufs Zimmer kriegt, nicht warm ist.«

Die junge Frau nickte und versicherte ihr, dass sie sich darum kümmern werde, dann verließ Brooke das Gebäude.

Als ihr Telefon klingelte, während sie gerade von der Autobahn abfuhr, wusste sie auch ohne Blick aufs Display, wer anrief. »Hallo, Dad.«

»Ich habe die M-Mikrowelle bekommen.«

Kein »Hallo«, kein »Wie geht's dir«. Einfach direkt auf den Punkt.

»Schön.«

»Du ... du bist nicht hochgekommen.«

»Sie haben mich nicht gelassen. Das sind die Regeln ...«

»Scheiß auf die Regeln.«

Brooke umklammerte das Lenkrad. »Es ist nur vorübergehend.«

»Brooke …«

Sie unterbrach ihn, bevor er sich weiter beschweren konnte. »Dad, warum hast du mir denn nicht gesagt, dass sie erst nach zwei Tagen den Abstrich für den Virustest gemacht haben?«

»Das ist nicht … ach egal.«

»Es ist nicht egal, Dad. Du bist von einem Heim in ein anderes gekommen und sie müssen ihre Vorsichtsmaßnahmen treffen. Bei so einem Test dauert es drei Tage, bis das Ergebnis kommt. Das hat man dir doch gesagt. Dass jetzt noch nichts vorliegen kann, ist doch klar, warum motzt du mich dann an, dass ich was tun soll? Das ist nicht fair.«

»Tja.« Ihr Vater seufzte. »Ich habe g-gedacht, die Ergebnisse kämen schneller.«

»Haben sie dir das gesagt?«

»Nein.«

Brooke bog in ihre Parklücke und stellte den Motor ab. »Dann hast du das einfach nur angenommen.« Sie holte ihr Handy aus der Tasche, stellte den Anruf von der Freisprechanlage wieder aufs Telefon um und stieg aus. »Ich weiß, dass es schwierig für dich ist, aber ich tue alles, was ich kann.«

»Es gefällt mir hier nicht.«

Sie ging zur Hintertür, so auf das Gespräch konzentriert, dass sie kaum etwas anderes um sich herum wahrnahm. »Welche anderen Möglichkeiten gäbe es denn für dich?«

»Wieder in mein Haus zurückzuziehen.«

»Das ist verkauft«, log sie.

»Bei dir zu wohnen.«

Sie blieb stehen, holte tief Luft, dann riss sie die Haustür auf. »Das haben wir doch schon besprochen.« Wie eine Hochleistungssportlerin stürmte Brooke die Treppe hinauf, jeder Schritt angetrieben von Wut. »Ich habe nicht das Zeug dazu, dich zu pflegen.«

»Ich habe nicht … Mir geht es besser.«

Im zweiten Stock blieb sie kurz stehen, wechselte das Handy zum anderen Ohr, dann ging sie weiter. »Trägst du immer noch eine Windel?« Brooke benutzte das Wort fast nie. Normalerweise sagte sie etwas Umschreibendes, um ihrem Vater die Peinlichkeit zu ersparen.

»Ich brauche keine.«

»Aber du *trägst* eine. Und das ist auch völlig in Ordnung so, Dad. Gib deinem Körper Zeit, sich zu erholen.«

Ihr Vater schwieg, während sie nun die Tür erreicht hatte.

»Rennst du?«, fragte er.

Sie sperrte auf und trat ein. »Meine Wohnung ist im dritten Stock ohne Aufzug. Du hättest nicht einmal vor dem Darmverschluss die Treppe bewältigen können. Bei mir zu wohnen, ist keine Option.«

Brooke stieß die Wohnungstür hinter sich zu und ging direkt auf die Dachterrasse.

»Das h-hast du mit Absicht gemacht.«

»Stimmt. Ich habe bewusst eine Wohnung für *eine* Person gemietet, nicht für zwei.« Ihr Kopf hämmerte und ihr war zum Heulen zumute. »Ich versuche, alles für dich zum Besten zu arrangieren. Aber du musst auch deinen Teil dazu beitragen.«

»D-du hast mich in ein A-Altersheim abgeschoben und vergessen.«

»Du bist noch nicht mal eine Woche dort!« Brooke schrie fast. »Ich kann dich nicht vergessen, selbst wenn ich es wollte. Ich habe die Scherben deines Lebens aufgesammelt und mein eigenes stillgelegt.« Diese jämmerlichen Worte kamen aus tiefstem Herzen. Sie ging zum Rand der Dachterrasse und verspürte den Wunsch, das Telefon aus kindlicher Rebellion über diese Auseinandersetzung mit ihrem Dad einfach von sich zu schleudern.

»Hier bleibe ich nicht. Ich h-hau ab.«

Brooke zog das Handy vom Ohr, schüttelte es in der Hand und stampfte vor lauter Frust mit den Füßen auf.

Sie holte dreimal tief Luft und bemühte sich, ganz ruhig mit ihm zu reden. »Und wo willst du hin?«

»Ich bin nicht im Gefängnis.«

»Genau«, versicherte sie ihm. »Du bist nicht im Gefängnis.«

»Gut.«

Ihr Vater war ruhig.

Zu ruhig.

»Da …«

Schon hatte er aufgelegt.

Brooke starrte ungläubig auf ihr Telefon. »So eine Scheiße!«

Sie ging in die Hocke und überlegte, ob sie sich zu einem Ball zusammenrollen und so bleiben sollte … für immer. Dann sprang sie auf, rannte zurück in die Wohnung, schnappte sich ihre Handtasche, sauste die Treppe hinab und eilte zu ihrem Auto, während sie gleichzeitig das Seniorenheim anrief, in der Hoffnung, dass man ihren Vater davon abhalten würde, etwas Dummes anzustellen.

KAPITEL 10

Luca hatte keine Gelegenheit gehabt, sich bemerkbar zu machen, denn schon war Brooke wieder davongerannt.

Er hatte sie zufällig von der Terrasse aus auf dem Parkplatz gesehen, möglicherweise war er auch extra länger geblieben, als er mitbekam, wie aufgebracht sie telefonierte.

Schon bevor er hier draußen ihre Worte laut und deutlich hörte, hatte er gemerkt, dass es sich um ein hitziges Gespräch handelte.

Als Brooke auf dem Boden in die Hocke gegangen war, wollte er zu ihr eilen, aber sie hatte sich gleich wieder aufgerappelt, bevor er zu ihr gehen und fragen konnte, ob alles in Ordnung war.

Jetzt saß er im Auto und fuhr hinter ihr her.

Mit einem gewissen Abstand ...

Wie ein verdammter Stalker.

Er war in seine Wohnung gestürmt, hatte sich den Autoschlüssel geschnappt und gerade noch gesehen, wie sie vom Parkplatz fuhr.

Die Einbahnstraßen, die das Restaurant umgaben, erleichterten ihm die Verfolgung.

Luca war Koch und kein Privatdetektiv, er war es nicht gewohnt, jemanden zu verfolgen. Wenn Brooke nicht so aufgebracht gewesen wäre, hätte sie sicher gemerkt, dass ihr jemand folgte.

So wie sie hinterm Steuer gestikulierte, war klar, dass sie telefonierte, weshalb sie wohl nicht oft in den Rückspiegel blickte.

Sie bog auf den Freeway Richtung Süden. Dort ließ er sich ein wenig zurückfallen, blieb aber auf derselben Spur wie sie. Erst als sie vom Freeway abfuhr, begann Luca zu hinterfragen, was er da eigentlich tat.

»Wo willst du hin, Brooke?« Er blieb hinter ihr, und als keine Gefahr bestand, sie zu verlieren, vergrößerte er den Abstand. »Warum folge ich dir?«

Er machte sich Sorgen. Auf der Dachterrasse hatte sie ausgesehen, als würde sie entweder gleich zusammenbrechen oder explodieren. Eine Frau leiden zu sehen, ohne etwas dagegen zu tun, war nicht seine Art.

Allerdings hatte das Leben ihn gelehrt, dass nicht alle Frauen seine Hilfe verdient hatten und auch nicht alle seine Hilfe wollten.

Er war sich ziemlich sicher, dass Brooke zur letzteren Gruppe gehörte. Sie war eine von denen, die einen zweimal anschauten, wenn man ihnen die Tür aufhielt.

»*Du öffnest einer Frau die Tür und bietest ihr deinen Platz an. Wenn ihr das nicht gefällt, such dir eine andere.*« Das hatte seine Mutter immer gesagt. »*Du machst das nicht, weil sie es nicht könnte, du machst das, weil* du *es kannst.*«

Dies war das Mantra, das Luca im Kopf wiederholte, während er versuchte, unauffällig hinter Brooke zu bleiben, sodass sie nichts von der Verfolgung mitbekam.

Ich bin ein Idiot.

Schließlich fuhr sie auf einen Parkplatz.

Doch anstatt ganz nach vorn zu fahren, wo die meisten Besucher der Einkaufsmeile parkten, hielt sie am äußersten Ende, am Rand einer belebten Straße.

Sie ließ die Fenster herunter und stellte den Motor aus.

Dann blieb sie sitzen und starrte auf die Straße.

Nachdem er sie zehn Minuten lang beobachtet hatte, begann Luca, sich umzusehen.

Auf der anderen Seite der vierspurigen Straße befand sich eine Einrichtung für betreutes Wohnen.

Brooke saß einfach da und schaute hinüber.

Eine halbe Stunde lang beobachtete Luca sie dabei, wie sie die Fassade des Gebäudes betrachtete. Wenn jemand vorfuhr, richtete sie sich auf. Dann entspannte sie sich wieder.

Wer lebte dort? Ihre Mutter? Ein Großelternteil? Die Worte, die sie fast geschrien hatte, kamen ihm immer wieder in den Sinn. »*Nein, du bist nicht im Gefängnis.*«

Er fragte sich, ob derjenige, den sie suchte, gedroht hatte, das Haus zu verlassen, und sie deshalb hier saß, um das Heim im Auge zu behalten.

Nach einem Blick auf die Uhr beschloss Luca, dass er seine Pläne für den Tag ändern musste.

Gio hob nach dem zweiten Klingeln ab. »Wo bist du?«, fragte er nach einer kurzen Begrüßung.

»Das würdest du mir nicht glauben. Du musst mir einen Gefallen tun.«

»Was denn?«

»Könntest du Franny von der Schule abholen und dich um alles andere kümmern. Ich weiß noch nicht, wann ich heimkomme.«

»Oha, sag mir, dass es um eine Frau geht. Bitte, lieber Gott, du musst mal wieder vögeln.«

»Gio!«

Die Stimme seines Bruders klang ganz aufgeregt. »Ich hab'
ins Schwarze getroffen, oder? Es geht tatsächlich um eine Frau!«

»Es ist nicht so, wie du denkst.«

»Wenn es da eine Frau gibt, dann ist es das, was ich denke«,
sagte Gio.

Luca sah sich in seinem Auto um. »Ich kann dir versichern, dass du dich irrst. Übernimm bitte einfach nur meine
Aufgaben.«

»Ich soll also meine Lieblingsnichte abholen, sie mit *gelato*
abfüllen und dann vom vielen Zucker völlig aufgedreht an dich
übergeben, wenn du heimkommst.«

Luca schimpfte auf Italienisch mit ihm. »Nein, du sollst
mit ihr Hausaufgaben machen, auf den Spielplatz gehen und
ihr eine Gutenachtgeschichte vorlesen, falls ich bis dahin noch
nicht daheim bin.«

»Wer ist sie?«

Luca antwortete nicht und ging davon aus, dass Gio ihm
den Gefallen schon tun würde. »Danke, Bruder.« Damit legte
er auf.

Eine Stunde lang saß Luca mit sich selbst debattierend auf
dem Fahrersitz.

Er konnte sich nur an ein einziges Mal erinnern, als er
ähnlich unentschlossen gewesen war, und zwar in der sechsten
Klasse, als er Becky Ahlstrom zum Tanzen auffordern wollte,
aber bis zum letzten Lied nicht den Mut dazu aufbrachte. Als sie
schließlich Ja sagte, wurde ihm klar, dass er den ganzen Abend
verpasst hatte, weil er zu feige gewesen war.

Und jetzt war es ganz genauso.

Okay, nicht *ganz* genauso. Zu Brookes Auto zu gehen und
zuzugeben, dass er ihre Aufregung mitbekommen hatte und ihr
bis hierher gefolgt war, dass er seit einer Stunde dasaß und sie
beobachtete, konnte nur ein bisschen seltsam rüberkommen.

Mit jeder verstreichenden Sekunde wurde es schwerer, zu erklären, warum er hier saß.

»Scheiß drauf.«

Luca schob sich aus seinem Auto und marschierte zielstrebig auf Brookes Wagen zu. Er ging zur Beifahrerseite und zögerte, als er sah, dass sie geweint hatte. »Hey«, sagte er und unterbrach ihre Trance.

Sie zuckte zwar nicht zusammen, aber er konnte sehen, dass er sie erschreckt hatte.

Als ihr bewusst wurde, wer gekommen war, schien sie sich ein klein wenig zu entspannen.

»Luca? Äh … was machst du denn hier?«

Ohne zu fragen, öffnete er die Beifahrertür und stieg ein.

Er wollte eigentlich sagen, dass er ihren Schmerz sah, das Leid in ihren Augen. Stattdessen schloss er die Tür und schob den Sitz zurück, um mehr Beinfreiheit zu gewinnen. »Ich dachte mir, wenn wir schon beide hier sitzen und das Seniorenheim beobachten, können wir es auch gemeinsam tun.«

»Wie bitte?«

»Das ist es doch, was du hier tust, oder? Das Heim im Auge behalten?«

»Es ist eine Einrichtung für betreutes Wohnen und was zum Geier machst du hier?«

Lieber hätte er sich übergeben, als zu gestehen, was er ihr gestehen musste. »Das hört sich jetzt mehr nach Stalker an, als ich tatsächlich einer bin.«

»Das bezweifle ich.«

Luca hielt den Blick aufs Gebäude gerichtet, nicht auf sie. Er wusste aber, dass sie ihn ansah, während er sprach. »Ich war auf der Dachterrasse. Von dort aus habe ich dich auf dem Parkplatz gesehen, und danach auf der Terrasse.« Er hob eine Hand. »Du warst am Telefon und hast geschrien. Ich wollte dir sagen, dass ich auch da bin, aber da bist du schon weggerannt.«

Er hob nun beide Hände in die Luft. »Ich weiß nicht … vielleicht habe ich zu viele Frauen um mich herum, aber du hast echt mitgenommen ausgesehen.«

Sein Schweigen prallte auf ihr Schweigen.

Die Luft im Auto war wie erstarrt.

»Du hast mich verfolgt«, sagte sie flach.

»Ich habe dir ja gesagt, dass es sehr nach Stalker klingt.«

Sie drehte sich auf ihrem Sitz und schaute aus dem Rückfenster. »Ich sitze hier schon seit fast einer Stunde.«

»Ich dachte, eine halbe.«

»Eine ganze, Luca.«

Verdammt, aus ihrem Mund klang es noch schlimmer. »Ich weiß. Ich dachte, vielleicht musst du zur Toilette oder hast Hunger. Wir könnten uns auch abwechseln mit der Beobachtung. Wonach genau halten wir Ausschau?«

»Nach meinem Dad.«

Aha, es ging also um ihren Vater. »Gut. Okay.«

»Luca?«

»Ja?«

»Das ist verrückt.«

Er drehte sich zu ihr. »Verrückter, als auf der anderen Straßenseite eines Altenheims zu sitzen und darauf zu warten, dass ein Mann, der wahrscheinlich dort hingehört, irgendwie auftaucht und was genau tut?«

Brooke kniff die Lippen zusammen, zog die Nase kraus, während sie tief Luft holte und dann langsam wieder ausatmete. »Es ist ein Heim, kein Gefängnis. Er kann es auch verlassen, wenn er will.«

Luca nickte ein paar Mal, während er über ihre Worte nachdachte. »Hat dein Dad ein Auto?«

»In dem sitzen wir.«

»Du fährst mit dem Auto deines Dads?«

»Das klingt wie eine Anschuldigung«, feuerte sie zurück.

»Es ist nur eine Feststellung.«

»Es war eine Frage mit anklagendem Ton.«

Luca schloss die Augen. »Ich kann keine anklagenden Töne.«

Brooke seufzte übertrieben. »Ach bitte, deine Stimme klang vorwurfsvoll.«

»Gar nicht«, verteidigte er sich.

»Eine Anschuldigung, Verurteilung, alle möglichen -ungs. Du bist so voreingenommen, wie man nur sein kann.«

Dabei kannte sie ihn gar nicht, um auf ein solches Urteil zu kommen. Ihre Einschätzung bedeutete nichts und doch …

»Das stimmt nicht.«

»Wirklich nicht?«

»Ja«, entgegnete er.

Jetzt drehte sie sich ganz zu ihm und schaute nicht mehr zur anderen Straßenseite. Ihr Blick, ihre Worte, ja ihre ganze Wut und ihre Emotionen prallten auf ihn. Luca fühlte sich wie in einem Verhörraum, wo er zu einem Geständnis für ein Verbrechen gezwungen werden sollte, das er gar nicht begangen hatte.

»Ich sage jetzt was und du antwortest darauf, was dir als Erstes in den Sinn kommt. Wenn du zögerst, weiß ich, dass es eine Anschuldigung war, und die Diskussion ist beendet.«

»Gut.« Ja, die Spotlights waren auf ihn gerichtet, und sein Untergang war gewiss.

»Bereit?«

NEIN! »Ja.«

Dann begann Brooke: »Schwarz.«

»Weiß.«

»Pepsi«, sagte sie.

»Cola.« Seine Antwort kam in derselben Sekunde. Wenn dies das Spiel war, würde er gewinnen.

»Meer.«

»Fisch.«

»Erster Eindruck von mir?«

Bildhübsch …

»Eins, zwei …«

»Bildhübsch.« Luca kniff die Augen zusammen. Er hatte nicht vorgehabt, das laut zu sagen.

Im Auto war es still.

Er schlug die Augen auf.

Brooke starrte ihn ungläubig an.

Sie drehte sich weg und starrte wieder auf das Haus.

»Das war wohl nicht das, was du von mir erwartet hast.«

»Es war ein dummes Spiel.«

Dass ihm sein Geständnis peinlich war, spielte in Anbetracht ihrer Reaktion darauf nun keine Rolle mehr.

»Du weißt, dass du wunderschön bist.« Das musste sie doch wissen. Mann, jeder morgendliche Blick in den Spiegel musste Bewunderung auslösen und ihr ein »Spieglein, Spieglein an der Wand« entlocken.

Ihr Schweigen machte ihn fertig. »Brooke?«

Sie öffnete die Tür. »Ich muss mal. Mein Dad sitzt im Rollstuhl. Er trägt fast immer eine Baseballmütze. Ist ein großer Dodgers-Fan.«

Bevor er etwas sagen konnte, war Brooke ausgestiegen und rannte davon.

Er unterdrückte den Impuls, ihr hinterherzulaufen, denn er wusste, warum sie ausgestiegen war. Sie wollte sich distanzieren, und zwar vor seinem Geständnis und den unerwünschten Gefühlen, die es auslöste. Um nicht wieder wie ein Stalker rüberzukommen, blieb Luca brav im Auto sitzen und hielt Ausschau nach einem Mann im Rollstuhl mit blauem Käppi, der aussah, als würde er aus dem Knast ausbrechen.

* * *

Brooke betrat das Café und ging direkt zur Toilette. Der Blick in den Spiegel ließ sie erschaudern. Blutunterlaufene, geschwollene Augen, fleckige Haut, die Haare verstrubbelt.

Bildhübsch.

Ein Wrack, das war sie. Ein komplettes Durcheinander.

Alles andere als bildhübsch. Grundgütiger, wann hatte sie sich das letzte Mal hübsch gefühlt?

Das war schon Monate her.

Während der Weihnachtszeit, als sie mit Marshall zu einer kleinen Dinnerparty gegangen war und sich zum ersten Mal seit Ewigkeiten in Schale geworfen hatte.

Heute trug sie nur ein einfaches T-Shirt, Jeans und Turnschuhe. Ein Standard-Outfit, für das man nicht nachdenken oder sich Mühe geben musste. Nicht aufeinander abgestimmte Klamotten, ziemlich langweilig. Ihr Outfit sagte, dass es ihr egal war, wie sie aussah oder was andere Leute von ihr dachten.

Nicht bildhübsch.

Entweder war Luca blind oder ein besserer Schwindler, als sie es ihm zugetraut hätte.

Ein Klopfen an der Tür ließ sie aufschrecken.

Brooke spritzte sich Wasser ins Gesicht. Zum Glück war sie ungeschminkt, sonst wäre der Wimperntuschenhorror perfekt gewesen. Mit Mascara machte sie sich wegen der ständigen Gefühlsachterbahn seit ihrem Umzug nach Kalifornien auch keine Mühe mehr.

Sie verließ die Toilette und ignorierte die bösen Blicke der Leute, die davor warteten.

Dann marschierte sie zum Auto zurück, dankbar, dass Luca ihren Selbstmitleidstrip unterbrochen hatte, während sie das Haus beobachtet und sich gefragt hatte, ob ihr Vater tatsächlich auf der Straße auftauchen werde.

Zurück im Auto verschränkte sie die Arme vor der Brust und weigerte sich, Luca anzusehen.

»Hast du keinen Kaffee mitgebracht?«

Brooke rollte mit den Augen.

»Bei jeder Observierung gibt es Kaffee.«

Sie rutschte auf ihrem Sitz herum und starrte ihn an. »Was in Gottes Namen tust du hier?«

»Ich habe dir doch gesagt, dass ich …«

»Und ich bin auch nicht bildhübsch, sondern ein Wrack.« Sie beugte sich zu ihm, als würde Luca sie sonst nicht richtig sehen können. »Schau mich an: verquollenes Gesicht, rot geränderte Augen. Wenn mich ein Polizist anhält, muss er denken, ich hätte was geraucht. Ich habe seit Monaten nicht mehr richtig geschlafen und schau dir das mal an.« Sie entblößte die Stirn, indem sie die Haare zurückschob, und zeigte auf eine Vene, die immer zu sehen war. »Dieses pulsierende Ding hier ist ein Beweis für meinen in die Höhe geschossenen Blutdruck, der meinem alles andere als bildhübschen Aussehen das Sahnehäubchen aufsetzt.«

Außer Atem lehnte sie sich zurück und drehte den Kopf wieder Richtung Heim.

Sie hörte, wie Luca durchatmete. »Okay. Gut.«

»Gut? Was ist *gut*?« Was zum Henker sollte das bedeuten? Jetzt sah sie wieder zu ihm, bereit für einen Kampf. Etwas, irgendetwas, um kurz aus dem Hamsterrad auszubrechen.

»Wenn du nicht willst, dass ich dich bildhübsch nenne, dann sage ich es eben nicht mehr.« Es wirkte, als würde er sich ein Grinsen verkneifen.

»Gut.« Sie schaute durch die Windschutzscheibe hinaus.

»Und wie wäre es mit …«

»Außerdem bin ich deine Mieterin«, unterbrach sie ihn.

»Du bist die Mieterin meiner Mutter.«

»Familienhaus. Familienbetrieb.«

»Ich war entschieden dagegen, die Wohnung zu vermieten. Meine Mutter kümmert sich um diese Angelegenheit.«

»Wie auch immer.« Brookes Magen begann zu knurren. »Du findest mich nicht bildhübsch, du hast nur Mitleid mit mir.«

Luca begann zu lachen.

Brookes Nackenhärchen sträubten sich. »Was ist so lustig?«

»Du bist ziemlich besessen von meiner Meinung über dein Aussehen.« Luca lehnte sich lässig zurück und schien sich in ihrem Auto ganz behaglich zu fühlen, wie er so dasaß, mit der Hand am offenen Fenster.

Er war entspannt und selbstbewusst und viel zu sexy. Und sie verfluchte sich dafür, dass ihr so etwas auffiel.

»Mir gefällt mein neues Zuhause und das will ich nicht kaputtmachen.«

»Dann mach es nicht.«

Ein kurzer Blick in seine Richtung, dann wieder aus dem Fenster.

Er starrte sie an.

»Werde ich nicht.«

»Gut.«

Ein paar Sekunden verstrichen.

»Hör auf, mich anzustarren.«

Er bewegte sich, schaute sie aber weiter an.

»Wenn du so erschöpft bist, wie du es mir glaubhaft zu versichern versuchst, dann muss ich mich schon fragen, wie umwerfend du erst nach ein paar erholsamen Nächten und ein bisschen Wellness aussiehst.«

Sie hätte die Vorstellung an erholsame Nächte und ein Wochenende in einem Wellnesshotel, wo man sich um nichts kümmern musste, gerne gehasst, aber es gelang ihr nicht. Hassen konnte sie nur die Tatsache, dass genau diese Dinge der Realität so fern waren wie sonst nur was.

Brooke zeigte zu dem Gebäude auf der anderen Straßenseite. »Das hier ist meine Realität. Ich kann nicht mal meine Arbeit erledigen, ohne dass das Telefon klingelt und irgendetwas wieder meine Pläne durchkreuzt, und zwar jeden verdammten Tag. So ein Schlafwellnessfest ist unrealistisch. Also werde ich in nächster Zeit auch nicht *umwerfend* aussehen.«

»Gibt es sonst niemanden in der Familie oder jemanden …«

»Ich bin die ganze Familie«, unterbrach sie ihn nun schon wieder. Die Wut machte einer überwältigenden Traurigkeit Platz. »Mein Vater war vier Mal verheiratet. In Sachen Beziehungen war er miserabel. Und hey…«, sagte sie zur Warnung, »ich bin auch nicht viel besser. Ich habe ebenfalls gerade eine Trennung hinter mir.«

Luca hielt inne. »Eine Scheidung?«

»Nein. Er … *wir* halten nichts vom Heiraten.«

»Wie schlimm war die Trennung?«, wollte Luca wissen.

Warum fragte er das? »Ich bin in einen anderen Bundesstaat gezogen«, sagte sie, als wäre das eine ausreichende Erklärung.

»Wie viel hat der Umzug mit deinem Vater zu tun?«

»Das spielt keine Rolle, Luca. Ich bin einfach nicht die Frau, der du hinterherfährst, weil sie weint und weil sie durcheinander ist, was übrigens zum Dauerzustand geworden ist. Und ich bin nicht die Frau, die du als wunderschön bezeichnest oder von der du wissen willst, wie sie aussieht, wenn sie sich ein bisschen zurechtmacht, okay? Lass mich einfach nur die chaotische Mieterin sein, die oben im Apartment wohnt, und die du von Anfang an nicht haben wolltest. Und dabei belassen wir es.«

Er schwieg einige Sekunden lang. »Verdammt! Danke für die Warnung und für deine Ehrlichkeit.«

Ihr war zum Heulen zumute. »Schön, dass wir uns einig sind.«

Wieder knurrte ihr Magen. Diesmal war es kein leises Grummeln, das sagte, sie bräuchte eine Kleinigkeit, nein, es war ein gewaltiges Geräusch, das den Wagen ins Schwanken brachte, und das jeden wissen ließ, dass sie mindestens ein halbes Rind brauchte.

»Tu so, als hättest du das nicht gehört.«

»Ich kann zwar vieles, aber einen knurrenden Magen zu ignorieren, gehört nicht dazu«, entgegnete er. »Wann hast du das letzte Mal was gegessen?«

Sie schaute auf die Uhr. Es war fast drei Uhr nachmittags. Der Rest vom letzten Abendessen wäre jetzt göttlich gewesen. »Danke übrigens für das Essen gestern. Das hätte ich schon früher sagen sollen.«

Luca riss überrascht die Augen auf. »Hast du etwa seit gestern Abend nichts mehr gegessen?«

Wieder zeigte sie zu dem Altenheim vor ihnen.

»Du kriegst noch ein Magengeschwür«, warnte er sie, während er zur Tür griff. »In der Einkaufszeile gibt es einen Sandwichladen. Was magst du am liebsten?«

»Du musst nicht …«

»Brooke!«

Sein Blick sagte, dass sie ihm besser nicht widersprach. Und die traurige Wahrheit war, dass sie sowieso keine Kraft mehr hatte, sich zu wehren. »Ich esse alles. Egal was.« Sie griff nach ihrer Handtasche, aber Luca war schon aus dem Auto gesprungen und joggte über den Parkplatz.

KAPITEL 11

Sie aßen und beobachteten das Heim, in dem Brookes Vater wohnte.

Langsam merkte Luca, wie sich Brooke, die zuvor ein Nervenbündel gewesen war, etwas entspannte. Essen hatte einfach eine heilende Wirkung.

Luca nutzte die ruhigen Momente, um das wenige, was sie preisgab, zu verdauen und über die vielen Fragen, die ihm kamen, nachzudenken. Einige verkniff er sich, andere stellte er ganz offen.

»Wie lange wohnt dein Dad schon hier?«

»Seit vier Tagen«, antwortete sie zwischen zwei Bissen. »Ich habe ihn an dem Tag, als ich eingezogen bin, hergebracht.«

Er erinnerte sich, wie müde sie an dem Abend ausgesehen hatte. Eigentlich war er sich gar nicht so sicher, ob er sie überhaupt schon mal richtig wach erlebt hatte.

»Wo hat er vorher gewohnt?« Er biss von seinem Sandwich ab und wartete auf ihre Antwort.

»In einem Pflegeheim, wo er sich von einer Operation erholt hat.« Brooke sah auf ihr Sandwich, dann blickte sie wieder aus dem Fenster. »Er hatte vor ein paar Jahren einen Schlaganfall. Wir haben es geschafft, ihn so weit wieder auf die

Beine zu stellen, dass er allein leben konnte.« Sie gab ein unechtes Lachen von sich. »Zumindest habe ich gedacht, wir hätten es geschafft.«

»Wir? Du und dein Ex?«

Diesmal lachte Brooke aufrichtig. »Ja. Oder eher nein. Mit ›wir‹ meine ich den Physiotherapeuten, die Ergotherapeutin, die Logopädin und das ganze Reha-Zentrum. Es war anstrengend und hat sehr lange gedauert. Marshall hat nur darüber gemeckert, dass ich weg war.« Sie biss ab und schüttelte den Kopf. »Ich hätte es damals schon wissen müssen.«

»Was wissen müssen?«

»Dass es mit uns nicht klappen würde.« Sie schüttelte weiter den Kopf. »Jedenfalls musste ich die Firma meines Dads verkaufen und versuchen, etwas Geld auf sein Konto zu bringen. Nach vier Scheidungen bleibt am Ende nicht viel übrig.«

»Kann ich mir vorstellen.« Luca hatte schon nach einer Scheidung seine Lektion gelernt.

»Als er zwar nicht mehr der Alte, aber wieder relativ fit war, bin ich nach Hause zurückgekehrt.«

»Wo war dein Zuhause?«, wollte Luca wissen.

»In Seattle.«

»Du bist von Seattle aus gependelt?«

»Nein. Ich habe mein Leben aufgegeben, um für meinen Dad da zu sein. Ein paarmal bin ich heimgeflogen, aber eigentlich bin ich die meiste Zeit bei meinem Vater gewesen.«

»Das klingt nicht leicht.«

»Das Leben ist nie leicht.« Sie drehte den Verschluss ihrer Wasserflasche ab und trank einen Schluck. »Ich konnte einfach nicht, wie ich ursprünglich dachte, hin- und herfahren. Wenn ich ehrlich bin, war ich froh über die Pause. Aber wir haben telefoniert. Ich wusste, dass es Dad nicht so gut ging, wobei in den letzten Jahren ja irgendwie jeder zu kämpfen hatte, oder?«

»Ich weiß«, sagte Luca.

Brooke schaute auf ihr Sandwich, dann ließ sie es auf den Schoß sinken, als hätte sie plötzlich keinen Appetit mehr. »Vor ein paar Monaten dann wieder ein Anruf: Er ist krank und muss operiert werden. Ich fliege her und alles ist ein einziges Chaos. Das Haus ist in einem katastrophalen Zustand, alles Mögliche kaputt, und es wird klar, dass mein Dad schon seit einer Weile nicht mehr gut allein klargekommen ist. Und dann finde ich dieses verdammte Auto in der Garage. Wer zum Henker verkauft ein nagelneues Auto an einen Sozialhilfeempfänger, der sich nicht mal eine eigene Wohnung leisten kann? Und was in aller Welt hat sich mein Dad dabei gedacht, das Ding zu kaufen? Ich war stinksauer, aber da er quasi im Sterben lag, habe ich es ihm durchgehen lassen. Da gab es Wichtigeres.«

Luca beobachtete sie, während sie ihre Geschichte erzählte und ihm dabei keinen einzigen Blick schenkte. Während sie redete, blitzten verletzte Gefühle, Sorgen und Leid in ihren Augen auf.

»Das klingt nach einer ganzen Menge.«

»Das war … ist es auch. Jetzt sitzt er wieder im Rollstuhl und ist obendrein noch inkontinent. Ich kann das Haus nicht behalten und eine Pflegekraft für ihn einstellen. Das ist zu viel. Und ich selbst kann ihn nicht pflegen.« Brooke warf Luca einen kurzen Blick zu. »Das mache ich nicht.«

»Du bist nur eine Person.«

Sie zeigte zum Gebäude. »Sag ihm das mal. Er war heute stinksauer, weil die Ergebnisse der Tests, die Neuankömmlinge machen müssen, noch nicht zurück sind und er in seinem Zimmer immer noch unter Quarantäne steht. Ich bin gleich heute Morgen hergekommen, um ihm eine Mikrowelle zu bringen, weil er sich darüber beschwert hat, dass das Essen, das man ihm aufs Zimmer bringt, meistens kalt ist. Dabei habe ich erfahren, dass sie ihn erst gestern getestet haben. Er weiß, dass es drei Tage dauert, aber er meckert trotzdem. Und dann hat er mir gedroht, dass er abhauen würde.«

Als Luca nun die ganze Geschichte erfahren hatte, seufzte er. »Deshalb sitzen wir also hier.«

»Deshalb sitze *ich* hier. Warum *du* hier bist, habe ich noch nicht herausgefunden.«

»Ich habe eine Schwäche für weinende Frauen.«

Brooke schnaubte. »Gib so was besser nicht zu.«

»Stimmt.« Er führte den Rest seines Sandwichs zum Mund. »Wo ist denn dieses Haus, um das sich dein Dad nicht gekümmert hat?« Dann schob er den letzten Happen in den Mund.

»In Upland. Ich hasse es dort. Meine Freundin Carmen hat mir geholfen. Dann ist sie mit mir nach San Diego gefahren und ich fand es schön hier. Der Umzug hierher war ein Kompromiss. Ich miete ein kleines Apartment, verkaufe das Haus, und das Seniorenheim ist in meiner Nähe, sodass ich meinem Vater notfalls helfen kann. Nur durch den Verkauf des Hauses kann ich mir das alles leisten, bis der nächste Anruf kommt.«

»Das verstehe ich jetzt nicht. Welcher Anruf?«

»*Der* Anruf. Der Anruf, der immer genau dann kommt, wenn ich denke, dass ich alles im Griff habe. Und der mich daran erinnert, dass ich eigentlich kein eigenes Leben habe.« Sie schob das Sandwich von sich. »Ich bade gerade in Selbstmitleid. Schenk mir einfach keine Beachtung.«

Ihr keine Beachtung zu schenken, war keine Option. »Ist denn das Haus schon verkauft?«

»Ja. Beziehungsweise nein. Das Geld ist schon auf einem Treuhandkonto eingegangen, aber wir glauben, dass der Verkauf letztlich doch nicht zustande kommt.«

»Warum nicht?«

»Bei der Inspektion wurden Mängel festgestellt. Manche habe ich versucht, selbst zu beheben, für andere brauche ich

Handwerker, aber niemand scheint die Arbeit machen zu wollen.«

»Verstehe«, sagte Luca.

»Es gibt noch weitere Angebote und das Haus wird sich schon verkaufen, aber es kann eben ein bisschen dauern. Ich hätte es nur gern endlich hinter mir. Ich habe meinen Dad angeschwindelt und behauptet, es sei bereits verkauft, damit er nicht denkt, er hätte die Option, wieder dorthin zurückzukehren. Die hat er nämlich nicht.«

»Das hätte ich auch so gemacht.«

»Echt?« Überrascht sah sie ihn an.

»Wenn sich dein Dad wie ein Kind benimmt, kann man ihm nicht alle Informationen, die für Erwachsene bestimmt sind, mitteilen. Besteht die Möglichkeit, dass er wirklich abhauen könnte?«

Sie kniff die Augen zusammen. »Er hätte schon genug Kraft, sich aus dem Haus zu rollen.«

»Und dann? Bis nach Upland rollen? Hat er Geld oder Zugang zu einer Kreditkarte, um sich ein Taxi zu nehmen?«

Brooke öffnete den Mund, dann schloss sie ihn wieder. »Hm. Nein. Das ist alles bei mir.«

Luca klopfte aufs Armaturenbrett. »Du fährst seinen Wagen, also kann er den schon mal nicht benutzen. Was ist mit Freunden? Gibt's da irgendwen, der dumm genug wäre, ihn abzuholen und sich woanders um ihn zu kümmern?«

Sie schüttelte den Kopf. »Er hat ein paar Freunde, aber seit er krank ist, waren sie nicht mehr oft da. Auch beim letzten Mal hat sich keiner freiwillig gemeldet, um zu helfen.«

Luca hatte das Gefühl, dass er seinen Standpunkt klar gemacht hatte. »Wie sollte dein Dad dann abhauen können?«

»Mein Vater ist nicht gerade für seine rationalen Entscheidungen berühmt. Aber ich verstehe, was du sagen willst.«

»Wahrscheinlich ist die Wut, die dein Vater vorher hatte, weil er frustriert war, inzwischen wieder verflogen. Und ich nehme an, das Heim würde dich anrufen, wenn er wirklich abhaut.«

»Ja.«

»Wie wäre es also, wenn wir wieder heimfahren? Du nimmst ein langes Bad, schläfst dich aus und lässt den Dingen, die du eh nicht kontrollieren kannst, einfach ihren Lauf.«

Brooke sah aus, als wolle sie widersprechen, weshalb Luca sie gar nicht erst zu Wort kommen ließ. »Kannst du im Moment aktiv irgendwas tun, damit die Sache mit dem Treuhandkonto klappt?«

»Nein.«

»Kannst du dich auf deinen Vater setzen und ihn dazu bringen, im Heim zu bleiben?«

Sie schüttelte den Kopf. »Nein.«

»Stell seine Anrufe auf stumm und nimm nur die vom Heim an. Und – wie Chloe jetzt sagen würde – tief durchatmen.« So nervig seine kleine Schwester mit ihrem Yogafimmel manchmal auch war, so sehr hatte sie mit ihrem Leitspruch recht. Noch besser wäre es gewesen, wenn Brooke ihr Handy ihm überlassen und er ein, zwei Tage lang für sie alle Anrufe entgegengenommen hätte, damit diese Ader an der Stirn nicht mehr so sichtbar pulsierte. Aber Luca glaubte nicht, dass sie sich auf so etwas einlassen würde.

»Darf ich das?«, flüsterte sie.

»Warum nicht?«

Brooke schwieg eine gute Minute, dann sagte sie: »Du hast recht. Ich kann ihn nicht kontrollieren.«

Es sah aus, als brächte allein diese Erkenntnis schon Erleichterung.

»Wie heißt dein Dad?«

»Joe Turner.«

143

Luca schrieb es sich ins Gedächtnis, während er darauf wartete, dass Brooke sich entschied, ob sie nun fahren würden oder nicht.

Sie seufzte. »Lass uns heimfahren.«

»Gute Idee.«

Als sich ihre Blicke trafen, spürte Luca, wie sich sein Herz beschleunigte. Sie schenkte ihm ein müdes Lächeln, und verdammt, sie war wirklich wunderschön.

»Danke, Luca. Ich hatte einen Tunnelblick und konnte gar nichts mehr sehen.«

Er musste sich zurückhalten, damit er nicht ihre Hand nahm. »So was hat jeder schon mal erlebt.«

»Du auch?«, fragte sie.

»Ja, klar.«

»Erzähl mir davon.«

Luca sammelte den Müll zusammen und warf ihn in die Tüte aus dem Laden. »Ein andermal.« Er schaute auf Brookes Sandwich, von dem sie nur die Hälfte gegessen hatte. »Magst du das nicht mehr?«

»Ich habe zu Hause noch ein paar leckere Reste, die auf mich warten«, gab sie zu und schien ein schlechtes Gewissen zu haben.

»Hast du nicht alles aufgegessen?«

»Es hätte für drei Personen gereicht. Ich weiß nicht, wie ihr Italiener bei der vielen Pasta so schlank bleiben könnt.«

Er hielt ihr die Tüte hin, damit sie den Müll hineinwerfen konnte. »Ich fahre dir hinterher.« Um sicherzustellen, dass sie tatsächlich nach Hause fuhr und es sich nicht anders überlegte.

»Um dich zu vergewissern, dass ich wirklich heimfahre.«

Ertappt. Er konnte einfach nicht lügen. »Genau.«

Sie rückte ihren Sitz nach vorn und drehte den Schlüssel im Zündschloss. Ein letzter Blick auf das Gebäude, dann sagte sie: »Mach keine Dummheiten, Dad.«

Grinsend stieg Luca aus und joggte zu seinem Wagen.

Als sie rückwärts aus der Parklücke fuhr, trafen sich ihre Blicke über den Rückspiegel.

Seine Magengrube begann zu pulsieren. »Oje!«

* * *

Nachdem Luca neben Brooke geparkt hatte, stiegen sie gleichzeitig aus. Es war mittlerweile so spät, dass Gio seine Nichte längst abgeholt hatte, aber noch früh genug, um bei den Vorbereitungen fürs Abendessen zu helfen. Luca schaute nach oben und sah, dass sich ein Vorhang in seiner Wohnung bewegte. Gleich würde er mit Fragen bombardiert werden, das wusste er genau.

»Ich bin so was nicht gewohnt«, sagte Brooke, als sie gemeinsam zur Hintertür gingen.

»Was meinst du?«

»Echte Hilfe und Ratschläge zu bekommen. Wenn ich undankbar wirke oder was Falsches sage, liegt es nicht daran, dass ich nicht dankbar wäre.«

Lachend hielt er ihr die Tür auf. »Heißt das, es tut dir leid, dass du das mit der Anschuldigung gesagt hast?«

Sie schüttelte den Kopf. »Wir wollen es mal nicht übertreiben.«

Da lachte er noch lauter.

Im Gang zwischen Restaurant und Treppe blieb Brooke auf der ersten Stufe stehen. »Nochmals vielen Dank.«

Luca nickte, und nun wandte sie sich zum Gehen. Doch dann musste er sie einfach fragen: »Wie wäre es heute Abend mit etwas anderem als Pasta?«

Brooke blieb stehen und drehte sich um. »Weißt du, Luca, ich bin durchaus in der Lage, mir selbst was zu kochen.«

»Ja?«

»Nicht so wie du, aber ich komme klar.« Sie ging zwei Schritte weiter.

Er hielt sie auf.

»Hühnchen Piccata? Ich schicke es um sechs hoch.«

»Das wäre zu viel des Guten.«

»Also ja«, sagte er und drehte sich um.

Lachend stieg sie die Treppe hinauf.

Luca ging unterdessen zur Küche und steckte kurz den Kopf hinein. Es herrschte reger Betrieb, alle waren beschäftigt, aber ohne Hektik. »Braucht ihr mich?«, fragte er auf Italienisch.

»Es reicht, wenn du in einer Stunde kommst«, antwortete der zweite Koch.

Lucas nächster Stopp war das Büro. Da er es leer vorfand, lief er kurz durchs Restaurant und entdeckte seine Schwester, die gerade bei einem Gast stand und die Bestellung aufnahm.

Zufrieden machte er sich auf den Weg nach oben.

An der Tür wurde er von Gios albernem Grinsen begrüßt.

»Brooke! Wirklich?«

Luca blickte sich sofort nach Franny um.

»Sie ist in ihrem Zimmer.«

Er seufzte, dann trat er ein und zog die Tür hinter sich zu. »Es ist nicht so, wie du denkst.«

»Ja, ja, klar.«

Ohne ein Wort ging er an Gio vorbei zur Küche, wo er sich eine Flasche Wasser aus dem Kühlschrank holte. »Du kannst dir deine blöden Kommentare in den Hintern schieben.«

»Sie ist bildhübsch und wirkt etwas mitgenommen. Genau dein Typ.«

»Sehr mitgenommen. Und darauf lasse ich mich nicht ein.« Auch wenn sein Körper es gern gewollt hätte.

»Kann ich das schriftlich haben?«

Luca ignorierte die Frage seines Bruders. »Danke, dass du Francesca abgeholt hast.«

Gio verstand den Wink und ging zur Tür. »Ich bin morgen unterwegs. Ich werde mir eine Wohnung suchen.«

Luca blickte auf. »Hast du das schon Mama gesagt?«

»Noch nicht. Erst, wenn ich was gefunden habe.«

Sosehr ihm der Gedanke, dass sein Bruder ausziehen wollte, auch missfiel, er konnte ihn verstehen. »Gib Bescheid, wenn ich dir helfen kann.«

»Mach ich.«

Luca ging ins Kinderzimmer.

Ihr süßes Gesicht hellte sich auf, als sie ihn sah, dann sprang sie von ihrem Kinderschreibtisch auf, an dem sie gerade Hausaufgaben gemacht hatte, und umarmte ihn.

»Hallo, Papa. Onkel Gio hat mir ein *gelato* gekauft.«

Was ihm die Flecken auf ihrem T-Shirt sowieso verraten hätten. »Klar, wie hätte es auch anders sein können.«

»Ich habe gesagt, dass ich nur eine Kugel darf, weil du sonst sauer bist, wenn ich zwei esse.«

Luca hob seine Tochter hoch, obwohl sie schon viel zu schwer dafür war. »Schokolade?«

»Woher weißt du das? Rieche ich nach Schokolade?«

Er lachte und fuhr mit der Zunge über seinen eigenen Mundwinkel. »Da hast du noch was.«

Franny machte eine übertrieben große Bewegung mit der Zunge, um sich die Schokoladenreste aus dem Gesicht zu lecken. Sie verdrehte dabei so komisch die Augen, dass Luca laut auflachte.

»Musst du heute Abend kochen?«, fragte sie.

»Vielleicht. Aber erst später. Willst du in den Park?«

Franny befreite sich aus seinen Armen und lief zu ihrem Schrank. »Können wir Frisbee spielen?«

»Was immer du willst, *tesorina*.«

Mit der Frisbeescheibe in der Hand verließen sie die Wohnung.

Für sie war es nur Spiel und Spaß, aber Luca wollte, dass sie sich vor dem Schlafengehen bewegte und das Eis verdaute.

Im Leben ging es immer um Ausgewogenheit.

Während er darüber nachdachte, fragte er sich, wann Brooke wohl das letzte Mal in den Park gegangen war und Frisbee gespielt hatte.

Vielleicht würde er sie mal fragen, ob sie mitkommen wollte.

KAPITEL 12

Das Telefon blieb herrlich still. Was Brooke allerdings nicht davon abhielt, bis zum Abend ungefähr jede Viertelstunde aufs Handy zu schauen.

Luca hatte ihr eine warme Mahlzeit hochbringen lassen, was ihr vorkam, als würde sie eine Art Essensservice in Anspruch nehmen.

Sie schaltete ihren Computer ein, öffnete den E-Mail-Ordner der Arbeit und machte sich auf einen langen Abend gefasst.

Nach einundzwanzig Uhr konnte sie die Augen nicht mehr offen halten und sobald sie im Bett lag, fiel sie in einen traumlosen Schlaf.

Bis ein Geräusch sie aufweckte. Brookes erste Reaktion war, nach ihrem Handy zu greifen, denn sicher war es ein Anruf, der sie gerade aus dem besten Schlaf seit Monaten gerissen hatte. Erst als sie sich das Telefon ans Ohr hielt, stellte sie fest, dass es gar nicht klingelte.

Es war eine Autohupe in der Ferne.

Die Sonne war aufgegangen und stand schon hoch am Himmel.

Brooke warf einen Blick auf die Uhr neben dem Bett und erschrak. Schon halb zehn.

»Grundgütiger!« Sie hatte zwölfeinhalb Stunden geschlafen und hätte durchaus auch noch weiterschlummern können.

Sie drehte sich um, klopfte das Kissen zurecht und kuschelte sich wieder hinein.

Luca hatte recht gehabt. Sie hatte nur tief durchatmen müssen.

Und schlafen.

Ja, Luca ...

Er war ihr gestern gefolgt. Hatte in ihrem Auto gesessen und ihrer Lebensgeschichte gelauscht. Na ja, jedenfalls der Geschichte der letzten paar Jahre.

Er hatte nicht über sie geurteilt.

Kein einziges Mal hatte er ihr unterstellt, dass sie ein Drama machte und nur bemitleidet werden wollte.

Nein. Der Mann hatte zugehört und als ihr die Worte ausgegangen waren, hatte er ihr einen Rat in Form einer Frage gegeben. Kein »Du solltest« oder »Du wärst dumm, wenn ...«

Brooke rollte sich zu einem Ball zusammen.

Ihre Zeit mit Marshall war genau das Gegenteil davon gewesen.

Entweder hatte er ihr vorgehalten, wie blöd sie sei, weil sie so viel für ihren Dad tat, oder er hatte ihre Leistung ignoriert und nur herumgejammert, dass er zu kurz kam.

Aber sie verglich hier Äpfel mit Birnen. Mit Marshall war sie drei Jahre zusammen gewesen. Luca kannte sie erst seit ein paar Tagen.

Brooke blickte zum Fenster, durch das die Sonne das Zimmer mit Licht durchflutete.

Es waren Fakten, doch die hinderten sie nicht daran, die beiden Männer zu vergleichen.

Luca ging als Sieger hervor.

Mein Gott, wie hatte sie sich nur auf jemanden einlassen können, der so egoistisch war?

Sie schüttelte die Gedanken ab und schob die Decke zur Seite.

Sobald ihre Füße den Boden berührten, warf sie einen Blick aufs Telefon.

Keine Anrufe.

Keine Nachrichten.

Sie streckte die Arme über den Kopf und spürte, wie ihre Rückenmuskeln rebellierten. Wenn sie Chloe das nächste Mal sah, würde sie auf ihr Angebot mit der Yogastunde zurückkommen. Brooke fühlte sich, als wäre sie in den letzten Monaten um fünf Jahre gealtert. Das musste ein Ende haben.

Aber zuerst brauchte sie einen Kaffee.

Während die Maschine lief, öffnete Brooke die Schiebetür und ließ die Morgensonne herein. Es war noch etwas kühl, aber die feuchte, salzige Luft war genau das, was sie brauchte. Nachdem sie sich vergewissert hatte, dass sie allein war, ging sie barfuß auf die Terrasse und genoss den Blick auf die Bucht.

Ein strammer Spaziergang würde ihr helfen, den Kopf klarzukriegen, der sich vom Ausschlafen anfühlte, als wäre er voller Spinnweben. Danach konnte sie mit Schwung in einen produktiven Arbeitstag starten. Und obwohl sie gerne gewusst hätte, ob ihr Dad wieder besser drauf war, beschloss sie, den Routineanruf auszulassen, sich stattdessen um sich selbst zu kümmern und Körper und Seele etwas Gutes zu tun. Dass ihr Dad gedroht hatte, aus dem Heim abzuhauen, hatte sie fast aus der Bahn geworfen. Sich eine kleine Auszeit zu nehmen, wenn sie viel Geld dafür bezahlte, dass man sich um ihn kümmerte, sollte auch mal erlaubt sein.

Zehn Minuten später saß sie mit einem heißen Kaffeebecher in der Hand in ihrer Küche vor dem Laptop, um ihre E-Mails abzurufen. Gerade wollte sie die erste Nachricht öffnen, als sie sich selbst stoppte. Sie trank den Kaffee aus, dann suchte sie eine Leggings und zog sich für ihren Spaziergang an. Noch Kopfhörerstöpsel in die Ohren gesteckt, das Handy in die Tasche, und los ging es.

Es war Zeit, sich einen neuen Weg zu suchen, eine Routine in ihrem neuen Zuhause. Ja, sie musste immer noch das Haus und den ganzen Ballast loswerden, der damit verbunden war, aber es gab keinen Grund, ihr Leben in San Diego nicht jetzt schon zu beginnen. Und zwar noch heute.

Sie verließ das Gebäude durch die Hintertür, ohne einem der D'Angelos zu begegnen. Aus dem Restaurant kamen ein paar Geräusche, aber da sie erst um elf aufmachten, war es relativ ruhig.

Auf den Straßen von Little Italy herrschte reges Treiben, aber Brooke ging weiter Richtung Hafenviertel. Die touristischeren Stadtteile, die nicht dafür geeignet waren, sich die Beine zu vertreten, hatte sie schon erkundet. Jetzt ging sie an den Leuten, die ihr unaufhörlich entgegenströmten, vorbei und entschied sich für einen Fußweg, der um den Hafen herumzuführen schien.

Sportboote schaukelten im Wasser, die Brooke wie hypnotisiert betrachtete und dabei für ein paar Minuten die Sorgen des Vortags vergaß. Auf der gegenüberliegenden Hafenseite lagen Flugzeugträger vor der Insel Coronado. Diesen Ort wollte Brooke auch bald einmal erkunden. Die fröhliche Musik in ihren Ohren vertrieb jegliche Melancholie, während der zügige Spaziergang half, Ideen für ihre Freizeit zu finden, sobald sie wieder eine hätte.

Jedes Mal, wenn ihre Gedanken zu ihrem Dad wandern wollten, schob sie diese beiseite.

Heute nicht.

Heute ging es nur um sie.

152

Es war Zeit, sich zur Abwechslung auf sich selbst zu konzentrieren.

Nachdem sie eine gute halbe Stunde in eine Richtung gelaufen war, kehrte sie um. Sie merkte sich ein paar Stellen entlang des Weges, wo sie vielleicht mal Picknick machen oder sich einfach mit dem Laptop auf eine Bank setzen konnte, um ein bisschen zu arbeiten. In Seattle hatte sie auch ein paar Lieblingsorte gehabt, wo sie sich manchmal niedergelassen hatte, wobei dort das Wetter nicht immer mitgespielt hatte.

Plötzlich setzte die Musik aus, weil ein Anruf kam.

Als sie den Namen auf dem Display sah, wappnete sie sich mit einem tiefen Atemzug.

»Hallo, Susan«, begrüßte sie ihre Immobilienmaklerin.

»Hallo, Brooke.«

Der Klang von Susans Stimme sagte Brooke schon alles. »Es hat wohl nicht geklappt, was?«

Susan seufzte. »Nein, aber wir haben Ersatzangebote.«

Brooke ging zum Park am Wasser und suchte sich den ersten freien Platz.

Zwischen den plätschernden Springbrunnen spielten Kinder. »Wie geht es jetzt weiter?«

Susan erklärte ihr, was als Nächstes geschehen würde. Sie erinnerte Brooke daran, dass die Reparaturen noch vor der nächsten Inspektion erledigt werden mussten, damit sie nicht wieder dasselbe Problem bekamen. Der Anruf war nicht unbedingt erfreulich, aber ein Drama war das alles auch nicht.

Zwar dauerte der Verkauf nun länger als erwartet, doch der Immobilienmarkt hatte gerade Hochkonjunktur. Alles würde gut werden. Irgendwann.

Nun galt es, die anderen Interessenten zu benachrichtigen und weitere Termine zu vereinbaren. Sie würden einen neuen Preis aushandeln müssen, aber dafür musste Brooke nicht anwesend sein. Sie würde erst nach Upland zurückkehren, wenn ein neuer Vertrag zustande kam. Mit den Stromleitungen gab es noch ein Problem, und da man, um das zu beheben, ein paar Wände aufreißen musste, würde sie etwa die Hälfte der Räume neu streichen müssen.

Dazu standen weitere Fahrten zum Sozialkaufhaus an.

Es lagen also noch viele Stunden Arbeit vor ihr, während derer sie das Leben ihres Vaters durchforsten würde, um anschließend große Mengen an Müll wegzuschaffen. Am liebsten hätte sie alles ungesehen weggeworfen, doch in den Tiefen der Garage warteten noch stapelweise Unterlagen auf sie, die sie erst sichten musste.

»Ich melde mich im Laufe des Tages mit einem Update«, sagte Susan, bevor sie das Gespräch beendete.

Brooke ließ das Handy auf den Schoß sinken und starrte abwesend über den Park. Es war nur ein weiteres Hindernis auf ihrem Weg. Sonst nichts.

Sie schloss die Augen, atmete tief ein und langsam wieder aus.

Als sie die Augen wieder öffnete, sah sie zwei kleine Füße vor sich.

Sie hob den Blick. Franny stand mit einem Frisbee in der Hand vor ihr. »Hi.«

»Hallo, was machst du denn hier?«

Zur Antwort wackelte Franny mit der Scheibe.

Brooke grinste und blickte sich nach Luca um. »Mit wem bist du hier?«

Bevor das Mädchen antworten konnte, fing Brooke schon Lucas Blick ein.

»Mit meinem Papa.«

Der kam lässig in ihre Richtung geschlendert.

»Er hat gesagt, ich soll zu dir gehen und Hallo sagen.«

Das brachte Brooke zum Lachen. »Hat er das?«

»Ja.«

Während Luca näher kam, setzte Brooke das Gespräch mit seiner Tochter fort. »Spielst du gern Frisbee?«

Franny nickte eifrig. »Ich kann jetzt auch fangen, obwohl das ganz schön an der Hand brennt, wenn Papa zu hart wirft. Aber ich bin ja nicht wehleidig, also ist mir das egal.«

»Das habe ich mir schon gedacht.«

Luca war jetzt in Rufweite. »Hallo!«

»Guten Morgen«, rief sie zurück.

»Ich habe mir schon gedacht, dass du es sein könntest.« Jetzt blieb er ein paar Meter entfernt stehen und wippte auf den Fersen.

»Und da hast du deine Tochter vorgeschickt?«

Er zuckte zusammen. »Wenn du es so sagst, klingt es komisch.«

Brooke erwiderte sein Grinsen, aber sie merkte, dass sie unter seinem stummen Blick nervös wurde und auf der Bank herumrutschte.

Franny sah zwischen den beiden hin und her.

»Erwachsene sind komisch.«

Brooke blinzelte ihr Unbehagen weg.

»Was machst du hier?«, erkundigte sich Luca.

Brooke zuckte mit den Schultern und wedelte mit dem Handy. »Ich habe einen Spaziergang gemacht. Und dann habe ich den befürchteten Anruf gekriegt, von dem ich dir erzählt habe.«

»Die Sache mit dem Haus?«

Sie nickte.

»Tut mir leid.«

»Es ist, wie es ist.«

Franny scharrte ungeduldig mit den Füßen, sie hatte genug vom Gerede der Erwachsenen. »Können wir spielen?«

Brooke erhob sich und klopfte den Parkbankstaub von ihrer Hose. »Dann geh ich mal lieber.«

»Willst du nicht mitspielen?«, fragte Franny. »Das macht total Spaß.«

Spaß? Der Begriff war zu einem Fremdwort geworden. »Ich will mich euch nicht aufbürden.«

Franny kniff die Augen zusammen und sah ihren Vater an. »Was ist aufbürden?«

»Das ist, wenn jemand meint, dass er stört«, erklärte Luca. »Du bist alles andere als eine Bürde für uns«, sagte er zu Brooke. Sein Blick verriet, dass es ihm sogar gefallen würde, wenn sie blieb.

»Weißt du, wie man ein Frisbee wirft?«, fragte Franny.

»Es ist schon lange her.«

Franny drehte sich um und bereitete sich mit dramatischer Geste auf ihren Wurf vor. »Es kommt aufs Handgelenk an«, erklärte sie und holte mit dem ganzen Körper Schwung.

Das Frisbee segelte in Schräglage durch die Luft und rollte nach der Landung im Gras noch gute zehn Meter weiter. Franny rannte der Scheibe hinterher und ließ Luca und Brooke allein zurück.

»Du musst nicht hierbleiben«, sagte er zu ihr.

»Versuchst du, mich loszuwerden?«, neckte sie ihn.

Er drehte sich zu ihr und wartete darauf, dass sie ihm in die Augen blickte. »Nein, *bella*, das versuche ich nicht.«

Brookes Italienisch beschränkte sich auf etwa ein Dutzend Redewendungen und ein paar einzelne Wörter, darunter *bella*.

Der Kosename brachte ihre Wangen zum Glühen.

Sie beschloss, dass ein bisschen *Spaß* vielleicht genau das Richtige für sie war. »Ich habe seit meiner Teeniezeit nicht mehr Frisbee gespielt.«

»Es ist wie Radfahren.«

»Warum sagt man das immer? Das letzte Mal, als ich Rad gefahren bin, habe ich mir fast einen Schädelbruch zugezogen.«

»Du solltest einen Helm aufsetzen«, lautete Lucas Rat.

Brooke lachte. »Da kommt der verantwortungsvolle Vater zum Vorschein.«

»Schuldig im Sinne der Anklage.«

»Jetzt kommt endlich«, rief Franny von der anderen Seite des Parks.

Luca hob die Hände in die Luft. »Also, wirf.«

Das tat sie, und diesmal segelte die Scheibe in fast waagrechter Position, aber sie flog nicht sehr weit.

Luca hob sie auf und warf sie in einem gleichmäßigen Bogen direkt zu seiner Tochter.

»Wirf zu Brooke«, rief Luca.

Mit vollem Körpereinsatz warf Franny wieder das Frisbee.

Brooke brauchte gar nicht erst zu versuchen, Frannys Wurf zu fangen. Bis jetzt war die Scheibe nur rollend auf dem Boden aufgeschlagen.

Als Brooke das Plastikteil schließlich in der Hand hielt, richtete sie es ein paar Mal aus, bevor sie versuchte, zu Franny zurückzuwerfen.

Es ging völlig daneben; das Frisbee schlug auf dem Boden auf. »Ich weiß schon, wie das ausgehen wird«, rief sie.

Nach ein paar weiteren gescheiterten Versuchen trat Luca zu ihr, drückte ihr die Scheibe in die Hand und stellte sich hinter sie. »Es geht nur darum, den Arm und das Handgelenk in einer Bewegung auszustrecken und dann loszulassen.« Sein Körper berührte ihren, während er ihr die Bewegung zeigte.

Nicht dass sie sich auf das, was er ihr beibringen wollte, wirklich konzentrieren konnte.

Seinen Körper eng an ihren geschmiegt zu fühlen, knipste etwas in ihr an. Die Fingerspitzen seiner linken Hand ruhten auf ihrer Schulter, mit der rechten Hand hielt er sie fest und führte ihren Arm.

Er roch nach einer exotischen Gewürzmischung. Nicht nach Rasierwasser oder einem künstlichen Eau de Cologne, sondern nach echten Gewürzen. Vielleicht kam das von seiner Arbeit in der Küche oder es war einfach nur sein männlicher Geruch.

»Brooke?«, sprach er sie an und riss sie damit aus ihren würzigen Gedanken.

Sie verscheuchte die Bilder aus ihrem Kopf und machte ein paar Probebewegungen mit dem Arm, bevor Luca zurücktrat.

Jetzt, mit etwas Abstand zu ihm, konnte sie wieder einigermaßen klar denken.

Sie warf das Frisbee und das Ding flog.

»Du lernst schnell. Dann muss ich es dir gar nicht noch mal zeigen«, verkündete Luca.

»Schade«, entfuhr es ihr. Sie wünschte, Luca hätte es überhört, doch sein Grinsen verriet, dass das nicht der Fall war.

»Vergiss, dass ich das gesagt habe.«

Er schüttelte den Kopf. »Nicht möglich.«

»Sch…«

Franny kam herbeigerannt, weshalb Brooke ihren Fluch unterdrückte.

»Spielen wir jetzt, oder was?«

Brooke fing Lucas Blick ein. Sie lächelten sich an. »O ja, wir spielen«, sagte er.

Brooke kniff die Augen zusammen und konnte sich ein Grinsen nicht verkneifen. Gott, tat das gut, mal wieder zu flirten und rot zu werden und sich weiblich zu fühlen.

Brooke rieb die Hände aneinander. »Okay, Franny. Zeigen wir deinem Dad, wo der Barthel den Most holt.«

Die Kleine rümpfte die Nase. »Was soll das denn heißen?«

Brooke lachte. »Wir zeigen ihm, wie gut wir spielen können.«

Das verstand Franny durchaus und rannte zu ihrem alten Platz.

»Keine weitere Unterrichtsstunde?«, fragte Luca.

Brooke scheuchte ihn weg. »Geh auf deinen Platz, *Machismo*.«

Sie hörte ihn lachen, während er davonlief.

* * *

Mari atmete lang und tief ein.

Die letzten Jahre waren die schwersten gewesen, die sie und die Kinder je durchgemacht hatten, abgesehen von denen, die auf den Tod ihres Mannes Paolo D'Angelo gefolgt waren.

Trotzdem war sie optimistisch.

Ihre Kinder schienen sich nach etwas Neuem zu sehnen. Jeder nach etwas anderem.

Um ihren Luca machte sie sich die größten Sorgen.

Francescas Mutter, deren Name ihr nur selten über die Lippen kam, hatte sie nie gemocht.

Sehr bald hatte diese Frau ihr wahres Gesicht gezeigt, und Luca hatte die Scherben seines gebrochenen Herzens aufsammeln müssen und die Herausforderung angenommen, Francesca allein zu erziehen. Und trotzdem war es für alle besser, dass Antonia gegangen war.

Vor allem für Francesca war es das Beste.

Doch in Lucas Leben fehlte etwas.

Er zog sich immer mehr zurück.

Ja, er kümmerte sich liebevoll um seine Tochter, um seine Familie, aber er lachte nicht mehr so oft und herzlich wie früher.

Kein einziges Mal hatte er eine kleine Notlüge vorgebracht, wenn man ihn fragte, wo er gewesen sei oder was er gemacht habe.

Ihr Erstgeborener brauchte jemanden, mit dem er sein Leben teilen konnte. Und Francesca brauchte Geschwister.

»*Amore mio*«, flüsterte sie in den Raum hinein. »Wenn du mir helfen könntest, wäre ich dir sehr dankbar.«

Dann schob Mari ihre Gedanken beiseite und machte sich auf den Weg nach draußen.

Einen Kaffee zusammen mit Rosa, dazu ein bisschen Klatsch und Tratsch … das war jetzt genau das Richtige.

Mari trat auf die belebte Straße vor der Trattoria und spürte den kühlen Wind im Gesicht.

Als sie sich umdrehte, sah sie Luca und Francesca, die ihr Hand in Hand entgegenkamen.

Und neben den beiden ging Brooke.

Mari blieb stehen und beobachtete das Gespann in der kühlen Abendluft.

Ihre geliebte Enkelin redete angeregt mit Brooke und nahm ihre Hand.

Mari holte tief Luft.

Brooke hielt Frannys Hand und schaute zu Luca.

Der lächelte, aber sein Blick sah besorgt aus.

Dann sagte Francesca wieder etwas, woraufhin alle lachen mussten.

Mari legte eine Hand auf die Brust und schickte ein Gebet zum Himmel in der Hoffnung, dass es jemand hörte.

KAPITEL 13

Ein lautes Klopfen an der Tür unterbrach Brookes Konzentration. »Herein«, rief sie. Bald war Essenszeit und vielleicht schickte die Küchenfee – genannt Luca – wieder etwas herauf.

Sie hatte sich am Nachmittag regelrecht zwingen müssen, nicht ständig an Luca zu denken und sich stattdessen auf ihr Projekt zu konzentrieren. Was ihr sogar halbwegs gelungen war. Schließlich war sie mit ihrer Arbeit ziemlich hintendran, und wenn sie die Seifenkampagne bis zum Wochenende nicht überarbeitet hatte, würde sie ernsthafte Probleme kriegen.

Doch statt jemandem, der Essen brachte, stand Chloe mit einem Grinsen vor der Tür. »Hi.«

»Oh, hallo. Das ist aber eine Überraschung.«

»Ich weiß. Ich dachte, ich könnte dich vielleicht zur Happy Hour auf einen Drink entführen. Dann könnten wir mal ein bisschen plaudern und uns kennenlernen.«

Brooke blickte auf den Bildschirm und dachte an die Arbeit, die noch zu erledigen war. Sie hätte lieber Nein sagen sollen. »Klingt gut.«

»Perfekt.«

Ein paar Minuten später gingen sie die Treppe hinunter und verließen das Haus durch die Hintertür.

Sie gingen zur Hauptpiazza von Little Italy, auf der sich die Menschen drängten. Manche hatten sich etwas zu essen geholt, andere hielten Getränke in der Hand.

»Wolltest du dir hier irgendwo einen Platz suchen?«, fragte Brooke und schaute sich nach einem freien Tisch um.

Chloe schüttelte den Kopf. »Nicht nötig.«

Sie stiegen die Treppe zu einer der belebteren Bars hinauf und blieben bei der Empfangskellnerin stehen.

Chloe und die Frau wechselten ein paar Worte auf Italienisch und umarmten sich wie alte Freunde. Dann wurden sie zum anderen Ende der Bar im ersten Stock geführt, wo weniger Lärm war und man nicht gleich vom Hocker fiel bei dem Versuch, sein Gegenüber zu verstehen.

Im Lokal steppte der Bär, denn viele junge Leute waren zur Happy Hour gekommen.

»Ich nehme an, du kennst die Kellnerin.«

»Ich kenne jeden in diesem Viertel«, erwiderte Chloe, als wäre das normal.

»Ist das gut?«

»Es war gut, bis ich in das Alter kam, wo man mit Jungs ausgeht. Da wurden alle zu einer Mama oder einer *nonna*, alle Nachbarn wollten sich einmischen.«

»Wollten dich alle verkuppeln?«

»O Gott, ja. Ich bin fünfundzwanzig, und man könnte meinen, meine Gebärmutter würde schon verschrumpeln, so wie sie reden.«

Wenn Chloes Gebärmutter verschrumpelte, dann war Brookes Gebärmutter längst mumifiziert.

Die Kellnerin kam und umarmte Chloe zur Begrüßung. »Salena, das ist Brooke, sie hat die Wohnung in unserem Haus gemietet.«

Salena war sichtlich ein paar Jahre älter als Chloe, aber genauso italienisch und genauso schön.

»Ja, dein Bruder hat mir erzählt, dass deine Mama die Wohnung vermietet hat. Willkommen«, wandte sich Salena an Brooke.

»Danke.«

»Was trinkt ihr heute Abend? Es gibt frische Sangria«, sagte sie.

Chloe hob eine Hand hoch. »Da bin ich dabei.« Sie drehte sich zu Brooke. »Hier gibt's die beste Sangria weit und breit.«

»Das musst du mir nicht zweimal sagen.«

»Also zwei Sangrias. Bringe ich euch sofort.«

Als sie wieder allein waren, beugte sich Chloe vor. »Sag den Leuten am besten gleich, dass du hier wohnst. Dann kriegst du meistens einen Rabatt. Sogar in den Einzelhandelsläden. Irgendwann wird jeder wissen, wer du bist, aber bis dahin ...«

»Gut zu wissen.«

»Das ist der Vorteil einer Kleinstadt in der Großstadt.«

Das brachte Brooke zum Lachen. »Dabei fühlt sich San Diego gar nicht wie eine Großstadt an.«

»Ja, es ist nicht Rom.«

»Warst du schon mal da?«

»In Roma?«

»Ja.«

»Bevor mein Vater gestorben ist.« Chloes Blick ging in die Ferne, als hinge sie einer Erinnerung nach. »In der Toskana war ich dafür schon öfters. In Florenz. Es ist zwar eine große Stadt, fühlt sich aber trotzdem irgendwie intim an, falls man das so sagen kann.«

Brooke seufzte bei dem Gedanken an ihre früheren Reisen. »Fand ich auch.«

»Dann warst du also auch schon dort.«

»Ich war schon an vielen Orten. Mein Ex war Reiseblogger. In unserem ersten gemeinsamen Jahr haben meine Füße höchstens fünf Monate amerikanischen Boden berührt.« Wie lange das schon her zu sein schien!

»Klingt aufregend. Ich liebe es zu reisen.«

Ihre Sangrias wurden zusammen mit einer kleinen Schale Oliven serviert.

»Ich möchte mal nach Bali«, fuhr Chloe fort. »Dort gibt es ein Retreat für Yogalehrer, das ich gern mal besuchen würde.«

»Was hält dich davon ab?«

»Im Restaurant fehlt Personal, noch kann ich nicht einfach so abhauen. Aber ich will unbedingt etwas anderes machen. Dieser Welt meinen Stempel aufdrücken.«

Brooke führte ihr Glas an die Lippen. »Ich erinnere mich noch an solche Zeiten.« Sie trank einen Schluck und nickte anerkennend. »Das Zeug ist wirklich gut.«

»Ist denn deine Abenteuerlust jetzt vorbei?«, fragte Chloe.

»Meistens will ich einfach nur den Tag überstehen, ohne ein Nickerchen machen zu müssen.«

»Du bist zu jung, um so was zu sagen.«

Während der nächsten zehn Minuten erzählte Brooke in Kurzfassung die ganze Geschichte von ihrem Dad und wie sie sein und ihr eigenes Leben unter einen Hut bringen musste.

»Bist du ein Einzelkind?«, wollte Chloe wissen, als Brooke mit ihrer Schilderung fertig war.

»Nicht ganz. Mütterlicherseits habe ich einen Halbbruder. Und mein Dad hatte schon früh einen Sohn mit einer anderen. Da mein Vater aber nicht sonderlich gut darin ist, Verantwortung zu übernehmen, haben sie nie eine Beziehung aufgebaut. Ich kenne ihn gar nicht und weiß nicht mal, ob er überhaupt noch lebt.«

»Im Ernst?«

»Leider.« Brooke trank einen Schluck von ihrer Sangria. »Dann habe ich noch eine Stiefschwester. Von der vierten Frau meines Dads.«

»Von der vierten?«

Brooke schüttelte grinsend den Kopf. »Du hast richtig gehört.«

»Oh, wie krass!«

»Weißt du, was das eigentlich Verrückte an der ganzen Sache ist?«

»Kommt da noch mehr?«

Brooke biss von einer Olive ab. »Als Teenie habe ich meinen Vater auch noch nicht richtig gekannt. Meine Mutter ist mit uns nach Seattle gezogen und hat alle Verbindungen abgebrochen. Mein Dad hat nie darum gekämpft, mich zu sehen.« Okay, sie musste das Thema jetzt beenden, denn diese Erinnerungen machten sie immer wieder nur traurig und verbittert. »Aber genug davon.«

»*Shit,* Brooke. Wie beschissen! Ich kann mir das gar nicht vorstellen. Und trotzdem tust du so viel für ihn.«

»Ich bin alles, was er noch hat«, erklärte Brooke. »Und jetzt, da ich erwachsen bin, ist er ein anständiger Dad. In meiner Kindheit war er nicht für mich da, aber später schon.«

Chloe legte ihre Hand auf Brookes. »Die Familie ist das Wichtigste.«

»Zumindest manche aus der Familie.«

»Was ist mit deiner Mutter?«

Brooke hob ihr Glas und wechselte das Thema. »Wollen wir uns vielleicht ein paar Antipasti bestellen?«

Chloe zog die Nase kraus. »Schlechtes Thema?«

»In ganz Little Italy kann es nicht annähernd genug Sangria geben, um über meine Mutter zu reden.«

Chloe lehnte sich zurück. »Die Bruschettas hier sind gut. Nicht so gut wie unsere, aber sie saugen den Alkohol auf.«

Als sie das zweite Glas Sangria vor sich stehen hatten, war das Restaurant noch voller geworden und auch der Lärmpegel war gestiegen.

Zum ersten Mal seit Wochen fühlte sich Brooke wirklich entspannt. Sie hatte kein einziges Mal aufs Handy geschaut. Aber jetzt, da sie daran dachte, verspürte sie den Impuls, gleich in ihre Handtasche zu greifen. Sie untersagte es sich.

Nein.

Wenn es ein Problem gab, würde schon irgendwer anrufen.

Mit vom Alkohol leicht schwirrendem Kopf wagte Brooke, das Thema Luca anzuschneiden.

»Wenn es nicht zu dreist ist, wollte ich mal fragen, was dein Bruder für eine Geschichte hat.«

Chloe sah sie an, dann breitete sich ein Grinsen auf ihrem Gesicht aus. »Giovanni?«

Brooke schnaubte lachend auf und nahm ihr Glas in die Hand. »Nein. Nicht Gio. Luca.«

»Du stehst auf meinen Bruder«, stellte Chloe ganz unverblümt fest.

»Das habe ich nicht gesagt.«

»Du fragst nach ihm.«

»Er ist charmant. Und er war sehr hilfsbereit. Auch Franny ist bezaubernd … Da stellt man sich automatisch die Frage, was mit ihrer Mutter ist.«

Chloe rollte mit den Augen. »Heb dir deine Fragen über Antonia lieber für Luca selbst auf. Ich werde nichts über sie sagen, außer dass keiner von uns viel für sie übrighatte. Dass sie sich nicht um Franny kümmert, sagt schon alles.«

»Darüber habe ich mich auch schon gewundert. Das heißt, sie lebt noch? Also Frannys Mutter?« *Antonia.* Brooke prägte sich den Namen ein.

»Ja. Luca ist zwar über sie hinweg, aber sein Leben ist trotzdem stehen geblieben.«

Bei Brooke läuteten die Alarmglocken. »Er liebt sie immer noch.«

»O Gott, nein! Er ist nur nicht mehr so zum Flirten aufgelegt wie früher, bevor er Vater wurde. Ich war noch ein Teenager, als meine Nichte auf die Welt kam, aber ich erinnere mich an seine frühere Lebensfreude, an seinen Elan. Kurz nach der Geburt von Francesca war er noch genauso lebhaft, doch dann war alles vorbei. Ich könnte dir noch nicht mal sagen, warum, also frag lieber nicht.«

Brooke kniff die Augen zusammen. »Luca hat seine stoischen Momente, aber ich habe ihn auch schon oft lächeln gesehen.«

»In *deiner* Nähe«, erklärte Chloe.

»Also ist er doch einer, der viel flirtet«, folgerte Brooke.

Da brach Chloe in schallendes Gelächter aus. »Gio ist der Aufreißer. *Bella* hier, *bella* da. Luca hat dagegen, seit er einundzwanzig war, zu keiner Frau mehr *bella* gesagt.«

Brooke holte tief Luft und hielt sie an.

»Außer zu Francesca. Meiner Nichte sagt er immer wieder, dass sie wunderschön ist. Und meiner Mutter und mir macht er Komplimente. Familie ist für ihn das Wichtigste.«

Und meine Familie ist so zerbrochen, wie es schlimmer nicht sein könnte.

Chloe kippte den letzten Schluck Sangria hinunter und stellte das leere Glas auf den Tisch. »Lass uns bezahlen und für den Hauptgang nach Hause gehen.«

»Wie schaffst du es eigentlich, bei all der vielen Pasta so schlank zu bleiben?«

Sie lachte. »Yoga.«

Chloe winkte Salena und bat um die Rechnung.

»Genau danach wollte ich dich auch schon fragen. Kann ich mal bei dir mitmachen?«

»Ich gebe dienstags und donnerstags einen Kurs, aber ich übe auch jeden Tag auf der Terrasse. Gegen sieben.«

»Am Morgen?«

»Ja. Ich habe genug Matten. Komm einfach raus, wenn du wach bist. Es wird dir gefallen.«

* * *

In der Küche ging es hoch her. Bestellungen strömten herein und Luca verlangte dem Personal Höchstleistung ab.

Trotzdem war die Stimmung gut, denn alle freuten sich, etwas zu tun zu haben.

Die letzten paar Jahre waren nicht gerade rosig gewesen. Immer wieder hatte es Schließzeiten gegeben, und dann hatten sie nur mit der Hälfte oder sogar mit einem Viertel des Personals arbeiten müssen. Nicht so am heutigen Abend.

Sie hatten es geschafft. *Das Restaurant hat überlebt*, dachte Luca.

»Luca?«

Seine Schwester rief ihn. Sie stand an der Tür zur Küche. Es war ihr freier Abend, sie hatte sich zum Ausgehen schick gemacht.

»*Sì.*«

»Brooke und ich sitzen in der *grotto.*« Chloe wedelte mit einem Zettel in der Hand. »Das hier hätten wir gern, es sei denn, du hast einen besseren Vorschlag.«

Luca nahm den Zettel entgegen, ohne ihn anzusehen. »Brooke?«

Grinsend ging Chloe davon.

Oh, Mist!

Seine Schwester und Brooke.

Brooke und seine Schwester.

Luca sah sich die Bestellung an, merkte sie sich und warf den Zettel weg.

Sie wollten sich eine Portion Pasta und ein Hauptgericht teilen.

Was sie sicher auch *teilen* würden, waren Informationen.

Luca bereitete ein paar andere Bestellungen vor und machte sich dann an das Gericht für seine Schwester und Brooke.

Als er fertig war, wusch er sich die Hände und nahm die Teller auf. Er sagte dem zweiten Koch, dass es ein paar Minuten dauern werde und er kurz übernehmen solle.

Dann ging Luca am Hauptsaal vorbei zur Grotte, die im hinteren Teil der Trattoria lag. Nur Stammgäste kannten sie und diejenigen, die sich die Mühe machten, das gesamte Restaurant zu erkunden. Private Feste und besondere Anlässe wurden hier gefeiert, außerdem aß die Familie hier, wenn keine zahlenden Gäste anwesend waren.

Heute saßen nur zwei Grüppchen dort sowie Brooke mit seiner Schwester. Die beiden Frauen lachten, auf dem Tisch stand eine Flasche Wein.

Er fing Brookes Blick schon ein, bevor er den Tisch erreicht hatte.

Sie hatte wunderschöne Augen. So offen und ehrlich. Im Moment sagten sie ihm, dass Brooke leicht angeheitert war, und vielleicht lehnte er sich damit zu weit aus dem Fenster, aber es schien, als freute sie sich, ihn zu sehen.

Ihm ging es genauso, wie er sich eingestehen musste.

»*Buonasera.*«

»Du hättest es doch nicht gleich selber bringen müssen«, sagte Chloe, während sein Blick ausschließlich auf Brooke ruhte.

»Wollte ich aber.« Mit einem Lächeln stellte er die Teller ab. »Ihr seht aus, als hättet ihr Spaß.«

»Wir amüsieren uns bestens«, antwortete Chloe für beide. »Hast du gewusst, dass Brooke schon in Rom und Florenz war?«

Luca blickte zwischen den beiden Frauen hin und her. »Nein, das habe ich nicht gewusst.«

»Kein Wunder, dass es ihr hier so gut gefällt.«

»Und ich dachte, es sei unsere Gesellschaft«, sagte Luca grinsend.

Brookes Wangen begannen zu glühen, während sie seinem Blick standhielt.

Ein kurzer Moment der Stille verging, bevor Chloe sich räusperte. »Wenn man sich ein Gericht teilt, bedeutet das nicht, dass dann doppelt so viel Essen auf dem Teller sein soll, Luca.«

Er riss sich von Brookes Anblick los und wandte sich an seine Schwester. »Du musst ja nicht alles aufessen.«

»Italienische Köche und ihre Sprüche von wegen ›Du musst nicht alles aufessen‹. Wehe, du lässt was übrig, dann fragen sie ›War das Essen nicht in Ordnung? Fühlst du dich nicht wohl?‹ Vorsicht, Brooke, das ist eine Falle.«

»In Italien serviert man keine amerikanischen Portionen«, sagte Brooke.

»Damit kommen wir hier nicht durch«, entgegnete Luca.

»Mr D'Angelo?«, rief ein Gast von der anderen Seite der Grotte und verlangte Lucas Aufmerksamkeit.

Luca schaute zu Brooke. »Bitte entschuldigt mich.«

Als er sich umdrehte, hörte er seine Schwester kichern.

KAPITEL 14

»Hi, Dad.« Brooke hatte nachgegeben und rief nun, zwei Tage später, ihren Dad an. Zuvor hatte sie sich allerdings nach ihm erkundigt und erfahren, dass er sich in der Einrichtung inzwischen frei bewegen durfte. Zumindest soweit ihm das im Rollstuhl möglich war.

»Endlich ... endlich rufst du mal an.«

Statt auf seine Bemerkung einzugehen, sagte sie: »Mir geht's gut, danke der Nachfrage. Ich habe gehört, du bist nicht mehr in Isolation und darfst wieder raus.«

»Du bist sauer.«

Brooke schloss die Augen und zwang sich zu einem Lächeln, um etwas sanfter zu klingen, bevor sie weitersprach. Das Telefon war auf Lautsprecher gestellt, und sie legte die Hände in den Schoß, um nicht an den Nägeln zu kauen. »Ich will mich nicht mit dir streiten. Unser letztes Telefonat war sehr ärgerlich.«

Ihr Dad schnaubte. »Das s-sagst du mir?«

Tief einatmen, langsam wieder ausatmen.

»Hast du schon nette Leute kennengelernt?«, fragte sie.

Wieder ein Schnauben. »Die sind alle so alt hier.«

»Das ist der Preis, den man bezahlen muss, wenn man nicht schon als junger Mensch stirbt«, sagte sie im Scherz.

Kurz hörte sie ihren Vater glucksen. Es hielt nicht lange an, aber es war besser als sein verärgertes Schnauben oder eine abfällige Bemerkung.

»Ich habe es ja versucht.«

Brooke grinste. »Sex, Drugs and Rock 'n' Roll. Und dieses verdammte Motorrad.«

Nun lachte ihr Vater beherzt.

»Soll ich noch die vier Ehefrauen erwähnen?«

»Nein«, antwortete er trocken.

»Okay, dann höre ich lieber auf, solange ich in Führung liege.«

Sie hörte, wie ihr Vater gähnte. »D-das Essen ist nicht so schlecht. Manchmal fehlt Salz.«

»Du kannst ja nachsalzen. Man kann davon ausgehen, dass viele Leute Probleme mit ihrem Blutdruck haben.«

»Sie sind alt«, lautete sein Kommentar.

»Und du bist Anfang dreißig, was?«

»Ha!«

Brooke saß an der offenen Terrassentür und genoss die kleine Brise, die vom Meer herüberwehte. »Sieh es doch mal so, Dad. Du bist der Jüngste im Haus und hast alle Frauen zur Auswahl. Jetzt kannst du dir Ehefrau Nummer fünf suchen.«

»Hör mir auf.«

»Aber am besten eine, die Geld hat, okay?«

»Ja, eigentlich keine schlechte … schlechte Idee.«

Sie wusste, dass er nur scherzte.

»Wann sehe ich dich mal?«, wollte er wissen.

»Ich habe gerade die Unterlagen für die Kampagne abgegeben, an der ich gearbeitet habe, und später habe ich ein Gespräch mit meiner Chefin. Die Leute wollen, dass ich beim nächsten Projekt einer Teamleiterin unterstehe.« Worüber sie nicht sonderlich erfreut war.

»Ach so? Ist das anders als sonst?«

»Ja. Aber ich habe öfter zu spät abgegeben. Ich glaube, es ist ihre Art, dafür zu sorgen, dass die Abgabefristen eingehalten werden.«

»Oh. Alles meine Schuld.«

Brooke nickte, bestätigte es aber nicht laut. Stattdessen sagte sie: »Du warst ein Grund, aber du trägst keine Schuld. So ist das Leben eben. Jedenfalls muss ich mich mehr auf die Arbeit konzentrieren. Wenn es okay ist, komme ich deshalb erst am Dienstag vorbei.«

»Du könntest mich mal zum Mittagessen ausführen.«

»Ich weiß. Lass mich jetzt erst die Arbeit erledigen und dann machen wir das. Einverstanden?«

Mit einem weiteren Gähnen willigte ihr Dad ein. »Abgemacht.«

Brooke seufzte erleichtert auf.

Sie plauderten noch ein paar Minuten und sie fragte ihn, wie er sich körperlich fühle, ob er gut schlafe, ob die Pfleger nett seien.

Er antwortete auf alles, stellte aber selbst keine Fragen.

Am Ende war sie froh, dass sie angerufen hatte. Alles war wieder in Ordnung, zumindest für den Moment.

Brooke wiegte das Telefon in den Händen, während sie über das Gespräch nachdachte.

Ein Geräusch von der anderen Seite der Terrasse holte ihre Gedanken in die Gegenwart zurück.

Mit schuldbewusster Miene kam Luca zu ihr. »War das dein Dad?«

»Hast du mich etwa belauscht?«

Er deutete hinter sich. »Ich war schon hier draußen, bevor ich gehört habe, dass du telefonierst. Ich hätte an dir vorbeimusst, um wieder nach unten zu gehen …«

Sie ließ ihn damit nicht durchkommen. »Es war ein Lauschangriff.«

Er wurde kleiner. »Ja. Tut mir leid. Ich habe versucht wegzuhören, aber dann war ich doch zu sehr an dem Gespräch interessiert. Ich bin ein furchtbarer Mensch.«

Ein warmes Gefühl stieg in ihr auf. »Erst eine Entschuldigung, dann ein Geständnis, und dann wirfst du dich ins Opfermesser. Gutes Spiel.«

»Ich bin Sankt Luca, ein Heiliger«, sagte er, indem er sich aufrecht hinstellte und breit lächelte.

»Das bezweifle ich.«

»Na ja …« Er setzte ein verlegenes Grinsen auf. »Also, das war dein Vater?«

»Ja, mein Dad.«

»Du bist sehr geduldig mit ihm.« Luca lehnte sich gegen die Wand und verschränkte die Arme vor der Brust.

»Ich habe meine guten Momente. Glaub mir, einen älteren Menschen zur Vernunft zu bringen, der seine Unabhängigkeit verloren hat und nicht kooperieren will, ist eine Mammutaufgabe. Ohne seine Kooperation geht es nicht.«

»Und was ist mit deiner Arbeit?«

»Den Teil hast du auch mitgehört?«

»Ich habe alles gehört, *bella*. Gibt es Probleme mit deiner Arbeit?«

Sein *bella* ignorierte sie geflissentlich. »Ich habe nur kurz nach dem College in Teamprojekten gearbeitet, aber seitdem nicht mehr. Selbst als mein Dad den Schlaganfall hatte, wurden mir Leute zugeteilt, die mir zuarbeiten sollten, nicht umgekehrt.« Es war ein großer Schritt in die falsche Richtung. Aber die Verzögerungen ihrer Projekte warfen ein schlechtes Licht auf das Unternehmen, und das musste sich absichern.

»Du scheinst dich damit abzufinden.«

»Na ja, es ist verdient. Ich habe mich auf alles andere konzentriert, nur nicht auf meine Arbeit. Ein Grund mehr, mich von dem Haus zu trennen und die Geschichte so schnell wie möglich hinter mir zu lassen.«

»Hast du ein neues Angebot bekommen?«

Er erinnerte sich.

»Ja. Gestern wurde das Treuhandkonto eröffnet. Am Montag fahre ich zum Haus, um mich mit dem Mann für die Klimaanlage und dem Elektriker zu treffen, zu streichen und den restlichen Müll zum Wertstoffhof zu bringen. Den brauchbaren Mist, der ins Auto passt, bringe ich mit, der Rest muss weg.«

»Das klingt nach einer langen Liste.«

»Ich habe mir eine Frist gesetzt.«

»Wie lange bleibst du weg?«

»Ich mache alles am Montag. Am Dienstag muss ich wieder hier sein, um meinen Dad zu besuchen. Also fahre ich früh los und komme wahrscheinlich erst um Mitternacht wieder heim.«

Luca kniff die Augen zusammen. »Das gefällt mir nicht.«

»Ich habe dich nicht nach deiner Meinung gefragt«, sagte sie mit schiefem Lächeln.

Luca stieß sich missmutig von der Wand ab. »Wir haben sonntags immer unser gemeinsames Essen.«

Brooke lächelte. »Ich weiß. Ihr stört mich nicht.«

Er schüttelte den Kopf. »Du verstehst mich nicht. *Wir* essen am Sonntag zu Abend. Diese Familie. Dieser Haushalt. Da gehörst du auch dazu. Wir möchten, dass du dabei bist.«

Brooke hatte gerade etwas sagen wollen, doch jetzt machte sie buchstäblich eine Vollbremsung. Sie hatte Mühe, überhaupt Worte zu finden. »Ich, äh, ich weiß nicht, was ich sagen soll.«

»Abendessen ist um halb acht«, sagte er mit einem Augenzwinkern.

* * *

175

»Hast du das echt noch nie gemacht?«, wollte Chloe am nächsten Morgen wissen, als sie ihre Yogamatten ausrollten.

»Ein paar Mal im College, aber ich habe nicht wirklich gecheckt, worum es geht.«

Brooke folgte Chloes Beispiel und setzte sich im Schneidersitz auf die Matte.

»Beim Yoga geht es um mehr als nur um die Positionen und den Sport.«

»Das hört man immer wieder. Nach den letzten zwei Jahren glaube ich, dass ich ein bisschen von dem *mehr* gebrauchen könnte.«

»Ich habe es wegen der sportlichen Betätigung angefangen«, gab Chloe zu. »Um einen knackigen Yoga-Popo zu kriegen.«

Brooke lachte.

»In meinem zweiten Jahr am College hatte ich mit meinem Freund Schluss gemacht …«

»Es sind immer die Männer.«

Chloe nickte. »Immer. Als der Kater vorüber war, habe ich mich auf die Matte gesetzt und mich auf meine Atmung konzentriert. Ich habe mich voll und ganz darauf eingelassen. Im Jahr darauf habe ich meine Zertifizierung erhalten. Aber ich bin immer noch ein Neuling.«

»Wie kannst du das sagen?«

»Es gibt so viel zu lernen und zu erforschen. Du wirst sehen. Lass uns ganz langsam anfangen.«

Während der nächsten halben Stunde arbeitete Chloe mit Brooke an einem Dutzend Positionen, aber jede einzelne wurde dadurch anspruchsvoller, dass Chloe sich neben Brooke stellte und genau darauf achtgab, dass sie sie richtig ausführte. Die ganze Zeit über erinnerte Chloe sie an die Atmung.

Als sie fertig waren, legten sie sich auf den Rücken und schauten in den Himmel. Brooke spürte Muskeln, von denen sie gar nicht gewusst hatte, dass sie sie besaß.

»Das habe ich echt gebraucht«, sagte Brooke.

»Freut mich.«

»Du bist eine tolle Lehrerin.«

»Danke.«

»Was willst du in Bali lernen?«

Sie schauten den vorbeifliegenden Vögeln zu, während sie sich unterhielten.

»Ich weiß nicht. Ich weiß nur, dass ich dorthin muss.«

»Eine Lebensaufgabe«, stellte Brooke fest.

»Du meinst, es steht auf meiner *Bucket List*?«

»Auf der *Bucket List* ist alles, was man noch machen will, bevor man stirbt. Um einen Haken dahinter zu setzen. Das Problem beim Abhaken ist aber, dass man das, was man tut, gar nicht richtig genießen kann. Eine Lebensaufgabe ist etwas anderes. Sie ist zwar mit dem, was auf der *Bucket List* steht, vergleichbar, aber ohne den drohenden Tod. Wobei das gerade ziemlich albern klingt.«

Chloe lachte. »Es klingt wie etwas, das ein Yogi sagen würde.«

»Leider macht mich eine halbe Stunde Yoga noch nicht zum Yogi.«

»Jede Reise beginnt mit einem Schritt.«

Brooke sah Chloe an und rollte mit den Augen.

Sie mussten beide lachen.

Nachdem sie ihre Matten eingerollt und sich einen Schluck Wasser geholt hatten, kam Chloe auf Sonntagabend zu sprechen. »Du kommst zu unserem Familienessen.«

»Ich hoffe, das ist in Ordnung. Luca hat gesagt, ihr wollt mich dabeihaben.«

»Aha.«

Brooke richtete sich auf. »Stimmt das gar nicht?«

»Doch, doch. Wir wollen dich dabeihaben.«

»Was soll das heißen?«

»Gar nichts.« Chloe wandte sich zum Gehen.

»Du bist eine schlechte Lügnerin, Chloe.«

Chloe drehte sich im Gehen nochmals zu ihr um. »Ich weiß. Vergiss nur nicht, dass du kein Interesse an meinem Bruder hast, während er beim Essen mit dir flirtet.«

Allein diese Vorstellung trieb Brooke die Hitze in die Wangen.

»Wie viel Flirten wird schon passieren? Es ist doch ein Familienessen.«

Lachend ließ Chloe sie allein.

* * *

Brooke probierte drei Outfits an, doch nachdem Wolken über der Küste aufgezogen waren, entschied sie sich für Outfit Nummer vier.

Es war ein zwangloses Familienessen.

Eines, zu dem sie nichts mitbringen musste. Doch weil sie sich mit leeren Händen unwohl fühlte, stellte Brooke wenigstens eine Vase mit frischen Blumen auf den Tisch, an dem sie essen würden.

Die D'Angelos hatten Heizpilze aufgestellt, die Gio einschaltete, als Chloe und Mari den Tisch deckten.

Ein Familienessen bedeutete, dass Brooke kein Gast war, also bot sie ihre Hilfe an, als die anderen nach oben kamen.

»Was kann ich tun?«, kündigte sich Brooke an.

»Du siehst aber hübsch aus«, stellte Mari fest.

Chloe musterte Brooke von oben bis unten und schmunzelte. Brooke wusste ganz genau, was Chloe jetzt dachte.

Brooke hatte sich zum ersten Mal seit ihrem Einzug geschminkt. Sie hatte sich Locken gedreht und trug Ohrringe. Es war ein Sonntagsessen. Da sollte man nicht in Jogginghose und mit Pferdeschwanz auftauchen.

Auch Chloe hatte sich in Schale geworfen.

Wobei sie eigentlich immer gut gekleidet war.

Und Mari hatte Lippenstift aufgetragen und ihre Haare hochgesteckt.

Brooke war also nicht overdressed.

Trotzdem kicherte Chloe. »Ich hole das restliche Geschirr«, verkündete sie und ging wieder.

»Ich freue mich, dass du den Mut hast, dich meiner Familie zu stellen.« Mari stellte die Teller auf den Tisch.

Brooke folgte ihr mit dem Besteck. »Ihr wart alle so unglaublich gastfreundlich. Ich kann gar nicht sagen, wie dankbar ich euch bin.«

»Hier kommt der wichtigste Gang«, rief Gio, als er die Terrasse mit drei Weinflaschen im Arm betrat.

Würden sie wirklich so viele brauchen?

Er blieb stehen und sah zu Brooke. »Wer ist diese bezaubernde Frau?«

Mari schimpfte Gio auf Italienisch, zumindest hörte es sich für Brooke so an. »Ignoriere meinen Jüngsten.«

»Wenn eine Frau sich so schick macht, möchte sie auch gesehen werden. Stimmt doch, oder, Brooke?«

Brooke rollte mit den Augen. »Deine Schwester hat mir schon erzählt, dass du der größte Flirt von Little Italy bist.«

Gio legte seine freie Hand aufs Herz. »Wie verletzend!«

»Deine Schwester hat recht«, mischte sich Mari ein.

»Meine Familie hat was gegen mich.« Grinsend stellte er den Wein auf den Tisch.

»Unsinn! Aber wähl endlich eine aus, damit an diesem Tisch bald mehr Enkelkinder sitzen.«

Gio ging zu seiner Mutter und gab ihr einen Kuss auf die Wange. »Alles zu seiner Zeit, Mama. Wenn es so weit ist.«

Francesca stürmte in ihrem üblichen Tempo auf die Terrasse und rief: »Zio Gio! Zio Gio!«

Gio drehte sich um, hob das Mädchen hoch und sprach mit ihr auf Italienisch.

Sie kicherte über das, was er sagte.

Mari wandte sich zu Brooke. »Du musst wissen, dass Franny beim Sonntagsessen kein Englisch sprechen darf. Damit sorgen wir dafür, dass sie fließend Italienisch kann.«

»Super Idee.«

»So haben es alle meine Kinder gelernt.«

»Sie sind eine weise Frau.«

Franny sagte etwas, das wie eine Frage klang.

Gio übersetzte. »Sie hat gefragt, ob du Italienisch kannst.«

Brooke schüttelte den Kopf. »Nein.«

Franny befreite sich aus Gios Armen. »Ich kann es dir beibringen.«

Mari schnalzte mit der Zunge und Franny wiederholte den Satz sofort auf Italienisch.

»Das fände ich toll.«

»Das sagst du aus Höflichkeit«, meinte Mari.

»Nein, im Ernst. Man ist immer im Nachteil, wenn man nur eine Sprache kann.«

Da strahlte die Matriarchin der Familie. »Francesca wird deine Nerven strapazieren, aber sie wird selbst dabei lernen.«

Franny drehte sich zur Tür und begann auf Italienisch zu plappern.

Brooke spürte eine Hitze im Nacken, bevor sie sich umdrehte, um zu sehen, wer sie verursachte.

Luca stand ein paar Meter entfernt, in den Händen Platten voller Essen.

Gio trat an seine Seite und nahm ihm eine davon ab.

Lucas Blick traf Brookes.

»Das riecht fantastisch«, sagte sie und versuchte, das Schweigen zu brechen.

»Es kommt noch mehr ...«

»Ich hole es, Bruderherz«, sagte Gio. Er blieb neben Luca stehen und raunte ihm etwas zu, dann ging er lachend davon.

»Papa, Papa ...« Franny redete weiter auf Italienisch, bis er sich schließlich zu ihr umdrehte.

»Ach, tatsächlich?«

Sie nickte.

»Meine Tochter wird dir Italienisch beibringen.«

Chloe kam mit Weingläsern, Gio folgte mit weiteren Speisen.

Bald herrschte reges Treiben am Tisch.

Wein wurde eingeschenkt, Mineralwasser herumgereicht.

Luca setzte sich an das eine Tischende, Mari ans andere.

Brooke wurde aufgefordert, rechts neben Luca Platz zu nehmen, und Chloe setzte sich auf die andere Seite.

Gio und Franny saßen nebeneinander.

Als alle Platz genommen hatten, hielten sie inne.

Chloe beugte sich zu Brooke. »Für diese eine Mahlzeit in der Woche sind wir katholisch.«

»Wir sind bei jeder Mahlzeit katholisch, aber wir sprechen nur einmal pro Woche ein Tischgebet«, korrigierte sie Mari.

Leise dankte Mari fürs Essen, für ihre Familie, für die neue Freundin. Als sie fertig war, ging der Lärm los.

Lebhaft wurden die Teller herumgereicht.

Franny unterhielt sich mit ihrer Großmutter auf Italienisch und Chloe erzählte den anderen, dass sie und Brooke gemeinsam Yoga praktizierten. »Ihr könnt ja auch mitmachen.«

»In der Babystellung werdet ihr mich nie sehen«, murmelte Gio.

Brooke lachte. »Wenn du einen Yogakurs besuchst, kannst du den Frauen beim Herabschauenden Hund zusehen«, zog sie ihn auf.

Gio stopfte sich ein Stück Brot in den Mund, bevor er kauend antwortete: »Zu gefährlich. Darüber würde sich mein eigener Hund viel zu sehr freuen.«

Sie und Chloe lachten.

Franny sagte wieder etwas auf Italienisch, das Brooke nicht verstand, und Luca gab seinem Bruder einen Klaps auf den Arm.

»Wir können keinen Hund haben. Onkel Gio hat bloß einen Scherz gemacht«, erklärte Luca seiner Tochter.

Brooke versuchte, ihr Lachen zu unterdrücken.

»Benimm dich«, schalt Mari ihren Sohn.

Gio sah überhaupt nicht beleidigt aus, als er das Brot mit seinem Wein hinunterspülte.

Als ein beladener Teller vor ihr stand, betrachtete Brooke die Unmengen an Essen. Salat, Käse, Nudeln und Huhn, das nach Zitrone roch und mit Kapern bestreut war. Es war himmlisch.

Da spürte sie wieder Lucas Blick.

Gio und Franny unterhielten sich munter, Chloe und Mari waren ebenfalls in ein Gespräch vertieft.

Brooke nahm ihr Weinglas und hob es in Richtung Luca. *Danke*, sagte sie tonlos als stumme Anerkennung für seine Bemühungen. Und vor allem dafür, dass er sie eingeladen hatte, heute dabei zu sein.

Er prostete ihr lächelnd zu, dann tranken sie beide einen Schluck, bevor er sich zu ihr lehnte.

Mit den Lippen dicht an ihrem Ohr sagte er: »Darf ich dir jetzt ein Kompliment für deine Schönheit machen?«

Die kühle Nachtluft erwärmte sich augenblicklich und für einen Moment gab es inmitten des turbulenten Familienessens nur sie beide.

KAPITEL 15

Brooke ging leise an den Wohnungen der anderen vorbei die Treppe hinunter.

Es war noch früh am Morgen.

So früh, dass die Sonne noch gar nicht ganz aufgegangen war.

Die Haare hatte sie zu einem Pferdeschwanz gebunden, sie trug Shorts und ein Tanktop, darüber einen Pulli gegen die morgendliche Kühle von San Diego, die sich bis zur Ankunft in Upland längst verflüchtigt haben würde.

Als sie durch die Hintertür trat und zum Parkplatz blickte, blieb sie abrupt stehen.

Dort lehnte Luca mit zwei Tassen in der Hand und einem Lächeln im Gesicht an seinem Geländewagen.

»Guten Morgen, *bella*.«

»Was machst du denn hier?« Er wirkte hellwach und war seinem feuchten Haar nach zu urteilen auch schon frisch geduscht.

»Ich bringe dich nach Upland.« Er ging ihr entgegen, nahm ihr die Tasche ab und reichte ihr dafür eine der Tassen, aus der ein köstlicher Kaffeeduft kam.

»Wie bitte?«

»Deine Liste für heute klingt so lang, dass man drei Leute bräuchte, um sie abzuarbeiten. Ich würde mir nur Sorgen machen, dass du dich danach auch noch hinters Steuer setzen willst, und da ich kein Freund von Sorgen bin, habe ich kurzerhand beschlossen, dir zu helfen.«

»Wie bitte?« Hatte er nichts Besseres zu tun? Und seit wann meldete sich ein Mann, den sie noch dazu kaum kannte, freiwillig für die Drecksarbeit?

»Willst du meine Hilfe nicht?«, fragte er und sah sie an wie ein gekränkter Welpe.

»Das habe ich nicht gesagt.«

Da zwinkerte Luca ihr zu und ging zur Beifahrertür seines Wagens. »Ich fahre. Mein Auto hat mehr Platz für den ganzen *Mist*, den du hierherbringen musst.«

Brooke blieb davor stehen. »Bist du sicher, Luca? Es wird ein ziemlich lausiger Tag. Ich muss die Garage ausräumen, uralte Unterlagen durchforsten, die Wände streichen …«

»Ein Tag voll ehrlicher Arbeit.«

Brooke sprang auf den Beifahrersitz. »Ich wäre ja dumm, wenn ich das nicht annehmen würde. Aber sag nicht, ich hätte dich nicht gewarnt.«

»Ja, du hast mich gewarnt.«

So früh am Morgen ging es auf den Straßen von San Diego noch ruhig zu. »Fahr zur Fünfzehnten, dann an der Zehnten raus.«

»Alles klar.«

Sie machte es sich auf dem Sitz bequem und trank Kaffee. »Ich kann dir Geld fürs Benzin geben.«

Luca schwenkte stumm den Kopf zu ihr, dann blickte er wieder nach vorn.

»Ich fasse das als ein Nein auf.«

»Freunde bieten keine Hilfe an, die mit einem Preisschild versehen ist.«

Sie musste an Marshall denken. »Manche bieten überhaupt keine Hilfe an.«

»Das sind Leute, die man höchstens als ›Bekannte‹ bezeichnen kann.«

»Ha! Oder als Ex-Freunde.«

Luca schaute über die Schulter, dann wechselte er die Spur. »Meinst du deine Beziehung?«

»Meinen Ex-Freund.«

»Hat er dir nicht geholfen?«

Brooke wusste nicht, ob es klug war, über Ex-Freunde zu sprechen. »Du willst nicht wirklich was über Marshall hören.«

»Doch, schon.«

War das sein Ernst?

»Warum?«

Luca zuckte mit den Achseln. »Ich will etwas über den Mann wissen, der dein Herz gestohlen hat.«

»Wer sagt denn, dass er mein Herz gestohlen hat?«

»Hast du ihn nicht geliebt?«

Wow, er kam ohne Umschweife gleich zu den ganz persönlichen Fragen. »Hast du Antonia geliebt?«

Luca warf ihr einen kurzen Seitenblick zu. »Wer hat dir von Antonia erzählt?«

»Chloe. Aber sie hat nur verraten, dass sie die Mutter von Francesca ist. Sonst nichts.«

Er grinste. »Aber du hast danach gefragt.«

»Erwischt.«

»Hmm …«

Sie schwiegen einen Moment lang.

Brooke nippte an ihrem Kaffee und auch Luca griff nach seinem Becher.

»Ich habe eine Idee«, sagte Brooke. »Wir beantworten Frage für Frage, Marshall gegen Antonia. Wenn es zu unbequem wird, wechseln wir das Thema.«

Sie war sich nicht sicher, ob Luca zustimmen würde.

»Es ist eine lange Fahrt. Wir können auch einfach nur Radio hören«, lenkte Brooke ein und griff schon zum Soundsystem.

»Also gut.«

Sie lehnte sich zurück. Nun, *gut* fand er es nicht, das war klar. Dafür durfte er die erste Frage stellen. »Du fängst an.«

»Hast du ihn geliebt?«

Darüber hatte Brooke viel nachgedacht, seit sie Schluss gemacht hatten. War es Liebe gewesen? Verblendung? Der Wunsch nach einer Familie? »Ich habe mir eingeredet, dass ich ihn liebe. Ich mochte ihn. Er hat nicht oft von *Liebe* geredet und ich auch nicht. Ich dachte, wir wären die Art von Paar, die sich so was eben nicht sagt. Verstehst du, was ich meine?«

»Nein, *cara*, das verstehe ich nicht. Es sei denn, das Gefühl war nicht da.«

Ja, das war auch die Schlussfolgerung, zu der sie mittlerweile selbst gekommen war. »Was ist mit dir? Hast du Antonia geliebt?«

»Ja.«

Die Antwort kam schnell und direkt.

Ohne jegliches Zögern.

Und es tat Brooke weh, das zu hören. Aber die nächste Frage war die Wichtigere. »Liebst du sie immer noch?«

»Nein.«

Diese Antwort kam genauso schnell und entschieden.

Er seufzte. »Ich bin nicht kaltherzig. Ich liebe die Tatsache, dass sie mir meine Tochter geschenkt hat, und dafür werde ich ihr immer dankbar sein. Und wenn sie auch eine Mutter wäre, eine richtige Mutter, könnte ich mich vielleicht dazu durchringen, mehr für sie zu fühlen.«

»Wie lange ist sie schon weg?«

Jetzt grinste er. »Das sind drei Fragen gegen eine von mir.«

»Na gut. Schieß los. Du bist dran.«

»Wie lange warst du mit ihm zusammen?« *Ihm. Er* hatte einen Namen, aber Luca verwendete ihn nicht, was Brooke sehr interessant fand.

»Drei Jahre.«

»Warum? Wenn du ihn nicht geliebt hast, warum bist du geblieben?«

»Wir waren in einer festen Beziehung.«

»Ihr wart nicht verheiratet.«

»Nein.«

»Wie fest kann die Beziehung dann gewesen sein?«

Sie verengte ihren Blick. »Wer feuert hier jetzt eine Frage nach der anderen los?«

Er hielt inne.

»Wie lange ist Antonia schon …« Brooke hatte ihre Frage noch nicht beendet, als Luca sie schon beantwortete.

»Francesca war drei.«

»Sie ist einfach abgehauen? Sie hat dich im Stich gelassen und ihre Tochter auch?« Traurigerweise wusste Brooke genau, wie sich das für ein Kind anfühlte. Allerdings hatte sie sich damals nicht an ihren Vater erinnern können, denn ihre Eltern hatten sich vor ihrem zweiten Lebensjahr getrennt.

»Sie wollte ein anderes Leben. Sie hat die Scheidung eingereicht und Francesca im Stich gelassen.« Lucas Kiefer zuckte, sein ganzes Gesicht war angespannt.

»Das ist furchtbar. Ich weiß gar nicht, wie man sein eigenes Kind zurücklassen kann. Dass die Dinge zwischen euch schlecht liefen, ist eine Sache … aber das eigene Kind? Nein. Ich habe so was selbst durchgemacht. Es gibt einfach keine Entschuldigung dafür.«

Lucas Lippen zeigten ein zartes Lächeln, sein Blick wanderte zu ihr. »Und trotzdem kümmerst du dich um den Mann, der dich im Stich gelassen hat.«

Brooke rieb sich den restlichen Schlaf aus einem Augenwinkel. »Darüber haben Marshall und ich uns oft gestritten. Er hat es nicht verstanden, weshalb er mich auch nicht unterstützt hat.«

»Nicht einmal, als dein Dad den Schlaganfall hatte?«

»Nein.« Brooke drehte eine Haarsträhne mit dem Finger auf und starrte aus dem Fenster.

»Das tut mir leid. Ein Partner sollte deine Entscheidungen unterstützen.«

»Nach drei Jahren habe ich das auch endlich gecheckt.« *Ich brauche wohl etwas länger, bis ich was kapiere.*

»Wäre ein Kind im Spiel gewesen, wäre es dir wahrscheinlich schwerer gefallen, dich zu trennen. Du kannst froh sein.«

Seine Worte waren wie ein Schlag in die Magengrube. Brooke schloss die Augen und versuchte, alle Emotionen, die sie überkamen, zurückzudrängen. Sie ließ die Haarsträhne los und trank einen Schluck Kaffee. Wie oft hatte sie schon genau dasselbe gedacht?

Aber mit diesen Gedanken stiegen immer wieder Schuldgefühle hoch.

»*Bella?*«

Brooke griff zum Radioknopf. »Lass uns Musik hören.«

Kapitel 16

Sie waren ein Stück weitergekommen. So unangenehm es auch gewesen war, Antonia auf den Tisch zu bringen, so gut hatte es getan, offen darüber zu sprechen. Luca hatte gehofft, dass es Brooke bezüglich ihrer Vergangenheit ähnlich gehen würde.

Doch dann hatte sie sich plötzlich verschlossen.

Sie hörten Musik, plauderten über seine Familie, über Chloe und Giovanni. Auch über Franny und wie sehr sie sich darauf freute, Brookes Italienischlehrerin zu sein.

Als sie zur Wohnung kamen, war die Spannung, die durch das anfängliche Gespräch entstanden war, wieder verflogen, und Brooke war zu Scherzen und schlagfertigen Bemerkungen aufgelegt.

»Ich muss dich warnen: Hier riecht's nach altem Mann und frischer Farbe. Eine schwierige Kombination. Egal, wie oft ich geschrubbt habe, ich bekomme den Geruch meines Dads nicht aus dem Haus.«

Er lachte. »Ich werde es schon aushalten.«

Sie drehte den Schlüssel im Schloss und drückte die Tür auf.

Vom Fliesenboden schlug ihm der Zitrusduft von Reinigungsmitteln entgegen. Zudem roch es nach Farbe ... und ja, es lag auch noch eine unterschwellige Note in der Luft, die er nicht identifizieren konnte.

»Siehst du, es riecht nach meinem Dad.«

»Ich habe deinen Dad noch nicht kennengelernt.«

»Wenn du ihn mal triffst, wirst du mir zustimmen«, meinte Brooke.

Er trat ein und schloss die Tür hinter sich. »Mein Vater hat immer nach Basilikum, Oregano und Knoblauch gerochen. Mit einem Hauch von Rosmarin.«

Brooke warf ihm einen Blick über die Schulter zu. »Also so wie du?«

»Rieche ich auch so, *cara*?«

Sie errötete und wandte sich ab. »Okay, dann lass uns mal die Fenster öffnen und frische Luft reinlassen, bevor es zu heiß wird. Mein Vater war kein Koch, sondern Maschinenschlosser. Seine Poren waren voller Schmieröl und Staub.«

Während Brooke herumschwirrte, um zu lüften, steckte er seinen Kopf in alle Zimmer.

Es gab zwei Schlafzimmer, eine kleine Küche sowie eine angeschlossene Garage. Abgesehen von einem Schreibtisch, der schon in den Achtzigern hätte entsorgt werden sollen, einem gepolsterten Sessel und einem kleinen Essbereich mit vier Stühlen, die zwar etwas neuer aussahen, aber Flecken hatten und wahrscheinlich die Quelle des üblen Geruchs darstellten, waren keine weiteren Möbel mehr vorhanden. Die Böden waren gefliest, die meisten Wände hatten bereits einen frischen Anstrich.

»Zwischen neun und zwölf Uhr wollte der Elektriker kommen. Und die Leute für die Klimaanlage schlagen gegen zehn hier auf. Hoffen wir mal, dass sie auch wirklich auftauchen.«

Falls nicht, würde Luca selbst schauen, ob er etwas tun konnte, um die Probleme zu beheben. Mit Reparaturen rund um Haus und Küche kannte er sich ganz gut aus. Er war zwar kein Experte, aber er hatte in seinem Leben schon eine ganze Menge herumgebastelt.

»Sag mir, was ich tun kann«, forderte er sie auf.

Sie ging den langen Flur entlang. »Die Einbauschränke im Hauptschlafzimmer müssen gestrichen werden.«

Der Geruch von »Dad«, von dem sie gesprochen hatte, wurde stärker, während er ihr folgte.

Nachdem Brooke ihm gezeigt hatte, wo die Utensilien waren, machte er sich ans Werk.

»Ich bin in der Garage, falls du mich brauchst.«

Luca blickte dem sanften Schwung ihrer Hüften nach, als sie wegging.

Diese Frau hatte wirklich einen schönen …

Schnell schüttelte er den Gedanken ab, bevor er ihn zu Ende gedacht hatte, und konzentrierte sich auf die Arbeit, die ihm aufgetragen worden war.

Zwei Stunden später waren die Schränke fertig gestrichen, und mittlerweile war es in den hinteren Räumen ziemlich heiß geworden.

Brooke saß auf einem alten Klappstuhl in der Garage, den Rücken über einen kleinen Aktenschrank gebeugt, daneben stand ein Mülleimer.

»Noch kein Elektriker in Sicht?«

»Hi.« Als sie den Kopf hob, bemerkte er, dass sie einen Schmutzfleck auf der Wange hatte. »Noch nicht. Die Klimaanlagenfirma hat angerufen und gesagt, dass sie auf dem Weg sind.«

Luca sah sich in der Garage um. »Kommst du gut voran?«

»Ja. Ich habe drei Stapel gemacht.« Sie zeigte auf die Haufen. »Sozialkaufhaus, Müll und behalten.«

»Der Müllberg ist schon ziemlich groß.«

»Ich weiß. Sobald die Arbeiter hier sind, wollte ich zum Baumarkt fahren. Dort gibt es einen Typen mit einem

Lastwagen, der für andere den Müll fortschafft. Vielleicht lasse ich ihn einfach alles abholen. Das brauchbare Zeug kann er dann entweder selbst verkaufen oder wegwerfen.«

»Dann lass mich doch schnell hinfahren und schauen, ob ich den Mann finde. Meinst du, du schaffst das alles bis fünf? Oder eher sechs?«

»Sagen wir fünf.«

»Okay.«

Brooke warf ein Blatt Papier in den Mülleimer, lehnte sich zurück und lächelte ihn an.

»Was?«, fragte er.

»Nichts.«

»Nein, nein, *bella* ... dieser Blick bedeutet was.«

Sie seufzte. »Danke, dass du hier bist.«

Luca trat vor und berührte ihr Gesicht. Mit dem Daumen strich er ihr den Fleck von der Wange. »Sogar mit Schmutzflecken im Gesicht bist du schön.«

Ganz langsam zog er die Hand wieder zurück.

»Mal sehen, ob du das am Ende des Tages auch noch sagst.«

* * *

»O Gott, Carmen. Er ist heute Morgen einfach am Parkplatz gestanden. So nach dem Motto: ›Steig ein, *bella*, und lass uns heute alle lästigen Sachen erledigen.‹ Ich meine, wer bitte macht denn so was?«

Brooke hatte gleich ihr Handy gezückt, nachdem sich Luca auf die Suche nach dem Müllmann begeben hatte.

»Wir reden hier von dem heißen, italienischen, alleinerziehenden Vater, oder?«

Brooke rollte mit den Augen. »Ja. Von Luca.«

»Oh, là, là.«

»Hör auf. Ich brauche einen Rat. Und zwar, bevor er wieder zurückkommt.«

Carmen hörte auf zu sticheln. »Du brauchst keinen Rat. Du musst dich bloß entspannen. Er scheint mir einer von der guten Sorte zu sein. Lass es einfach geschehen.«

»*Lass es einfach geschehen*«, äffte Brooke ihre Freundin nach. »Ich lasse nie was geschehen. Mir geschieht immer nur Mist.«

»Früher warst du nicht so pessimistisch.«

»Früher war das Glas immer halb voll. Heute ist es das leider nicht mehr.«

»Okay, Debbie Downer. Wenn du meinen Rat willst, dann hör zu. Mach einfach so weiter wie bisher.«

»Aber ich tue ja gar nichts, ich zeige null Einsatz.«

»Ach ja?« Carmen klang nicht überzeugt. »Du hast also kein Make-up aufgelegt oder dir extra für ihn was Schönes angezogen?«

Brooke zögerte. »Vielleicht … also ein bisschen gestern Abend, aber das war schon alles.«

Carmen gluckste.

»Carmen!«

»Sorry. Okay. Gibt es irgendwelche Warnlämpchen, die aufleuchten?«

Brooke überlegte. »Er hat seine Ex-Frau geliebt.«

»Ist das für dich ein Warnlämpchen?«

»Nein, wohl nicht.«

»Ist er nett zu seiner Mutter?«

Brooke dachte an das Familienessen am Vorabend. »Er ist zu allen in seiner Familie nett. Er nimmt seine Rolle als ältester Bruder sehr ernst.«

»Und wie geht er mit seiner Tochter um?«

Brooke lächelte. »Er ist ein toller Dad. Wenn wir nur alle so viel Glück gehabt hätten wie seine Tochter.«

»Er ist Italiener, also raucht er?«

»Nein.«

»Viele Italiener rauchen«, meinte Carmen.

»In Italien vielleicht, aber die in San Diego nicht.«

»Sehr gut.« Carmen seufzte. »Ich weiß nicht, was ich dir raten soll, Brooke. Wie küsst er?«

»Er hat mich nicht geküsst«, schrie Brooke ihr fast entgegen.

»Nun denn, dann wissen wir endlich, wo das Problem liegt.«

»Es hat sich noch nicht … Ach, ich weiß nicht mal, ob …«

»Hör mir auf. Er hat doch deinen hübschen Hintern nicht den ganzen Weg nach Upland gefahren, bloß um den ganzen Tag zu schuften, wenn er dich nicht küssen wollte, *belllla*. Und außerdem wartest du ja nur darauf.«

Brooke schloss die Augen und konnte das, was Carmen da behauptete, tatsächlich nicht leugnen.

»Lass es einfach geschehen. Du hast etwas Glück verdient, liebe Brooke.«

Da bog der Lieferwagen der Klimaanlagenfirma in die Einfahrt.

»Ich muss aufhören.«

»Ich will ein Kuss-Update, wenn wir uns das nächste Mal sprechen«, scherzte Carmen.

»Ich hab dich lieb«, sagte Brooke kichernd.

»Ich dich auch, Süße.«

Sie legte auf.

* * *

Offenbar hatte Brookes Vater nie etwas weggeworfen.

Zu diesem Schluss kam Luca, als er Brooke beim Durchforsten der unzähligen Akten sah, die der Mann im Laufe der Jahrzehnte angesammelt hatte.

Nachdem Luca den Mann für die Müllbeseitigung kontaktiert und einen Abholtermin vereinbart hatte, waren sowohl der Elektriker als auch der Klimaanlagenmechaniker eingetroffen.

Der beachtliche Müllberg in der Mitte der Garage wuchs weiter, während Luca staubige Kisten von der Ablage unter den Dachsparren holte, sie öffnete, bloß um noch mehr Papierkram darin vorzufinden.

»Ich bin schon versucht, einfach alles ungesehen wegzuschmeißen«, stöhnte Brooke am Nachmittag.

»Kann ich mir vorstellen.«

Da kam der Techniker zu ihnen und forderte sie beide auf, ihm zum Bedienfeld des Thermostats zu folgen.

»Ich habe gerade nach einem Stecker gesucht und dachte, das würde Sie vielleicht interessieren«, sagte er, indem er auf den Boden des Flurschranks zeigte.

Brooke warf einen Blick hinein. »Ich habe den Schrank doch ausgeräumt.«

»Nicht alles. Schauen Sie sich mal den Boden an.«

Brooke sank auf die Knie und hielt die Luft an.

Auch Luca kniete sich nieder, während Brooke in die dunkle Öffnung griff und ein Glas voller Münzen zum Vorschein brachte.

Es war kein normales Schraubglas, sondern ein riesengroßes in Restaurantgröße, das man kaum hochheben konnte.

»Was ist das denn schon wieder, Dad?« Sie hievte das Glas heraus und langte wieder hinein.

»Ist noch mehr drin?«, wollte Luca wissen.

Der Installateur lachte und ließ sie allein.

Brooke reichte Luca das nächste Glas und griff abermals hinein. »Man sollte meinen«, sagte sie tastend, »dass mein Dad mir davon erzählt hätte.«

»Vielleicht hat er es vergessen.«

Immer wieder langte sie hinein, und als sie schließlich fertig war, zählten sie fünfzehn Gläser in verschiedenen Größen. Alle waren mit Münzen gefüllt.

Brooke betrachtete das Geld. »Ich schätze mal, ich sollte lieber doch nichts wegwerfen, ohne es mir vorher genau angeschaut zu haben.«

»Das ist Wahnsinn.«

Sie löste sich aus ihrer unbequemen Position auf dem Boden und wollte aufstehen.

Luca streckte die Hand aus, um ihr aufzuhelfen.

Als sie standen, ließ er sie nicht gleich wieder los. Brooke sah ihn an.

Er streichelte ihre Handfläche mit dem Daumen.

»Ich habe herausgefunden, was das Problem mit der Klimaanlage war«, unterbrach der Installateur den intimen Moment.

Brooke ließ Luca los und ging.

Um fünfzehn Uhr waren alle Arbeiter weg und sämtliche Probleme behoben. Und obwohl es im Haus jetzt wieder kühl war, mussten sie sich in der heißen Garage aufhalten und schwitzen.

Luca hatte den Müll in der Einfahrt zusammengetragen und wartete darauf, dass der Mann, den er angeheuert hatte, kommen und alles abtransportieren würde.

Die wenigen Dinge, die noch im Haus waren, konnte man nur zu zweit hinaustragen. Obwohl Brooke behauptete, das sei für sie kein Problem, ließ Luca es nicht zu, da doch ohnehin bald ein zweiter Mann komme. Manche mochten das für sexistisch halten, aber für ihn gehörte es zum guten Ton. Er wusste, dass Brooke kräftig war und schwer tragen konnte, aber er wollte nicht, dass sie sich abmühen musste.

Zurück in der Garage setzte er eine staubige Kiste auf der leeren Werkbank ab und öffnete sie. »Noch mehr Papiere«, verkündete er.

Brooke stöhnte auf. »Du kannst schon mal anfangen, sie durchzusehen. Das Einzige, was mich im Moment interessiert, ist ein vorbezahltes Grab, Sterbegeld oder ein alter Brief von einer reichen Tante, von der ich nichts weiß.« Sie lachte. »Alles andere wird weggeschmissen.«

Sie war erschöpft, das konnte er ihren Augen ansehen. »Gönn dir doch mal eine kleine Pause.«

»Ja, wenn wir fertig sind. Es ist fast geschafft.«

Er zog die erste vergilbte Mappe heraus und öffnete sie. Alte Kontoauszüge. »Wer ist Gilroy?«

»Das war mein Großvater. Er ist schon seit über zwanzig Jahren tot. Kannst du wegwerfen.«

Also wanderten die Papiere in den Müll.

Gilroys Unterlagen nahmen ungefähr die Hälfte der Schachtel ein. »Aber da steht überall seine Sozialversicherungsnummer drauf.«

»Er ist tot.«

»Stimmt.« Ab in den Müll damit.

Luca kramte weiter und stieß auf ein altes Schwarz-Weiß-Foto. »Kennst du die Leute auf dem Bild?«

Brooke warf einen Blick darauf und schüttelte den Kopf. »Abfall.«

Ein Stapel alter Ansichtskarten war das Nächste, was im Müll landete.

Luca fand einen Brief und zog ihn aus dem geöffneten Umschlag. Er war an Brookes Vater adressiert. Er blätterte die Seiten bis zum Ende durch und las den Namen des Absenders. »Weißt du, wer Elaine ist?«

Brookes Kinn schoss in die Höhe. »Meine Mutter.«

Luca reichte Brooke den Brief und beobachtete sie einen Moment lang.

Ihre Augen flogen über das Papier, dann setzte sie sich auf den einzigen Stuhl in der Garage.

Er hätte gern gefragt, was in dem Brief stand, stattdessen nahm er einen anderen heraus. Auch dieser war an Mr Turner adressiert, nur begann er mit …

Lieber Dad, …

Luca wendete das Papier und sah Brookes Namen in den auffälligen Buchstaben einer Teenie-Schrift.

Dann las er die ersten Zeilen.

Hi. Erinnerst du dich noch an mich? Wie war dein Weihnachten? Silvester? Mein Geburtstag war toll, vielen Dank der Nachfrage. Ach, warte mal, du hast ja gar nicht gefragt. Ich habe überhaupt nichts von dir gehört. Ich hatte eigentlich gedacht, wir würden in Kontakt bleiben, nachdem wir uns getroffen haben. Ich schätze, mein letzter Brief, in dem ich dich um Rat bat, was ich tun soll, weil mich Moms neuer Freund anbaggert, hat dich nervös gemacht. Vielleicht hast du befürchtet, ich würde dich fragen, ob ich bei dir einziehen darf. Ich weiß, dass deine Frau mich nicht mag. Ich habe nicht vor, in einen anderen Bundesstaat zu ziehen, wenn ich dort nicht willkommen bin. Aber du hättest wenigstens mal schreiben können.

Ich habe selbst eine Lösung gefunden, was diese Sache mit Bill angeht. Ich bin bei meiner Freundin und ihren Eltern eingezogen. Es

dauert nur noch ein halbes Jahr bis zu meinem
Highschoolabschluss. Den lasse ich mir von Mom
nicht versauen.

Hier ist meine neue Adresse, falls sie dich
interessiert.

Ich will dich nicht um Geld anpumpen. Ich
brauche nur einen Dad.

Bitte schreib zurück.

Brooke

Luca hatte nicht vorgehabt, den ganzen Brief zu lesen.

Sein Herz brach für die junge Frau, die diesen Brief verfasst hatte.

Er sah zu Brooke auf, die immer noch die Seiten las, die ihre Mutter an ihren Dad geschickt hatte.

In der Schachtel befanden sich weitere Briefe in Brookes jugendlicher Handschrift, die sie an ihren Vater geschrieben hatte.

Lies sie.

Lies sie alle!

Aber er hielt sich zurück.

Stattdessen schaute er zur Verfasserin jener Briefe, die jetzt nachdenklich durchs offene Garagentor in die Ferne starrte.

»*Cara?*«

Sie sah auf, ihr Blick war glasig. »Mir geht es gut.«

»Da ist noch mehr.«

Ihre Augen weiteten sich, sie sprang auf.

Luca gab ihr den besagten Brief. »Ich habe ihn gelesen, was ich wohl besser nicht hätte tun sollen. Tut mir leid.«

Es tat ihm wirklich aufrichtig leid, denn der Brief war sehr persönlich und er hätte nicht so neugierig sein dürfen.

Ohne eine Wahl zu haben, musste Luca ihr dabei zusehen, wie sie ihre eigenen Worte, die sie damals an ihren Dad gerichtet hatte, las und sich ihre Augen dabei mit Tränen füllten.

Es juckte ihn in den Handflächen, weil er unbedingt zu ihr wollte.

Erst als sie den Brief senkte, ihr Kinn auf die Brust sank und ein Schluchzen aus ihrer Kehle drang, gab er seinem Wunsch nach und zog sie schließlich in seine Arme.

Sie ließ ihn gewähren.

Und dann hielt sie sich an ihm fest, als wäre er ein Rettungsring und das Einzige, das sie über Wasser halten konnte.

Gott, diese Frau!

Diese starke, tapfere, schöne Frau tat so viel für jemanden, der sie im Stich gelassen und dazu gebracht hatte, einen solchen Brief zu schreiben. Hatte der Mann ihr jemals beigestanden? Hatte er sie zu sich geholt und alles besser gemacht? Was war nach diesem Brief passiert? So viele Fragen. Warum hatte sie alles für diesen Mann getan, warum tat sie jetzt alles für ihn?

Brooke weinte an seiner Schulter. Ihre Finger gruben sich in seinen Rücken, sie presste sich an ihn.

Um sie zu trösten, flüsterte Luca ihr alles Mögliche auf Italienisch zu. Er sagte, dass er für sie da sei und dass sie ruhig weinen und alles herauslassen solle. Dass er sie auffange.

Als ihre Tränen versiegten und ihr Körper den letzten Schmerz losließ, schniefte Brooke an seiner Brust, dann ließ sie ihn wieder los.

Luca legte seine Hand an ihre Wange. »Alles okay?«

Sie biss sich auf die Unterlippe, nickte, dann überlegte sie es sich anders und schüttelte den Kopf. »Ich muss nur dieses Kapitel zu Ende bringen. Erst wenn bei meinem Dad alles auf Autopilot läuft, kann ich anfangen, meine Vergangenheit zu verarbeiten.«

Er entfernte sich von ihr, obwohl er sie auch noch bis zum nächsten Jahr in seinen Armen gehalten hätte. »Dann lass uns das hier jetzt durchziehen.«

Brooke griff nach der Kiste, die er durchforstet hatte.

»Willst du alles behalten?«, fragte er.

»Ja. Im Moment schon.«

Er konnte sich den Schmerz aus ihren Briefen nur vage vorstellen. Immerhin tröstete ihn der Gedanke, dass sie nur ein paar Meter von seiner Wohnungstür entfernt wohnte, sollte sie wieder seine Schulter brauchen.

Brooke richtete sich auf, und innerhalb weniger Minuten waren sie wieder in die Arbeit vertieft. Um zwanzig vor fünf waren sie fertig. Sein Auto war mit Brookes restlichen Habseligkeiten beladen und mit den Papieren, Briefen und Akten, die sie für wichtig genug hielt, um sie aufzubewahren.

Sie starrten auf den Müllberg.

»Traurig, wenn alles, was vom Leben übrig bleibt, ein Haufen Schutt ist«, sagte sie.

»Und ein paar Gläser voller Münzen.«

Sie grinste. »O Gott, ja, das ganze Kleingeld.«

Luca legte ihr eine Hand auf die Schulter und zog sie an sich. »Du bist eine erstaunliche Frau, Brooke.«

»Die dringend eine Dusche bräuchte.«

Was auf sie beide zutraf.

Er legte einen Finger an ihr Kinn und hob ihr Gesicht an, damit sie ihm in die Augen blickte. »*Bellissima, tesoro,* sogar mit Dreck im Gesicht und einem Zweig im Haar.«

Ihre Hand schoss zu ihrem Kopf.

Als sie nicht zurückwich, tat er das, was er seit dem ersten Tag, als er in seinem Elternhaus mit ihr die Treppe hochgestiegen war, tun wollte.

Er näherte sich ihrem Gesicht und als sie zu ihm hochsah, zog er sie endlich zu sich und küsste sie.

Ja. Das. Genau das. Luca berührte ihre Lippen und nippte an ihr wie an einem guten Wein, als wolle er eine Kostprobe von ihr nehmen.

Ihre Fingernägel gruben sich in seine Arme, während er sanft ihren Kopf nahm und nach hinten neigte.

Jetzt wagte ihre Zunge den ersten Kontakt mit seiner.

Er küsste sie und sie küsste ihn. Ihre Gefühle beruhten auf Gegenseitigkeit. Jeder mögliche Zweifel daran verschwand, während sie ihren Körper an seinen drückte.

Er ergriff ihren Pferdeschwanz und hätte ihn am liebsten aufgelöst, um mit den Fingern durch ihre Haare zu fahren. Aber er hielt sich zurück und umfasste ihren Nacken. Er öffnete sanft ihre Lippen, nahm ihre Oberlippe zwischen die Zähne, bevor er den Kuss vertiefte.

Ihr Atem vermischte sich mit seinem und ging immer schneller. Wie würde sie sich in seinen Armen während einer langen, heißen Dusche anfühlen? Entspannt und nass und glitschig von der Seife … Wie würde sie aussehen, wenn sie neben ihm im Bett aufwachte, ihr Haar auf seinem Kissen ausgebreitet, die Augen nur auf ihn gerichtet, als gäbe es nichts anderes auf der Welt.

Genau das wollte er herausfinden.

So sehr wollte er diese Frau, deren Hand jetzt so weit an seiner Hüfte hinabwanderte, dass sie seinen Hintern berührte, wie es nur Liebende taten.

Und sie – das wusste er jetzt – wollte ihn.

Luca löste den Kuss auf. Die Garage war nicht der richtige Ort, an dem dies geschehen sollte.

Langsam öffnete Brooke die Augen und blickte zu ihm auf. »Whoa!«

»So schlimm?«, fragte er, obwohl er genau wusste, dass dies nicht der Fall sein konnte.

Sie lachte, ganz ohne die Anspannung, die vielleicht nach so einem Kuss hätte entstehen können. »Furchtbar. Vielleicht müssen wir das noch mal machen, um zu sehen, ob es besser wird.«

Da packte Luca sie am Hinterkopf. »Herausforderung angenommen.«

KAPITEL 17

Geschafft!

Das Haus war leer.

Alle Probleme waren beseitigt, jetzt sollte das Haus die Inspektion bestehen.

Das Einzige, was dafür möglicherweise noch fehlte, war ein letzter Reinigungstag, aber Brooke hatte bereits beschlossen, eine Firma zu beauftragen.

Im Seitenspiegel verschwand das Haus aus ihrem Blickfeld, und sie hoffte, dass sie das Haus nie wiedersehen musste.

So traurig das auch klang.

»Geht's dir gut?«

»Ja, mir geht's gut.« Und das stimmte tatsächlich. »Es war ein verdammt harter Tag.«

Luca streckte ihr über die Mittelkonsole die Hand hin, eine Einladung, die Brooke gerne annahm. Sie legte ihre Hand in seine.

»Danke.«

»Das hast du schon gesagt.«

»Ich bin dir aber immer noch dankbar.«

Es war kurz nach sieben. Sie bogen auf die Autobahn direkt in den Stau.

»Diese Fahrt wird dir meine ganze Übellaunigkeit erklären«, sagte sie jetzt, während sie im Kriechtempo hinter den roten Rücklichtern herfuhren.

»Wann warst du denn übellaunig?«, fragte er.

Sie drückte seine Hand. »An dem Abend, als ich eingezogen bin. Da habe ich dir fast den Kopf abgerissen, weil du angeboten hast, mir beim Hochtragen zu helfen.«

»Stimmt, da warst du wirklich übel drauf.«

Brooke tat empört. »Also, du könntest es wenigstens ein bisschen beschönigen.«

»Gut, nennen wir es temperamentvoll. Und unerschrocken. Eine Frau, die ich näher kennenlernen wollte, auch wenn ich mir das damals nie eingestanden hätte.«

»Warum?«

Nun kam der Verkehr gänzlich zum Erliegen.

Totaler Stillstand.

Luca drehte sich zu ihr.

»Ich wollte die Wohnung nicht vermieten.«

»Stimmt.« Sie versuchte, ihre Hand wegzuziehen.

Aber er hielt sie fest.

»Weil sich das für mich wie ein Versagen angefühlt hat.«

Brooke hielt inne.

»Als mein Vater starb, war Francesca noch ein Kleinkind. Damals wusste ich schon, dass es mit meiner Ehe nicht gut lief. Mein Dad wusste es auch, aber er tat, als hätte er davon keine Ahnung. Ich habe ihm versprochen, mich um unsere Familie zu kümmern. An seine Stelle zu treten.«

»Das muss schwer für dich gewesen sein.«

Luca hielt inne. »Einen Teil unseres Familienhauses zu vermieten, fühlte sich an, als würde ich dieses Versprechen brechen. Es hat nicht an dir gelegen.«

Seine Finger zuckten, dann drückte er ihre Hand.

»Das ist etwas sehr Persönliches. Warum erzählst du mir das?«, fragte sie.

Die Autos setzten sich wieder in Bewegung.

»*Cara*, wie kannst du so was fragen, nach allem, was ich heute gesehen habe?«

»Ich verstehe den Vergleich nicht.«

Luca führte ihrer beider Hände an seine Lippen und küsste Brookes Handrücken. »Und das, meine Liebe, ist es, was dich so wunderschön macht.«

* * *

Es war schon kurz vor Mitternacht, als sie in den Parkplatz einbogen.

Alles war ruhig.

Das Restaurant hatte längst geschlossen, das Personal war nach Hause gegangen.

Aus den zwei Stunden Fahrt waren wegen dreier verschiedener Unfälle und einer Umleitung, die sie von der Autobahn wegführte, vier geworden.

Luca hatte erwartet, dass Brooke einschlafen würde, aber sie war wach geblieben und hatte sich mit ihm über alles Mögliche unterhalten.

Über die Familie. Über die Lage des Landes. Über Politik.

Er erzählte von Franny und welch unglaubliche Freude sie in sein Leben brachte.

Als sie parkten, beschlossen sie, die Sachen bis zum nächsten Morgen im Auto zu lassen, und gingen direkt zur Restaurantküche, da sie nach dem verpassten Abendessen ganz ausgehungert waren.

Auf dem Weg dorthin redeten sie über Francescas Wunsch nach einem Hund.

»Jedes Kind braucht irgendwann mal ein Haustier.«

»Ich hatte ihr einen Hamster geschenkt. Der ist nach einem Monat gestorben.«

»Autsch.«

»Hamster vertragen keine Hitze. Franny hatte den Käfig ans Fenster gestellt, und ein paar Tage später lag das Tier rücklings auf dem Käfigboden.«

»Da war sie sicher todtraurig.«

Luca öffnete einen der Kühlschränke und holte mehrere Behälter mit geschnittenem Gemüse heraus. »Vielleicht kannst du uns einen Salat zusammenwürfeln und ich zaubere uns in der Zwischenzeit was Feines.«

»Willst du jetzt noch was kochen? Ich dachte, wir wärmen uns einfach was in der Mikrowelle auf.«

Er nahm eine Hühnerbrust heraus. »Wir haben schon den ganzen Tag nur Müll gegessen.«

»In dieser Küche gibt es sicher nichts, was man als Müll bezeichnen könnte.«

»Richtig. Sehr richtig.« Luca schnitt das Fleisch in dünne Scheiben, damit es schneller gar werden würde, und machte sein Ding.

Aus dem Augenwinkel heraus beobachtete er, wie Brooke in der Küche herumstöberte und die Zutaten für den Salat zusammensuchte. »Wenn Franny etwas älter ist, wäre ein Hund vielleicht ganz gut. Die sind clever genug, um die Sonne zu meiden.«

»Das hätte der Hamster wohl auch gemacht, wenn der Käfig nicht gewesen wäre. Zum Glück habe ich das arme Ding vor meiner Tochter gefunden.«

»Igitt.«

»Ich habe mich echt mies gefühlt. Die ganze Tortur hat mir gezeigt, dass wir nicht bereit sind, noch mehr Verantwortung zu übernehmen. Für Franny nehme ich schon die Hilfe meiner ganzen Familie in Anspruch. Mehr kann ich nicht verlangen.

Ein Hund wäre zu viel. Außerdem wird Giovanni bald umziehen, dann haben wir noch ein Paar Hände weniger.«

»Habe ich das von Gio schon gewusst?«

»Nein, das ist neu. Es wäre gut, wenn du das für dich behalten könntest. Ich glaube nicht, dass er es sonst schon irgendwem erzählt hat.«

Luca briet die Hühnchenstücke scharf an, drehte die Hitze herunter, gab Tomaten, Zitrone und Gewürze in die Pfanne, und ließ alles zusammen köcheln.

»Ich könnte mir vorstellen, dass man wenig Privatleben hat, wenn man in seinem Alter noch mit der Mutter zusammenwohnt.«

»Ganz genau.«

Brooke setzte die Deckel wieder auf alle Behälter und stellte sie in den Kühlschrank zurück. »Ich nehme an, es ist nur eine Frage der Zeit, bis Chloe aus denselben Gründen eine eigene Wohnung haben will.«

»Na ja. Das wird nicht passieren.«

Brooke schmunzelte. »Warum nicht? Weil sie ein Mädchen ist?«

»Richtig.«

Jetzt verwandelte sich Brookes Schmunzeln in ein echtes Lachen. »Du meinst, sie bleibt bei ihrer Mom wohnen, bis sie heiratet?«

»Ja.«

»Und Francesca bei dir, bis sie verheiratet ist?«

»Natürlich.« Obwohl ihm bei dem Gedanken, dass sich seine Tochter mit Männern verabreden – geschweige denn einen heiraten – könnte, ganz übel wurde.

»Das ist sexistisch.«

»Nein, traditionell.«

»Eine sexistische Tradition.«

»Eine italienische. So ist das in der Familie. So wird es erwartet. Ich weiß, Chloe hat vielleicht andere Vorstellungen, aber … es ist eine Option.«

Brooke lehnte sich gegen den Tresen und schob sich ein Stück Peperoni, das sie für den Salat aufgeschnitten hatte, in den Mund. »Ich bin froh, dass dir das Wort ›Option‹ über die Lippen kommt. Obwohl ich mir ziemlich sicher bin, dass du dich mit Chloe oder Francesca streiten würdest, wenn sie von ihrer ›Entscheidungsmöglichkeit‹ Gebrauch machen wollten.«

Luca ging zu Brooke, griff um sie herum, um sich ebenfalls ein Stück Peperoni zu nehmen, und lehnte sich dabei an sie. »Ich mag es eben, die Frauen in meinem Leben in der Nähe zu haben«, sagte er und drückte seine Lippen auf ihre.

»Ist das so?«

Er streifte kurz ihre Lippen, dann zog er sich zurück und steckte sich den Bissen in den Mund. »In der Nähe und in Sicherheit.«

»Und was bringt mich vor *dir* in Sicherheit?«, fragte Brooke.

Er musterte sie von oben bis unten. Zerzaust und schmutzig von dem arbeitsreichen Tag, müde von der langen Fahrt, aber schön von Kopf bis Fuß. »Nichts, hoffe ich.«

* * *

»Diese Regeln sind schwachsinnig.«

Brooke saß mit ihrem Vater, der wieder etwas gefunden hatte, worüber er meckern konnte, im Innenhof des Seniorenheims.

»Eine Menge Dinge im Leben sind schwachsinnig. Finde dich einfach damit ab.« Sie hatte nicht vor, ihm irgendetwas schönzureden.

»Du klingst gereizt.«

»Ich habe gestern den Rest deiner Sachen aus dem Haus geholt. Hätte es dir eigentlich geschadet, mal irgendetwas wegzuwerfen, Dad?«

Ohne Reue zuckte er mit den Schultern.

»Die Steuererklärungen deines verstorbenen Vaters aus den Fünfzigerjahren. Ist das dein Ernst?«

»Ich wollte ... wollte ja ausmisten.«

»Und jede Grußkarte, die jemals zu irgendeinem Anlass verschickt wurde ... jede einzelne davon!«

»So was macht man heute nicht mehr. Jetzt gibt es E-Mails und SMS.«

Brooke nickte. »Ich habe eine Schachtel mit Fotos gefunden und aufgehoben. Vielleicht kannst du mir sagen, wer die Leute sind.«

Es schien ihn wenig zu interessieren.

»Wann fahren wir wieder zum Arzt? Ich muss zu viele Pillen einnehmen.«

»Ich versuche gerade, hier in der Gegend neue Ärzte für dich zu finden.« Wobei sie das auf die lange Bank geschoben hatte. Seine letzten Ärzte hatten ihr einen sechsmonatigen Vorrat an verschreibungspflichtigen Medikamenten mitgegeben, damit sie mehr Zeit hatte, sich vor Ort neue Ärzte zu suchen.

»Du siehst besser aus«, stellte sie fest. »Drei gesunde Mahlzeiten am Tag tun dir gut.«

»Das Essen ist nicht schlecht«, räumte er ein.

»Na, endlich kommt auch mal was Positives von dir.«

»Ich bemühe mich.«

»Das tue ich auch, Dad. Glaub mir. Manche Tage sind einfach schwieriger als andere.« Und nachdem sie die Briefe gefunden hatte, die sie ihm vor so vielen Jahren geschrieben hatte, Briefe, in denen sie um seine Aufmerksamkeit und Liebe bettelte und auf die sie nur so selten eine Antwort bekommen hatte und auch nur, wenn es für ihn gerade gepasst hatte ... nach all dem war es heute wirklich verdammt schwer, hier zu sitzen und seinem Nörgeln zuzuhören.

Der dreißigminütige Besuch war im Nu vorbei.

Er jammerte herum und sie war froh, eine Ausrede zu haben, bald wieder fahren zu können.

Wenn sie das nächste Mal komme, müsse sie ihn zum Friseur bringen und zum Mittagessen einladen, sagte er.

Brooke stimmte zu und umarmte ihn zum Abschied.

Im Auto ließ sie sich einen Moment Zeit.

Als sie die Augen öffnete, blickte sie sich im Inneren des Wagens um.

Sie musste unbedingt das Auto ihres Vaters loswerden.

Noch dringender musste sie das Haus verkaufen.

Dann brauchte ihr Dad einen neuen Arzt.

Und Brooke einen Monat auf den Bahamas.

* * *

Luca entdeckte Brooke, als sie an der offenen Tür der Trattoria vorbeischlüpfte und zur Treppe ging.

Aber er hatte nach ihr Ausschau gehalten.

Jetzt drängte er sich an der Küchenhilfe vorbei, wischte sich die Hände an seiner Schürze ab, und folgte Brooke ins Treppenhaus.

»*Cara?*«

Es gefiel ihm, dass sie sich beim Klang seiner Stimme und auf den Kosenamen hin mit einem Lächeln umdrehte.

»Hey.«

Nach ein paar Stufen stand er neben ihr. »Wie ist es gelaufen?«

Sie seufzte. »Frustrierend. Aber okay.«

Er strich ihr eine Haarsträhne aus dem Gesicht und klemmte sie ihr hinters Ohr. »Hast du ihm von den Briefen erzählt?«

»Nein.«

»Hast du vor, das irgendwann zu tun?«

»Ich weiß nicht. Sie sind Geschichte. Seit damals ist viel passiert.«

Er berührte ihren Arm. »Aber es beschäftigt dich noch.«

»Ein bisschen.«

Ihr Lächeln verursachte ein Flattern in seinem Bauch.

»Hast du im Moment nichts Besseres zu tun, als mit mir auf der Treppe zu stehen?«, fragte sie.

Luca kam näher. »Nein«, sagte er. »Ganz und gar nicht.« Als sie nicht zurückwich, drückte er seine Lippen auf ihre.

Langsam und zurückhaltend, bis sie sich öffnete, sich weiter zu ihm neigte.

Ihre Reaktion war genau so, wie er es sich erhofft hatte.

Sie brachte Gewissheit, dass der Tag zuvor kein Fehler gewesen war, dass Brooke immer noch seine Nähe wollte.

Als ihre Finger über seine Brust glitten, stockte Luca der Atem.

Er wich zurück und sah, wie sie sich auf die Unterlippe biss. »Hmmm.«

»Ich sollte besser mal wieder an die Arbeit gehen«, sagte er.

»Und ich habe in einer Stunde ein Onlinemeeting.«

Er küsste sie auf die Stirn und trat zurück. »Du weißt, wo ich bin, falls du mich brauchst.«

Lächelnd stieg sie die Treppe nach oben.

Er ging zurück in die Küche und fand dort seinen Bruder vor, der ihn angrinste. »Nicht das, was ich denke, hm?«

Luca machte eine abstreitende Geste, doch dann ließ er die Hand fallen. »Na gut, vielleicht ein bisschen das, was du denkst.«

Gio klopfte ihm erst auf die Schulter, dann packte er fester zu. »Wenigstens mag ich sie auch. Wir mögen sie alle.«

»Ein Schritt in die richtige Richtung.«

»Ein Riesenschritt«, lautete Gios Kommentar.

* * *

Um vier Uhr nachmittags riss ein Klopfen an der Tür Brooke aus der Arbeit.

Lächelnd öffnete sie, weil sie dachte, es sei Luca.

Ihr Blick wanderte nach unten zu Franny, die sie fröhlich angrinste. »Hi.«

»Hallo«, erwiderte Brooke.

»Wir können jetzt mit deinem Italienischunterricht anfangen«, verkündete Franny und ging an Brooke vorbei ins Wohnzimmer, als hätte man sie damit beauftragt.

Brooke schaute durch die offene Wohnungstür, um zu sehen, ob noch jemand mitgekommen war. »Wissen die anderen, dass du hier oben bist?«

»Ich habe es Nonna gesagt.«

Brooke beschloss, die Tür offen zu lassen, falls jemand nach Franny suchen würde.

»Ich muss noch schnell was am Computer fertig machen«, sagte Brooke.

Franny ließ sich auf die Couch plumpsen, schob die Sachen auf dem Beistelltisch zur Seite und begann, in ihrem rosa Rucksack zu wühlen, den sie mitgebracht hatte. »Das ist okay. Ich muss eh noch Hausaufgaben machen.«

Die Kleine war wirklich süß. »Gut, dann machst du deine Hausaufgaben und ich meine. Wenn wir fertig sind, lernen wir Italienisch.«

Franny runzelte die Stirn. »Aber manchmal brauche ich Hilfe bei den Aufgaben.«

»In welche Klasse gehst du?«

»In die zweite.«

»Ich habe die zweite Klasse bestanden. Das sollte also klappen.«

Franny kicherte. »Du bist lustig.«

Brooke setzte ihre Arbeit fort und warf dabei immer wieder einen Blick auf Franny. Das Mädchen streckte die Zunge aus dem Mundwinkel, während sie konzentriert arbeitete.

Als sie aufblickte, schaute Brooke schnell wieder auf ihren Laptop und tat, als wäre nichts.

Wie konnte man nur dieses kleine Mädchen verlassen?

Wahrscheinlich hatte sie sich selbst mal vor vielen Jahren genau diese Frage gestellt.

Wäre Franny ihre Tochter gewesen, hätte sie sich mit Händen und Füßen dafür eingesetzt, sie jeden Tag zu sehen.

Brookes Computer kündigte den Erhalt einer E-Mail an und lenkte ihre Aufmerksamkeit wieder auf die Arbeit.

Ein paar Minuten später erhob sich Franny von ihrem Sitz, ging zu Brooke und reichte ihr ein Papier. »Stimmt das?«

Es waren acht Rechnungen, die Brooke kontrollieren sollte. »Wow. Du bist wirklich gut.«

Franny strahlte. »Papa sagt, ich darf das Geld zählen, wenn ich älter bin.«

»Stimmt, ein Mädchen sollte wissen, wie man Geld zählt.«

»Wenn ich groß bin, werde ich mal viel Geld haben.«

»Ach ja?«

»Ja. Ich werde berühmt sein.«

Brooke schmunzelte. »Und für was wirst du berühmt sein?«

»Das weiß ich noch nicht.«

Brooke versuchte, ernst zu bleiben, und nickte in Richtung Couchtisch. »Hast du noch mehr Hausaufgaben auf?«

»Ich muss einem Erwachsenen was laut vorlesen.«

»Dann lass uns das mal machen.« Brooke schob ihren Laptop von sich und ging mit Franny zum Sofa.

Sie setzten sich, und Franny kuschelte sich so dicht an Brooke heran, dass sie fast auf ihrem Schoß lag.

Sie schlug ihr Buch auf Seite eins auf und begann zu lesen. Der Text war komplizierter, als Brooke es erwartet hätte, aber da sie selbst keine Kinder hatte, konnte sie nicht gut beurteilen, ob Franny für ihr Alter normal oder überdurchschnittlich gut las. Nicht, dass es eine Rolle gespielt hätte. Das Mädchen bezauberte Brooke nach jedem Umblättern aufs Neue.

Gelegentlich stolperte sie über ein Wort, und Brooke sagte ihr, wie man es richtig aussprach. Dann las Franny noch einmal und schon waren sie auf der nächsten Seite angelangt.

Mit einem dramatischen »Ende!« klappte Franny das Buch zu.

»Gut gemacht.« Brooke legte ihr den Arm über die Schulter.

Da hörten sie ein Räuspern.

Sie drehten sich beide um und sahen Luca in der offenen Tür stehen.

»Hallo, Papa. Ich bin mit den Hausaufgaben fertig.«

Luca lächelte, seine Augen waren auf Brooke gerichtet. »Echt?«

»Ja. Miss Brooke hat mir geholfen.«

»Tatsächlich?« Er stieß sich vom Türrahmen ab und betrat das Zimmer.

Franny sprang vom Sofa auf und umarmte ihn.

Er hob sie hoch.

Brooke konnte die Liebe in seinem Blick sehen und ihr Herz schmolz.

»Hast du Miss Brooke eigentlich *gefragt*, ob sie dir helfen kann?«

Franny nickte mehrmals. »Ja, sie wollte.« Sie guckte zu Brooke. »Oder?«

»Auf jeden Fall. Ich musste mal meine Mathekenntnisse aus der zweiten Klasse auffrischen.«

»Und jetzt bringe ich ihr Italienisch bei.«

»Hast du denn Zeit dafür?«, wandte sich Luca an Brooke.

Sie sah ihn an, als wäre er nicht ganz richtig im Kopf. »Machst du Scherze? Ich warte schon den ganzen Tag darauf.«

Sie stand auf und ging zu den beiden. »Ich habe eine Idee, Franny. Hast du irgendwelche Bücher auf Italienisch?«

»Nonna hat welche.«

»Magst du sie holen? Dann könntest du sie mir vorlesen und mir sagen, was die Worte bedeuten.«

Franny befreite sich aus den Armen ihres Vaters. »Okay.«

Und schon war sie zur Tür hinaus.

Luca fuhr sich durch die Haare. »Tut mir leid, *cara*. Franny hat unten Bescheid gesagt, dass sie nach oben geht, um ihre Hausaufgaben zu machen. Meine Mutter dachte, dass sie damit ihr eigenes Zimmer meint.«

»Es ist kein Problem. Ich habe viel Spaß mit ihr.«

»Trotzdem, ich weiß, dass du noch Arbeit zu erledigen hast.«

»Ich war für heute sowieso fast fertig. Glaub mir, es ist wirklich okay.«

Wie zuvor griff Luca wieder nach ihr und Brooke ließ sich in seine Nähe ziehen. Er kam direkt aus der Küche und roch nach Gewürzen. Und nach ihm selbst. »Du machst das super mit ihr.«

Brooke zuckte mit den Schultern. »Ich mag Kinder.«

Er hob ihr Kinn an und streifte ihre Lippen mit seinen. »Danke«, flüsterte er.

Diesmal küsste sie ihn ein wenig länger. »Nichts zu danken.«

Er versuchte, Abstand zu halten ... mit seinem Körper jedenfalls. Aber seine Lippen hingen an ihr, und seine Hand umklammerte ihren Arm, als wollte er sie nie wieder loslassen. »Deine Küsse werden zu meinem Sauerstoff.«

»Das gefällt mir.«

Seine Augen verdunkelten sich vor Verlangen.

Als Schritte im Treppenhaus ertönten, gingen sie schnell auseinander.

Franny kam durch die Tür und schaute sie beide an. »Hi.«

Brooke fasste sich als Erste wieder. »Hast du die Bücher gefunden?«

»Ja.« Franny ging zur Couch und setzte sich.

Luca und Brooke wechselten Blicke.

Als Brooke ihren Platz neben Franny einnahm, verabschiedete sich Luca. »Wie ich sehe, braucht ihr mich nicht.«

»Stimmt«, stellte Franny ganz trocken fest.

Brooke versuchte, sich das Lachen zu verbeißen.

»Um halb sechs gibt es Abendessen«, sagte er.

»Ich sorge dafür, dass sie rechtzeitig wieder unten ist«, verkündigte Brooke.

Luca verließ die Wohnung, und seine Tochter schlug ein buntes italienisches Buch auf, das eigentlich für Kleinkinder gedacht war.

Kapitel 18

Mari war mit Rosa befreundet, seit sie beide schwanger gewesen waren. Rosa mit Dante, Mari mit Giovanni. Ein paar Jahre später war Chloe gekommen, und bald fanden die Mütter, dass ihre Sprösslinge später mal gut zusammenpassen würden.

Seit vielen Jahren stellten sie sich vor, wie sich Chloe und Dante ineinander verliebten, aber das sollte wohl nicht sein. Nach seinem Schulabschluss war Dante aufgebrochen, um Europa zu erkunden, dann hatte er sich am Mittelmeer ins Segeln verliebt und arbeitete nun auf Charterschiffen für Touristen vor der Amalfiküste.

Wenn sich Mari und Rosa zum Kaffeeklatsch trafen oder gemeinsam Wein tranken – und Pizza aßen, die sie heimlich bei Filipe bestellten – redeten sie immer über ihre Kinder. Wie auch über die Kinder anderer Leute, wenn ihre eigenen nicht für genügend Stoff sorgten.

Heute aber ging es ausschließlich um Luca.

»Was weißt du über diese Frau, die in eurem Haus wohnt?«, fragte Rosa, kaum dass sie den Kaffee vor sich stehen hatten.

»Brooke ist äußerst sympathisch. So gut erzogen, und sie geht sehr liebevoll mit Francesca um.«

»Ich habe gehört, dass sie und Luca sich nähergekommen sind.«

Maris Augen weiteten sich. »Wo hast du das denn gehört?« Obwohl sie es geahnt hatte, hatte sie selbst nichts mitbekommen.

»Das hat mir Dante erzählt.«

»Und woher will Dante das wissen?«

»Giovanni telefoniert doch oft mit Dante. Meinem Sohn zufolge scheut sich dein Luca nicht davor, Brooke im Treppenhaus zu küssen.«

Mari setzte ihre Kaffeetasse ab. »Warum höre ich das von dir und nicht von meinen eigenen Kindern?«

»Wahrscheinlich wollen sie dich nicht in Aufregung versetzen«, scherzte Rosa.

»Warum nicht? Ein bisschen Aufregung in unserem Leben könnten wir doch alle gebrauchen.«

Rosa schnalzte mit der Zunge. »Als wären die letzten Jahre nicht aufregend genug gewesen.«

»Du weißt, was ich meine. Antonia war eine solche Tragödie. Luca verdient jemanden, der so loyal und fürsorglich ist wie Brooke.«

»Genau deswegen hast du auch die Wohnung an sie vermietet«, schloss Rosa.

»Wir wissen schließlich, was das Beste für unsere Kinder ist.«

Rosa beugte sich vor und senkte die Stimme. »Wie bringen wir Chloe und Dante nur wieder an denselben Ort?«

Mari hob ihre Tasse, als wollte sie ihrer Freundin zuprosten. »Du musst deinen Sohn heimlocken.«

»Er war schon so oft daheim und bei jedem Besuch denke ich, dass es diesmal vielleicht …«

Mari dachte das auch. Chloe und Dante verstanden sich gut, manchmal stritten sie sich wie Geschwister, aber so, wie sie einander anlächelten, hätte man durchaus annehmen können, dass vielleicht doch mehr zwischen ihnen war. Andererseits wussten die beiden, wie sehr ihre Mütter sich wünschten, dass sie zusammenkämen. »Ein Kind nach dem anderen. Jetzt kommt erst mal Luca dran. Francesca braucht Geschwister. Es liegen zu viele Jahre zwischen ihm, Gio und Chloe.« Nicht, dass sie und ihr verstorbener Mann es nicht versucht hätten.

»Ich will auch endlich Enkelkinder haben«, beklagte sich Rosa.

»Ist bei Anna immer noch nichts in Aussicht?«

»Man könnte meinen, meine Tochter sei eine Nonne.«

Und so kamen sie von einem Gesprächsthema zum nächsten.

Aber insgeheim beglückwünschte sich Mari, dass sie die Wohnung an die richtige Frau vermietet hatte.

Jetzt musste sie nur noch dafür sorgen, dass ihr Sohn und Brooke etwas Zeit für sich bekamen.

Hmmm …

* * *

Jeden Samstag fand in Little Italy ein Bauernmarkt statt, für den eine Straße gesperrt wurde, und der Hunderte von Menschen in den kleinen Stadtteil von San Diego brachte.

Brooke und Chloe machten sich schon früh auf den Weg, noch bevor die Menschenmassen kamen, um die schönsten Blumen und das beste Gemüse zu kaufen und natürlich auch etwas von den fantastischen Essensständen.

Brooke freute sich, bekannte Gesichter zu sehen, und konnte sogar schon manchen Leuten einen Namen zuordnen. Schön war auch, dass ein paar der Leute sie mittlerweile ebenfalls kannten.

Erst als die dritte bekannte Person, die sie trafen, nach Luca fragte und statt Chloe Brooke ansah, wandte sich Brooke an ihre Freundin und fragte, was los sei. »Warum fragen mich alle nach deinem Bruder?«

Chloe lachte. »Kleinstadt.«

»Was soll das denn heißen?«

»Jeder weiß, dass du und mein Bruder was miteinander habt.«

Brooke nahm ihre Sonnenbrille ab. »Wie bitte?« Sie hatte Chloe noch gar nichts davon erzählt.

»Alle Mamas reden darüber. Und alle Frauen, die versucht haben, Luca schöne Augen zu machen, seit er Single ist, weinen jetzt. Du bist in aller Munde.«

»Wer behauptet denn, dass wir was miteinander haben?«

»Weißt du, wie mein Bruder küsst, oder nicht? Nicht, dass ich wirklich wissen will, wie er küsst, aber …«

Brooke öffnete den Mund, schloss ihn, dann öffnete sie ihn wieder. »Wer hat uns gesehen?«

»Es könnte Giovanni gewesen sein. Oder irgendwer vom Küchenpersonal. Schwer zu sagen.«

»*Buongiorno*, meine Damen.« Santorini von der Eisdiele stand jetzt vor ihnen. »Wie geht's euch heute?«

»Gut, bei dem Sonnenschein«, antwortete Chloe.

»Und wie geht es L…«

»Luca geht's gut«, unterbrach ihn Brooke.

»Wunderbar. Sag ihm, er soll heute mit Francesca vorbeischauen. Ich habe ihre Lieblingssorte gemacht«, wandte er sich direkt an Brooke.

Plötzlich hatte sie das Gefühl, dass jeder sie anschaute.

Sie war eindeutig paranoid, aber trotzdem. »Das ist verrückt.«

»Keine Sorge, es wird nicht lange anhalten. Bald wird es etwas anderes geben, über das alle tratschen. Aber für den Moment seid ihr beide dran.«

»Weiß Luca, dass die Leute reden?«

»Wahrscheinlich.«

Chloe legte die Hand auf Brookes Armbeuge. »Wir mögen dich alle, Brooke. Und Luca war schon lange nicht mehr so gut drauf. Du tust ihm gut.«

»Hi, Brooke.« Maria aus dem Lebensmittelladen kam an. »Wie geht's Luc…«

»Ihm geht's gut«, antworteten Brooke und Chloe lachend wie aus einem Munde.

Zu Hause verabschiedete sich Brooke von Chloe vor deren Tür, dann stieg sie eine Treppe weiter nach oben und klopfte an Lucas Wohnung.

»Herein.«

Brooke öffnete langsam die Tür und steckte den Kopf hinein. »Hallo?«

»*Cara*, du brauchst nicht zu klopfen.«

»Doch, klar.« Jetzt trat sie ganz ein und sah sich nach Franny um.

»Sie ist in ihrem Zimmer.« Luca stand vom Sofa auf, kam zu ihr und begrüßte sie mit einem kurzen Kuss. »Happy Samstag!«

Er griff nach den Tüten in ihren Händen. »Soll ich die für dich nach oben tragen?«

Sie überließ sie ihm und deutete auf seine Küchentheke. »Ein Teil davon ist für dich.«

»Ach so?«

Lächelnd griff sie in eine der Tüten und zog ein Bündel Rote Bete heraus. »Die sind von Anderson Farm. Ich habe den Namen der Frau vergessen.«

»Lynnette.«

»Richtig. Sie hat mich gebeten, dir diese zu geben. Sie sagt, sie hätte noch mehr, falls du sie für eins deiner Gerichte brauchst.«

Luca nahm die Rote Bete und führte sie zu seiner Nase. »Hm. Da muss ich wohl mal wieder zu ihrem Stand gehen.«

Brooke griff abermals in die Tasche. »Hier ist Basilikum aus Rosas Garten.«

Er schnupperte an den Kräutern.

Als Nächstes reichte sie ihm einen Strauß Pfingstrosen.

»Von wem sind die?«, wollte er wissen.

Brooke hatte keine Ahnung, wie der Mann hieß. »Das ist von dem Blumenhändler vom zweiten Stand, wenn man die Straße entlangläuft. Er hat gesagt, und ich zitiere: ›Gib die Luca und sag ihm, dass ich einen besonderen Strauß habe, den er dir beim nächsten Date schenken kann.‹«

»Dann war das Hyun. Er arbeitet schon seit Jahren auf dem Markt.«

Brooke starrte auf die Blumen, dann zu Luca. »Wunderst du dich noch nicht einmal darüber, dass alle Leute mir Sachen mitgeben, die ich dir schenken soll? Und das ist noch nicht alles. Santorini lässt Franny ausrichten, dass er ihre Lieblingseissorte hat, und mindestens ein halbes Dutzend anderer Leute lassen dir Grüße ausrichten.«

Luca reichte ihr die Blumen mit einem Lächeln zurück. »Dann nehme ich an, wir haben die Gerüchteküche zum Brodeln gebracht, was?«

»Du nimmst an …?«

Er legte den Kopf schief. »Stört es dich?«

»Dass Leute, die ich gar nicht kenne, über mich reden? Also, an so was bin ich nicht gewöhnt.«

Luca legte eine Hand an ihr Gesicht und küsste sie. Als er sich zurückzog, blickte er ihr in die Augen. »Sie reden, um herauszufinden, ob die Gerüchte wahr sind. Wenn sie wissen, dass sie wahr sind, werden sie wieder damit aufhören.«

»Sind die Gerüchte wahr?«

»Sind sie das nicht?« Er sah sie fragend an.

Sie scharrte mit den Füßen. »Ja ... nein. Ich weiß nicht. Ein paar heimliche Küsse. Ein bisschen Flirten. Wir hatten noch nicht einmal ein richtiges Date.«

Jetzt lachte er. »Was machst du heute Abend?«

»Du musst arbeiten.« Samstags war in dem Restaurant viel los, und seit sie hier wohnte, hatte Luca freitags und samstags stets gearbeitet.

»Jetzt nicht mehr.«

»Luca, ich habe das nicht gesagt, um dich um ein Date anzubetteln.«

»Du bettelst nicht. Vor mir steht eine Frau, mit der ich angeben will. Und sie will, dass die Gerüchte ein Ende finden. Also gehen wir heute Abend aus. Halt dich um sieben bereit.«

»Und wer soll sich um alles kümmern? Was ist mit Franny?«

Luca sammelte die Taschen ein, mit denen sie hereingekommen war, und begleitete Brooke zur Tür. »Lass das mal meine Sorge sein. Du musst dich nur fertig machen.«

* * *

Luca hatte ihr ein Versprechen gegeben, weshalb er sich jetzt beeilen musste.

Sobald Brookes Wohnungstür geschlossen war, lief er die Treppe zu seiner Mutter hinab.

Er fand Chloe und seine Mama in der Küche, wo sie die Ausbeute vom Wochenmarkt wegräumten. Er begrüßte sie auf Italienisch und machte ihnen Komplimente, bevor er seine Bitte nach einem Gefallen vorbringen wollte.

Nur kam er gar nicht dazu.

»Ich will mir heute Abend mal meine Nichte ausleihen«, verkündete Chloe. »Da ist doch jetzt dieser neue Animationsfilm rausgekommen und ich brauche eine Ausrede, um ihn mir anschauen zu können. Außerdem hat sie schon so lange nicht mehr bei uns übernachtet.«

Luca kniff die Augen zusammen.

»Außerdem arbeitest zu viel«, fügte seine Mutter hinzu. »Wann hast du dir eigentlich das letzte Mal einen Samstagabend freigenommen?«

»Habt ihr mit Brooke geredet?«

Seine Mutter warf einen Blick über die Schulter, während sie Blumen in eine Vase stellte. »Warum fragst du das?«

Luca ging zuerst zu seiner Mutter und küsste sie auf die Wange. »Ich hab' dich lieb.« Dann zu seiner Schwester, wo er dasselbe machte. »Ich muss noch schnell was erledigen. Passt ihr auf Franny auf?«, fragte er.

»So was brauchst du doch nie zu fragen«, meinte seine Mutter.

Er zückte sein Handy, als er unten die Straße entlang zu Hyun lief. »Thomas, ich bin's, Luca. Ich bräuchte auf den letzten Drücker eine Reservierung.«

* * *

Pünktlich um sieben Uhr öffnete Brooke die Tür und schaute direkt in einen Strauß voller Blumen. Dahinter stand Luca mit einem Lächeln so weit wie der Himmel. Er sah sie an, sein Lächeln wurde noch breiter, falls das überhaupt möglich war, und die Blumen senkten sich langsam. »*Bella!*«

»Sind die für mich?«

Die Kombination aus Pfingstrosen und Rosen ließ stark vermuten, dass Luca auf Hyuns Angebot eingegangen war.

»Wunderschöne Blumen, die nicht annähernd so umwerfend sind wie du.«

Brooke hatte sich am Nachmittag etwas Zeit für sich gegönnt. Sie hatte ein kurzes Nickerchen gehalten, sich die

Nägel gemacht und jetzt war sie in der richtigen Stimmung für ein Date. Sie trug ein dunkelblaues Kleid mit Flügelärmeln, über das sie im Laufe des Abends noch einen Pullover ziehen würde.

Lucas Blick nach zu urteilen, hatte sie sich richtig entschieden.

Er hatte ein Hemd und eine Stoffhose an und dazu elegante Schuhe gewählt. Seinen Bartansatz hatte er getrimmt, aber noch genug übrig gelassen für diesen sexy Look. »Du siehst aber auch nicht gerade schlecht aus.«

Sie streckte die Hand nach den Blumen aus. »Soll ich die ins Wasser stellen, bevor wir gehen?«

»Ach so, ja.« Er übergab ihr den Strauß und folgte ihr ins Haus.

»Du hättest wirklich nicht auf Hyuns Angebot mit den Blumen eingehen müssen.«

»Wärst du nicht enttäuscht gewesen, wenn ich das nicht getan hätte?«

Brooke wollte erst den Kopf schütteln, aber dann kam ein »Doch« aus ihrem Mund.

»Deine Ehrlichkeit ist erfrischend.«

Sie hatte keine leere Vase, aber sie fand einen Glaskrug, der einen guten Ersatz darstellte.

Nachdem sie die Blumen ins Wasser gestellt hatte, trocknete sie die Hände an einem Küchentuch ab und wandte sich zu Luca um. »Fertig?«

Er griff nach ihrer Hand.

Nebeneinander liefen sie die Treppe hinab. Anstatt hinten rauszugehen, wo die Autos geparkt waren, leitete Luca sie durch die Tür zum Restaurant.

Es war gesteckt voll, wie es an einem Samstagabend zu erwarten war. »Musst du noch was machen?«

Er schüttelte den Kopf und führte sie zur Bar. »Nein, *mia cara*, ich sorge dafür, dass die Leute mit dem Gerede aufhören.«

»Inwiefern …«

»Luca?«

Giovanni stand ein paar Meter entfernt und winkte ihn herbei.

Luca hob die Hand, dann drehte er sich zu ihr und flüsterte ihr ins Ohr: »Gibst du mir einen Moment?«

Sie bemerkte, dass eine Bedienung, eine Empfangskellnerin und der Barkeeper sie beobachteten. »Okay.«

Im Weggehen zwinkerte Luca ihr zu.

Alle Augen, die zuvor auf sie gerichtet gewesen waren, blickten schnell in eine andere Richtung, als sie aufschaute.

»Kann ich dir was bringen, Brooke?«, fragte Sergio.

Sie schüttelte den Kopf. »Nein, danke. Wir gehen aus.«

»Ach so.«

Luca war bereits auf dem Rückweg zu ihr. Er blieb vor ihr stehen und lächelte. »Bereit?«

»Ja.«

Da beugte er sich zu ihr und küsste sie, sodass alle es sehen konnten. »Das sollte genügen«, flüsterte er.

»Du bist verrückt.«

Luca nahm ihre Hand und führte Brooke hinaus.

KAPITEL 19

Das Coasterra war ein gehobenes mexikanisches Restaurant auf Harbor Island, von dem aus man einen herrlichen Blick über die Bucht von San Diego hatte.

Luca hatte einen Tisch direkt am Wasser reserviert.

Das Essen erinnerte Brooke an einen Urlaub, den sie damals zusammen mit ihren Freundinnen in Tulum verbracht hatte. Es gab fangfrischen Fisch und Gemüse, das mit mexikanischen Gewürzen zubereitet wurde. Sie tranken Jalapeño-Margaritas und schlossen ihr Dinner mit einem Kaffee und einem geteilten Sorbet ab.

»Wolltest du eigentlich schon immer Koch werden?«

»Koch zu sein ist meine Berufung. Ich habe früher kochen gelernt, als die meisten Kinder lesen können. Mein Vater hat mich immer in die Küche mitgenommen. Als ich in die Schule kam, fand mein Matheunterricht zunächst in der Küche, später im Büro des Restaurants statt.«

»Du bist früh darauf vorbereitet worden, später mal die Trattoria zu übernehmen.«

Er zuckte mit den Schultern. »Ich bin eben der Älteste.«

»Du hättest aber auch Nein sagen können.«

»Du musst mich nicht so mitleidig anschauen. Ich hätte gar nicht Nein sagen wollen. Ich mag Tradition, Familie, und ich bin froh, ein Fundament für meine Tochter zu haben. Wer hat das heutzutage noch? Vor allem hier, in diesem Land? Wie viele Familienunternehmen sterben nach einer Generation? Mein Großvater hat das Restaurant gegründet, es an meine Eltern weitergegeben, und irgendwann wird es mal an mich und meine Geschwister übertragen.«

»Glaubst du, dass Giovanni und Chloe immer für die Trattoria D'Angelo arbeiten werden?«

»*Immer* ist eine ziemlich lange Zeit. Gios Herz schlägt für Wein. Er wird sicher mal auf einem Weingut leben. Vielleicht kehrt er in die Toskana zurück. Vielleicht findet er auch eine Stunde nördlich von hier ein Landstück und macht sich in Temecula einen Namen als Winzer. Aber er wird hier immer einen Platz haben. Und Chloe …«

»Chloe hat andere Vorstellungen.«

Luca streckte die Hand aus und nahm die von Brooke. »Meine Schwester ist klug und weiß, dass sie etwas anderes will.«

Brooke drückte seine Hand und fühlte sich allein durch diese Berührung geborgen und sicher. »Ist Francesca auch oft bei dir in der Küche?«

Sein Lächeln schwankte. »Nein.«

Das überraschte sie. »Warum nicht?«

»Ich warte darauf, dass sie mich danach fragt.« Lucas Blick wanderte zur Bucht.

»Damit sie die Wahl hat.« Brookes Herz schmolz noch ein bisschen mehr für den Mann, der ihr gegenübersaß.

Luca nickte.

»Für mich ist das, was ich auf mich genommen habe, keine Last, aber es gibt keine Garantie dafür, dass es meine Tochter genauso empfindet.«

»Du bist sehr verständnisvoll, Luca.«

Er führte ihre miteinander verwobenen Hände an die Lippen und küsste Brookes Finger. »Bist du fertig?«

Sie sah auf ihre leere Kaffeetasse und nickte.

Nach dem Essen gingen sie die Promenade entlang, wie viele andere Paare, die sich am romantischen Anblick der Stadt freuten, deren Lichter sich im Wasser spiegelten.

»Ich mag San Diego wirklich sehr«, sagte Brooke. »Wo sonst kann man im späten Frühling nur im Pulli herumlaufen, ohne dass man friert?«

»Vermisst du Seattle manchmal?«

»Überhaupt nicht«, antwortete sie, ohne zu zögern. »Ich vermisse nur Carmen. Aber wir telefonieren ganz oft. Auch ein paar andere Freunde, mit denen ich früher viel Zeit verbracht habe, aber ihre Familien halten sie auf Trab, und wenn man keine eigenen Kinder hat, verflüchtigen sich manche Freundschaften. Carmen ist die Einzige, mit der sich die Freundschaft nicht verändert hat, seit sie ihren Sohn Ben bekommen hat.«

Sie blieben stehen und betrachteten die erleuchtete Stadt.

Luca legte ihr einen Arm um die Schultern. »Willst du eigentlich mal Kinder haben?«, fragte er.

Brooke hatte sich schon gedacht, dass er diese Frage einmal stellen würde. »Ja, schon.«

Er zog sie an sich und küsste ihre Schläfe.

Sie hasste sich dafür, diesen schönen Abend mit der Realität zu ruinieren, aber es wäre nicht fair gewesen, ihm gegenüber nicht ehrlich zu sein.

»Ich glaube, ich sollte dir etwas sagen.« Sie spürte, wie sich ihr Körper versteifte.

»Okay.«

Sie holte tief Luft, suchte nach den richtigen Worten.

»Was immer es ist, *bella*, es ist okay.«

Tief einatmen.

Langsam ausatmen.

»Ich weiß nicht, ob ich überhaupt Kinder kriegen kann.«

Luca schwieg.

»Zwei Monate vor dem Schlaganfall meines Vaters hatte ich eine Fehlgeburt.«

Luca drückte sie an sich. »Oh, *cara*!«

»Darüber war ich so unendlich traurig, der Schmerz saß ganz tief.« Sie drückte die Faust auf die Stelle über dem Herzen. »Ich kann es gar nicht beschreiben. Und dann …« Was sie jetzt zu sagen hatte, war auf gewisse Weise sogar noch schlimmer.

Er drehte sie zu sich und nahm ihr Gesicht in beide Hände. »Es spielt keine Rolle.«

»Doch, schon. Marshall hat mir in der Zeit deutlich gezeigt, dass er kein Vater sein wollte. Ich habe weiter die Pille genommen. Als mir schließlich klar wurde, dass die Beziehung mit ihm keine Zukunft hat, war ich sogar erleichtert darüber, dass es nicht geklappt hat.« Sie senkte den Blick. »Ich bin ein schrecklicher Mensch, so etwas überhaupt zu denken.«

Luca hob ihr Kinn an, sodass sie die Augen auf seine richten musste. »Sieh mich an, *amore*. Du bist kein schrecklicher Mensch. Es ist nur menschlich.«

Sein sorgenvoller Blick riss die alte Wunde erst recht wieder auf. »Was, wenn es das war? Wenn es meine einzige Chance war, je ein Kind zu bekommen? Was dann?«

»Haben die Ärzte das denn gesagt?«

Sie schüttelte den Kopf. »Ich kann mich kaum daran erinnern, was sie gesagt haben.«

Er schlang die Arme um sie und hielt sie fest. »Alles, was geschieht, geschieht aus einem Grund. Daran glaube ich fest. Selbst die schwierigen Dinge, die uns so zusetzen.«

Brooke hielt sich an ihm fest. »Ich dachte nur, es ist besser, wenn du es weißt. Bevor das zwischen uns … mehr wird.«

Seine Brust bebte mit einem kleinen Lachen.

In diesem Moment spürte sie eine Unsicherheit in sich aufsteigen.

Brooke wich einen Schritt zurück. Das Letzte, was sie jetzt gebrauchen konnte, war eine lockere Affäre, über die jeder in Little Italy redete, wenn sie vorbei war.

»*Cara?*«

Jetzt sah sie ihm direkt in die Augen. »Wenn das zwischen uns für dich eine unverbindliche Sache ist, will ich es lieber gleich wissen. Ich bitte dich nicht um Verbindlichkeit oder irgendwelche Versprechungen, aber ich muss wissen, ob es für dich nur um hier und jetzt geht.«

Luca behielt eine Hand auf ihrem Arm und legte die andere auf das Geländer, an dem sie standen.

»Du bist wie ein Baguette«, sagte er.

»Was?«

»Außen hart und innen weich und köstlich. Nein, *cara*. Wenn es etwas Unverbindliches wäre, würde meine Familie nichts von uns wissen. Dann hätten auch die Nachbarn nichts zu tratschen. Niemand kann in die Zukunft blicken, aber ich bin fest entschlossen, weiter zu erkunden, was wir begonnen haben.«

Sie versuchte zu lächeln, aber im Augenblick fiel es ihr schwer.

Bis Luca wieder die Hand nach ihr ausstreckte.

Er berührte ihr Gesicht, legte die andere Hand an ihre Taille. »Wir sind sitzen im selben Boot, Brooke.«

Wie gern sie das glauben wollte.

Erst als er sich zu ihr beugte und sie küsste, verflog die Angst, die ihre Gedanken beherrscht hatte, und machte Platz für neue Hoffnung.

Als Luca den Kuss unterbrach, sagte er: »Lass uns nach Hause fahren.«

Auf der kurzen Fahrt zurück nach Little Italy hielt er ihre Hand. Er erzählte, wie sehr die Stadt gewachsen sei und wie viel im Vergleich zu wenige Jahre zuvor nun los sei.

Sie parkten auf dem Platz hinterm Haus und gingen durch die Hintertür.

Das Restaurant hatte noch geöffnet, aber dem geringen Lärmpegel nach zu urteilen, war nur noch wenig los und der Abend neigte sich dem Ende zu.

Brooke fragte sich, ob Luca noch nach dem Rechten schauen wollte.

Aber er warf lediglich einen Blick auf die Tür, die zu D'Angelo's führte, dann ging er die Treppe hinauf.

Als sie an seiner Etage vorbeikamen und sie sich auf den Weg zu ihrer machten, begann Brookes Herz ein wenig schneller zu klopfen.

Sie holte ihren Schlüssel heraus. »Ich schließe immer aus reiner Gewohnheit ab.«

»Eine alleinstehende schöne Frau kann nie vorsichtig genug sein.«

»War diese Tür früher jemals abgesperrt?«, fragte sie, als sie auf der Schwelle stand.

Luca schüttelte den Kopf. »Nicht, seit ich auf der Welt bin.«

Lachend trat sie ein und legte ihre Handtasche auf den Küchentisch. Als sie ihn nicht hinter sich hörte, drehte sie sich um.

Immer noch stand er in der Tür. Wie ein hungriger Vampir, der auf eine Einladung wartete.

»Was machst du da draußen?«

Er schaute nach links, nach rechts. »Wenn ich reinkomme, *tesoro*, werde ich nicht mehr gehen wollen.«

Lieber Gott, wer hatte nur diesen Gentleman geschaffen und dann die Gussform zerbrochen?

Brooke streifte die Schuhe ab. »Ist dir schon in den Sinn gekommen, dass ich vielleicht gar nicht will, dass du wieder gehst?«

Luca zog einen Mundwinkel hoch, als er ihre Wohnung betrat und die Tür hinter sich zuzog.

Brooke lächelte. »Kann ich dir ...«

Luca unterbrach ihre Frage, indem er mit drei Schritten bei ihr war und sie in seine Arme zog.

Diesmal schien er mit seinem Kuss andere Absichten zu hegen. Seine Lippen lagen leicht geöffnet auf ihren, seine Zunge suchte ihre, forderte Brooke auf, zu antworten.

Als sie es tat, seufzte er auf. »Du bist schön und voller Leidenschaft«, flüsterte er. Er packte ihre Hüfte und zog sie dicht an sich heran.

Als er sich ihren Hals hinabküsste, neigte sie den Kopf nach hinten.

Die Wärme, die sich in ihrem Bauch ausbreitete, wanderte ebenfalls weiter abwärts und brachte Brooke dazu, sich noch fester an ihn heranzudrücken. Sie drehte den Kopf, begegnete erneut seinen Lippen, während sie mit den Fingern sein Haar kämmte, und ihn dann näher heranzog. Brooke schob ihr Knie an seinem Bein hoch und spürte, wie sich seine Hand um ihren Oberschenkel legte.

Die harte Länge seiner Erektion drückte sich durch seine Kleidung sehr willkommen gegen sie.

»*Bella*«, flüsterte er auf ihren Lippen.

Sie öffnete die Augen und sah seinen Blick, hungrig vor Verlangen.

Er sagte etwas auf Italienisch, was sie nicht verstand, aber als er sie hochhob und als seine Hände ihren Hintern umfassten, schlang sie die Beine um seine Hüfte und hielt sich an ihm fest, während er sie ins Schlafzimmer trug.

»Ich kann laufen«, scherzte sie, während sie an seinem Ohr knabberte.

»Ich lass dich nicht mehr gehen.«

Brooke wusste, dass Luca nur diesen Moment meinte. Trotzdem fühlten sich seine Worte wie ein Versprechen an, mehr als alles, was sie je zuvor gehört hatte.

Neben ihrem Bett löste sie die Beine von seiner Taille und ließ ihre Hände über seine Brust gleiten.

Er sah ihr zu, wie sie einen Knopf nach dem anderen öffnete, bis sein Hemd zu Boden fiel.

Sie fuhr über seine Brust, seine Härchen kribbelten auf ihren Fingern. »Du hast diese ganze Herrlichkeit unter deiner Kleidung versteckt gehalten«, scherzte sie. Er war in der Tat herrlich. Sie spürte, wie sich seine Muskeln unter ihrer Berührung zusammenzogen.

Luca griff nach dem Reißverschluss ihres Kleides. »Und was hast du versteckt, *tesoro*?«

»Ich bin weicher«, warnte sie ihn vor. Sie schämte sich nicht für ihren Körper, aber sie würde sicher auch nicht als Athletin in die Geschichte eingehen.

»Das hoffe ich doch«, entgegnete er.

Als ihr Kleid auf einer Seite hinabrutschte, küsste Luca sie auf die Schulter, bevor er ihren Körper einen Moment lang betrachtete. »Mein Gott, *bella*! Du bist ein Geschenk.« Seine Hände streichelten ihre Taille, bis seine Augen wieder zu ihren zurückkehrten.

»Du weißt genau, was du sagen musst.« Sie war noch nie als Geschenk bezeichnet worden.

»Ich werde dich immer wie den Schatz behandeln, der du bist.« Er besiegelte dieses Versprechen mit einem Kuss, wobei er nun mit den Händen ihre Nacktheit erforschte, und die Seiten ihres Busens berührte, der sich gegen seine Brust drückte.

Ihre Brustwarzen reagierten sogleich und wurden zu harten Knospen, die sich durch ihren BH drückten. Mit den Daumen streichelte er sie durch den Stoff.

Brooke bog sich durch, dann ließ sie eine Hand an seiner Hüfte hinabgleiten und zur Vorderseite seiner Hose wandern.

Luca hielt bei ihrer Berührung inne, sein Atem ging stoßweise.

»Du hast viel zu viel an«, sagte sie.

Er öffnete den Knopf seiner Hose, und sie half ihm, sie von den Hüften zu ziehen.

Durch die dünne Schicht seiner Boxershorts, in der sich seine Erektion danach sehnte, freigelassen zu werden, berührte sie ihn.

Kaum hatten ihre Finger seine Länge umfasst, drückte Luca sie aufs Bett und kroch neben sie.

Mit einem Knie rieb er zwischen ihren Schenkeln, was sie dazu brachte, die Hüften anzuheben, um noch mehr von ihm zu spüren. »Du bringst mich um, Luca.«

»Jetzt weißt du, wie es für mich war, dich die ganze Zeit nur ansehen zu dürfen.« Er küsste ihren Hals, den oberen Rand ihrer Brüste. »Ich wollte schon die ganze Zeit eine Kostprobe von hier nehmen ...« Er schob ihren BH zur Seite, entblößte eine Brustwarze und leckte und knabberte daran.

Brooke konnte die Augen nicht offen halten, während all diese Empfindungen über sie hereinbrachen.

»... und von hier.« Er nahm sich die andere Seite vor.

Mit den Fingernägeln fuhr sie durch sein Haar und hielt seinen Kopf fest.

Er hob ihren Rücken leicht an, öffnete ihren BH und warf ihn zur Seite.

Dann setzte er seine Liebkosungen fort, die sie völlig verrückt machten.

Jede Berührung, jeder Strich seiner Zunge, ließ ihren Körper vor Verlangen noch stärker vibrieren.

Brooke drückte sich gegen sein Knie, grub ihre Finger in seinen Rücken, packte seinen Hintern. »Luca«, rief sie mit einem Schrei.

»Sag mir, was du willst, *bella*.«

»Mehr. Alles. Dich!«

Er strich über ihren Bauch und schob seine Hand zu ihrem Spitzenslip. Dann ließ er einen Finger zu ihrer feuchten Mitte gleiten und gleich darauf einen zweiten. »Willst du das?«

Ihr Becken hob sich. »Ja … das ist ein guter Anfang.«

Seine Finger tanzten und neckten ihre Klitoris. Luca hatte es nicht eilig mit seinen Bewegungen. Es war wie ein choreografierter Walzer, der sie immer wieder fast zum Rand brachte. Ihr Atem stockte, der Orgasmus war zum Greifen nah, doch dann nahm er wieder die Hand fort. Als sich das Spiel ein drittes Mal wiederholte, hielt sie seine Hand fest. »Bitte, nicht aufhören.«

»Alles, was du sagst, Liebes.«

Luca küsste sie innig und brachte sie abermals zur Schwelle und als schließlich die heiße Welle sie überrollte, rief Brooke seinen Namen.

»Besser?«, fragte er dicht an ihrem Ohr.

»So viel besser.« Brooke lächelte zu ihm auf und umgriff seinen Schwanz. »Bitte sag mir, dass du ein Kondom hast.«

Er grinste, zog sich kurz von ihr zurück, um seine Hose vom Boden zu holen.

Von dort holte er ein Kondom aus seiner Brieftasche und zog seine Boxershorts aus.

Schnell nahm sie ihm das Kondom aus der Hand, bevor er es selbst öffnen konnte. »Jetzt bin ich dran«, sagte sie, während sie ihn auf den Rücken zurückdrückte.

Luca ergab sich und verschränkte grinsend die Hände hinter dem Kopf.

Brooke nahm die Verpackung und wedelte mit dem Plastik in der Luft herum. »Das habe ich auf dem College gelernt«, verkündete sie, bevor sie das Kondom zwischen Lippen und Zähne klemmte.

Luca kniff die Augen zusammen, als sich Brooke über seinen Schwanz beugte und das Kondom langsam mit dem Mund auf ihm abrollte.

Seine Hand, die zuvor noch lässig unter dem Kopf gelegen hatte, packte nun Brookes Hinterkopf, während Brooke alles gab, um ihn ganz in ihrem Mund aufzunehmen. Seine Hüften stießen zu, zwei, drei Mal, und dann zog Luca ihren Kopf weg. »Lang halte ich das nicht aus«, warnte er.

Wieder nahm sie ihn in den Mund, um sich der Herausforderung zu stellen, doch er zog sie weg. »Nein, Darling. Setz dich auf mich!«

Grinsend folgte sie seiner Aufforderung. Langsam nahm sie ihn in sich auf, bis jeder Zentimeter von ihm sie ausfüllte.

Und er hatte nicht gerade wenig zu bieten. Doch Luca hatte ihren Körper auf herrliche Weise vorbereitet. Erst als er vollständig in sie eingedrungen war, begann er sich zu bewegen. »O Gott, Luca …«

Er zog sie hinab, küsste sie, stieß immer wieder in sie hinein.

Im selben Rhythmus bewegten sie sich, änderten den Winkel, dann fand Luca wieder eine Stelle, die Brooke abermals in den Himmel aus Feenstaub und Regenbögen beförderte.

Ihr Körper pulsierte und schon war auch Luca kurz vor dem Höhepunkt.

Da zog sie im Inneren die Muskeln zusammen, um so sein Vergnügen noch zu steigern und wurde mit ihrem Namen auf seinen Lippen belohnt, während er sich in ihr ergoss.

Kapitel 20

Kurz vor fünf Uhr morgens schlüpfte Luca aus Brookes Bett.

Sie wachte glücklich und zufrieden nur halb auf, bekam mit, dass er ging, und bat ihn, bald wiederzukommen.

Auf Zehenspitzen schlich er die Treppe zu seiner Wohnung hinab, vergewisserte sich, dass Francesca auch wirklich nicht da war, und fiel in sein eigenes Bett. Er hätte noch ein paar Stunden Schlaf gebrauchen können, aber jetzt lag er da und starrte zur Decke und dachte an die Frau, die all die vergangenen Stunden in seinen Armen gelegen hatte.

Ohne Zweifel war Brooke das Beste, was ihm seit Langem passiert war. Es war nicht nur der Sex, obwohl die Nacht zuvor alles gewesen war, was er sich erhofft hatte, und noch viel mehr. Brooke war so liebevoll und einfühlsam. Sie stand für das, wovon sie überzeugt war, ein und sie schenkte auf eine ganz besondere Art ihre Liebe.

Soweit Luca es beurteilen konnte, hatte ihr Vater die Hingabe, die sie ihm entgegenbrachte, eigentlich gar nicht verdient. Und trotzdem kümmerte sie sich so um ihn, wie Luca sich um seine eigene Familie kümmerte.

Obwohl Luca ihr niemals etwas Schlechtes gewünscht hätte, war er doch sehr froh, dass ihre frühere Beziehung in die Brüche gegangen war.

Was für ein Idiot dieser Marshall doch war, dass er Brooke hatte gehen lassen!

Sein Verlust war Lucas Gewinn.

Sollte er den Mann jemals kennenlernen, würde er ihm wahrscheinlich danken, so verrückt das auch klingen mochte.

Luca rollte sich auf die Seite und betrachtete das leere Kissen neben sich.

Sobald sie es zuließ, würde er sie zu sich einladen, denn er wollte sie in seinem Bett haben und seinen Namen rufen hören.

Er schloss die Augen.

Das war alles so wunderbar.

Einfach alles.

Er musste nichts tun, er konnte es einfach zulassen und genießen und sehen, wohin die Reise gehen würde.

* * *

»Du siehst sehr … entspannt aus«, bemerkte Chloe, als sie und Brooke sich auf der Terrasse zu einer Yogastunde trafen.

Brooke schenkte Chloe ein Lächeln, die wiederum wie eine Katze grinste, der eine gelbe Feder aus dem Maul hing. »Ich bin ein bisschen wund, um ehrlich zu sein. Dein Bruder ist …«

Chloe kniff die Augen zusammen und hielt sich die Hände über die Ohren. »Nein. Hör auf. Ich will das nicht hören.«

Darüber mussten sie beide lachen.

Chloe legte den Kopf schief. »Ich freue mich wirklich für euch. Ich weiß, dass mein Bruder ein wunderbarer und liebevoller Mann ist. Er hat einfach nur die richtige Frau gebraucht.«

»Lass uns nicht zu weit vorgreifen. Wir haben gerade erst diese … Beziehung begonnen.«

»Ich habe ein gutes Gefühl dabei.«

Brooke setzte sich auf ihre neue Yogamatte und streckte die Beine vor sich aus. »Ich bin ein bisschen älter als du und so habe ich auch ein paar mehr Fehlstarts hinter mir. Manchmal schwindet die Zuneigung, je besser man den anderen kennenlernt. Oder die Anziehungskraft lässt nach. Oder es kommt eine andere Person, bei der die Funken noch stärker sprühen. Wie auch immer, ich war öfter am anderen Ende, als ich zugeben möchte.«

»Luca ist sehr loyal. Wir waren alle froh, als Antonia ihn verlassen hat, denn er hätte sie nicht sitzenlassen, egal wie unglücklich er war.«

»Wegen Franny.«

Chloe nickte. »Meine Nichte ist sein Ein und Alles.«

»So wie es sein sollte.«

»Warst du schon mal mit jemandem zusammen, der Kinder hatte?«, wollte Chloe jetzt wissen.

Brooke schüttelte den Kopf. »Nein.«

»Ihr werdet beide lernen, damit umzugehen. Luca hat sich seit der Trennung nicht mehr mit einer Frau verabredet, jedenfalls nicht, dass wir davon wüssten.«

Brooke dachte an die Bemerkung, die Luca am Abend zuvor gemacht hatte. Darüber, dass seine Familie nichts von ihr wüsste, wenn die Sache zwischen ihnen unverbindlich wäre. Sie fragte sich, ob er seit seiner Scheidung ein Heiliger gewesen war oder einfach nur sehr gut darin, sein Privatleben für sich zu behalten.

Sie richtete sich auf. »Wenn du nicht wissen willst, wie toll dein Bruder im Bett ist, sollten wir mal loslegen, sonst fange ich an, ein Lied zu singen, das du nicht hören willst.«

Chloe schüttelte den Kopf und stieß einen künstlichen Schrei aus. »Ich freu mich für dich, aber igitt.«

* * *

Das Familienessen am Sonntag begann mit einem kleinen Auftakt, den Luca von Brooke nicht erwartet hätte.

Eine Stunde vor dem Essen tauchte sie mit einer Schürze in der Hand vor seiner Tür auf.

»Was ist das?«, fragte er, während er einen Blick über die Schulter zurückwarf, um zu sehen, ob Franny die Tür gehört hatte.

Als er seine Tochter nicht sah, beugte er sich vor, küsste Brooke und zog sie in die Wohnung.

»Bring mir was bei.«

Er sah erst sie an, dann schaute er auf die Schürze. »Was denn?«

»Du kochst doch das Abendessen, oder?«

»Wenn nicht ich, dann besteht meine Mutter darauf, dass sie kocht.«

Brooke ging ohne zu zögern in seine Küche. »Bring es mir bei, damit ich helfen kann. Du sollst nicht alles allein machen müssen.«

Sein Herz wurde noch wärmer, als es ohnehin schon war.

»Ich kann vielleicht keine frische Pasta machen, aber Gemüse schnippeln kann ich durchaus und umrühren und abschmecken. Ich bin eine begnadete Vorkosterin.«

»Bist du sicher?«, fragte er.

Brooke wedelte mit der Schürze, bevor sie sich den Stoff um die Taille band.

Unwillkürlich fragte sich Luca, wie Brooke wohl darin aussähe, wenn sie nichts anderes anhätte als diese Schürze.

Schnell schüttelte er diese Fantasie ab und betrat ebenfalls die Küche. Als er an Brooke vorbeiging, umfasste er ihre Taille – eine Berührung zwischen zwei Menschen, die intim miteinander waren.

»Ich glaube, jetzt wäre auch ein guter Zeitpunkt, um über Franny zu sprechen.«

Luca öffnete den Kühlschrank. »Was ist mit ihr?«

Brooke senkte die Stimme. »Wenn du sonst nicht oft ausgegangen bist, könnte das hier ihr Leben ziemlich aufmischen.«

Genau darüber hatte er auch schon nachgedacht. Mehr als einmal hatte seine Tochter im Laufe der Jahre gefragt, ob sie eine neue Mama bekäme. Jedes Mal hatte sie ihm das Herz gebrochen, wenn sie diese Frage hatte.

»Ich spiele bei allem mit, was du daraus machen willst, Luca. Und egal, wie es mit uns weitergeht, du sollst wissen, dass Franny keinen Schaden nehmen wird.«

»Ich bin mir nicht sicher, ob ich dir folgen kann.«

Brooke warf einen Blick zum anderen Zimmer, dann wieder zu ihm.

»Sagen wir, mit uns läuft es gut und Franny weiß, dass wir zusammen sind, und sie gewöhnt sich an mich.« Brooke deutete mit einem Finger auf sich. »Doch dann änderst du deine Meinung über uns. Oder … ich weiß nicht, irgendwas passiert, und wir beschließen, dass es mit uns nicht klappt.«

»Du malst dir schon aus, wie wir uns trennen?« Was ihm ganz und gar nicht gefiel.

Brooke legte ihm eine Hand auf den Arm. »Hör mir zu, okay? Ich habe meine Erfahrungen mit den gescheiterten Beziehungen meiner Mutter gemacht, wo ich mein Herz an einen der Guten gehängt habe, bei dem sie besser hätte bleiben sollen. Wenn die Beziehung vorbei war, waren sie weg, und ich war überzeugt davon, dass alle Männer Arschlöcher sind. Für mich wäre es durchaus besser gewesen, sie hätte ihre Affären nicht mit nach Hause gebracht.«

»Ich habe dir schon gesagt, dass ich das mit uns nicht als kurze Affäre sehe, *cara*.«

Brooke legte die andere Hand auf sein Gesicht, ihr Ausdruck wurde weicher. »Ich weiß. Und ich glaube auch, dass du so fühlst … jetzt gerade, in diesem Moment. Ich fühle dasselbe.«

Er hielt inne. »Ich spüre, dass gleich ein ›aber‹ kommt.«

242

»Aber …«, begann sie. »Wenn oder *falls* sich das ändert, musst du wissen, dass ich jetzt und von diesem Moment an – also falls Franny von uns weiß und sie ihr Herz an mich hängt – weiterhin für sie da sein werde, wenn sie das will. Weil sie um das hier, also uns als Paar, nicht gebeten hat.« Brooke zeigte zwischen ihm und sich hin und her. »Und es wäre nicht fair, dass sie, falls wir uns trennen, die Konsequenzen zu tragen hätte.«

Brookes Hand auf seinem Arm hatte sich zu einer Faust geballt. Ihr Blick fühlte sich an wie Nadelstiche, die sich in ihn hineinbohrten.

Ihre Botschaft, die besagte, dass sie Franny an die erste Stelle setzen würde, traf ihn wie ein Hieb in die Magengrube.

»Brooke …«

»Ich musste das vor dem Abendessen loswerden. Bevor wir die Gelegenheit haben, unsere Zuneigung vor deiner Tochter offen zu zeigen. Ich bin auch nicht beleidigt, wenn du ihretwegen noch damit warten willst. Du bist der Vater. Du hast das Sagen. Ich will nur, dass du meinen Standpunkt kennst.«

Diese Frau. *Diese Frau!* »Hast du eine Ahnung, was …«

»Franny!«, rief Brooke nun wie eine Ankündigung und blickte über seine Schulter.

Luca ließ seinen Arm, der auf Brookes Taille gelegen hatte, fallen und drehte sich zu seiner Tochter um, die jetzt um die Mücheninsel herumkam.

»Hi, Brooke. Was machst du denn hier?«

Brooke entfernte sich einen Schritt von Luca. »Ich bin hier, um deinem Dad beim Kochen zu helfen.«

Franny wackelte mit der Nase. »Papa braucht doch keine Hilfe.«

Brooke zuckte mit den Schultern. »Weiß ich schon.« Sie senkte die Stimme und tat, als würde Luca sie nicht hören können. »Ich habe nur deswegen angeboten, ihm zu helfen, um herauszufinden, was er in die Ravioli tut. Dann kann ich das vielleicht irgendwann mal nachkochen.«

Franny sprang auf einen der Barhocker. »Ich will auch helfen.«

Luca riss seinen Blick von Brooke los und sah seine Tochter an. »Wie bitte?«

»Ich will auch helfen. Wenn du Brooke was zeigst, kannst du es mir auch beibringen.«

Luca hatte das Gefühl, dass plötzlich zu viel Luft in seine Lungen drang.

Brooke blickte ihn an und biss sich dabei auf die Unterlippe.

»Also gut, meine Damen. Schürzen an und Haare zusammenbinden! Niemand will Haare in seiner Pasta.«

»Hättest du vielleicht einen Haargummi für mich?«, wandte sich Brooke an die Kleine.

Da hüpfte Franny vom Barhocker und streckte eine Hand aus. »In meinem Zimmer.«

Gemeinsam gingen die beiden hinaus. Dabei warf Brooke einen Blick zusammen mit einem besorgten Lächeln zu ihm zurück.

Während der wenigen Minuten, in denen sie weg waren, sammelte sich Luca und fasste einen Entschluss.

Schon kehrten seine Tochter und Brooke in die Küche zurück. Brooke hatte die Haare zu einem wirren Dutt zusammengebunden, und Franny trug nun einen geflochtenen Zopf.

»Wir sind bereit«, verkündete Brooke.

Er sah sie an.

»Ich auch.«

* * *

Luca strich Brooke über die Haare, die auf seinem Kissen ausgebreitet waren, und lächelte auf sie hinab.

244

Sie war errötet und außer Atem.

»Weißt du, Luca, als du heute Morgen gesagt hast, du bräuchtest meine Hilfe, habe ich nicht gedacht, dass du *das* hier meinst.«

Ihre Beine waren von ihrem Liebesspiel noch immer miteinander verschlungen, ihre Herzen rasten. Er hatte sie angerufen, nachdem er Franny zur Schule gebracht hatte, und sie gebeten, zu ihm zu kommen.

»Ich habe das Bild von dir in meinem Bett gebraucht«, gestand er.

»Übst du das eigentlich, immer die richtigen Dinge zu sagen?«

»Es klingt wie ein Spruch, aber es ist keiner.«

Brooke streckte sich unter ihm. »Das ist besser als Yoga.«

»Sag das nicht meiner Schwester.«

»Chloe will nichts davon hören, glaub mir. Nach Gios Bemerkungen beim Abendessen kann man davon ausgehen, dass deine ganze Familie weiß, was vor sich geht.«

»Giovanni soll sich um seine eigenen Angelegenheiten kümmern.« Sein Bruder hatte sie beide damit aufgezogen, wie entspannt sie aussahen. Brooke war rot geworden, seine Mutter hatte Gio einen Klaps gegeben, um ihn zum Schweigen zu bringen.

»Dass dein Bruder uns neckt, bedeutet nur, dass er es gut findet. Es macht mir nichts aus«, meinte Brooke.

»Meine Familie verehrt dich.«

Brooke schob ihren Fuß an seinem Bein entlang. »Hast du manchmal das Gefühl, dass deine Mutter das geplant hat?«

»Das mit uns?«

»Ja. So wie sie uns gestern Abend beobachtet hat, habe ich mich gefragt, ob sie die Wohnung auch an jemand anderen vermietet hätte.«

»Das werden wir schon noch herausfinden. Ich würde es ihr zutrauen.«

Brooke drückte ihm einen kurzen Kuss auf die Lippen. »So gern ich auch den ganzen Tag hierbleiben würde, aber ich muss arbeiten.«

Luca rollte sich auf die Seite und sah zu, wie sie aus seinem Bett kletterte.

Das Bild von ihrer schlanken Taille und ihrem herzförmigen Hintern in seinem Schlafzimmer würde ihm noch eine ganze Weile im Gedächtnis bleiben. »Gib Bescheid, wenn du mal deine Yoga-Sitzung ausfallen lassen willst.«

Brooke schlüpfte in die Kleidung, die Luca ihr so hastig vom Leib gerissen hatte, als sie sein Zimmer betreten hatte.

»›Yoga ausfallen lassen‹ ist ein toller Geheimcode«, scherzte Brooke.

Er zog sich eine Shorts an und begleitete sie zur Tür.

»Um halb drei hole ich Franny ab. Nur, falls du eine Pause brauchst und mitkommen willst.«

»Bist du sicher?«, fragte Brooke.

»Ganz sicher.« Er küsste sie und sah ihr nach, als sie die Treppe hinaufging.

Von unten hörte er ein Geräusch und erblickte seine Schwester. »Sieh an, sieh an!«

»Hier gibt es nichts zu sehen, Chloe, geh weiter«, rief Brooke.

Lachend schloss Luca die Tür, bevor er duschen ging.

* * *

Mittags um eins saß Brooke vor ihrem Computer zu einem Zoom-Meeting mit dem Designteam für den Downes-Auftrag.

Portia Corrigan, ihre Chefin, hatte sehr kurzfristig um diesen Call gebeten, und keiner von ihnen hatte eine Ahnung, worum es gehen würde.

Kayleigh, die mit zweiundzwanzig Jahren die Jüngste im Team war und frisch vom College kam, sah aus, als wäre sie mit Make-up und einem eingefrorenen Lächeln aus dem Bett gesprungen. Mit Mayson, der mit achtundzwanzig ein bisschen älter war, hatte Brooke schon öfters Ideen ausgetauscht. Zwei Monate nach dem Ausbruch der Pandemie war er von Seattle weggezogen und lebte nun in Boise. Nayla war eine neue, aber sehr erfahrene Mitarbeiterin aus New York mit viel Ahnung von Modedesign, und hatte – soweit Brooke das beurteilen konnte – am meisten zu bieten.

Selbst in diesem Zoom-Call sah Nayla aus, als würde sie gleich selbst über den Laufsteg schreiten. Kayleigh schien immer noch ihre Privatschuluniform zu tragen, während Mayson und Brooke im Homeoffice T-Shirts trugen und ihrem Äußeren nur wenig Aufmerksamkeit schenkten.

»Danke, dass ihr euch eingewählt habt«, begann Portia. »Ich werde euch nicht lange aufhalten.«

»Wir sind immer für dich da«, sagte Kayleigh eifrig.

Brooke verkniff sich ein sarkastisches Lächeln.

»Ich habe eure Ideen und Arbeiten, die ihr geschickt habt, durchgesehen, und einzelne Dinge funktionieren, aber ich glaube, insgesamt fehlt uns noch das, wonach Bret Downes sucht. Das hat er selbst so gesagt, als ich ihm die bisherigen Ergebnisse präsentiert habe.«

»Das ist nicht gut«, sagte Brooke.

»Stimmt, das ist nicht gut. Aber wir haben die Möglichkeit, das zu ändern.«

»Und wie?«

»Ich will, dass ihr alle Termine für die nächsten zwei Wochen streicht und nach Dallas kommt. Ich habe im Marriott vier Zimmer für euch gebucht. Nayla, du bist in der Executive Suite untergebracht, denn du übernimmst die Teamleitung. Ihr werdet täglich intensive Sitzungen abhalten, euch mit Bret treffen und die Produktionsstätte besuchen. Ihr probiert seine Kleidung an, seid bei den Fotoshootings dabei. Ich will, dass ihr die Marke des Designers lebt und fühlt und in euch aufsaugt, damit wir am Ende nicht nur genau das liefern, was er will, sondern damit er etwas kriegt, von dem er nicht mal wusste, dass er es braucht.«

Es war nicht das erste Mal, dass Brooke gebeten wurde, oder besser gesagt, die Order erhielt, für einen Kunden alles stehen und liegen zu lassen. Allerdings war es das erste Mal, seit sie für die Firma arbeitete, dass sie nicht die Executive Suite bekam und die Leitung übernahm.

»Wann sollen wir da sein?«, fragte Brooke jetzt.

»Am Mittwoch. Wir treffen uns um eins, dann stelle ich euch Bret vor und wir lenken alles in die richtigen Bahnen.«

»Darf ich noch was hinzufügen?«, meldete sich Nayla zu Wort.

»Immer«, erwiderte Portia.

»Ich weiß, dass Pyjamahosen und fleckige T-Shirts während des Lockdowns die Kleidung der Wahl waren, aber wir sind hier in der Modebranche. Designer trauen niemandem, der sich nicht passend kleidet.«

Brooke schaute auf ihr T-Shirt hinab.

Immerhin hatte es keine Flecken.

»Hey, ich habe natürlich schon eine richtige Hose an«, gab Mayson scherzend zurück.

Brooke lachte. »Ich habe den Hinweis verstanden, Nayla.«

»Also, wir sehen uns dann am Mittwoch. Falls ihr Probleme habt, einen Flug zu finden, gebt mir so schnell wie möglich Bescheid«, teilte Portia ihnen mit.

Nachdem sich alle ausgeloggt hatten, lehnte sich Brooke zurück.

Sie wusste nicht einmal, ob sie genügend Klamotten für zwei Wochen hatte, mit denen sie einen Modedesigner beeindrucken konnte.

Sie zückte ihr Handy und rief Mayson auf seiner Privatnummer an.

»Hey, Brooke.«

»Hast du wirklich eine Hose an?«, fragte sie.

»Nee, nur Boxershorts.«

Brooke stieß sich vom Tisch ab und ging ins Schlafzimmer. »Meine Klamotten werden keinen Designer vom Hocker reißen«, jammerte sie.

»Nayla will sich nur wichtigmachen.«

Brooke fingerte durch die Bügel, zog eine Bluse heraus, warf sie aufs Bett. »Na ja, sie hat schon recht. Ich bezweifle, dass meine Kleidung für ein Statement herhalten kann, aber wenn ich nur Jeans und T-Shirts anziehe, könnte es schiefgehen.«

»Wir fliegen nach Dallas, da gibt es jede Menge Einkaufsmöglichkeiten, falls dir die Klamotten ausgehen.«

Da hatte er recht.

Sie setzte sich auf die Bettkante. »Und was soll ich mit meinem Dad machen?«

»Ich dachte, er ist jetzt in einem Heim untergebracht?«

»Ja, schon. Aber …« Was, wenn es wieder einen Notfall gab?

»Es sind nur zwei Wochen.«

»Stimmt. Schick mir deine Flugdaten. Vielleicht können wir zusammen vom Flughafen abgeholt werden.«

»Klingt gut.«

Als sie das Gespräch beendeten, holte Brooke weitere Kleidungsstücke aus ihrem Schrank.

Dann stand wohl ein Einkaufsbummel in Dallas an.

Einige Zeit später klopfte es an ihrer Tür. »*Cara?*«, ertönte Lucas Stimme.

»Ich bin hier hinten«, rief sie aus ihrem Zimmer.

Sie saß auf ihrem Koffer und versuchte, den Reißverschluss zuzuziehen.

Als Luca sie sah, verflog sein Lächeln. »Was ist denn hier los?«

»Meine Chefin …« Brooke schaffte es, die letzten Zentimeter zu schließen, und stand auf. »… ordert uns alle nach Texas.«

»Heute noch?«

»Nein. Am Mittwoch. Aber mein Flug geht schon morgen Abend. Dieser Designer will uns alle vor Ort haben. Ehrlich gesagt, ist das auch die richtige Entscheidung.«

»Wie lange wirst du weg sein?«

»Zwei Wochen.«

Luca wirkte nicht glücklich über diese Neuigkeit.

»Ich weiß. Der Zeitpunkt ist beschissen.«

Er legte eine Hand an ihre Wange und lächelte. »Es wird schnell vorbeigehen.«

Sie hielt inne. »Ich muss dich um einen Gefallen bitten.«

»Was immer du brauchst.«

»Es ist eher ein Gefallen für den Fall der Fälle. Könntest du, falls mein Vater was braucht, während ich weg bin …«

»Aber sicher.«

»Danke.«

Luca blickte auf die Uhr. »Magst du trotzdem mitkommen, um Franny abzuholen?«

Brooke schnappte sich Handy und Sonnenbrille von der Kommode. »Ja, los geht's.«

* * *

Luca stand vor der Hintertür des Restaurants und küsste Brooke zum Abschied. »Eigentlich sollte ich derjenige sein, der dich zum Flughafen bringt.«

»Es gibt viele hungrige Menschen in dieser Stadt, und Chloe kann dich nicht ersetzen.«

Er küsste sie erneut. »Ich werde dich vermissen.«

»Gut«, gab sie mit einem Grinsen zurück.

»Ruf mich an, wenn du gelandet bist.«

»Mache ich.«

Er begleitete sie zu Chloes Auto, in dem seine Schwester bereits bei laufendem Motor saß.

Luca legte ihr Gepäck in den Kofferraum und öffnete die Beifahrertür.

Noch ein letzter Kuss, dann fuhren sie davon.

Als er sich wieder zum Restaurant wandte, sah er seine Mutter in der Tür stehen, die sie von dort beobachtet hatte.

»Brooke ist ein großartiger Zuwachs für unsere Familie«, sagte sie.

»Du bist voreilig.«

»Ach ja? Du magst sie.«

»Ich mag sie sehr, aber das bedeutet nicht, dass ich sie gleich heiraten werde.«

Mari legte ihm eine Hand auf die Schulter. »Lass sie dir nicht entwischen«, warnte sie ihn.

»Sie geht auf Geschäftsreise, Mama. Nichts weiter.«

»Ich weiß. Die D'Angelo-Männer wissen, was sie wollen und rennen einfach los. Stolpere nur nicht auf dem Weg dorthin. Das ist alles, was ich dir sagen will.«

Luca gab seiner Mutter einen Kuss auf die Wange. »Ich nehme deinen Rat zur Kenntnis.«

Damit ging er in die Küche, wo er schnell die Zeit vergaß.

KAPITEL 21

»Papa?«

»Ja, *tesorina*?« Luca saß mit Franny auf dem Bett, während sie ihm, wie jeden Abend vor dem Einschlafen, etwas vorlas. Diese Momente waren sehr wertvoll für ihn, denn er wusste, dass es sie nicht ewig geben würde.

»Tust du Brooke mal heiraten?«

Lucas Rücken versteifte sich. »Wie kommst du denn darauf?«

»Sie ist doch jetzt deine Freundin, oder?«

»Wer hat dir das denn gesagt?« Er würde mal ein Wörtchen mit seiner Familie reden müssen.

Franny blickte zu ihm auf. »Ich habe gesehen, wie ihr euch geküsst habt.«

»Oha!«

»Und Regina aus meiner Klasse hat gesagt, dass ihre Mama mit Rosa geredet hat und sie alle sagen, dass Brooke bald meine Mama sein könnte.«

»Aber Regina, ihre Mama und Rosa haben nicht mit mir gesprochen.«

»Das verstehe ich nicht.«

Tja, verdammt. »Ich habe Brooke geküsst, weil wir uns mögen.«

»Regina sagt, vom Küssen kommen die Babys. Kriegt Brooke jetzt ein Baby?«

»O Gott!« Wo waren nur seine Mutter und seine Schwester, wenn er sie brauchte? Auf dieses Gespräch war Luca nicht vorbereitet. »Es gehört mehr dazu als nur ein Kuss, damit Brooke ein Baby bekommen kann.« Wobei sie dieses »mehr« natürlich auch getan hatten.

Franny setzte sich auf, zog die Beine unter sich und wartete geduldig auf eine Erklärung.

»Das erkläre ich dir mal, wenn du ein bisschen älter bist.« Denn jetzt hatte er keine Ahnung, wie er es ihr beibringen sollte.

»Ich bin schon älter.«

»Bald, *tesorina*. Bald.«

Franny senkte den Blick und zog eine Schnute, mit der sie oft schaffte, ihren Willen durchzusetzen.

Diesmal nicht.

»Wenn du Brooke zu meiner Mama machst, würde sie nicht mehr weggehen, oder?«

Lucas Augen wurden schmal. »Brooke musste wegen ihres Berufs verreisen. Sie kommt wieder zurück.«

Franny schüttelte den Kopf. »Ich meine, für immer weggehen. So wie meine Mama.«

Da nahm er seine Tochter in die Arme und drückte sie fest an sich. »Ich werde keine zu deiner Mama machen, die uns wieder verlässt, *tesorina*.«

»Versprochen?«

Luca gab sein Wort, obwohl er wusste, dass er es nicht zu hundert Prozent in der Hand hätte. »Ich verspreche es.«

Dann deckte er seinen kleinen Schatz für die Nacht zu und verließ das Zimmer. In der Küche schenkte er sich ein Glas Wein ein und sah auf sein Handy.

Er hatte eine Nachricht von Brooke erhalten.

Gelandet, aber wegen Gewitter stehen wir noch auf der Rollbahn. Ich rufe an, wenn ich aus dem Flieger gestiegen bin.

Sofort schickte er eine SMS zurück.

Pass auf dich auf, cara. Ich brauche deine Hilfe.

Drei kleine Punkte zeigten an, dass sie bereits zurückschrieb. Luca nippte an seinem Wein und wartete.

Für was denn?

Franny hat gefragt, woher die Babys kommen.

Es folgte ein Emoji mit offenem Mund.

Du Armer. Was hast du ihr gesagt?

Luca musste grinsen.

Nichts. Ich war zu feige. Habe gesagt, ich würde es ihr erklären, wenn sie älter ist.

Ich versuche gerade, nicht zu lachen. Sie ist noch ein bisschen jung.

Ein weiterer Schluck Wein.

Sie hat uns beim Küssen gesehen.

Die Punkte erschienen und blieben sehr lange.

Wann hat sie uns gesehen?

Das weiß ich nicht. Wir reden, wenn du Zeit hast.

Dreißig Minuten später konnte Brooke endlich anrufen, während sie durch den Flughafen lief.

»Was für eine Tortur«, sagte Brooke, als er abnahm. »Hier ist ein Wahnsinnssturm. Wir sind eine halbe Stunde lang Warteschleifen geflogen und mussten nach der Landung noch fast eine Stunde im Flugzeug warten.«

»Das tut mir leid.«

»Lieber das, als meinem Kind diese Sache mit den Blümchen und Bienchen erklären zu müssen.«

»Du hättest es sicher besser hinbekommen als ich.«

»Hat sie das gefragt, weil sie uns gesehen hat?«

Luca stellte sein leeres Glas auf dem Tresen ab, ging ins Schlafzimmer und sagte mit leiser Stimme: »Wahrscheinlich. Und wegen des ganzen Geredes. Ihre Schulfreundin hat die Mamas tratschen gehört und so hatte Franny jetzt ein paar Fragen.«

»Über Babys?«

»Über dich. Über uns.«

»Oh, tut mir leid.«

»Warum?«

»Weil es dich in Verlegenheit bringt. Es ist eine Sache, wenn sich die Leute aus der Stadt in unsere Beziehung mischen, aber Franny?«

»Vergiss meine Mutter nicht.«

»O nein. Was hat sie gesagt?«

Er dachte an die Kommentare seiner Mama und beschloss, sie lieber für sich zu behalten. »Ach, das spielt keine Rolle.«

»Doch, finde ich schon, weil es dich unter Druck setzt. Es sollen sich einfach alle mal entspannen. Wobei ich damit nicht Franny meine. Aber diese Mütter, die solche Fragen aufkommen lassen. Tut mir leid, dass ich nicht da bin, um dir zur Seite zu stehen.«

Er seufzte. »Es freut mich, dass du mir beistehen willst. Aber ich komme schon klar. Ich bin an den Tratsch hier gewöhnt.«

»Mit den beteiligten Erwachsenen zu reden, ist aber was ganz anderes als mit dem eigenen Kind, wenn du mich fragst.«

Da hatte Brooke nicht unrecht.

»Ich bin jetzt an der Gepäckausgabe und muss das Handy wegstecken, damit ich meinen Koffer holen kann.«

»Okay, *cara*.«

»Ach, und Luca?«

»Ja?«

»Ich vermisse dich jetzt schon.«

Mit einem Lächeln legte er auf.

Brooke hatte recht.

Alle mussten sich entspannen und ihn und Brooke einfach in Ruhe lassen, damit sie ihren gemeinsamen Weg finden konnten.

* * *

Bret Downes verfügte über Geld. Viel Geld.

So war die Kampagne, die sie für ihn entwarfen, nicht gerade klein angelegt. Der Mann glaubte, in derselben Liga wie Versace, Prada und Gucci zu spielen.

Was er aber nicht tat.

Nayla, die ein Fan von abgemagerten Laufstegmodels war, fand, die Vorstellung des Designers von High Fashion, auffälligem Make-up und extravagantem urbanem Setting sei der einzig richtige Weg.

Mayson sah seit seinem Umzug nach Boise die Dinge etwas anders und war der Meinung, dass Downes seine Zielgruppe zu sehr einschränkte, wenn er lediglich die reiche Oberschicht von Manhattan adressierte.

Kayleigh sagte Ja und Amen zu allem, was die anderen sagten. Entweder hatte das Mädchen keine eigene Meinung oder Angst, sie zu äußern. Oder beides.

Portias Blick fiel auf Brooke.

Und Brooke beobachtete unterdessen Downes und seine Reaktionen auf die Ideen, die in den Raum gestellt worden waren.

»Das Problem, wie ich es sehe, ist folgendes«, begann Brooke. »Unsere Aufgabe ist es, Ihnen eine Kampagne zu liefern, die Sie begeistert. Wir entwerfen Anzeigen, Medienseiten und Plakate, die Ihren Namen in der Modewelt bekannt machen. Doch das, was Sie meines Erachtens von uns wollen, und das, was Sie tatsächlich auf den richtigen Weg bringen würde, sind zwei verschiedene Dinge. Vor ein paar Jahren hätte ich Nayla noch zugestimmt. Alles auf New York setzen, hätte ich gesagt. Aber die Welt ist nur langsam dabei, sich wieder zu öffnen, und ich bin mir nicht sicher, ob es der richtige Move ist, sich ausschließlich auf die urbane Gesellschaftsschicht zu konzentrieren. Ich denke, wir sollten lediglich einen Zeh in dieses Wasser tauchen, damit die Leute in ein paar Jahren, wenn Silvesterpartys wieder in Mode sind, ihre Marke in Erwägung ziehen.«

Downes hörte aufmerksam zu.

»Was schlägst du also vor?«, fragte Nayla.

»Es fängt mit den Models an.«

Mayson schien zu wissen, worauf sie hinauswollte.

Portia auch. Brooke hatte schon öfters davon gesprochen, doch da war ihr die Tür vor der Nase zugeschlagen worden.

»Bret, sehen Sie sich die Frauen in diesem Raum an. Würden Sie sagen, dass eine von uns übergewichtig ist?«

Er betrachtete jede von ihnen an, dann richtete er seinen Blick wieder auf Brooke. »Nein. Sie sind alle …«

»Ich bin nicht auf Komplimente aus. Aber keine von uns könnte in Ihre Kleider schlüpfen und den Laufsteg entlangschreiten. Und warum? Weil niemand hier Größe zweiunddreißig oder weniger hat. Wenn man die Entwicklungen der letzten Jahre verfolgt, werden Sie merken, dass sich die Modebranche davon wegbewegt, Frauen in Kleider stecken zu wollen, die nur Zwölfjährige tragen können. Wenn Sie eine Kampagne wollen, die auffällt, und wenn Sie gleichzeitig auch Ihre Kleidung verkaufen wollen, brauchen Sie eine größere Bandbreite. Es fängt bei den Models an, Alter, Konfektionsgröße, Körperform. Geben Sie uns die Freiheit, in diese Richtung zu denken, und wir lassen uns etwas Großartiges für Sie einfallen.«

Downes lehnte sich schweigend zurück und klopfte mit seinem Stift aufs Knie.

Brooke erwartete, dass er entrüstet aufstehen und ihren Vorschlag zunichtemachen würde.

»Portia?«, sagte er.

»Dieses Team wird Ihnen liefern, was Sie wünschen, Bret. Brookes Vorschlag könnte genau das bieten, was Sie brauchen, und nächstes Jahr kommen Sie wieder zu uns und wollen noch mehr davon.«

Downes warf seinen Stift auf den Tisch und stand auf. »Also gut. Mal sehen, was Sie sich in den nächsten zwei Wochen einfallen lassen. Wenn es am Ende allerdings aussieht, als würde ich Walmart und Target beliefern, suche ich mir eine andere Marketingfirma.«

Er gab Portia die Hand, dann verließ er den Raum.

Als die Tür hinter ihm geschlossen war, wandte sich Portia an die anderen.

»Ich habt zwei Wochen. Ich möchte alles sichten, bevor Downes es sieht. Nayla, sorg dafür, dass genug Extravaganz bleibt, so wie er es liebt. Brooke, du kümmerst dich darum, dass es authentisch bleibt, damit er auch was verkauft. Mayson, dein Job ist es, dass seine Klamotten den Leuten den Kopf verdrehen … und Kayleigh …« Die junge Frau setzte sich aufrecht hin. »Ich habe dich nicht in dieses Team geholt, damit du nur nickst und allem nur zustimmst. Wenn du eine Meinung hast, dann äußere sie. Stell dich darauf ein, dass du auch Kritik erhältst, aber dann nimmst du deine Idee und machst sie besser. Verstanden?«

Kayleighs Lächeln war verrutscht. »Ja.«

»Ich fliege morgen Früh zurück. Zum Finale in zwei Wochen komme ich wieder. Wir schaffen das!«

Damit ging auch Portia hinaus. Brooke atmete tief durch.

»Ich hoffe, du weißt, was du tust«, meinte Nayla, sobald Portia gegangen war.

Mayson lehnte sich zurück und lachte. »Brooke macht das schon seit Jahren.«

»Wir haben hier die Gelegenheit, einen Designer dazu zu bringen, mal hier eine Naht wegzulassen und dort einen Schnitt zu ändern, damit Frauen nicht länger glauben, für gute Mode müsste man sich aushungern.«

»Die meisten seiner Entwürfe sind bereits in Produktion.«

»Eine Produktion in Größe zweiunddreißig und noch schmaler. Wir werden es schon hinbekommen.«

Nayla schaute auf ihre Uhr. »Wir treffen uns in einer Stunde auf meinem Zimmer.«

Kayleigh folgte ihr nach draußen.

Als sie allein waren, stießen Brooke und Mayson die Fäuste aneinander. »Showtime!«

* * *

Schrilles Telefonklingeln riss Luca aus dem Tiefschlaf.

Er tastete nach seinem Handy. »Ja?«, sagte er, als er es gefunden hatte.

»Luca?«

Es war eine Frau. Es gab nur eine Einzige, von der er mitten in der Nacht einen Anruf erwartet hätte. »Brooke?« Allerdings klang die Stimme ganz anders.

Die Leitung war still.

»Hallo?« Luca beugte sich zur Nachttischlampe und knipste sie an.

»Hier ist Antonia, mein Lieber. Ich brauche deine Hilfe.«

Kapitel 22

Sie war dünner geworden, falls das überhaupt möglich war. Ihre Haare waren länger, aber ihre Augen sahen genauso aus wie die, die er jeden Tag an seiner Tochter sah.

Sie standen im Eingangsbereich der Trattoria.

Antonia hatte angerufen, als sie vor der Restauranttür stand, ihr Auto war unten an der Straße geparkt.

Er hatte zwar wenig Lust, sie in seinem Haus zu haben, aber mitten in der Nacht mit ihr zu telefonieren, wenn sie davorstand, war noch schlimmer.

»Du siehst gut aus, Luca. Du scheinst gar nicht älter zu werden.«

Auf höfliches Geplänkel hatte er ebenso wenig Lust.

»Was machst du hier?«

Sie antwortete nicht. Stattdessen drehte sie sich im Kreis und ging weiter in den Raum hinein. »Dieser Ort ist noch genauso wie früher. Es scheint euch besser zu gehen. Wie ich gesehen habe, kann man jetzt auch draußen sitzen.«

»Antonia!« Ihr Name sollte sie auffordern, auf den Punkt zu kommen.

»Gib mir einen Moment, Luca. Das ist schwer für mich.«

»Es ist mitten in der Nacht.«

»Gerade mal ein Uhr. Ich bin überrascht, dass im Restaurant nichts mehr los ist.«

Sie erinnerte sich offensichtlich nicht mehr daran, dass um ein Uhr morgens längst geschlossen war, wenn nicht gerade eine Privatfeier stattfand.

»Wie geht es Mama? Sind Chloe und Giovanni noch da?«

Luca schmerzte vor Anspannung der Kiefer. Die wichtigste Frage kam ihr nicht über die Lippen.

»Deiner Tochter geht's gut, danke der Nachfrage.«

Antonia schlug sich eine Hand vor den Mund, ihr Lächeln verschwand. Jetzt atmete sie ein paar Mal kurz durch, dann blickte sie ihm direkt in die Augen. »Ich habe einen schrecklichen Fehler begangen. Den muss ich wiedergutmachen, bevor es zu spät ist.«

»Welchen Fehler? Deine Kreditkarte zu überziehen oder hast du eine Rate fürs Auto nicht bezahlt?« Die Frau wusste, wie man für hohe Rechnungen sorgte. Nur sie zu begleichen war noch nie ihre Stärke gewesen.

»Ich spreche von unserer Tochter, Luca. Von Francesca. Euch zu verlassen war ein Fehler. Ich habe gedacht, es sei das Beste für alle. Wahrscheinlich war es das auch, denn ich musste erst erwachsen werden. Aber ich kann keinen weiteren Tag ohne sie verbringen.«

Luca glaubte, die Zellen in seinem Körper würden gefrieren. Alle Warnlämpchen leuchteten auf.

Sosehr er Antonia auch dafür hasste, dass sie aus Frannys Leben verschwunden war, so wusste er auch, dass es tatsächlich das Beste gewesen war. Sie würde ihre Tochter nur wieder enttäuschen, und zwar so, dass Luca sie nicht davor schützen konnte.

Warum kam sie gerade jetzt? »Hätte das nicht auch bis morgen Früh warten können?«

»Wenn ich tagsüber gekommen wäre, hätte man mich gesehen. Und ich wollte dir die Höflichkeit erweisen, der Erste zu sein, der mich sieht.«

»Soll ich dir dafür danken? Du verschwindest einfach so aus Frannys Leben …«

»Sag bloß nicht, dass du sie Franny nennst. Du weißt, wie sehr ich diese Abkürzung hasse.«

Luca funkelte sie an. »… aus *Frannys* Leben. Dich von mir zu trennen, dich scheiden zu lassen, ist eine Sache. Aber deine eigene Tochter im Stich zu lassen?«

Antonia sah sich um. »Könnten wir uns für diese Unterhaltung vielleicht hinsetzen? Ich bin stundenlang mit dem Auto unterwegs gewesen.«

»Das heißt, du warst also die ganze Zeit in Fahrdistanz?«

Ihr Gesicht verlor jeglichen Ausdruck. »Nicht die ganze Zeit, nein. Erst seit letztem Jahr wohne ich in der Nähe von Napa.«

Er schloss die Augen und stoppte die Flut von Fragen, die aus ihm herausprudeln wollten. »Ich will diese Unterhaltung gar nicht mit dir führen.«

Sie setzte sich unaufgefordert an den nächstgelegenen Tisch.

»So sollte das nicht laufen, Luca. Es tut mir leid. Wirklich. Wir wissen beide, dass ich noch nicht bereit war, Mutter zu werden.«

»Und du glaubst, jetzt bist du es?«

Als sie sich die Haare über die Schulter zurückstrich, fiel Luca die dicke Make-up-Schicht in ihrem Gesicht auf. Sie hatte schon immer sehr auf ihr Äußeres geachtet, aber mit den perfekt geschminkten Lippen und den nachgezogenen Augenbrauen wollte sie sich ganz offensichtlich von ihrer besten Seite zeigen. Seiner Erfahrung nach steckte da eine bestimmte Absicht dahinter.

»Ich weiß, dass ich es jetzt bin.«

»Inwiefern?«

Sie sah ihn mit leerem Blick an.

»Ich bin erwachsen geworden.«

Luca fuhr sich mit beiden Händen durch die Haare. »Wo übernachtest du?«

»Wie bitte?«

»Welches Hotel hast du dir genommen?«

»Ich bin gerade erst angekommen und direkt hergefahren.«

Ojemine!

»*Hier* kannst du nicht übernachten.«

Sie besaß die Dreistigkeit, sich schockiert zu zeigen. »San Diego ist teuer, Luca. Ich habe kein Geld für ein Hotel.«

Was nicht sein Problem war.

»Ich könnte auf der Couch schlafen.«

»Nein!«

»Dann eben oben im Familienapartment.«

Brooke. Mein Gott ... Brooke.

»Das ist keine Option.«

Antonia riss die Augen auf und blickte ihn an. »Dann rufe ich Rosa an. Sie hat immer ein Zimmer frei.«

Luca zuckte zusammen. Rosa war nicht nur eine der ältesten Freundinnen seiner Mutter, sondern auch die größte Klatschtante von Little Italy.

Da ihm keine andere Wahl blieb, ging Luca zur Bar und machte Licht.

Er fand die Nummer, die er suchte, und wählte sie.

»Guten Abend. Marriott Marquis. Wie kann ich Ihnen helfen?«

Luca warf seiner Ex-Frau einen finsteren Blick zu. »Ich brauche ein Zimmer.«

Zehn Minuten später schloss Luca hinter Antonia die Restauranttür.

Er schlug mit der Faust gegen den Türrahmen und schimpfte aufs Universum.

»Ich weiß nicht, wie es dir geht, aber ich brauche jetzt einen Drink.«

Als sich Luca umdrehte, sah er seinen Bruder in Jogginghose in der Küchentür stehen, der ihn mit einem besorgten Lächeln bedachte.

»Wie viel hast du gehört?«

»Genug, um einen Drink zu brauchen.« Gio ging hinter die Bar und holte eine Flasche und zwei Gläser.

»Verdammt noch mal!«

»Sie ist zurück, weil sie jetzt wieder eine Mom sein will.«

»Kaufst du ihr das ab?«

»Nein.« Gio goss eine großzügige Portion der bernstein-farbenen Flüssigkeit ein und reichte Luca das Glas. Der trank es ohne Kommentar in einem Zug leer und stellte es auf den Tresen zurück.

Giovanni füllte nach.

»Was hast du jetzt vor?«

»Keine Ahnung, verdammt!«

* * *

»Das wird nicht funktionieren«, meckerte Nayla vor den Storyboards.

Ihnen blieb noch das Wochenende, um ihre Ideen zusam-menzutragen, auf die Schnelle ein paar Models zu organisieren, das Setting auf die Bühne zu bringen und Bret zu zeigen, wie es weitergehen würde. Sobald sie grünes Licht von ihm bekamen, konnten sie die nächste Hürde angehen.

»Warum nicht?«

Nayla betrachtete die Bilder der Models. »Sie sind zu durchschnittlich.«

»Sie sind schön«, schaltete sich Kayleigh ein.

»Aber durchschnittlich.«

»Ich glaube, du hast nur ein Problem damit, dass sie nicht diesen für Models typischen Schmollmund ziehen.« Mayson zeigte mit seinem Bleistift auf Nayla.

Da klingelte Brookes Handy in ihrer Gesäßtasche.

Das Gesicht ihres Vaters leuchtete ihr auf dem Display entgegen.

Schnell drückte sie den Anruf weg. Er wusste, dass sie nicht zu Hause war und dass er nur im Notfall anrufen sollte.

»Mayson könnte recht haben«, sagte Brooke. »Du bist an Haute Couture und an emotionslose Gesichtsausdrücke gewöhnt.«

»Wie kannst du so was sagen?« Nayla war empört.

»Weil sie recht hat«, entgegnete Kayleigh. Das Mädchen hatte ihr Rückgrat gefunden und setzte es endlich ein. »Diese Werbung sieht aus wie Plastik.«

»Solche Kampagnen kosten Hunderttausende von Dollar.«

»Und sprechen nur Leute an, die Hunderttausende von Dollar verdienen«, argumentierte Mayson dagegen.

»Das ist es eben, was unser Kunde will.«

So ungern Brooke es auch zugeben wollte, aber Nayla hatte recht.

Wieder klingelte Brookes Telefon.

Wieder das Gesicht ihres Vaters.

»Da muss ich leider kurz rangehen.«

Nayla rollte mit den Augen. »Bin ich hier die Einzige, die ihren Job ernst nimmt?«

»Hey, das stimmt doch überhaupt nicht«, knurrte Mayson sie an.

Brooke entfernte sich ein Stück von der Gruppe. »Hi, Dad. Ist alles okay?«

»Ich brauche einen Haarschnitt.«

»Wie bitte?«

»Ich brauche einen Haarschnitt. Du hast gesagt, wir könnten diese W-Woche zum Friseur.«

Brooke kniff die Augen zusammen. »Dad, ich habe dir doch gesagt, dass ich auf Geschäftsreise bin, weißt du das nicht mehr?«

»Ach so, ja.«

»Ich bin in Texas. Dein Friseurbesuch muss warten.«

»Aber …«

»Dad, ich rufe im Heim an. Die haben dort auch jemanden, der das machen kann.«

»Aber nicht diese Woche. Niemand will mehr arbeiten.«

»Dad …« Brooke sah, dass Nayla sie anstarrte. »Ich rufe an und schau mal, was ich für dich organisieren kann. Ist sonst alles in Ordnung?«

»Ja, alles okay.«

»Gut. Ich muss aufhören.«

Brooke beendete das Gespräch und drehte sich zu den anderen um.

Nayla blickte sie missmutig an. »Können wir jetzt endlich weiterarbeiten?«

* * *

»Ich habe buchstäblich weniger als fünf Minuten, um mit dir zu reden.«

Brooke hörte sich gestresst an, weshalb Luca fand, dass dies nicht der richtige Zeitpunkt war, um seine Neuigkeiten zu verkünden.

»Ist alles okay bei dir?«

»Wie du weißt, leitet Nayla dieses Projekt, aber jetzt habe ich eine Idee eingebracht, die wir umzusetzen versuchen. Wenn es ein Flop wird, bin ich mir zu fünfundneunzig Prozent sicher, dass ich mir einen neuen Job suchen muss.«

»Das setzt dich wahrscheinlich ziemlich unter Druck, oder?«

»Ja, das kannst du laut sagen. Und dann, mitten während der Besprechung, ruft mein Dad an und will einen Haarschnitt.«

»Einen was?«

»Du hast richtig gehört, einen Haarschnitt. Im Ernst, Luca, er weiß, dass ich dienstlich unterwegs bin und dass er mich nur im Notfall anrufen darf. Und trotzdem ruft er an, weil er für seine Damen beim Bingo gut aussehen will.« Brooke hörte sich an, als wäre sie auf der Straße unterwegs.

»Wo bist du gerade?«

»Auf dem Weg in mein Zimmer, um mich umzuziehen. Gott bewahre, man würde den Kunden in Freizeitkleidung treffen. Ich ziehe mich ja gern schön an, aber in Texas ist es viel zu heiß für schicke Klamotten.« Sie zögerte einen Moment. »Und bei euch? Ist alles in Ordnung? Wie geht's Franny? Sag ihr, ich lerne fleißig.«

»Stimmt das denn?«

»Nein. Aber schwindle für mich, okay? Ich werde im Flieger auf dem Heimweg pauken ... Shit.« Jetzt klang sie plötzlich weit entfernt.

»Was ist passiert?«

»Ich habe meinen Schlüssel fallen lassen. Tut mir leid, Luca. Normalerweise bin ich nicht so chaotisch.«

Er seufzte, denn er hätte ihr so viel zu sagen gehabt, aber jetzt war wohl nicht der richtige Zeitpunkt dafür.

»Ist wirklich alles okay?«

»Ja, alles okay, *cara*. Einer unserer Köche ist krank. Ich habe die nächsten Tage viel zu tun.«

»Schreib mir, wenn du kannst. Ich kann Textnachrichten empfangen und antworten.«

Er lächelte. »Mache ich.«

Sie verabschiedeten sich und Luca legte auf.

Franny kam aus ihrem Zimmer, bereit für die Schule. »War das Brooke?«, wollte sie wissen.

»Ja, und ich soll dir ausrichten, dass sie fleißig lernt.«

Franny freute sich. »Gut. Ich habe nämlich ein Quiz gemacht.«

Luca stutzte. »Ein was?«

»Ein Popquiz. Wie eine Probe in der Schule, die nicht angesagt wird. So eine habe ich für Brooke gemacht.«

»Da wird sie sicher gut abschneiden.«

Franny hievte ihren Schulrucksack auf die Schulter. »Fahren wir.«

Luca ertappte sich dabei, wie er seine Tochter anstarrte und sich Sorgen darüber machte, dass er sie vielleicht mit einer Mutter teilen musste, an die sich seine Tochter nicht erinnerte. »Fahren wir«, wiederholte er.

* * *

»Was willst du? Ich meine, was willst du *wirklich*?« Luca saß gegenüber von Antonia an einem der vielen Tische im Innenhof des Marriott, abseits des Pools und entfernt von den anderen Gästen.

Sie hatte vorgeschlagen, in ihrem Zimmer zu reden, was er aber abgelehnt hatte.

Er traute ihr nicht und wollte sichergehen, dass es kein Missverständnis bezüglich seiner Gefühle geben würde.

»Ich hege keine Hintergedanken, Luca. Ich will nur meine Tochter kennenlernen.«

»Für wie lange? Eine Woche? Einen Monat?«

Antonia setzte sich vor. »Ich erwarte nicht, dass du das verstehst. Ich habe schon so viele Jahre verloren. Meine eigene Schuld, ich weiß, aber das wird sich jetzt ändern.«

»Und wie willst du das anstellen?« Mit kreisenden Bewegungen rieb Luca Daumen und Zeigefinger aneinander. Jene Fragen hatte er sich in der Nacht zuvor zusammen mit Gio überlegt. Antonia plante selten, außer sie versuchte, etwas zu bekommen, ohne dafür arbeiten zu müssen.

Er sah ihr genau an, dass sie Hintergedanken hatte. Sie war perfekt gestylt, ihre Nägel waren lackiert, die Wimpern künstlich verlängert. Luca kannte sich zwar nicht mit Designerklamotten aus, aber ihre Kleidung wirkte neu und sehr modisch.

Das Auto, mit dem sie gekommen war, war nicht mehr das, mit dem sie damals die Stadt verlassen hatte.

»Es fängt damit an, dass ich mein kleines Mädchen sehen will. Dass ich Zeit mit ihr verbringe.«

»Und wie soll das aussehen?«, fragte er.

»Ich verstehe die Frage nicht.«

»Was ist dein Plan, Antonia? Dein Lebensplan? Wie willst du ein Teil von Frannys Leben sein? Du hast das Sorgerecht in den Wind geschlagen, indem du abgehauen bist. Du hast mir die Scheidungspapiere ausgehändigt und gesagt, wir könnten uns streiten, oder ich könnte dir geben, was du willst, und du würdest gehen.« Er deutete auf seine Brust. »Ich habe mich an meinen Teil der Abmachung gehalten. Du hast dein Geld gekriegt und deine Freiheit und hast kein einziges Mal zurückgeblickt.«

»Ein Fehler, mit dem ich für den Rest meines Lebens klarkommen muss. Ich bin ihre Mutter, Luca. Ich habe Rechte und das weißt du.«

Sein Unterkiefer straffte sich. »Sei vorsichtig.«

Antonia wurde weich. »Wir haben uns einvernehmlich getrennt, und wir können auch das hier einvernehmlich regeln. Ich will mich nicht mit dir streiten.«

Alles, woran er denken konnte, war Streit.

In seiner Tasche surrte das Telefon. Er zog es heraus und sah aufs Display.

Brooke. Er drückte den Anruf weg, damit die Mailbox anging.

Er dachte an die Frau in seinem Leben. Welche Mühe sie sich mit ihrem Dad gab, der fast ihre gesamte Kindheit nicht für sie da gewesen war. Verachtete sie ihre Mutter dafür, dass sie Brookes Dad von ihr ferngehalten hatte? War das überhaupt der Fall? Wie würde sich Franny als Erwachsene fühlen, wenn er Antonia jetzt fortschickte?

Er kratzte sich das stoppelige Kinn.

»Was ist dein Plan, Antonia? Wo wirst du wohnen? Hast du einen Job, oder hast du das Geld, das ich dir gegeben habe, investiert und brauchst nicht mehr zu arbeiten, oder was?«

Sie blinzelte einige Male, ihr halbes Lächeln saß fest im Gesicht. »Ich habe was auf die hohe Kante gelegt. Ich brauche ein bisschen Zeit, um mir den Rest zu überlegen.«

»Zeit? Wie viel Zeit?«

»Du klingst so wütend, Luca.«

»Ich bin auch wütend. Aber schlimmer noch, ich mache mir Sorgen um meine Tochter. Sie hat gelernt, ohne dich zu leben. Wenn du jetzt zurückkommst, bloß um sie wieder zu verlassen, könnte es ihr für den Rest ihres Lebens großen Schaden zufügen.«

Antonia schreckte zurück. »Ich bin doch kein Ungeheuer.«

Für ihn war sie das durchaus.

Antonia wandte den Blick ab. »Mir ist es nicht gut gegangen, Luca.«

Er stutzte. »Was meinst du damit?«

Sie schloss die Augen. »Ich wollte dir eigentlich nichts davon erzählen, denn ich will nicht, dass du dich von Mitleid leiten lässt.«

Er hasste es, wie aufrichtig sie klang. »Erzähl mir mehr.«

»Ich war krank.«

Er zögerte. »Was für eine Krankheit?« Sie machte nicht gerade einen kranken Eindruck.

»Erst war ich ständig müde. Die Ärzte haben Bluttests gemacht. Krebs ist nicht ganz ausgeschlossen, aber es gibt noch keine endgültigen Ergebnisse.«

»Du bist also müde.«

Sie verengte die Augen. »Es könnte ein Autoimmunproblem sein, eine von diesen Krankheiten, die ich nicht mal aussprechen kann. Ich bin gut mit meinem Geld umgegangen, besser als vor unserer Zeit.« Sie lächelte kurz, als sei diese Aussage ein Kompliment für ihn. »Aber als sich die Arztrechnungen häuften, hat sich das Geld schnell in Luft aufgelöst. Immer wieder hatte ich diese Probleme. Die Erfahrung hat mich verändert, Luca. Mir ist klar geworden, dass ich nicht ewig lebe.«

Zum ersten Mal seit ihrem Wiedersehen empfand er etwas anderes als Wut.

Luca sah sich im Hof um. »Ich bezahle dir das Hotel für eine Woche.«

Sie nickte kurz, dann sagte sie: »Wäre es nicht besser, wenn ich oben in der Wohnung schlafe?«

»Das geht nicht. Sie ist vermietet. Außerdem würde dich meine Familie sowieso nicht dort haben wollen.«

»Mit der Zeit könnte ich sie umstimmen.«

Was er bezweifelte.

Aber sie war Frannys Mutter, und war er ihr dafür nicht etwas schuldig? Zumindest die Zeit, um die sie gebeten hatte.

»Eine Woche, Antonia. Und dann musst dir etwas anderes einfallen lassen.«

»Und Francesca?«

Er schob seinen Stuhl zurück. »Ich muss erst mit meiner Familie sprechen. Herausfinden, was am besten ist.« Wobei er, sosehr es ihm missfiel, keinen Weg daran vorbei sah.

»Danke.«

Mit einem Nicken stand er auf und ging.

Kapitel 23

Luca lief unruhig im Wohnzimmer seiner Mutter umher, und Chloe und seine Mama schauten ihn groß an. »Antonia ist gekommen. Gestern Abend ist sie hier aufgeschlagen. Sie hat mich angerufen, als sie vor dem Restaurant stand, und wollte reden.«

»Was?«, fragte Chloe fassungslos.

»Sie sagt, dass sie Franny sehen will.«

Seine Mutter fluchte auf Italienisch, was nur selten vorkam. Alle sahen in ihre Richtung.

»Ich habe sie in einem Hotel untergebracht. Sie hat geglaubt, sie könne bei uns wohnen ...«

»Auf gar keinen Fall!«, rief Mari entsetzt.

»Ich weiß, Mama. Das habe ich ihr auch gesagt.«

»Glaubt sie, sie kann einfach so hier aufkreuzen, als wäre sie nur übers Wochenende weg gewesen?«, fragte Chloe.

»So hat es sich für mich angehört«, warf Gio ein. Er sah zu den Frauen. »Ich habe Luca und sie gestern Abend zufällig reden hören.«

Luca hatte gewusst, dass die Reaktion seiner Familie so ähnlich ausfallen würde wie seine eigene, aber er musste ihr auch klarmachen, dass sie nicht viel tun konnten, um Antonia von ihrem Kind fernzuhalten. Und war das überhaupt ratsam?

»Angeblich war sie krank«, sagte Luca und blickte zu Gio. »Heute habe ich wieder mit ihr gesprochen und da hat sie mir erzählt, dass es ihr nicht gut gegangen sei.«

»Krank? Was für eine Krankheit soll das sein?«, wollte seine Mutter wissen.

»Sie untersuchen alles, von Krebs bis hin zu chronischen Krankheiten. Sie hat nur wenig Details genannt und ich habe auch nicht weiter danach gefragt. Angeblich hat diese Erfahrung sie verändert. Sie will jetzt Mutter sein, sagt sie.«

»Schaut sie denn krank aus?«, wollte Chloe wissen.

»Nein«, antwortete Gio. »Fand ich nicht.«

Auch Luca schüttelte den Kopf. »Ich kann auch nicht behaupten, dass sie schlecht ausgesehen hat. Aber so genau wollte ich sie mir wiederum auch gar nicht anschauen.«

Mari schnalzte mit der Zunge.

»Ich weiß, ich bin auch skeptisch.«

»Und jetzt will sie plötzlich einen auf Mama machen?«, fragte Mari.

»Ich fürchte, ich kann sie nicht wirklich aus Frannys Leben heraushalten, wenn sie wirklich ein Teil davon sein will.«

»Oh, Luca!«, stöhnte Chloe.

»Es läuft nach meinen Bedingungen ab und nur unter Aufsicht. Ich brauche dabei eure Unterstützung.«

»Die kriegst du, Bruderherz.«

»Meinst du, sie wird tatsächlich hierbleiben?«, fragte Chloe.

»Keine Ahnung.«

»Was willst du Franny sagen?«, wollte sein Bruder wissen.

Luca drückte seinen Nasenrücken mit Daumen und Zeigefinger zusammen. Seit Antonias Anruf hämmerte es in seinem Kopf. »Dass ihre Mutter sie sehen will.«

»Lass uns wissen, was wir tun können«, meinte Gio.

Luca nickte und sah auf die Uhr. Er musste Franny von der Schule abholen. »Ich brauche ein bisschen Zeit, um mir zu überlegen, wie ich ihr das mit ihrer Mutter beibringen soll.«

»Das gefällt mir überhaupt nicht«, sagte seine Mutter mit finsterem Blick.

»Mir auch nicht, Mama. Mir auch nicht.«

* * *

Umgeben von einem Berg Klamotten saß Brooke in ihrem Hotelzimmer.

Nicht von ihren eigenen, sondern von denen des Designers.

Sie hob ein Kleid hoch und überlegte, wo sie in San Diego eine Frau finden würde, die so etwas anziehen konnte. Es war für eine Frau ohne Kurven gedacht, mit wenig Taille, fast ein Bleistiftschnitt. Der Stoff gab nicht nach. Es gehörte in ein Büro oder unter einen Designermantel bei kühlem Wetter.

Nayla hatte Brooke absichtlich alle Kleidungsstücke gegeben, die für sehr schlanke Frauen gedacht waren, und ihr damit die Herausforderung auferlegt, Models zu finden und sich Werbeideen einfallen zu lassen, die nicht in die Schablone der New Yorker High-Fashion passten.

Es war frustrierend.

Zum Glück stärkte ihr wenigstens Mayson den Rücken, und sie arbeiteten gemeinsam an der Verwirklichung der Vorschläge, die Brooke gegenüber Downes gemacht hatte.

Was Brooke brauchte, war ein frischer Blick, einer, der keine eins achtzig großen Laufstegmodels vor Augen hatte, die in die Kamera starrten.

Sie zückte ihr Handy und wählte Chloes Nummer für einen Videoanruf.

Nach dem dritten Klingeln hob Chloe ab. »Welch' Überraschung!«

Brooke freute sich, das vertraute Gesicht zu sehen. »Ich hoffe, es ist okay, dass ich anrufe. Ich brüte hier an einem Problem, und glaube, dass du mir vielleicht helfen könntest. Kannst du gerade reden?«

»Ich habe noch ein paar Minuten, bis ich unten erwartet werde.«

»Ich brauche deine Meinung zu ein paar Kleidungsstücken. Vor allem würde ich gerne von dir wissen, ob du dir vorstellen kannst, dass du oder jemand anderes in San Diego sie tragen würde.«

»Kann ich machen«, sagte Chloe lachend.

Brooke drehte das Telefon und zeigte Chloe das Kleid, das sie sich gerade eben angesehen hatte.

»Oh … na ja.«

»Ich weiß.«

Chloe summte nachdenklich und holte tief Luft. »Warte mal, so was könnte ich mir vielleicht in La Jolla oder Del Mar vorstellen. Im Golfclub von Torrey Pines bei einer Abendveranstaltung.«

Brooke hatte nicht an den Norden von San Diego gedacht. Die Orte, die Chloe nannte, waren ein bisschen gehobener. Dort gab es eine Menge altes Geld.

»Okay, und was ist damit?« Brooke hielt einen Blazer mit großen Knöpfen hoch, der mit seinen Linien kantig wirkte.

»Der gefällt mir ganz gut. Den würde ich auf jeden Fall mit Jeans und einem T-Shirt tragen. Und zwar ohne BH.«

»Ohne BH? Warum das denn?«

»Weil er so ausgefallen ist. So als würde man jemanden auffordern, genauer hinzusehen.«

Brooke lächelte. »Das gefällt mir.«

Das Letzte, was sie Chloe zeigte, war ein Kleid, das eher wie ein Sack aussah als etwas, das man anziehen würde.

»Dazu fällt mir nichts ein«, sagte Chloe lachend.

»Mir auch nicht.«

»Aber wenn du mir den Blazer besorgen könntest, würde ich ihn auf jeden Fall nehmen.«

»Ich schau mal, was ich tun kann.« Brooke ließ das Sackkleid aufs Bett fallen. »Wie läuft's bei euch?« Abgesehen von ein paar Textnachrichten hatte sie nicht viel von Luca gehört. Meistens war es nur ein »Guten Morgen« oder »Gute Nacht« gewesen.

Chloe rollte mit den Augen. »So gut wie es einem unter diesen Umständen eben gehen kann. Wir sind alle ziemlich durch den Wind.«

Brooke kniff die Augen zusammen. »Wegen was denn?«

»Wegen Antonia. Luca wird heute Abend mit Franny sprechen.«

Als sie den Namen von Lucas Ex-Frau hörte, stockte Brooke der Atem. »Was?«

Chloe schüttelte den Kopf. »Moment, weißt du es etwa noch gar nicht?«

»Was weiß ich nicht?«

»Hat Luca dir nichts gesagt?«

»Was hat Luca mir nicht gesagt? Was ist mit Antonia?«

Chloe zog das Telefon von ihrem Gesicht weg. »Verdammter Mist! Ich war sicher, Luca hätte dir schon längst alles erzählt.«

Jetzt begann die Haut auf Brookes Arm zu kribbeln. »Was ist los, Chloe?«

»Antonia ist zurück.«

Brooke drehte sich um, spürte das Bett in ihren Kniekehlen und setzte sich. Die Frau, die Luca geliebt hatte, die ihm seine Tochter geschenkt hatte, war wieder aufgetaucht, und er hatte sich nicht mal die Mühe gemacht, es ihr zu sagen. »Wie lange ist sie schon da?«

»Seit ein paar Tagen. Ich bin sicher, Luca hat einen Grund, dass er es nicht …«

Brooke zwang sich zu einem Lächeln. »Da bin ich mir auch sicher.« In ihrer Kehle hatte sich ein Knoten gebildet. »Du, ich muss jetzt aufhören. Vielen Dank für deine Hilfe.«

»Keine Ursache. Aber Brooke, geht's dir gut?«

Nein. Am liebsten hätte sie sich in einer Ecke verkrochen. »Ja, mir geht's gut. Ich habe nur wahnsinnig viel zu tun.«

»Wenn du noch mal meine Hilfe brauchst, meld dich.«

»Mache ich. Danke.«

Damit ließ Brooke ihr Handy aufs Bett fallen und kniff die Augen zusammen.

* * *

Der schwerste Tag in Lucas Leben war derjenige gewesen, an dem er seiner kleinen Tochter hatte sagen müssen, dass ihre Mutter nicht mehr da war. Als Franny fragte, wann sie wieder nach Hause käme, hatte Luca gesagt, er wisse es nicht genau.

Jeden Tag hatte Franny nach ihrer Mama gefragt.

Irgendwann waren aus den Tagen Wochen geworden, dann ein Monat. Und eines Tages hatte Franny einfach aufgehört zu fragen.

Jetzt saß er mit ihr am Esstisch, nur sie beide. Da die Familie sonst ständig um sie herum war, war es eine Seltenheit, wenn nur Vater und Tochter zusammen aßen, was Franny sehr genoss.

Wie immer hatte sie eine Menge zu erzählen.

Über ihre Lehrerin, die anderen Kinder, Streitereien auf dem Spielplatz. Den Unterricht und Schularbeiten erwähnte sie nur selten.

Als sie mit dem Essen fast fertig waren, kam Luca auf das brisante Thema zu sprechen.

»Übrigens, ich habe aufregende Neuigkeiten.«

Franny hob das Kinn und sah ihn neugierig an. »Krieg ich einen Hund?«

Oh, wie sehr hätte er sich gewünscht, dass dies der Fall wäre.

Luca holte tief Luft. »Deine Mama ist gekommen.«

Frannys Lächeln verschwand langsam, blinzelnd schaute sie ihn an. »Was?«

»Deine Mutter, Franny. Sie ist in San Diego und will dich sehen.«

Seine Tochter sackte auf dem Stuhl zusammen. Ihr fiel die Gabel aus der Hand, die Unterlippe begann zu zittern. »Wo war sie?«

Luca öffnete die Arme und Franny kam zu ihm und lehnte den Kopf an seine Schulter.

»Das weiß ich nicht, *tesorina*. Aber sie freut sich darauf, dich zu sehen. Willst du sie auch sehen?«

Er spürte, wie ihr Kopf an seiner Brust nickte. Ihr winziges Stimmchen überschlug sich bei der nächsten Frage. »Warum ist sie weggegangen, Papa?«

»Darauf habe ich leider keine Antwort. Vielleicht wissen wir es eines Tages. Aber du musst nichts tun, was du nicht willst.« Lieber Gott, hoffentlich würden ihn seine Worte nicht einholen.

Franny ließ ihn los, ihre Augen waren nass.

Es brachte ihn um.

»Ich weiß gar nicht mehr, wie sie aussieht.«

Jetzt zwang sich Luca zu einem Lächeln. »Nun, du hast ihre Augen geerbt. Sie hat lange dunkle Haare und sie ist groß, so wie du es sicher auch mal sein wirst. Deine Mutter ist sehr schön, genau wie du.«

»Ich habe Angst, Papa.«

»Es ist alles gut. Ich bleibe die ganze Zeit bei dir.«

»Und wann sehe ich sie?«

Er wollte ihr etwas Zeit geben, damit sie darüber nachdenken und gegebenenfalls ihre Meinung ändern konnte. Wenn Franny Zweifel hatte, würde Antonia stärker kämpfen müssen, um ihre Tochter zu sehen.

»Morgen nach der Schule.«

Franny schmiegte sich an ihn. »Ich hab dich lieb, Papa.«

»Ich dich auch.«

Als er sie ins Bett kuschelte und bei ihr blieb, bis sie eingeschlafen war, war es schon nach neun. Er schaute aufs Handy, ob Brooke geschrieben hatte.

Dort, wo sie sich gerade aufhielt, war es bereits nach elf, und wahrscheinlich war sie schon im Bett.

Statt sie anzurufen, schickte er ihr eine Textnachricht.

Ich hoffe, du hattest einen schönen Tag.

Er überlegte, wie er ihr von Antonia erzählen sollte. Das Letzte, was er tun wollte, war Brooke während dieser anstrengenden Woche noch mehr Stress zu bereiten. Er wusste, wie wichtig dieser Job für sie war. Und was konnte sie schon für ihn oder Franny tun, außer sich Sorgen zu machen? Wenn sie wieder nach Hause kam, hatte sie sicher einen guten Rat für ihn. Praktische Vorschläge, die er gut gebrauchen konnte. Er hatte ohnehin seine Entscheidung so getroffen, als hätte Brooke ihm ihren Rat ins Ohr geflüstert. Aber verdammt, er wollte ihre Stimme hören und ihr alles erzählen.

Wenn du Zeit hast und nicht bis zum Hals in Arbeit steckst, ruf mich an.

Luca drückte auf Senden und legte das Handy zur Seite.

* * *

281

Als Brooke um sechs Uhr morgens wach wurde, las sie Lucas Nachricht. Für wenig später war eine frühe Teambesprechung geplant, weil sie in Kürze Downes ihre Ergebnisse präsentieren sollten.

Wenn sie nicht gerade arbeitete, dachte sie an Luca und daran, was zu Hause vor sich ging.

Sie machte sich Sorgen.

Und gleichzeitig hasste sie die kindliche Unsicherheit, die jeden Gedanken, jeden Moment begleitete, solange er nicht anrief.

Wie es wohl Franny ging? Das arme Mädchen musste sehr verwirrt sein. Je mehr Brooke darüber nachdachte, desto mehr wurde sie von ihrer Arbeit abgelenkt, was sie sich im Moment aber überhaupt nicht leisten konnte.

Brooke verließ ihr Hotelzimmer und ging zu Nayla für das Zoom-Gespräch mit Portia. Unterwegs schrieb sie an Luca.

Wichtige Meetings heute Morgen. Ich melde mich am Nachmittag.

Das war das Beste, was sie schreiben konnte. Gerne hätte sie noch »Ich vermisse dich« oder »Ich denke an dich« hinzugefügt. Aber das wäre nur die halbe Wahrheit gewesen. Sie vermisste ihn zwar, doch sie ärgerte sich noch mehr, dass er ihr nicht von Antonia erzählt hatte. Und ja, sie dachte an ihn, aber vor allem, weil sie verletzt war, dass er so etwas Wichtiges in seinem Leben vor ihr geheim hielt. Beide Aussagen hätten also nicht wirklich gestimmt.

Brooke zwang sich zu einem fröhlichen Gesichtsausdruck und sammelte ihr Selbstvertrauen, das sie jetzt brauchen würde, um den Kunden davon zu überzeugen, dass er das richtige Marketingunternehmen gewählt hatte.

Innerhalb weniger Minuten war Portia online, und auf dem geteilten Bildschirm war nun alles zu sehen, was sie zusammengestellt hatten, um den Kunden glücklich zu machen.

»Wir haben hier einen Vorgeschmack auf die High-Fashion-Welt, die Downes sich wünscht, aber ohne sie für andere unerreichbar zu machen.«

»Ist das ein Golfplatz?«, fragte Portia.

Brooke nickte. »Dort spielt die gehobene Mittelschicht, aber es ist immer noch erreichbar.«

»Und was ist das?«

»Downes' Kollektion hat genug Extravaganz, um ein Clubgefühl zu erzeugen. Hochwertige Kleidung, die sagt ›Ich will gesehen werden‹«, erklärte Nayla.

Brooke sah zu Mayson, der mit den Augen rollte. Die Idee stammte von Brooke, gepaart mit Kayleighs Vorstellung von der Clubszene. All das kam von Chloes Idee, den Blazer ohne BH zu tragen. Nachdem diese Perle in ihren Köpfen platziert worden war, hatten sie gemeinsam ein Brainstorming gemacht, und obwohl Nayla immer noch auf rote Teppiche und Hollywood fixiert war, waren sie zu dem Ergebnis gekommen, dass Golfclubs die bessere Richtung waren. Und die Frauen in diesen Clubs hatten nicht alle die Figur eines Magermodels.

Nayla zeigte dazu ihre Bilder von Laufstegmodels. Sie waren sich einig, dass dies der richtige Weg sei, falls die anderen Ideen nicht Downes' Geschmack trafen.

Es dauerte ein paar Minuten, doch dann begann Portia zu nicken. »Das gefällt mir.«

Brooke und Mayson stießen unter dem Tisch ihre Fäuste gegeneinander.

Portia setzte sich nach vorn. »Was ist der nächste Schritt?«

* * *

»Zweimal *Ravioli al granchio*. Einmal *Gnocchi neri*.« Luca rief die Bestellung aus, für die er schon die Vorbereitung traf, bevor er das letzte Wort ausgesprochen hatte. Während der Mittagszeit war immer viel los. In der Regel übernahm er sonst die Abendschicht, aber diesen Abend wollte er sich für seine Tochter freihalten.

Chloe stand auf der Seite der Kellner zwischen der Küche und dem Restaurant. »Ich brauche einmal Bruschettas«, rief sie ihm zu.

Normalerweise kamen die Bestellungen schriftlich, aber gelegentlich wurden sie mündlich überbracht, wenn es sich um einen Tisch handelte, an dem Stammgäste oder Freunde saßen.

Luca bestätigte die Bestellung mit einem Nicken und rief seinem Team zu.

»Wie geht's dir?«, fragte sie, als sich eine kurze Verschnaufpause ergab.

»Je mehr ich zu tun habe, desto besser«, gab er zu.

»Wie verkraftet Franny die Sache?«

»Sie ist nervös.«

»Wie wir alle«, gab Chloe zu.

Er wusste es zu schätzen, dass seine Schwester so viel Mitgefühl zeigte.

»Und Brooke? Geht's ihr gut?«

Die Bruschettas wurden ihm gereicht, er stellte sie in die Durchreiche.

»Ich hab' ihr noch nichts gesagt.«

Chloe griff nach dem Teller, blieb aber stehen. »Luca.«

»Ich weiß. Ich hätte es schon längst erzählen sollen …«

»Brooke und ich haben gestern telefoniert. Ich habe dabei Antonia erwähnt. Mein Gott, was ist nur los mit euch?«

Er erstarrte und schaute seine Schwester ungläubig an. »Du hast was?«

284

»Ich habe gedacht, du hättest es ihr längst erzählt. Ich habe es nur nebenbei erwähnt. Warum hast du ihr denn nichts gesagt? Ist es ein Geheimnis?«

Jetzt waren die Ravioli mit Meeresfrüchten und die dunklen Gnocchi nicht mehr wichtig. »Chloe!«

Seine Schwester senkte die Stimme und beugte sich näher zu ihm. »Antonia ist doch schon hier. Sie sucht nach einer Unterkunft, wo sie bleiben kann. Willst du, dass Brooke durch die Gerüchteküche der Stadt von ihr erfährt? Oder was geht in deinem Kopf vor?«

»Was willst du mir damit sagen?«

»Ich will dir damit sagen, dass du deinen Hintern ans Telefon bewegen und deine Freundin anrufen sollst.«

Eine weitere Bestellung kam herein, die Luca seinen Mitarbeitern zurief. »Es muss warten.«

Chloe stöhnte und ging, um die Bruschettas zu servieren.

Dreißig Minuten später war es wieder ruhiger in der Küche, sodass Luca kurz hinausgehen und Brooke anrufen konnte.

Zum Glück ging sie gleich dran.

»Hallo, Fremder.«

»Es war viel los«, begann er. »Wie geht's dir?«

»Viel zu tun, aber wir machen gerade eine Pause, also habe ich ein paar Minuten Zeit.«

Luca stand vor der Hintertür des Restaurants, weit weg von den Ohren seiner Mitarbeiter. »Chloe hat mir erzählt, dass ihr miteinander gesprochen habt.«

Es dauerte eine Sekunde, bis Brooke antwortete. »Ja. Komisch, dass sie die Zeit gefunden hat, um mir zu sagen, was los ist, aber du nicht.«

Das ließ ihn im schlechten Licht dastehen. »Ich wollte dich nicht von deiner Arbeit ablenken. Ich weiß, wie wichtig dieser Job ist.«

»Nachdem ich weiß, welche Bedeutung die ganze Geschichte hat, hätte ich erwartet ... ach, vergiss es.« Ihre Worte klangen scharf, man hörte ihr an, wie verärgert sie war.

Er kniff die Augen zusammen. »Ja, ich hätte was sagen sollen.«

»Wenn ein Mann einer Frau etwas verheimlicht, hat das meistens einen Grund. Es steht mir nicht zu, beleidigt zu sein. Das mit uns ist noch frisch und du bist mir nicht zur Rechenschaft verpflichtet.«

»*Cara*, sag so was nicht. Ich bin dir vielleicht nicht zur Rechenschaft verpflichtet, aber ich will für dich da sein und ich will, dass du für mich da bist.«

»Das würde ich dir ja gern glauben, aber ...«

»Das kannst du mir auch glauben.«

»Wir werden es sehen. Wie geht es Franny?«

»Sie trifft heute Nachmittag ihre Mutter im Hotel.«

»Antonia wohnt in einem Hotel?«, fragte Brooke.

»Ja. Sie wollte bei uns übernachten, was ich aber strikt abgelehnt habe. Stattdessen habe ich sie in ein Hotel gesteckt.«

»Moment, wie bitte? Bezahlst du ihr etwa das Hotel?«

Er fuhr sich mit der Hand durch die Haare. Das Gespräch verlief nicht so, wie er es sich gewünscht hätte. »Ja. Es ist kompliziert.«

Jetzt hörte er Brookes nervöses Lachen über die Leitung. »Und es wird von Sekunde zu Sekunde komplizierter.«

»Nichts davon lässt mich gut dastehen, oder?«

»Nein.«

»Sie bedeutet mir nichts mehr, Brooke.«

»Du belügst dich selbst. Wenn sie dir nichts bedeuten würde, wäre sie nicht in einem Hotel, das du bezahlst. Die Sache ist die – und ich werde meine Gefühle hier erst mal beiseitelassen ... Jetzt geht es um Franny und wie sie damit umgeht. Ich hätte einen Rat für dich, falls du ihn hören willst.«

»Ja, bitte.«

»Sag vor Franny nichts über Antonia, weder was Gutes noch was Schlechtes. Gib keine Versprechen ab, die du nicht halten kannst, wenn es um ihre Mutter geht. Deine Tochter wird es dir sonst übel nehmen.«

»Okay. Danke, *cara*.«

»Du kannst dich bei mir bedanken, indem du mir nichts mehr verheimlichst.«

»Du hast recht. Es tut mir leid.«

»Und, Luca?«

»Ja.«

»Wenn sich deine Gefühle ändern, sag es mir bitte.«

»Meine Gefühle werden sich nicht ändern.«

Brooke lachte. »Die Gefühle eines Menschen ändern sich jeden Tag. Ich muss jetzt aufhören.«

»Ich ruf dich heute Abend an.«

»Okay.« Sie klang wenig überzeugt. »Tschüss.«

»*Ciao.*«

Luca legte auf. »Scheiße!«

»Das klingt nicht gut«, meinte Sergio, der zur Hintertür gekommen war.

»Frauen.«

Diese Antwort fand Sergio so lustig, dass er laut auflachte, als er ging und Luca stehen ließ.

KAPITEL 24

Franny zerquetschte fast Lucas Hand, so fest war ihr Griff, als sie vor dem Hotel standen und das Gebäude betrachteten.

»Bist du bereit?«, fragte Luca.

Sie schüttelte den Kopf, ihr Gesicht war farblos. Sie trug ihr rosafarbenes Kleid mit den Rüschenärmeln, das sie für die letzte Schulaufführung gekauft hatten. Nachdem Franny fast einen kleinen Nervenzusammenbruch erlitten hatte, weil ihre schicken Schuhe, die sie eigentlich sowieso immer unbequem fand, nicht mehr passten, hatte sie dazu weiße Glitzerturnschuhe an.

Erst als Luca ihr im Internet Bilder von anderen Mädchen zeigte, die zu Kleidern Turnschuhe trugen, konnte er Franny davon überzeugen, dass sie zum Outfit passten. Noch dazu hatten ihr beim Hinausgehen alle Leute Komplimente gemacht.

Luca führte Franny jetzt durch die Hotellobby zum Innenhof. Er ließ seinen Blick über die Tische schweifen und entdeckte schließlich seine Ex-Frau.

Sie hatte eine dunkle Sonnenbrille auf und telefonierte.

Als sie die beiden erblickte, hob sie die Hand zum Gruß und beendete ihr Gespräch.

Franny zerrte an seinem Arm, damit er sich zu ihr herabbeugte. »Ist sie das?«

»Ja.«

Langsam überquerten sie den Hof. Dabei rückte Franny immer näher an Luca heran.

»Oh, sieh dich einer an. Wie groß du geworden bist!«

Franny winkte schüchtern. »Hallo.«

Antonia kniete sich hin und breitete die Arme aus. »Hast du keine Umarmung für deine Mama?« Luca bemerkte Antonias hohe Absätze und ihren engen Rock.

Franny drückte sich nun noch mehr an Lucas Bein.

»Vielleicht geben wir Franny etwas Zeit, Antonia.«

Das Lächeln auf Antonias Gesicht schwankte, als sie ohne die gewünschte Umarmung aufstehen musste. Sie nahm die Sonnenbrille ab und sah zwischen den beiden hin und her. »Aber natürlich. Setzt euch, setzt euch. Ich habe ein paar Snacks bestellt. Hoffentlich habt ihr Hunger.«

»Du bist hübsch«, sagte Franny und lächelte.

»Oh, Baby, wie lieb von dir, dass du so was sagst. Du bist auch sehr hübsch.«

»Ich habe dir gesagt, dass du deiner Mutter ziemlich ähnlich siehst«, sagte Luca.

»Ich kann gar nicht fassen, wie groß du schon bist.«

»Nonna sagt immer, dass sie mir gleich ein ganzes Schuhgeschäft kaufen muss, weil ich ständig eine Nummer größer brauche.«

Antonia lachte. »Und Humor hast du auch.« Sie sah Luca an. »Sie ist so clever.«

Ein Kellner brachte Pommes, Chicken Nuggets und einer Portion Mini-Tacos an den Tisch.

»Was möchtest du trinken, Schatz?«, wandte sich Antonia an Franny.

»Wasser.«

»Hier gibt es auch Milchshakes und Limo ...«

Franny schaute Luca fragend an.

Heute würde er ihr keinen Wunsch abschlagen.

»Was immer du willst, *tesorina*.«

Franny schüttelte den Kopf. »Ich will kein Bauchweh kriegen.«

Luca blickte zum Kellner. »Wasser ist gut.«

»Wie vernünftig von dir.«

Er sah seine Ex-Frau an, dann sagte er zu Franny: »Du trinkst sowieso nicht so oft Limo, stimmt's?«

Sie schüttelte den Kopf. »Diese Limo-Maschinen sind eklig.«

»Da hast du recht.«

Antonia setzte sich vor. »Also, dann iss wenigstens was.«

Franny setzte sich auf dem Stuhl kerzengerade hin und nahm sich eine von den Pommes.

»Wie gefällt es dir in der Schule?«

»Gut. Brooke findet, dass ich wirklich gut in Mathe bin.«

Antonia lächelte. »Ist das deine Lehrerin?«

Franny schüttelte mit dem Pommesstück im Mund den Kopf. »Sie ist Papas Freundin.«

»Ach ja?« Antonia drehte den Kopf zu Luca. »Ich wusste nicht, dass dein Vater eine Freundin hat.«

»Sie ist auch sehr hübsch. Sie geht gerne in den Park und spielt Frisbee mit uns. Gehst du auch gerne in den Park?«

»Ja, und wie.«

Luca stellte sich Antonia mit ihren hochhackigen Schuhen und ihrem engen Rock im Park vor. *Ja, klar.*

Der Kellner brachte das Wasser und ging wieder.

»Warum bist du weggegangen?«

Antonia öffnete den Mund, dann schloss sie ihn wieder.

Sie warf Luca einen Blick zu, bevor sie nach ihrer Sonnenbrille griff und sie wieder aufsetzte.

Er konnte sich des Eindrucks nicht erwehren, dass sie sich vor der Frage verstecken wollte.

»Na ja, dein Vater und ich haben uns scheiden lassen und …«

Lucas Augen wurden schmal, als er ihr einen warnenden Blick zuwarf, damit sie jetzt nicht die Schuld auf ihn abschob. Diese Party hier war sofort beendet, falls Antonia glaubte, sie könne ihm das anhängen.

»… und da habe ich gedacht, es wäre das Beste.«

Franny knabberte an einem Hühnchenstück. »Bei einem aus meiner Klasse haben sich auch die Eltern scheiden lassen, aber seine Mama ist trotzdem geblieben.«

Luca lehnte sich schweigend zurück. Die unschuldigen Fragen seiner Tochter reichten für dieses Verhör völlig aus.

»Ich hatte meine Gründe.«

Franny legte das Nugget weg und sah ihre Mutter an.

Antonia wusste nicht, dass ihre Tochter beharrlicher als jeder Erwachsene auf eine Antwort warten konnte.

»Was für Gründe?«

Luca spürte, ohne es wirklich sehen zu können, dass Antonia ihn hinter ihrer Sonnenbrille anfunkelte. »Schätzchen, ich finde, heute ist nicht der richtige Zeitpunkt, um darüber zu sprechen. Es tut mir sehr leid, dass ich gegangen bin, aber dafür bin ich jetzt zurückgekommen und hoffe, dass ich alles wiedergutmachen kann.«

Franny schien etwas sagen zu wollen, hielt sich aber zurück.

Dann beugte sich Antonia hinab und brachte eine bunte Geschenktüte zum Vorschein. »Ich habe dir was mitgebracht.«

»Aber heute ist doch gar nicht mein Geburtstag.«

»Ich weiß, Schatz. Ich war bei deiner Geburt dabei. Aber nachdem ich deinen Geburtstag ja verpasst habe …« Sie schob das Geschenk zu Franny.

Die nahm es, riss das Papier auf und förderte eine Barbiepuppe zutage.

»Danke«, sagte sie und lächelte wieder.

»Gern geschehen, mein Schatz.«

Luca musterte seine Ex-Frau. Wahrscheinlich hätte er an ihrer Stelle auch Geschenke für Franny gekauft. Aber es tat weh, mit anzusehen, wie sie versuchte, sich die Liebe ihrer Tochter zu erkaufen.

Die Frage war, würde es funktionieren?

* * *

»Auf uns!« Mayson hob sein Glas, Brooke und die anderen taten es ihm nach.

»Wir haben es geschafft!« Kayleigh schien es selbst kaum glauben zu können.

Brooke sah zu den vier Kollegen und war zufrieden mit dem Ergebnis ihrer Arbeit. Vor allem aber war sie froh, dass es endlich vorbei war. Zumindest was den zweiwöchigen Aufenthalt in Texas anging.

Drei Mal hatte ihr Vater angerufen. Weil er zum Friseur wollte, weil ihm eine Toilettensitzerhöhung das Leben erleichtern sollte und weil er spezielle Augentropfen haben wollte, die er tatsächlich dringend brauchte, und die sie ihm schließlich mit zwei Stunden Zeitaufwand organisiert hatte.

»Jetzt geht die Arbeit erst richtig los«, sagte Nayla in die Runde.

»Du bist so eine Spaßverderberin«, beschwerte sich Mayson.

»Du weißt aber, dass ich recht habe.«

»Heute feiern wir, dass wir den Kunden bei Laune gehalten haben, Nayla. Uns ist allen bewusst, dass wir am Montag wieder weiterarbeiten müssen.« Brooke konnte es kaum erwarten, Nayla von hinten zu sehen. Da sie zu viert an dem Auftrag arbeiteten, sollten sie innerhalb eines Monats alle Wünsche des Kunden erfüllt haben. Und dann – *puff!* – wäre Nayla aus Brookes Leben wieder verschwunden.

Sollte Portia sie jemals wieder zusammen einteilen wollen, würde Brooke nur zustimmen, wenn sie die Leitung übertragen bekam. Nayla mochte vielleicht gut in ihrem Job sein, aber sie ging nicht gerne Kompromisse ein. Dass in einem Team alle an einem Strang ziehen mussten, schien ihr nicht bewusst zu sein.

»Wann fliegst du nach Hause?«, wandte sich Mayson an Brooke.

»Da wir früher fertig geworden sind, habe ich meinen Flug auf heute Abend vorverlegt.«

Er drehte sich zu Kayleigh. »Was ist mit dir? Können wir morgen vielleicht gemeinsam zum Flughafen fahren?«

Brooke schaute Nayla an, die sich etwas abgewandt hatte. »Bleibst du noch hier?«

»Ja. Ich bin noch nicht oft von Manhattan weggekommen. Ich habe vor, das Wochenende zu bleiben, ein Auto zu mieten und ein bisschen herumzufahren.«

Brooke war überrascht, denn sie hatte gedacht, dass Nayla ausschließlich für ihren Job lebte.

»Da wünsche ich dir viel Spaß.«

»Such dir einen Cowboy«, fügte Mayson hinzu.

Das war seine Art zu sagen, dass Nayla dringend mal wieder flachgelegt werden musste.

Brooke warf einen Blick auf die Uhr. »Ich muss jetzt los. Wir sehen uns nächsten Dienstag beim Zoom-Call.« Sie stand auf und schob den Stuhl zurück.

»Guten Flug«, wünschte ihr Mayson.

»Euch auch.« Zu Kayleigh und Nayla gewandt sagte sie: »Es waren lange zwei Wochen, aber es hat sich gelohnt.«

»Viel Glück mit deinem Dad«, sagte Kayleigh.

»Danke.«

»Bis Dienstag«, fügte Nayla hinzu.

Brooke verabschiedete sich und verließ die Hotelbar.

Sie hatte bereits gepackt und musste nur noch ein letztes Mal im Zimmer nachsehen, ob sie alles hatte.

Während der Fahrt zum Flughafen und während sie in der Warteschlange vor der Sicherheitskontrolle stand, grübelte Brooke darüber nach, ob sie Luca schreiben sollte, dass sie früher nach Hause kam.

Aber schließlich entschied sie sich dagegen. Sie wollte sich nur in ihre Wohnung zurückziehen, ohne dieses Gespräch führen zu müssen, das dringend anstand. Ihr Flieger würde erst nach dreiundzwanzig Uhr landen und hoffentlich konnte sie sich unbemerkt einfach hineinschleichen.

Seit der Konfrontation hatte Brooke schon zweimal mit Luca telefoniert. Dabei hatte sie das Gesprächsthema bewusst nur auf Franny ruhen lassen und gefragt, wie die Kleine mit der Situation zurechtkam. Obwohl Brooke auch noch gern gewusst hätte, ob Luca immer noch die Hotelrechnungen für die Frau bezahlte und wenn ja, warum.

Am liebsten hätte sie gar nicht so viel für ihn gefühlt. Denn so war genau der Teil von ihr verletzlich, den sie erst seit Kurzem wiederentdeckt hatte. Jetzt, da die anstrengende Arbeit hinter ihr lag, hatte sie auch noch zu viel Zeit, um über die ganze Situation nachzudenken.

Sie würde sich anderweitig beschäftigen.

Der Treuhandvertrag war diese Woche fällig. Dann musste sie das Auto ihres Vaters loswerden und sich ein eigenes kaufen. Außerdem hatte sie San Diego immer noch nicht richtig erkundet.

Ihr Dad brauchte einen Haarschnitt, es standen für ihn ein paar Arzttermine an.

Dann musste sie noch einen Frauenarzt finden, um sich ein neues Rezept für die Pille zu besorgen.

Zumindest hoffte sie, dass es dafür noch Bedarf gab.

Sie würde einfach beschäftigt bleiben. Falls sich Lucas Gefühle ihr gegenüber geändert hatten, würde sie die Zeit füllen und schneller über ihn hinwegkommen.

Dass es ein Fehler war, sich mit jemandem einzulassen, der im selben Gebäude wohnte, wurde jetzt nur allzu deutlich.

Immerhin hatte sie auf dem Rückflug ein wenig Glück, denn man bot ihr ein Upgrade an. Sie bekam einen Fensterplatz in der First Class und konnte so viel Wein trinken, wie sie wollte.

Was sie auch machte und so war sie bei der Landung ziemlich beschwipst.

Nach der Heimfahrt mit einem Uber-Taxi gab sie sich alle Mühe, ihren Koffer so leise wie möglich die Treppe hinaufzuschleppen. Als sie fünf Schritte an Lucas Wohnung vorbei war, hörte sie die Scharniere seiner Tür quietschen.

»Scheiße«, fluchte sie lauter als beabsichtigt.

»Brooke?«

Ihre Schultern sackten zusammen. »Ja.«

»Ich dachte, du kommst erst morgen heim.«

Sie hörte, wie er hinter ihr die Treppe hochkam.

»Ich habe meinen Flug umgebucht.«

»Warum hast du nicht angerufen?« Jetzt stand er neben ihr und nahm ihr sogleich den Koffer ab.

Brooke betrachtete ihn, musterte sein zerzaustes Haar, seinen Dreitagebart.

Mist, warum musste er nur so gut aussehen?

»Ich wollte niemanden belästigen.«

Er kniff die Augen zusammen. »Du belästigst nie irgendwen, *cara*.«

Sie wankte auf ihn zu, dann wich sie zurück. »Vielleicht habe ich im Flugzeug zu viel getrunken.«

Luca grinste. »Das ist es also, was ich in deinem Blick sehe.«

»Alkohol ist mein Wahrheitsserum. Und die Wahrheit ist, dass ich jetzt am besten ins Bett gehe und zwar allein.«

Lucas Lächeln wurde schwächer.

Mist, hatte sie das etwa laut gesagt?

Verdammt!

»Interessant.«

Luca trug ihr Gepäck nach oben und blieb vor ihrer Tür stehen.

Brooke kramte ihren Schlüssel heraus und sperrte auf.

Er trug den Koffer ins Schlafzimmer, während sie zum Küchenfenster ging und es öffnete.

Sie stützte die Hände auf beiden Seiten der Spüle ab und sog die salzige Luft ein. Home sweet home. Trotz aller Ungewissheit war sie froh, wieder in San Diego zu sein.

Doch dann spürte sie Lucas Arme, obwohl sie ihn gar nicht hinter sich gehört hatte.

Brooke versteifte sich.

»Rede mit mir, *bella*«, flüsterte er ihr ins Ohr.

Sie schüttelte den Kopf. »Ich würde nichts Nettes sagen.«

»Dann sag eben furchtbare Dinge. Aber sprich mit mir.«

Während sie den Blick zum Fenster gerichtet hielt, begann sie schließlich zu reden. »Für mich ist das mit uns keine Affäre. Ich habe gehofft, dass sich vielleicht mehr daraus entwickeln könnte.«

Er drückte ihre Taille. »Brooke …«

»Wenn man Geheimnisse voreinander hat, handelt es sich nicht um eine richtige Beziehung. Und wenn dieses Geheimnis noch dazu was mit der Ex-Frau zu tun hat, fühlt es sich noch mehr wie ein Vertrauensbruch an.«

»Zwischen mir und Antonia ist nichts mehr, Brooke.« Luca stellte sich neben sie, legte eine Hand an ihr Kinn und führte ihren Blick zu sich. »Sie ist völlig überraschend hier aufgetaucht.«

»Das glaube ich dir ja, aber du hast es vor mir geheim gehalten.«

»Ich wollte nicht …«

»Hör auf. Was, wenn ich dir sage, dass mich Marshall in Texas angerufen hat, und aufgetaucht ist, um mit mir zu reden?«

Was auch immer Luca gerade hatte sagen wollen, verpuffte wie Rauch. Man sah ihm an, wie sich die Zahnrädchen in seinem Kopf drehten.

»War das so?«

Sie antwortete ihm nicht. »Siehst du? Du willst es unbedingt wissen. Du fragst dich, ob ich das nur sage, um dir was zu beweisen, oder war er vielleicht wirklich da? Und wenn ja, worüber haben wir geredet? Warum erfährst du es erst jetzt? Habe ich es dir aus Rache vorenthalten? Oder ist zwischen ihm und mir vielleicht was gewesen?«

Luca blieb stumm.

Sie legte ihm eine Hand auf die Brust. »Wenn sich zwei Menschen auf eine Beziehung einlassen, die etwas zu bedeuten hat, dann haben sie keine Geheimnisse voreinander. Denn wenn es Geheimnisse gibt, ist das Vertrauen gebrochen und Vertrauen ist alles.«

Mit gesenktem Kopf nahm Luca ihre Hand.

»Ich hatte einen wirklich langen, anstrengenden Tag.« Und wenn er weiter hier stehen blieb, würde sie wahrscheinlich nachgeben und ihre ganze Tapferkeit würde sich mit einem einzigen Kuss auflösen.

Luca führte ihre Hände zu seinen Lippen. »Ich werde es wiedergutmachen.«

»Und ich werde dir die Chance dazu geben. Aber heute Nacht will ich schlafen.«

Wieder küsste er ihre Hände, berührte zärtlich ihr Gesicht. Dann ging er.

Daraufhin atmete Brooke tief durch und trat zur Speisekammer.

Noch ein Gläschen Wein würde nicht schaden.

KAPITEL 25

Welch Schmerz!

Als sie ein Auge öffnete, stachen ihr Dornen von tausend Rosen in den Hinterkopf.

Der Wecker auf dem Nachttisch zeigte ihr an, dass es schon nach neun Uhr morgens war.

So viel dazu, gleich frühmorgens all die Dinge in Angriff zu nehmen, die auf ihrer Liste standen.

Schnell schloss sie das eine Auge wieder und versuchte, ihren Kopf dazu zu bringen, mit dem Hämmern aufzuhören.

Nun surrte auch noch das Telefon neben ihr.

Eine Textnachricht, die wahrscheinlich die Ursache dafür war, dass sie aufgewacht war. Sie griff nach dem Handy und sah, dass Chloe ihr geschrieben hatte.

Habe gehört, dass du wieder da bist. Yoga?

Bei dem Gedanken, ihren Hintern im Herabschauenden Hund in die Luft zu strecken, zog sich Brookes Magen zusammen.

Ich sterbe gleich.

Chloes Antwort war ein Fragezeichen.

Daraufhin schickte Brooke ein Weinglas-Emoji.

Sofort klingelte das Telefon.

»Ich sterbe wirklich. Du kannst gern mit mir tauschen«, sagte Brooke.

Chloe musste lachen. »Gio hat das beste Mittel gegen Weinkater. Ich bin in zehn Minuten oben.«

»Ich liebe dich.«

Lachend legte Chloe auf.

Wenn sie sich nicht bewegte, würde sie vielleicht die nächste Stunde des Tages überleben.

Schon klopfte es an der Tür, dann war Chloes Stimme zu hören. »Brooke?«

»Hier hinten.«

Chloe kam glucksend herein und zeigte mit dem Daumen hinter sich. »Da steht doch noch eine halbe Flasche.«

»Ich habe schon im Flieger angefangen.«

Chloe setzte sich zu ihr aufs Bett und stellte ein Glas mit Gios ominösem Gegengift auf den Nachttisch.

Mit Mühe setzte sich Brooke auf.

»Hat das mit eurem Auftrag nicht geklappt?«

Sie schüttelte den Kopf. »Doch, den haben wir erfolgreich gemeistert.«

»Warum dann?«

»Antonia.«

Chloe öffnete den Mund. »Oh.«

Naserümpfend schaute Brooke die braune Flüssigkeit auf dem Nachttisch an.

»Es hilft, glaub mir. Ich spreche da aus eigener Erfahrung. Runter in zwei Schlucken und dann auf deine Atmung konzentrieren.« Chloe reichte ihr das Glas.

Brooke hielt ihre Nase darüber.

»Nein. Trink es einfach.«

Was konnte ihr schon passieren? Vielleicht kam alles wieder hoch, aber wahrscheinlich würde sie heute so oder so über der Schüssel hängen.

»Prost!«

Der erste Schluck.

Ein zweiter.

Sie schmeckte Wein und Pfeffer heraus und irgendetwas anderes, das sie nicht identifizieren konnte.

»Das ist grauenvoll.«

»Jetzt einfach nur atmen.«

Brooke schloss die Augen und tat wie geheißen. Nach vier tiefen Atemzügen öffnete sie sie wieder.

Wenigstens schien sie es bei sich zu behalten.

»Alles gut.«

»Jeder von uns hat das schon mal durchgemacht.«

Brooke schüttelte langsam den Kopf. »Warum tut man sich so was an?«

»Weil es Männern manchmal schwerfällt, ihre Handlungen mit ihrem Hirn zu steuern. Luca hat erzählt, dass du sauer bist.«

»Zumindest bin ich froh, dass er wenigstens das mitbekommen hat. Es hat mich verletzt, Chloe. Ich mag deinen Bruder und ich habe gedacht, dass er anders ist.«

Chloe legte die Hand auf Brookes Bein. »Er fühlt sich beschissen.«

»Gut.«

Chloe grinste.

»Ich will ja eigentlich die moderne, selbstbewusste Frau sein, aber das ist verdammt schwer.«

»Manchmal will eine Frau eben, dass der Mann in ihrem Leben nur für sie Platz hat. Aber es ist nicht zu viel verlangt, dass Luca in Sachen Antonia ehrlich zu dir ist.«

Brooke nahm Chloes Hand. »Danke.«

Da klopfte es an der Wohnungstür.

Sie wechselte Blicke mit Chloe.

»Soll ich aufmachen?«

»Ja. Ich muss meinen Mund ausspülen und den Geschmack nach totem Igel loswerden.«

Während Chloe zur Tür ging, huschte Brooke ins Bad.

Als sie anschließend ins Wohnzimmer kam, standen Frühlingsblumen auf dem Tisch.

Ein riesiger Blumenstrauß.

»Ich würde sagen, Luca bemüht sich um dich.«

Brookes Herz begann aufzutauen. Sie las die Karte.

Du bist die einzige Frau in meinem Leben.
L.

»Hat er sie liefern lassen?«

Chloe nickte.

Während Brooke zur Küche ging, sagte sie: »Meine Freundin Carmen meint immer, mit dem Verzeihen soll man warten, bis Schmuck involviert ist.«

»Find ich gut, wie deine Freundin denkt.«

Brooke schenkte sich ein Glas Wasser ein.

»Wie kommt Franny mit der Situation zurecht?«

»Schwer zu sagen. Sie scheint Angst zu haben, mit irgendwem von uns darüber zu sprechen.«

Brooke trank einen kleinen Schluck. »Mann, daran kann ich mich auch noch gut erinnern.«

»Wie meinst du das?«

»Ich habe meinen Dad erst kennengelernt, als ich ein Teenager war.«

»Nicht dein Ernst.«

Brooke schüttelte den Kopf. »Mein Vater ist gegangen, bevor ich zwei war, und er hat sich nie mehr gemeldet. Klingt ähnlich, oder?«

»O Gott!«

»Als ich ihn dann später kennengelernt habe, stand ich unter mikroskopischer Beobachtung. Meine Mutter hat alles, was ich in Bezug auf ihn gesagt oder getan habe, auf die Goldwaage gelegt. Sie war auch nicht gerade begeistert darüber, dass ich mich so darauf gefreut habe, ihn kennenzulernen. Heute kann ich es besser verstehen, aber damals ... Ich wollte unbedingt einen Dad haben. Ich kann mir vorstellen, dass es Franny genauso geht. Egal, wer Antonia ist, oder ob sie Franny gerecht wird, sie ist ihre Mutter und Franny weiß das. Aber sie traut sich nicht, gegenüber Luca oder einem von euch ihre Aufregung zu zeigen.«

Chloe saß mit leerem Gesichtsausdruck auf dem Sofa. »Du bist die Einzige, die sich mit ihr identifizieren kann.«

Brooke nahm ihr Wasserglas mit zur Couch. »Aber ich bin trotzdem nicht unvoreingenommen. Ich mag Antonia schon alleine aus Prinzip nicht. Würdest du deinem Kind so was antun, würde ich dir einen Einlauf verpassen.«

Chloe schüttelte den Kopf. »Das wird nicht passieren. Sollte ich mal Kinder haben, werden sie vor Liebe fast ersticken.«

Brooke wusste genau, was Chloe meinte. »Meine auch.«

»Keiner von uns hat verstanden, wie sie einfach weggehen konnte. Aber später war klar, dass es eigentlich so hat kommen müssen.«

»Warum?«

Chloe zögerte. »Ich glaube, das musst du Luca selbst fragen.«

Brooke schüttelte den Kopf. »Nein. Du hast dieses Gespräch angefangen und ich will nicht warten, bis Luca bereit ist, sich zu öffnen. Was ist Antonias Geschichte? Nicht die Geschichte der beiden ... danach frage ich ihn selbst.«

Chloe fuhr sich über die Stirn. »Ich brauche erst einen Kaffee.«

Brooke deutete Richtung Küche. »Bedien dich.«

Chloe stand auf und hantierte so selbstverständlich in der Küche herum, als wäre es ihre eigene. Was in gewisser Weise auch stimmte und wahrscheinlich hatte sie schon mehr Zeit hier verbracht als Brooke.

»Antonia ist die Nichte eines Freundes von unserem Opa. Sie wollte nach Amerika und so hat mein Großvater den Kontakt zu meiner Mama hergestellt …«

Brooke unterbrach sie. »Bitte sag mir, dass sie nicht in dieser Wohnung gewohnt hat.«

Chloe schüttelte den Kopf und war weiter damit beschäftigt, Kaffee zu kochen. »Nein. Sie hat bei Rosa gewohnt. Das ist die älteste Freundin meiner Mutter.«

»Gott sei Dank.«

»Sie ist also nach Amerika gekommen und kurz, bevor ihr Aufenthalt zu Ende gegangen wäre, kam sie mit Luca zusammen. Wie du weißt, haben sie geheiratet, dann ist Francesca auf die Welt gekommen.«

Brooke sprach vorsichtig ihre sofortige Vermutung aus: »Weil das mit der Schwangerschaft ein Unfall war?«

»Nein. Franny wurde zehn Monate nach der Hochzeit geboren. Jeder hat genau nachgerechnet, glaub mir.«

»Da wart ihr wohl erleichtert?«

»Ja, aber trotzdem hat es nichts an der Tatsache geändert, dass Antonia ein paar Jahre nach Frannys Geburt die amerikanische Staatsbürgerschaft erhalten hat und anschließend abgehauen ist.«

Brooke erschauderte. »Verdammt!«

»Das haben sich die meisten von uns auch gedacht.«

Diese neue Information musste Brooke erst mal sacken lassen. »Wie hat Luca das verkraftet?«

Chloe zuckte mit den Achseln. »Er hatte Franny. Und er hat seine Vaterrolle sehr ernst genommen und nie mehr zurückgeblickt. Tatsächlich nimmt er auch die Rolle als ältester Sohn und neues Familienoberhaupt sehr ernst. Luca braucht es, gebraucht zu werden.«

Brooke setzte sich aufrechter hin. »Was willst du mir damit sagen?«

»Nur das, was ich gesagt habe. Luca ist ein guter Kerl mit einem großen Herzen. Wir hatten schon befürchtet, dass sie es kaputt gemacht hat. Doch dann bist du gekommen und hast ihm wieder ein Lächeln ins Gesicht gezaubert.« Nach einer kurzen Pause sagte Chloe im Nachsatz: »Lass sie nicht gewinnen. Sie hat ihn nicht verdient.«

Wieder spürte Brooke den Kloß, der ihr seit Antonias Rückkehr im Hals saß. »Ich bin nicht die Mutter seiner Tochter.«

Chloe holte tief Luft und blies sie langsam wieder aus. »Das ist Ansichtssache.«

* * *

»Ich habe das Zimmer bis morgen bezahlt.« Eine Woche länger, als er ursprünglich zugesagt hatte. »Danach geht es auf deine Rechnung oder du musst raus«, erklärte Luca, nachdem Antonia endlich mal ans Telefon gegangen war.

»Können wir nicht noch mal darüber reden?«

»Das Einzige, worüber wir reden können, ist, ob du die bisherige Rechnung auch übernehmen willst. Wenn man bedenkt, dass du täglich im Hotel isst und dir alles aufs Zimmer schreiben lässt, wäre das vielleicht angebracht.« Obwohl er genau wusste, dass sie das nicht tun würde.

»Francesca kommt so gerne an den Pool.« Franny war ein Mal zum Baden gekommen. Antonia hatte einen Bikini getragen, der kaum etwas verdeckte, dabei hatte sie nicht einmal einen Zeh ins Wasser gesteckt. Luca hatte vorsichtshalber auch eine Badehose angezogen, aber als sich herausstellte, dass

304

Antonia sich eher mit ihm als ihrer Tochter unterhalten wollte, hatte Luca Chloe angerufen, die anschließend für ihn den Besuch beaufsichtigte.

Als er nach einer Stunde zurückgekommen war, waren Chloe und Franny klatschnass und erschöpft vom Spielen im Pool, und Antonia zog einen Schmollmund.

»Dann miete dir doch eine Wohnung mit Pool.«

»Sei vernünftig, Luca.«

Er musste an Brooke denken. »Das bin ich. Du triffst dich heute nach der Schule mit Franny im Park. Darum geht es doch. Nicht darum, dass ich für deine Unterkunft und Verpflegung bezahle.«

»Also, ich glaube nicht, dass ich heute dafür Zeit habe. Ich muss mir schließlich eine neue Unterkunft suchen.«

»Wie bitte?« Luca schüttelte den Kopf und blieb vor dem Wohnzimmerfenster stehen.

»Du hättest mir mehr Vorlaufzeit geben müssen. Ich will ja keine Gelegenheit verpassen, Francesca zu sehen, aber du lässt mir ja kaum eine andere Wahl.«

Das war dreist. Wie schon so oft in der Vergangenheit spürte er auch jetzt, wie sich ihre manipulativen Finger um ihn legten. »Wie du meinst.«

Ihre Stimme wurde sanfter. »Luca?«

»*Ciao.*«

»Luca!«

Er legte auf.

Sofort klingelte wieder das Telefon mit Antonias Namen auf dem Display.

Gleichzeitig klopfte es an der Tür.

»Komm rein.«

Brooke spähte herein, während Luca das klingelnde Handy auf dem Küchentisch ablegte. »Guten Morgen.«

Sie war wie eine frische Brise, wenn auch ihre Augenlider etwas schwer wirkten. Wahrscheinlich hatte sie keinen erholsamen Schlaf gehabt. »Guten Morgen.«

»Ich wollte mich für die Blumen bedanken. Sie sind wunderschön.«

»Mein armseliger Versuch, dich daran zu erinnern, wie viel du mir bedeutest, und es tut mir leid, dass du daran gezweifelt hast.« Er ging zu ihr, unsicher, ob er sie in die Arme nehmen durfte.

»Es ist auf jeden Fall ein guter Anfang.«

Sie lächelte und das war schon viel besser als ihr Verhalten am Vorabend. »In meiner Romantikkiste habe ich noch mehr als nur Blumen.«

»Du musst dir meine Zuneigung nicht erkaufen.«

»Wer hat hier was von Kaufen gesagt? Ich wollte dir eine hübsche Makkaroni-Kette basteln.«

Jetzt musste sie lachen.

»Oh, *bella*, es ist so schön, dich wieder fröhlich zu sehen.«

Er streckte die Arme nach ihr aus und sie ließ ihn gewähren.

»Ich freue mich, dass du wieder zu Hause bist«, sagte er leise.

»Ich auch.«

Er lehnte sich an sie. »Darf ich dich jetzt richtig willkommen heißen?«

Mit einem Nicken hob sie den Kopf und drückte ihre Lippen auf seine.

Gott sei Dank!

Sie war so süß, so weich und ihr Kuss wie Frühlingsregen mit Schmetterlingen. Er genoss jede Sekunde, jedes kleine Geräusch, das sie von sich gab.

Als er sich zurückzog, flüsterte sie: »Hallo.«

»Mmmm.«

»Ich kann leider nicht bleiben«, sagte sie mit einem Seufzer. »Ich muss mit meinem Dad zum Friseur. Er hatte drei Mal angerufen, als ich in Texas war.«

»*Cara*, warum hast du mich nicht um Hilfe gebeten? Ich hätte das für dich übernehmen können.«

»Du hast meinen Dad ja noch nicht mal kennengelernt.«

»Das spielt keine Rolle.«

Sie trat einen Schritt zurück. »Es geht hier nur um seine Haare. Die können warten.«

Luca strich über ihre Schultern, über ihre Arme und nahm dann ihre Hände. »Bist du wieder zurück, wenn Franny aus der Schule kommt? Wir wollen in den Park.«

»Ja, ich komme gerne mit.«

Er musste wieder an seine Ex-Frau denken. »Ich will ganz ehrlich sein. Eigentlich hätte Antonia uns dort treffen sollen, aber jetzt muss sie sich eine neue Bleibe suchen, da sie nicht mehr auf meine Rechnung im Hotel wohnen kann.«

Brooke zuckte zusammen. »Und dafür versetzt sie Franny?«

»Ja. Wie es sich anhört, will sie mir die Schuld dafür in die Schuhe schieben.«

»Das ist doch lächerlich.«

»Stimmt.«

»Danke, dass du mir das sagst. Ich komme trotzdem mit in den Park.«

Luca küsste sie erneut, diesmal nur kurz. »Dann sehen wir uns heute Nachmittag.«

»Ich wünsch dir einen schönen Tag.«

Er lächelte. »Werde ich haben.«

Als Brooke ging, war ein Großteil der Angst, die seit Tagen in seinem Kopf herumgeschwirrt war, verflogen.

Dann surrte sein Telefon auf dem Tresen. Er warf einen Blick darauf und rechnete damit, Antonias Namen zu lesen, weil sie anrief, um ihm wieder etwas vorzujammern. Aber es war eine Nachricht von Chloe.

Blumen verwelken. Schmuck nicht.

Er legte das Telefon beiseite.

Nach drei Schritten Richtung Wohnzimmer blieb er stehen, drehte sich zur Küche um und las die Nachricht ein zweites Mal.

»Hm.«

* * *

»Ja, da schau her!«

Brookes Vater kam mit einer Gehhilfe und ganz ohne Rollstuhl aus der Tür des Seniorenheims.

»Ich w-werde von Tag zu Tag kräftiger.«

»Das ist fabelhaft.« Und das war es wirklich. Er grinste, und obwohl er jetzt eine Hippiefrisur hatte und man das Zeug, das ihm aus der Nase wuchs, zu einem Zopf hätte flechten können, sah er aus, als hätte er immerhin schon fünf Kilo zugenommen, nachdem er im Krankenhaus fünfzehn verloren hatte. »Du siehst gut aus.«

»Ich sehe aus wie … wie ein Penner.«

Sie öffnete die Beifahrertür und half ihm beim Anschnallen. »Dann ändern wir das jetzt.«

Nachdem sie den Rollator im Kofferraum verstaut hatte, setzte sie sich hinters Lenkrad und bog vom Parkplatz auf die Straße. »Es gibt hier in der Nähe einen Friseursalon, den wir mal ausprobieren sollten.«

»Und danach Mittagessen.«

»Ja, Dad. Danach gehen wir mittagessen.«

Der Friseursalon wurde von zwei Koreanerinnen geführt, die schnell und effizient arbeiteten.

Ihr Vater beschwerte sich, weil er nicht alles verstand, was sie sagten.

Brooke rollte mit den Augen, schüttelte den Kopf, hielt aber den Mund und bezahlte die Rechnung.

Das Mittagessen verlief etwas ruhiger. Sie fanden ein mexikanisches Restaurant, wo ihr Dad eine Quesadilla mit viel zu viel Käse bestellte. Und dann erkundigte er sich tatsächlich mal nach Brookes Leben.

»Wie war es in Texas?«

»Wir haben den Kunden glücklich gemacht und den Auftrag bekommen.«

»Das ... das ist gut.«

»Ja, das ist wirklich gut. Ich habe eine Kampagne für Designerklamotten mit normalen Frauen vorgeschlagen, und es hat funktioniert.«

»Was ... was meinst du mit ›normal‹?«

»Normales Gewicht. Nicht Kleidergröße zweiunddreißig.«

»Frauen mit mehr Gewicht?«

Sie schüttelte den Kopf, dann nickte sie. »Etwas mehr schon. Normal eben.«

»Hm.«

»Sei nicht so voreingenommen, Dad.«

»Ich habe nichts ... nichts gesagt.«

»Deine Körpersprache sagt schon alles. Wenn du jemals wissen willst, warum du so viele Frauen verheizt hast, habe ich vielleicht die Antwort darauf.«

»Hey!«, sagte er, aber er grinste dabei. »Vielleicht kann ich dich mal besuchen kommen und deine neue Wohnung sehen.«

Brooke warf einen Blick auf den Rollator. »Ich wohne im dritten Stock. Aber wir können ins Restaurant gehen, das zum Haus gehört. Ich will dir jemanden vorstellen.«

Joe warf ihr einen Seitenblick zu. »Ach ja?«

»Er heißt Luca.«

Jetzt schenkte er ihr ein Lächeln, bei dem die rechte Gesichtshälfte, die seit dem Schlaganfall nicht mehr richtig kooperieren wollte, etwas herabhing.

»Er ist Koch.«

Da wurde sein Lächeln noch breiter. »Das passt, denn ich esse gerne.«

Sie tätschelte seine Hand. »Ich weiß, Dad. Ich weiß.«

KAPITEL 26

»Sie kommt nicht?«

Luca sah, hörte und spürte die Enttäuschung seiner Tochter, während er ihr beibrachte, dass sie ihre Mutter heute nicht sehen würde.

»Ihr ist was Wichtiges dazwischengekommen.«

Nach dieser Nachricht lief Franny langsamer. »Ist sie jetzt wieder ganz weg?«

Luca zuckte zusammen und legte seiner Tochter eine Hand auf die Schulter. »Nein, *tesorina*. Nicht, dass ich wüsste. Sie hat es heute einfach nicht geschafft.«

Seite an Seite gingen sie zum Park. In den letzten Jahren hatte er sehr viel Zeit mit seiner Tochter verbracht, und er würde auch in Zukunft dafür sorgen, dass dies so blieb. Er wusste, dass die gemeinsame Zeit begrenzt war. Irgendwann hätte sie keine Lust mehr, ständig mit ihrem Dad zusammen zu sein.

»Wie war eigentlich deine Rechtschreibprobe?«

Franny zuckte mit den Achseln.

»Nicht so gut?«

»Weiß nicht.«

Er merkte, wie sie sich immer mehr verschloss, aber er konnte nichts dagegen tun.

Im Park waren viele bekannte Gesichter, doch Franny hatte offenbar keine Lust auf Gesellschaft. Lustlos schaute sie zu Boden.

Da entdeckte Luca ein Gesicht, das seiner Tochter hoffentlich ihr Lächeln zurückbringen würde.

Er stupste Franny an. »Schau, wer da ist.«

Frannys Kinn schoss in die Höhe. »Mama?«

Es durchbohrte ihn wie ein Giftpfeil.

Er zeigte in die Ferne.

Tatsächlich hellte sich Frannys Miene schlagartig auf. Begeistert rannte sie los. »Brooke!« Sie schlang die Arme um Brookes Taille und rief. »Du bist wieder da!«

»Ich habe dir doch gesagt, dass ich in zwei Wochen zurück bin.«

Franny umarmte sie noch fester.

Brooke sah zu Luca, Besorgnis in ihrem Gesicht.

Er schüttelte kaum merklich den Kopf.

»Ich habe gehört, dass du ziemlich viel Aufregung hattest, während ich weg war.«

Franny ließ sie los. »Meine Mama ist zurückgekommen.«

Brooke ging vor Franny in die Hocke und behielt ihr Lächeln. »Ich weiß. Das ist ja verrückt. Wie fühlt sich das an?«

»Komisch. Gut …« Franny warf einen Blick über die Schulter zu Luca, dann drehte sie sich wieder zu Brooke. »Aber auch seltsam.«

»Das sind eine Menge Gefühle. Redest du mit jemandem darüber?«

»Wie meinst du das?«

»Ich meine, ob du zum Beispiel mit einer Freundin darüber redest? Hast du jemanden, dem du all diese seltsamen, guten und verrückten Gefühle erzählen kannst?«

Franny schüttelte den Kopf. »Ich habe es Regina erzählt, aber die versteht das nicht.«

Luca hörte, was Brooke sagte, und dachte vielleicht mehr über ihre Worte nach, als es seine Tochter tat.

»Dann müssen wir jemanden finden, mit dem du reden kannst.«

»Wen denn zum Beispiel?«

Brooke zuckte mit den Schultern. »Ich wette, wir finden jemanden. Und in der Zwischenzeit kannst du immer mit mir reden.«

»Echt?«

»Ja, echt! Weißt du, dass ich meinen Dad erst kennengelernt habe, als ich ein paar Jahre älter war als du jetzt.«

Frannys Mund blieb offen stehen. »Im Ernst?«

»Ja, im Ernst. Und ich weiß noch genau, dass es in der einen Minute toll war und in der nächsten ganz verwirrend. Ich war gleichzeitig wütend und traurig und glücklich. So ist das immer noch, wenn es um meinen Dad geht.«

»Wirklich?«

»Ja, manchmal schon.«

Franny senkte den Kopf. Dann sagte sie zögerlich: »Ich bin traurig, weil sie heute nicht gekommen ist.«

Brooke sah Luca an. »Das merken wir.«

Franny blickte über die Schulter zurück. »Tut mir leid, Papa.«

»Was tut dir leid?«

Jetzt stiegen Tränen in ihren Augen auf, die kleinen Lippen bebten. »Ich … ich weiß es nicht.«

Luca trat zwei Schritte auf sie zu, breitete einladend die Arme aus, und schon stürzte Franny zu ihm. Ihr kleiner Körper zitterte, während sie schluchzte.

Er hielt seine Tochter fest und sah Brooke an.

Ihre Augen zeigten, wie sehr sie den Schmerz der Kleinen verstand.

Er hielt Franny ein paar Minuten lang fest, bis ihr Schluchzen in ein Wimmern überging und sie schließlich nur noch die Nase hochzog.

Er setzte sich auf die Fersen zurück und sah Franny an. »Fühlst du dich ein bisschen besser?«

Sie nickte.

»Die letzten Wochen waren nicht leicht, oder?«

»Papa?«

»Ja?«

So wie Franny die Augen von einer Seite zur anderen bewegte, lastete eine große Frage auf ihr. »Kann ich statt Mama auch nur Antonia zu ihr sagen?«

Dies ließ sämtliche Luft aus seinen Lungen entweichen.

Er warf einen Blick auf Brooke, die leicht nickte.

»Natürlich, *tesorina*, wenn dir das lieber ist.«

Sie gingen zu dritt zu einer Bank, auf die Franny ihren Rucksack warf. »Willst du Frisbee spielen?«

Da griff Luca in die Tasche seiner Windjacke. »Ja, aber davor habe ich noch was für euch beide.«

Brooke und Franny blickten ihn erstaunt an.

Er holte zwei Schächtelchen heraus, eines war silber-, das andere goldfarben. Die goldene Schatulle überreichte er Brooke, Franny erhielt die andere. »Als ich das hier gesehen habe, musste ich sofort an meine zwei besonderen Mädchen denken, die es in meinem Leben gibt.«

Brooke legte den Kopf schief und grinste. »Eine Makkaroni-Kette?«

Er zwinkerte ihr zu. »Mach es auf.«

Luca beobachtete Brookes Gesichtsausdruck, während sie ein goldenes Herz an einer Kette zum Vorschein brachte.

»Luca, das ist wunderschön.«

Sie nahm es aus der Schachtel.

»Ich habe die gleiche«, rief Franny jetzt.

Ihre Kette sah genauso aus, nur war das Herz kleiner und aus Silber. »Danke, Papa.«

»Du bist jetzt schon so groß und sollst auch ein paar schöne Dinge haben.«

Brooke legte die Schachtel ab und versuchte, den Verschluss zu öffnen.

»Warte, ich helfe dir.« Er nahm ihr die Kette ab.

Brooke drehte sich um und hob ihre Haare an.

Sobald er fertig war, präsentierte sie ihren neuen Schmuck. »Vielen Dank!«

Er gab ihr einen Kuss. »Es ist mir eine Freude.«

»Jetzt bin ich dran«, rief Franny.

Luca legte seiner Tochter die Kette an und freute sich über den Kuss, den sie ihm auf die Wange drückte.

Dann trat er einen Schritt zurück und betrachtete die beiden.

»*Bellissima!*«

»Wer hat jetzt Lust auf eine Runde Frisbee?«, fragte Brooke. Franny sprang auf. »Ich!«

* * *

Mari saß mit Rosa an einem Tisch auf der Restaurantterrasse und trank Cappuccino.

»Ich bin froh, dass du so kurzfristig Zeit gefunden hast.«

»Das klingt aber förmlich«, sagte Mari zu ihrer Freundin.

Rosa seufzte. »Antonia hat angerufen, schon zwei Mal. Sie hat gefragt, ob sie in meinem Gästezimmer wohnen könnte.«

Jetzt wurde Maris Lächeln schwächer. »Und du willst meinen Segen dafür.«

Rosa wedelte mit der Hand durch die Luft. »Wenn du Nein sagst, ist es ein Nein. Aber sie ist Frannys Mama, und ich wollte sie nicht auf der Straße stehen lassen, ohne es vorher mit dir abgesprochen zu haben.«

»Sie wird nicht auf der Straße sein.«

Rosa zuckte mit den Schultern. »Ich weiß nicht. Die meisten Leute hier halten zu dir und zu Luca. Antonia hat nicht viel Geld, und sie war krank.«

»Das erzählt sie doch jedem.« Mari war nicht überzeugt. »Was führt sie im Schilde? Irgendwann muss sie schließlich mal arbeiten. Oder sich einen anderen Mann suchen, der ihr alles bezahlt. Ich glaube, sie ist zurückgekommen, um sich wieder meinen Luca zu krallen. Zum Glück hat er jetzt Brooke.«

»Vielleicht wäre es sinnvoll, sie so lange bei mir wohnen zu lassen, bis wir herausgefunden haben, was ihr Plan ist. Wenn sie sich in meinem Haus aufhält, kriege ich mit, wann sie kommt und geht. Vielleicht finde ich heraus, was sie vorhat. Und immerhin war sie mal deine Schwiegertochter, was auch immer das wert sein mag.«

Mari zögerte.

»Und wenn Francesca ihre Mutter besucht, kommt sie zu mir nach Hause. Sie sieht ein vertrautes Gesicht, und ich kann auf sie aufpassen und für sie da sein.«

Daran hatte Mari noch gar nicht gedacht.

Rosa nippte an ihrem Kaffee. »Aber wenn du dagegen bist, sage ich Nein.«

»Nein, nein, du hast schon recht.«

»Und wenn sich Antonia wirklich geändert hat, haben wir ihr alle eine faire Chance gegeben.«

Mari umfasste ihre Tasse mit beiden Händen. »Und wenn sie sich nicht geändert hat, finden wir heraus, was sie vorhat, bevor es zu spät ist.«

»*Sì, sì.*«

»Danke, dass du zuerst zu mir gekommen bist, Rosa. Du bist eine gute Freundin.«

»Immer.«

Während sie ihren Kaffee tranken, entdeckte Mari zwischen den anderen Leuten auf dem Bürgersteig jenseits der Restaurantterrasse ihren Sohn.

Und als sich die Menge teilte, sah sie, dass auch Brooke dabei war. Ihr Sohn und sie hielten sich an der Hand und Franny hüpfte nebenher.

Mari wurde warm ums Herz. »Das ist die Familie, die sich bilden soll.«

Rosa drehte sich in ihrem Stuhl um. »Sieht aus, als wäre dies bereits geschehen.«

»Schick deine Gebete zum Himmel, meine Freundin.«

Jetzt hatte Franny die beiden Frauen entdeckt und lief zu ihnen. »Nonna, Nonna! Schau mal, was Papa mir geschenkt hat.«

Sie hielt den Herzanhänger ihrer Kette hoch.

»Das war ja nett von deinem Papa.«

»Die ist schön, oder?«

»Ja, sehr.«

Franny hielt das Herz nun auch Rosa vor die Nase. »Schau! Er hat Brooke auch eine Kette geschenkt. Aber ihre ist aus Gold.«

Mari warf Rosa einen Blick zu, dann lächelten sich die beiden Frauen an.

Mittlerweile waren auch Luca und Brooke angekommen. Mari schielte heimlich auf Brookes Hals.

»*Buonasera*«, grüßte Mari. »Schön, dass du wieder zurück bist, Brooke.«

»Ja, ich kann dir gar nicht sagen, wie schön es ist, wieder hier zu sein.«

Mari stand auf und küsste Brooke auf beide Wangen. Dann schaute sie unverhohlen auf die Halskette und wandte sich an ihren Sohn. »Dein Vater hat dich gut erzogen.«

Brooke wurde rot.

»Erinnerst du dich noch an meine Freundin Rosa?«

»Aber klar. Freut mich, Sie wiederzusehen.«

Franny wandte sich ab. »Ich gehe rauf. Tschüss, Rosa.«

Rosa warf ihr einen Luftkuss zu, bevor das Kind davonrannte.

»Ich sollte mich besser wieder in die Küche begeben«, verkündete Luca.

»Warte«, hielt Mari ihn auf. »Antonia hat Rosa gefragt, ob sie bei ihr wohnen kann. Und Rosa war so lieb und hat mich nach meiner Meinung gefragt.«

Luca schaute zu Brooke, die seine Hand nahm.

»Wenn Antonia hierbleibt, wäre es vielleicht das Beste für Franny, ihre Mutter an einem vertrauten Ort zu besuchen.«

»Kein schlechter Gedanke«, fand Brooke.

Seufzend blickte Luca zu Rosa. »Danke, dass ihr das mit mir besprecht. Wenn du sie bei dir wohnen lassen willst, ist das okay für mich. Wenn du das lieber nicht willst, ist das auch okay.«

Rosa fasste sich an die Brust. »*Grazie*, Luca.«

Er drehte sich zu Brooke und gab ihr einen kurzen Kuss auf den Mund, dann legte er ihr die Hand an die Wange und ging.

Maris Herz zerschmolz. »Oooh.«

»Junge Liebe ist einfach wunderbar, nicht wahr?«, fragte Rosa seufzend.

* * *

»Das Jackett steht dir fantastisch!«

Chloe arbeitete an diesem Tag als Empfangskellnerin und trug den Blazer, den Brooke aus Texas mitgebracht hatte – ein Geschenk des Designers.

Brooke saß mit Franny an einem Tisch im hinteren Teil des Restaurants, wo sie bis zum Abendessen dem Mädchen bei den Hausaufgaben half. Wenn Chloe einen Moment Zeit hatte, setzte sie sich kurz dazu. Wie auch Gio, obwohl beide, wenn viel los war, meistens im Laufschritt unterwegs waren.

Brooke schaute zur Küche, aus der Luca ab und zu den Kopf herausstreckte und herüberspähte. Dass auch Mari dort zu sehen war, die Seite an Seite mit ihrem Sohn arbeitete, kam nicht oft vor.

Sie unterhielten sich auf Italienisch und lachten, während sie emsig mit den Töpfen hantierten.

»Will ich wissen, was der Fummel im Laden kostet?«

Brooke schüttelte den Kopf. »Nein, willst du nicht. Freu dich einfach drüber. Wenn du wüsstest, was er kostet, würdest du ihn nie mehr anziehen.«

Chloe zupfte an den Ärmeln. »Ich werde sogar darin schlafen.«

Franny rümpfte die Nase. »Das ist doch voll unbequem.«

»Sie macht Witze«, raunte Brooke dem Kind zu.

»Nein, mache ich nicht«, widersprach Chloe lachend.

Jetzt sauste Gio mit vielsagender Miene zu ihnen. »Ein neuer Gast kommt.« Er nickte zum vorderen Teil des Restaurants.

Da entdeckte Brooke die langbeinige Italienerin im engen Rock, die selbstbewusst zur Bar schritt, dort etwas zu Sergio sagte und dann um den Tresen herumging, um den Mann mit zwei Küsschen auf die Wangen zu begrüßen.

Sie sah umwerfend aus.

»Ist das ...«

»Ja«, unterbrach Chloe sie.

Brooke blickte auf ihre bequeme Jeans und den leichten Pulli hinunter. Die Haare hatte sie heute zu einem einfachen Pferdeschwanz zusammengebunden. Sie versuchte, die aufkeimende Unsicherheit zu ignorieren.

Was ihr nicht ganz gelang.

Franny war mit dem Bleistift in der Hand in ihre Hausaufgaben vertieft und hatte noch gar nicht bemerkt, dass ihre Mutter gekommen war.

Chloe sagte zu Gio etwas auf Italienisch, woraufhin dieser schnurstracks in die Küche ging.

Brooke setzte ein Lächeln auf und stupste Franny an. »Schau mal, wer dich besuchen kommt.«

Franny folgte Brookes Blick, und ein Lächeln erschien auf ihrem Gesicht.

Brooke nickte ihr aufmunternd zu. »Geh schon und sag ihr Hallo.«

Mit aufgehelltem Gesicht kletterte Franny aus der Nische und lief durchs Restaurant zu ihrer Mutter.

Eine der Kellnerinnen schimpfte Franny, weil sie wieder rannte, was Franny aber keinen Schritt langsamer werden ließ.

Brooke sah zu, wie Franny kurz vor Antonia stehen blieb und der Frau erst auf den Arm tippen musste, um ihre Aufmerksamkeit zu erregen.

Antonia bedachte Franny mit einem Lächeln, unterhielt sich dann aber weiter mit Sergio. Erst nach einigen Augenblicken drehte sie sich zu ihrer Tochter um.

»Ich hasse diese Frau«, stellte Chloe fest.

»Versuch, es dir Franny zuliebe nicht anmerken zu lassen.«

»Ich bemühe mich.«

Franny nahm Antonias Hände und zog ihre Mutter zu Brooke herüber.

»O weh!«

Just in diesem Moment wurde Chloe von einer Kollegin gerufen.

»Geh ruhig, ich schaffe das schon.«

»Schick Rauchzeichen, wenn du Hilfe brauchst.«

»Mach ich.«

Als Chloe sie allein ließ, wappnete sich Brooke mit einem tiefen Atemzug.

Je näher Antonia kam, desto mehr Selbstvertrauen strömte diese Frau aus.

Franny hüpfte in die Nische. »Brooke, das ist meine … Antonia.«

Vielleicht merkte Antonia nicht einmal, dass Franny sie nicht »Mutter« nannte, jedenfalls kommentierte sie es nicht.

Die Frau war zu sehr damit beschäftigt, Brooke zu mustern.

Antonias herablassendes Lächeln sagte mehr als die ersten Worte, die ihr über die Lippen kamen. »Du bist also Brooke.«

Brooke stand auf und streckte die Hand aus. »Hallo, Antonia. Jetzt weiß ich, woher Franny ihre schönen Augen hat.«

Das Kompliment traf die Frau anscheinend völlig unvorbereitet.

»Äh … danke. Francesca sieht so aus wie ich in ihrem Alter. Aber ich glaube, die Größe hat sie eher von ihrem Vater.«

Wobei Antonia selbst auch ziemlich groß war. Vermutlich ganze zehn Zentimeter größer als Brooke.

Oder vielleicht waren es nur die hohen Absätze.

Sergio kam mit einem gefüllten Glas an. »Dein Lieblingswein, wenn ich mich recht erinnere.«

Antonia nahm das Glas entgegen und sagte etwas auf Italienisch. Daraufhin plauderten die beiden und vergaßen, dass Brooke auch noch da war und kein Wort verstand.

Brooke behielt ihr Lächeln und setzte sich wieder hin.

Da beugte sich Franny zu ihr. »Ich verstehe auch nicht alles, was sie sagen.«

»Ich wette, du verstehst viel mehr als ich.«

Franny kicherte. »Na ja, ich bring es dir bei. Ach, ja, ich habe ganz vergessen, dass ich einen Test für dich gemacht habe.«

»Dafür muss ich erst noch lernen. Ich war super beschäftigt mit meiner Arbeit.«

Franny wackelte scheltend mit einem Finger.

Dann merkten sie, dass es plötzlich still um sie geworden war. Sergio war gegangen, und nun stand Antonia da und starrte sie beide an.

Franny tippte Brooke an, damit sie zur Seite rutschte. »Du kannst dich zu uns setzen.«

Antonia sah zu Brooke, die mit einem freundlichen Lächeln Platz für Antonia schuf. »Wir machen gerade Hausaufgaben.«

»Oh … welches Fach?«

Brooke wollte mit »zweite Klasse« antworten, doch sie hielt sich zurück. »Leseverstehen«, sagte sie stattdessen.

Franny schob ihr Heft beiseite. »Warum bist du heute nicht in den Park gekommen?«

Antonia reckte das Kinn. »Ich musste aus dem Hotel ausziehen.«

Brooke sah Antonia warnend an, damit diese bloß nicht wagte, Luca die Schuld in die Schuhe zu schieben.

»Ich wohne jetzt bei Rosa.«

»Bei Tante Rosa?«

Antonia neigte den Kopf zur Seite. »Sie ist ja nicht wirklich deine *zia*, oder?«

Brooke unterbrach sie. »Manchmal zählt man die Leute, die man gernhat, auch zur Familie, und nicht unbedingt nur die, mit denen man verwandt ist. Rosa ist für Mari wie eine Schwester und somit für Franny wie eine Tante …«

»Für Francesca«, korrigierte Antonia.

Brooke sagte nichts und behielt ihr Lächeln fest auf den Lippen, obwohl sich in ihrem Bauch ein fester Knoten gebildet hatte. Sie konnte der Frau auch ohne unfreundliche Worte ihren Standpunkt klarmachen.

»Antonia!«

Alle sahen auf.

Sofort verflog die angestaute Spannung, als Frannys Mutter aufstand und die Frau umarmte, die gerade an den Tisch gekommen war.

Die beiden Damen unterhielten sich auf Italienisch, offenbar waren sie alte Freundinnen.

Brooke beherrschte sich und schaffte es, nicht mit den Augen zu rollen.

Franny legte ihre Hand auf Antonias Arm.

»Mama?«

Keine Reaktion.

»Mama?«

Die Frauen redeten weiter.

»Antonia?« Frannys Stimme wurde lauter.

Brooke war sich ziemlich sicher, dass man das Mädchen auch drei Tische weiter gehört hätte.

Da zog Antonia die Stirn in Falten. »Francesca. Nenn mich nicht so. Ich bin doch deine Mutter.«

Brooke tätschelte Frannys Hand.

»Papa sagt immer, es ist unhöflich, wenn man Italienisch redet, obwohl die anderen nichts verstehen.«

Brooke warf einen Blick auf das achtjährige Mädchen und fand, dass sie in diesem Moment plötzlich sehr erwachsen wirkte.

Die Frau, die an den Tisch gekommen war, entschuldigte sich sofort.

Brooke lächelte, während Antonia finster dreinblickte.

Da bog Luca mit zwei Tellern um die Ecke.

»*Ciao,* meine Damen«, sagte er, indem er an seiner Ex-Frau und deren Freundin vorbeiging.

Er stellte die Teller auf dem Tisch ab, beugte sich hinunter und gab Brooke einen Kuss. »Für meine beiden Mädchen.«

»Sind die mit Hummer?«, wollte Franny wissen.

»Ja, zur Feier von Brookes Rückkehr.«

Brooke konnte sich ein Lächeln nicht verkneifen. Lucas Trickkiste in Sachen Romantik war tatsächlich ziemlich gut bestückt.

»Das ist ja lieb von dir.«

Er zwinkerte ihr zu. »Geht's dir gut?«, fragte er flüsternd.

Sie nickte.

Dann drehte er sich zu Antonia. »Hattest du gesagt, dass du kommst?«

»Nein, Darling. Ich wollte nur unsere Tochter besuchen, da ich es heute nicht in den Park geschafft habe.«

Luca schaute erschrocken zu Brooke.

Sie schüttelte nur leicht den Kopf, um ihm zu sagen, dass er Antonias Kosewort am besten ignorieren solle.

Zumindest in Gegenwart von Franny. Wenn sie allein waren, konnte er etwas zu Antonias »Darling« sagen, aber lieber nicht in Frannys Beisein. Das Mädchen hatte gerade schon genug zu verkraften.

»Esst, solange es heiß ist, meine Lieben.« Dann drehte er sich zu Antonia. »Kann ich dir auch was bringen?«

Sie lächelte ihn an. »Ich nehme dasselbe.«

Luca schüttelte den Kopf. »Das steht heute Abend nicht auf der Karte. Wenn ich gewusst hätte, dass du kommst, hätte ich mehr gemacht. Wie wäre es mit Cannelloni, unserem Tagesgericht?«

Es war nur eine zarte Zurückweisung … aber ein Volltreffer. Und höchstwahrscheinlich entsprach es der Wahrheit.

Brooke verliebte sich von Sekunde zu Sekunde noch mehr in diesen Mann.

»Oh, nein, nein. Du weißt doch, dass ich nicht so viel Sahne und Käse esse. Dann eben nur einen Salat.«

»Wie du willst«, entgegnete er schmunzelnd.

»Es war schön, dich wiederzusehen, Antonia. Lass uns bald mal gemeinsam mittagessen gehen«, verabschiedete sich die Freundin.

»Ach, wie unhöflich von mir«, sagte Antonia und stellte ihr die Frau vor, doch Brooke machte sich nicht die Mühe, sich den Namen zu merken.

Als die Freundin gegangen war, setzte sich Antonia wieder.

Luca nahm kurz neben Brooke Platz und stupste sie an. »Iss, *cara*.«

Als Brooke daraufhin von dem Gericht kostete, stöhnte sie auf. »O Gott!«

»Papa ist der beste Koch.« Franny schob sich eine ganze Teigtasche in den Mund und redete mit vollem Mund.

»Und du wirst bald genauso gut kochen, wenn du weiter übst«, sagte Luca zu seiner Tochter.

Da leuchtete Frannys Gesicht auf. »Glaubst du?«

»Das liegt doch in unseren Genen.«

»Du bringst ihr das Kochen bei?«, fragte Antonia.

Luca hob die Hände in die Luft. »Wir haben ein Restaurant.«

»Gemeinsam mit Papa kochen macht Spaß. Brooke und ich haben zum ersten Mal selbst Pasta gemacht.« Franny seufzte. »Es hat zwar wie Knete ausgeschaut, war aber total lecker.«

Brooke hob eine weitere Gabel mit Hummerravioli zum Mund. »Nächstes Mal färben wir sie orange ein. Dann sieht es wirklich aus wie Play-Doh.«

Franny musste lachen.

Antonia sah die beiden an. »Niedlich.«

Nun klopfte Luca auf Brookes Oberschenkel. »Ich muss wieder in die Küche.«

»Geh nur, uns geht's gut hier.«

Er sah zu Antonia. »Ich lasse dir deinen Salat bringen.«

Sie nickte lächelnd.

Als sie wieder zu dritt waren, mampfte Franny mit großer Hingabe weiter, während Brooke nur zögerlich aß, weil Antonia jede Bewegung von ihr beobachtete.

»Wie schmeckt der Wein?«

Antonia nahm das Glas. »Sergio war schon immer so gut zu mir. Ich weiß noch, wie er damals seine Frau kennengelernt hat.« Während sie wieder am Wein nippte, fiel ihr Blick auf Brookes Hals.

Von dort wanderten ihre Augen zu Frannys Hals. »Das ist eine schöne Halskette, Francesca. Von wem hast du die denn?«

»Die hat mir Papa geschenkt.«

Antonia lehnte sich zurück.

Brooke sah ihr in die Augen.

Plötzlich wandte Antonia den Blick ab. »Irgendwie fühle ich mich heute nicht besonders gut. Ich glaube, ich sollte mich besser hinlegen.«

Franny sah von ihrem Teller auf. »Bist du krank?«

»Es wird schon wieder, es war nur ein langer Tag.« Sie rutschte von ihrem Sitz.

»Willst du wirklich schon gehen?«, erkundigte sich Brooke.

Antonia fasste sich mit einer Hand an die Schläfe. »Ja, ich habe furchtbare Kopfschmerzen.«

»Wann sehe ich dich wieder?«, wollte Franny wissen.

»Ich rede mit deinem Vater und mache etwas aus. Ich wünsche euch weiterhin guten Appetit.«

Bevor Brooke noch etwas Nettes wie »Hat mich gefreut« oder »Bis zum nächsten Mal« sagen konnte, war Antonia schon gegangen.

Auf dem Weg nach draußen blieb Antonia noch an der Bar stehen, lachte über etwas, das Sergio sagte, dann verließ sie die Trattoria.

Brooke atmete aus und lockerte kopfrollend ihre Nackenmuskeln.

Die erste Runde war gar nicht mal so schlecht gelaufen.

»Isst du nicht auf?«

Franny hatte ihre Portion schon verschlungen.

Brooke schaufelte die Hälfte ihrer Ravioli auf Frannys Teller. »Für dich, meine Kleine.«

»Sonst sagt niemand Kleine zu mir.«

»Aber ich darf das schon sagen, oder?«

Franny stupste sie mit der Schulter an.

Brooke stupste zurück.

Da spürte sie die Wärme eines Blicks.

Sie schaute zur Küche und sah Luca, der sie beobachtete und mit seinem liebevollen Lächeln alles sagte, was es zu sagen gab.

KAPITEL 27

Luca drehte sich um und zog Brooke fest an sich heran. »Bleib bei mir.«

»Wenn Franny aufwacht, sieht sie uns.«

»Sie weiß, dass du meine Freundin bist.«

Über die Schulter schenkte Brooke ihm einen glücklichen Blick. »Deshalb weiß sie aber noch nicht, dass wir auch im selben Bett schlafen.«

Er strich ihr eine Haarsträhne aus dem Gesicht. »Wenn man es genau nimmt, *schlafen* wir ja auch nicht.«

»Luca!«

»Bitte, *cara*, ich will dich bei mir haben. Die ganze Nacht. An meiner Seite. Morgen lasse ich dich auch wieder in deinem Bett schlafen.«

Brooke kuschelte sich ins Kissen. Sie hatte nichts an, abgesehen von der Kette, die er ihr geschenkt hatte.

»Dir kann man so schwer einen Wunsch abschlagen.«

Brummend hielt er sie ganz fest. »Das werde ich mir merken und zu meinem Vorteil nutzen.«

Brooke zog seinen Arm um sich und hielt ihn fest. »Franny hat das heute super gemeistert.«

»Und du auch.«

»Aber ich bin erwachsen, ich kann mit so was umgehen. Wir müssen genau schauen, ob sich ihr Verhalten irgendwie verändert. Ob sie plötzlich Schwierigkeiten in der Schule hat oder so.«

Dass Brooke »wir« sagte und sich damit einbezog, war ihm nicht entgangen. »Und was machen wir, wenn wir tatsächlich Veränderungen feststellen?«

»Dann holen wir uns psychologische Unterstützung. Vielleicht wäre das ohnehin keine schlechte Idee. Von der eigenen Mutter verlassen zu werden, ist eine Sache. Dass sie zurückkommt, eine ganz andere. Franny muss gerade eine ganze Menge verarbeiten.«

»Weißt du eigentlich, wie gut es tut, dich an meiner Seite zu haben und zu wissen, dass du das mit mir zusammen durchstehst?«

»Aber du hast auch deine Familie.«

»Stimmt, aber das ist nicht dasselbe. Von mir ist eine große Last abgefallen, seit ich weiß, dass du für uns da bist.«

»Das ist es ja auch, was eine Beziehung ausmacht, oder?«

Er küsste ihren Kopf. »Was aber nicht heißt, dass ich das schon erlebt habe.«

Brooke rollte sich auf den Rücken und grinste ihn an. »Ich auch nicht.«

Luca fuhr den Herzanhänger auf ihrer Brust nach und fragte sich, ob sie eigentlich merkte, dass sie jeden Tag ein weiteres Stück seines Herzens stahl. Jetzt sah er, dass ihr bereits die Augen zufielen.

»Gute Nacht, *amore*«, flüsterte er.

Zur Antwort gab sie nur noch ein Summen von sich, dann wurde sie vom Schlaf übermannt.

* * *

»Das Haus ist verkauft!« Brooke winkte mit einer Kopie der Schlussabrechnung, auf der der Geldbetrag stand, den man noch in derselben Stunde auf ihr Konto überweisen würde.

Um Luca die Neuigkeiten mitzuteilen, war sie zum Büro des Restaurants gekommen, wo sie ihn zusammen mit Mari vorfand.

»Wie wunderbar, Brooke. Das sollten wir feiern«, erwiderte Mari.

»Ich werde das feiern, indem ich mir ein Auto kaufe.« Brooke lehnte sich gegen den Schreibtisch.

»Was ist denn mit dem, das du schon hast?«

»Es gehört meinem Dad. Erstens kann er es sich nicht leisten, es zu behalten, und zweitens wird er nie wieder damit fahren.« Und schon war ihre kurze Euphorie wieder dahin. »Ich muss es zum Händler zurückbringen, wo er es herhat.«

»Wann sollen wir fahren?«, fragte Luca.

Brooke grinste. »Es wäre zu viel verlangt, dass du für so was einen freien Tag opferst.«

Er warf ihr einen herausfordernden Blick zu. »Wie, du darfst mir helfen, aber ich dir nicht? So funktioniert das nicht, *mia cara.*«

Diese Beziehungsgeschichte gefiel ihr immer mehr.

»Wahrscheinlich wäre es besser, wenn ich das alte erst loswerde, nachdem ich ein neues Auto gefunden habe. Wobei es nicht wirklich nagelneu sein muss. Hauptsache, zuverlässig und groß genug, dass ein Rollstuhl in den Kofferraum passt, falls mein Dad wieder einen braucht. Und es sollte guten Schutz bei Unfällen bieten, wenn Franny mitfährt.«

Mari wandte sich lächelnd an ihren Sohn, sagte etwas auf Italienisch und tätschelte seine Hand. Brooke verstand nur die Worte »Familie« und »Liebe«, mehr nicht.

»Mama!«

Als Brooke lachte, schaute Mari sie an. »Ich habe ihm gesagt, dass ich dich gut finde.«

Na ja, das waren sicher nicht ihre exakten Worte gewesen.

»Falls du kein Auto findest, bevor du das von deinem Dad zurückgibst, kannst du auch jederzeit meins benutzen. Gute Gebrauchtwagen sind gar nicht so leicht zu kriegen.«

Womit er leider recht hatte. »Bist du sicher?«

Luca versuchte es wieder mit seinem durchdringenden Blick.

»Na gut. Vielen Dank.«

Mari legte die Hand auf ihre Brust – eine Geste, die Brooke allmählich sehr vertraut war. »Brooke, nächsten Sonntag würde ich gerne deinen Dad zum gemeinsamen Abendessen einladen. Also, falls dir das recht ist.«

»Das würde ihm sehr gefallen, aber er kann leider nicht mehr Treppensteigen.«

Das nahm Mari mit einem Schulterzucken zur Kenntnis. »Dann sitzen wir eben in der *grotto*.«

»Mein Dad nimmt kein Blatt vor den Mund.«

»Du brauchst dich für deinen Vater nicht zu entschuldigen.«

Brooke wechselte Blicke mit Luca. »Bist du dazu bereit?«

Da lachte er nur. »Du hast gerade einen Abend mit meiner Ex-Frau verbracht. Ich werde mit deinem Dad sicher gut klarkommen.«

»Also gut. Dann lade ich ihn ein.«

»Kümmern wir uns am Mittwoch um die Autosache?«, wollte er wissen.

Somit hatten sie ihre Woche geplant. Brooke warf einen Blick auf die Uhr. »Einverstanden. Soll ich Franny von der Schule abholen?«

Luca stöhnte auf. »Ich habe Antonia erlaubt, das heute zu übernehmen.«

»Was ich gar nicht gutheiße«, mischte sich Mari ein.

»Franny hat mich gefragt. Sie sagt mir, wenn sie sich nicht gut dabei fühlt.«

Brooke löste sich vom Schreibtisch. »Dann werde ich mich mal an meine Arbeit setzen, um einen Vorsprung für Mittwoch zu haben.« Sie ging zur Tür.

Luca hielt sie auf. »*Cara?*«

Als sie sich zu ihm umdrehte, winkte er sie mit dem Finger zu sich, und sie folgte seiner Aufforderung.

Er küsste sie und schenkte ihr ein Lächeln. »Glückwunsch zum erfolgreichen Hausverkauf. Ich weiß, dass dich das sehr belastet hat.«

Ihr Herz erwärmte sich. »Danke.«

Während sie ging, hörte sie, wie Mari wieder auf Italienisch redete und dabei sehr fröhlich klang.

Brooke musste wirklich bald diese Sprache lernen, wenn sie ein Teil dieser Familie werden wollte.

* * *

Die Tür zu Brookes Apartment stand offen, als würde es zum Rest des Hauses gehören. Sie wollte hören, wenn Franny kam, damit sie sie fragen konnte, wie der kurze Heimweg von der Schule mit Antonia verlaufen war.

Auf ihrem Computer lief Musik, sie hatte zwei Bildschirme vor sich stehen. Die Arbeit für das Downes-Projekt ging ohne Probleme voran. In den nächsten zwei Wochen würde das Team die Hauptarbeit erledigt haben. Falls nötig würden danach nur noch letzte Überarbeitungen anstehen. Insgesamt wäre dann auch Brookes Auftrag abgeschlossen und sie würde wieder für ein neues Projekt – vielleicht mit mehr Verantwortung – zur Verfügung stehen.

Jetzt drangen Stimmen aus dem Flur nach oben.

Als sie die Musik leiser drehte, hörte sie Franny.

Brooke stand auf und nahm nun auch Antonias Stimme wahr.

Lucas Wohnungstür wurde geöffnet, dann wieder geschlossen.

Brooke überlegte, ob sie hinuntergehen sollte. Doch dann dachte sie, dass Franny ihrer Mutter vielleicht ihr Zimmer zeigen wollte oder ihre Spielsachen … ihr Leben.

Sie setzte sich wieder hin und lauschte, ob sie hören würde, wie Antonia das Haus verließ.

Doch dann hörte sie Schritte auf der Treppe, die immer näher kamen.

Schritte einer erwachsenen Person.

Brooke spürte Antonias Anwesenheit schon, bevor sie sich umdrehte.

»Hallo«, kündigte sich die Frau an.

Jetzt erst drehte sich Brooke um und tat überrascht. »Ach, hallo. Kann ich dir helfen?«

Ohne Aufforderung trat Antonia ein und schloss die Tür hinter sich. »Ja, das könntest du tatsächlich.«

Lucas Ex-Frau trug mal wieder hohe Absätze, einen Rock und eine Bluse, die zwar die Schultern, nicht aber die Brüste bedeckte. Beziehungsweise, *bedeckt* waren sie schon, nur weniger als die Schultern.

»Vielleicht können wir es kurz halten, ich arbeite gerade.«

Antonia blickte über sie hinweg. »Was machst du denn?«

»Du bist doch sicher nicht gekommen, um mit mir über meine Arbeit zu plaudern, oder?«

»Stimmt. Ich will wissen, warum du versuchst, meine Tochter gegen mich aufzuhetzen?«

»Wie bitte?«

»Sie nennt mich beim Vornamen und behauptet, du hättest ihr gesagt, dass sie das tun soll.«

Brooke spürte, dass ein Streit drohte. »So ist das Gespräch nicht verlaufen.«

»… und dass du es nicht gut findest, dass sie die Nacht bei mir verbringt.«

Brooke wusste gar nicht, wie Antonia darauf kam. »Ich vermute mal, es handelt sich hier um ein Missverständnis.«

Antonia hob das Kinn an. »Weißt du, Luca und ich haben uns sehr gut verstanden, bevor du von deinem kleinen Texas-Urlaub wieder zurückgekommen bist. Es hat mich überrascht, überhaupt von dir zu erfahren.«

»Was soll das werden? Versuchst du, mich eifersüchtig zu machen?«

Antonia sah sie von oben herab an und bedachte sie mit einem Augenrollen. »Ich bitte dich. Ich kenne Luca besser, als du es jemals tun wirst. Es wäre mir gar nicht die Mühe wert, dich eifersüchtig zu machen. Dass du dich zwischen meine Tochter und mich stellst, ist allerdings ein anderes Thema.«

»So etwas würde ich nie tun.«

»Ich sehe das anders. Dafür, dass du nur eine vorübergehende Affäre von Luca bist, nimmst du dir ziemlich viel heraus.«

»Wow, okay.« Brooke stand auf, ging an Antonia vorbei und öffnete die Tür. »Danke für dieses Gespräch. Ich habe noch zu tun.«

Hocherhobenen Hauptes ging Antonia davon.

Brooke blickte ihr nach, bis sie an Lucas Tür vorbeigegangen war.

»Runde zwei …«

* * *

Später, als Franny schon im Bett war, saß Brooke mit Luca auf der Terrasse, trank Wein und genoss die laue Abendluft.

Sie erzählte ihm Wort für Wort von dem Schlagabtausch mit Antonia.

»Das geht gar nicht, *cara*.« Luca war stinksauer.

»Da kann ich dir nur recht geben.«

»Ich werde sie morgen zur Rede stellen.«

Brooke hielt eine Hand in die Luft. »Warte. Es kommt mir wie ein sehr verzweifelter Versuch vor. Sie will mich eifersüchtig machen, und sie ist mir gegenüber im Vorteil. Sie ist deine Ex-Frau und die Mutter deiner Tochter. Außerdem sieht sie umwerfend aus und kann jedes Bademodenmodel in den Schatten stellen.«

Luca legte eine Hand auf ihr Knie. »Aber innerlich ist sie hässlich, Brooke. Sie kann dir nicht das Wasser reichen. Nicht mal ein leeres Glas.«

Brooke sah ihn an und machte eine rollende Bewegung mit der Hand. »Okay, mehr davon …«

Sie lachten.

»Ich will nur sagen, dass sie genug hat, womit sie mich eifersüchtig machen könnte. Aber warum hat sie das nötig? Denkt sie, dass sie dich zurückgewinnen kann?«

»Was nicht passieren wird.«

»Deine Familie würde dich enterben.« Franny würden sie behalten, aber Luca würden sie rausschmeißen.

»Stimmt.«

Brooke nippte an ihrem Wein und sprach schließlich aus, was ihr schon den ganzen Tag durch den Kopf ging. »Es wirkt auf mich recht verzweifelt, und ich frage mich, ob sie nur deshalb jetzt wieder einen auf Mutter macht, weil es Teil eines uns noch unbekannten Plans ist. Vielleicht benutzt sie Franny für andere Zwecke? Und wenn das der Fall ist, musst du mich zurückhalten, sonst ziehe ich ihr eins über die Rübe.«

»Ich weiß nicht, ob sie wirklich so grausam sein könnte.«

»Du kennst sie besser als ich.«

»Ich werde mit ihr reden.«

Brooke schüttelte den Kopf. »Ich würde vorschlagen, erst mal nichts zu sagen. Sie soll sich ruhig fragen, ob wir miteinander über alles reden oder nicht. Sie will Aufmerksamkeit, und wenn wir ihr welche schenken, kriegt sie nur, was sie will.«

Luca stöhnte auf.

»Ich würde wetten, dass sie sich bald was Neues einfallen lässt. Etwas, womit sie einen Keil zwischen uns treiben kann. Sie scheint mir keine sehr geduldige Frau zu sein.«

Er lachte. »Ist sie auch nicht.«

»Hauptsache, sie zieht Franny nicht mit hinein.«

»Ja, wir können nur hoffen.«

Er klopfte auf Brookes Bein. »Bist du für den Besuch deines Dads gewappnet?«

Jetzt war es Brooke, die stöhnte. »Mein Dad wird Antonias Melodrama in den Schatten stellen.«

»Machst du dir im Ernst Sorgen, dass wir ihn nicht mögen könnten, *cara*?«

»Nein. Alle Leute verehren meinen Dad. Nur mich bringt er immer wieder auf die Palme.«

Luca griff nach ihrer Hand, verflocht seine Finger mit ihren. »Einen Mann, der seine Tochter im Stich gelassen hat, werde ich nicht verehren.«

»Das ist lange her, Luca. Das lassen wir besser in der Vergangenheit ruhen.«

In seinen Augen spiegelte sich das Mondlicht. »Ich werde ihn vielleicht mögen, aber verehren nicht.«

»Damit kann ich leben.«

* * *

»Wo ist mein Auto?«

Es war Sonntag. Brooke und Luca hatten Anfang der Woche den Wagen zum Autohaus zurückgebracht. Erst nach langer Diskussion und der Androhung, rechtliche Maßnahmen zu ergreifen, weil der Schlitten an einen Senioren verkauft worden war, der noch dazu Sozialhilfe empfing, hatte der Händler das Auto zurückgenommen.

Brooke stellte die Zahlung der monatlichen Rate ein, meldete die Versicherung ab, und damit war für sie die Sache erledigt.

Jetzt fuhr sie Lucas Geländewagen und holte ihren Dad für das Sonntagsdinner ab, das diesmal für die D'Angelos etwas früher und für ihren Vater später als gewohnt stattfand.

Ihr Dad hatte sich eine gute Hose angezogen, und seinem Bericht zufolge hatte er mittlerweile weniger Probleme, rechtzeitig zur Toilette zu kommen. Es stimmte Brooke zuversichtlich, dass sie den Abend ohne Zwischenfälle überstehen konnten.

»Ich habe dir doch gesagt, dass ich es zurückgebe.«

»Oh.« Er wirkte nicht glücklich darüber.

Sie half ihm beim Einsteigen, lud die Gehhilfe auf den Rücksitz und kletterte hinters Steuer.

»Ist das jetzt dein neues Auto?«

»Nein, es gehört Luca. Ich habe es mir nur ausgeliehen.«

Sie verließ den Parkplatz und bog auf die Straße.

»Es geht mir schon besser.«

»Das sieht man dir an.«

»Vielleicht bin ich bald wieder in der Lage, zu … zu … zu fahren.«

Nicht schon wieder.

Brooke überlegte, wie sie Franny die Sache erklären würde. »Lass uns darüber reden, wenn es so weit ist. Im Moment kann ich dein Geld nicht für ein Auto ausgeben, das ich für mich benutze. Das wäre ja so, als würde ich Geld von dir stehlen.«

»Das tust du nicht.«

»Ich weiß, aber ein Richter könnte es anders sehen. Man nennt es ›verantwortungsvollen Umgang mit Geld‹, Dad. Ein fremdes Konzept für dich, ich weiß.«

»Hey!«, rief er, aber er grinste.

Sie zwinkerte ihm zu.

»Ich habe mit J-Jay gesprochen.«

Jay war ein Freund aus Upland.

»Das ist toll. Wie geht es ihm?«

»Er hat gesagt, dass er … dass er mich mal b-besuchen kommt.«

»Das ist super, Dad. Ich habe dir doch gesagt, dass es kein Gefängnis ist.«

Ihr Vater blickte aus dem Fenster. »Ich weiß.«

KAPITEL 28

Luca hatte das Personal darauf angesetzt, Ausschau zu halten.

Als Brooke und ihr Vater ankamen, berichtete ihm einer der Kellner von deren Ankunft, woraufhin Luca gleich zur Hintertür eilte, um die beiden zu empfangen.

Er sah Brooke neben der Beifahrertür stehen, die Gehhilfe in einer Hand, die andere auf der Schulter ihres Vaters.

»Ich brauche das Ding nicht«, sagte Joe zu Brooke.

»Nimm es doch bitte mir zuliebe. Nicht, dass du mir heute Abend noch stürzt.«

Luca grinste, während die beiden diskutierten, und ging hinaus.

Brooke warf ihm einen Blick zu und wirkte jetzt schon erschöpft. Eine kleine Massage später würde sicher Abhilfe schaffen.

»Warum g-gehen wir hier ... hier rein?«

Luca trat auf die beiden zu. »Ich weiß, es sieht aus wie der Dienstboteneingang, Mr Turner, aber es ist der Eingang für die Angehörigen der Familie.«

Joe blickte auf und als er Luca sah, straffte er den Rücken und ließ den Rollator los. »Du bist Luca.«

»Jawohl.«

Joe streckte die Hand aus.

Luca schüttelte sie und erinnerte sich wieder daran, dass Joes rechte Seite von einem Schlaganfall in Mitleidenschaft gezogen war. Trotzdem sah der alte Mann ihm offen in die Augen.

»Du bist also derjenige, der ... der mit meiner Tochter schläft.«

»Dad!«, rief Brooke entsetzt, fing dann aber an zu lachen.

»Wie? Liege ich etwa f-falsch?«

»Okay, Dad. Ja, das ist sehr lustig, aber bitte sag solche Scherze nicht in Gegenwart von Franny. Sie ist noch ein Kind.«

Joe winkte Brooke ab. »Ich weiß. Ich hatte z-zwar einen Schlaganfall, aber g-ganz gaga bin ich noch nicht.«

Brooke atmete laut aus. Mit einem Blick zu Luca sagte sie: »Ich habe dich gewarnt.«

»Mit Ihrer Annahme liegen Sie nicht falsch, Mr Turner, aber ich versichere Ihnen, dass ich nur gute Absichten hege.«

Joe blickte erst zu ihm, dann zu Brooke.

Dann sah er demonstrativ auf ihre Hand.

»Ich sehe noch keinen R-Ring.«

»O Gott!«

Luca fand das lustig.

»Nimm bloß keine Ratschläge von einem Mann an, der vier Scheidungen hinter sich hat.«

Joe zuckte mit den Achseln. »Da hat sie leider nicht ... nicht unrecht.«

Luca lachte immer noch. »Ich hoffe, Sie haben etwas Hunger mitgebracht.«

»Es riecht schon sehr köstlich.«

Luca ging langsam neben ihnen her, als sie durch den Personalbereich des Restaurants zur Gewölbegrotte gingen.

Da kam Franny angerannt und sauste schnell an einem Kellner vorbei.

Luca bedachte sie dafür mit einem strengen Blick.

Als sie ihn mit ihren großen braunen Augen anblinzelte, schüttelte er nur den Kopf. Wenn sie später mal denselben Blick einsetzte und fragte, ob er ihr ein Auto kaufen würde, wäre er verloren.

Vor Joe blieb sie stehen. »Hallo.«

»Dad, das ist …«

»Ich weiß, wer das ist.« Er lächelte. »Du bist Franny.«

Franny sah zwischen Brooke und ihrem Vater hin und her. »Du siehst genauso aus wie Brooke.«

»Ich hätte die Vaterschaft nicht verleugnen können.«

»Dad!« In Brookes Stimme lag eine Warnung und sie schnippte ihn mit dem Finger an.

»Hey. Das ist Misshandlung älterer Menschen.«

Luca rieb sich das Gesicht und kratzte sich am Kinn. Es würde ein sehr interessanter Abend werden.

»Jetzt kommt, die anderen warten schon.« Franny ging voran.

Brooke flüsterte ihrem Vater etwas zu, das Luca nicht hören konnte.

Luca warf ihr einen Blick zu und sagte, nur mit den Lippen, aber ohne Ton: »Es ist okay.«

Als sie ins Gewölbe kamen, trat sogleich seine Mutter heran. »Mr Turner. Endlich dürfen wir Sie kennenlernen. Ich bin Mari D'Angelo, die Mutter dieses Clans.«

Joe lächelte freundlich. »Es ist mir eine … eine Ehre. Ich spreche nicht m-mehr so gut … so gut.« Joe schüttelte den Kopf. »Ich hatte einen Schlaganfall.«

Lucas Mutter lächelte. »Das wissen wir. Lassen Sie sich Zeit. Wir haben den ganzen Abend und sicher noch viele weitere.«

Joe schob die Gehhilfe zur Seite und stützte sich jetzt lieber auf die Stuhllehnen, während er neben Mari lief.

»Dad.«

»Mir geht's gut.«

Luca stellte sich neben Brooke, die ihren Vater mit Argusaugen beobachtete, so wie er damals Franny bei ihren ersten Schritten zugesehen hatte.

»Er ist ein sturer Esel.«

»Hm, dann weiß ich jetzt, woher du es hast.«

Brooke blieb stehen. »Moment mal!«

»War nur ein Scherz.«

»Nein, das hast du ernst gemeint.«

Da zuckte Luca nur mit den Schultern.

Sie schnippte ihn an wie zuvor ihren Dad, der daraufhin den Spruch von wegen Seniorenmisshandlung vorgebracht hatte.

»Das hier sind meine Tochter Chloe und mein Sohn Giovanni.«

Mari zog einen Stuhl heran. »Hier. Setzen Sie sich neben mich, damit wir uns in Ruhe unterhalten können.«

»*Zio Gio e zia Chloe*«, sagte Franny.

»Sie sagt, das sind Onkel Gio und Tante Chloe, Dad. Franny übt sonntags beim Familiendinner immer ihr Italienisch.«

Luca zwinkerte seiner Tochter zu. »Heute Abend können wir mal eine Ausnahme machen.«

»Okay.« Franny hüpfte auf einen Stuhl gegenüber von Joes Platz.

Die gesamte Grotte stand heute exklusiv der Familie zur Verfügung. Normalerweise war das nicht der Fall, aber Luca und seine Mutter hatten sich für diesen besonderen Anlass dazu entschieden.

Brooke wirkte angespannt, so wie sie die Schultern hochgezogen hatte und ihren Vater nicht aus den Augen ließ.

Lucas Mutter plauderte unterdessen fröhlich weiter und fragte Joe, was er trinken wolle.

Er entschied sich für den Wein, der schon auf dem Tisch bereitstand, während Brooke ihn wie eine nervöse Mutter beobachtete.

»*Cara*, kannst du mir mit den Tellern in der Küche helfen?«

»Was?« Brooke sah zu ihm, dann zu ihrem Dad. »Oh, okay.«

Nachdem sie hinausgegangen und außer Sichtweite der Familie waren, hielt Luca sie auf.

»Jetzt erst mal tief durchatmen.«

Sie stutzte, dann tat sie, was er sagte.

Und noch einmal.

»Es wird alles gut, egal, was passiert.« Luca neigte sich zu ihr und küsste sie.

* * *

»Es macht dich fertig, was?« Chloe flüsterte diese Frage in Brookes Ohr.

Während des Essens war ihr Dad ständig gefährlich nahe daran gewesen, lauter falsche Dinge zu sagen.

»Ich sterbe fast.«

Neben ihr begann Luca zu glucksen, der das Gespräch mithörte.

»Er ist hinreißend.«

Brooke stupste Luca an. »Schau, was habe ich dir gesagt?«

Sowohl Gio als auch Mari ließen Joe genügend Zeit, um seine Sätze zu formulieren, und senkten die Geschwindigkeit des Gesprächs.

Jetzt ertönte Frannys Stimme von der anderen Seite des Tisches. »Wenn Papa und Brooke heiraten, wirst du mein *nonno*.«

»Stimmt genau. Sobald dein Daddy aus Brooke eine ehrbare F-Frau macht.«

»Dad!«, warnte Brooke ihn.

Mari grinste.

»Oh«, sagte Joe.

»Ich werde ihn umbringen«, raunte Brooke ihrer Sitznachbarin zu.

»Ich bin kein Italiener. Du kannst mich G-Grandpa nennen.«

Nun gut, ein paar der Ecken und Kanten wurden allmählich runder.

Brooke stupste Luca an. »Mach dir keinen Kopf.«

»Worüber?«

Chloe war recht erheitert, aber Brooke verdrehte die Augen. »Ganz im Ernst, der Mann war viermal verheiratet. Er handelt sehr überstürzt. Allein heute Abend hat er viermal von Hochzeit gesprochen oder Andeutungen gemacht.«

Luca zuckte mit den Schultern. »Wenn ich mit Francescas Freund hier säße, würde ich dasselbe tun.«

Brooke blickte zu Chloe.

Diese nickte. »Hast recht, Bruder.«

Jetzt zog ihr Dad wieder die Aufmerksamkeit auf sich. »Luca?«

»Ja, Sir?«

»Zeig mir mal bitte, wo die Toilette ist.«

Franny sprang auf. »Das kann ich dir auch zeigen.«

Aber Joe schüttelte den Kopf. »Danke, das war in Wirklichkeit nur ein Vorwand. Ich will mal ein Wörtchen mit deinem Dad reden.«

Franny kicherte.

Luca schob seinen Stuhl zurück.

Und Brooke gab alles, was sie hatte, um still sitzen zu bleiben.

Die beiden Männer machten sich langsam auf den Weg und nun begann Gio zu lachen. »Dein Vater ist eine Wucht.«

»Ein ganz reizender Mann«, pflichtete Mari ihm bei.

Sie hatten Spaß mit ihm.

Und Brooke war gestresst und griff zu ihrem Weinglas.

* * *

Während er mit Joe Richtung Toilette ging, versuchte Luca, nicht abzuheben.

»Ich mag dich«, hatte Joe nur wenige Meter nach der Grotte gesagt.

»Ich mag Sie auch.«

»Der letzte T-Typ war ein echter ... ein echter Scheißkerl.« Luca grinste. »Was für mich wohl ein Vorteil ist.«

Joe blieb stehen, grinste ihn an, dann setzte er seinen langsamen Marsch fort. »Ich weiß, dass sie ... dass Brooke nicht viel vom Heiraten hält. Das ist meine Schuld. Und die ihrer Mutter. Aber sie verdient einen guten ...« Er schüttelte den Kopf. »Einen *richtigen* Mann, der zu ihr steht.«

Auf dem Gang vor den Toiletten blieben sie stehen, und Luca drehte sich zu ihm um. »Brooke hat mir erzählt, dass Sie katholisch sind.«

Joe nickte.

»Das sind wir auch. Sollten Ihre Tochter und ich uns auf diese lange, gemeinsame Reise begeben, dann mit meinem Nachnamen, nicht mit Ihrem.«

Joe hob sein Kinn, sein halbseitiges Lächeln erreichte seine Augen. »Ich bin froh, dass wir dieses kleine Gespräch geführt haben.«

Luca hielt für Joe die Tür zum WC auf.

* * *

Es dauerte eine ganze Weile, aber schließlich kehrten ihr Vater und Luca wieder zurück. Anstatt sich zu setzen, lächelte ihr Vater in die Runde und sagte: »Es war ... ganz wunderbar. Aber ich muss jetzt nach Hause.«

Sofort schob Brooke ihren Stuhl zurück.

»Ich fahre«, sagte Luca neben ihr.

»Aber ich kann auch …«

Luca schüttelte den Kopf. »Wir bringen ihn zusammen heim.«

Sie nickte, während alle aufstanden.

Mari umarmte Joe. »Es war mir eine große Freude, Joe. Sie haben eine reizende Tochter großgezogen, die wir sehr gerne bei uns haben.«

Joe zuckte mit den Schultern. »Das geht leider nicht auf meine Kappe.«

Mari kniff die Augen zusammen.

»Ich habe sie nicht großgezogen.« Ihr Dad sah zu Brooke. »Ich weiß manchmal gar nicht, warum sie … warum sie sich mit mir abgibt.«

Brooke spürte Lucas Arm auf ihrer Schulter.

»Joe, das war ein unvergesslicher Abend«, sagte Gio und schüttelte ihm die Hand.

Chloe kam um den Tisch herum, und umarmte Joe zum Abschied.

Auch Franny eilte herbei und umarmte ihn hingebungsvoll. »Ich nenne dich jetzt Grandpa Joe.«

»Okay, meine Kleine. Vielleicht war ich kein guter Dad, aber ich versuche, ein guter Grandpa zu sein.« Jetzt gähnte er.

»Wir bringen dich nach Hause«, erklärte Brooke.

Fünfundzwanzig Minuten später begleitete Brooke ihren Vater zum Eingang des Seniorenheims. Der Pfleger an der Rezeption musste erst die verschlossenen Türen öffnen, um sie einzulassen.

Sie umarmte ihren Dad und versprach, ihn in der nächsten Woche wiederzusehen, dann lief sie schnell wieder zum Auto zurück.

Als sie auf der Beifahrerseite saß, sackte sie in sich zusammen. »Gott, war das anstrengend.«

»So schlimm war es doch gar nicht.«

Sie hatte fast eine Stunde lang darauf gewartet, ihre nächste Frage zu stellen. »Worüber wollte er denn eigentlich mit dir reden, als ihr zur Toilette gegangen seid?«

»Nichts. Nur so Männersachen.«

»Was soll das denn heißen?«

Luca fuhr auf menschenleerer Straße. Es war schon nach zehn und somit herrschte kaum noch Verkehr.

»Nichts, was er nicht auch in deiner Gegenwart gesagt hätte. Es ist alles okay, *cara*.«

Luca bog auf einen leeren Parkplatz.

»Was machst du?«

Er zog sie zu sich. »Komm her.«

Als sie seiner Aufforderung folgte, küsste er sie. Seine Berührung ließ sie den Stress des Tages vergessen.

Brooke spürte seine Zunge auf ihren Lippen und wollte ihm noch näher kommen.

Die ganze Anspannung des Abends löste sich mit diesem Kuss, mit diesem Moment.

Nun stellte Luca den Motor ab, während er versuchte, sie noch näher an sich heranzuziehen, aber die Mittelkonsole des Geländewagens war im Weg.

»Luca?«

Seine Lippen wanderten zu ihrem Ohr, knabberten daran. »Ja?«

»Vielleicht ist es auf dem Rücksitz bequemer.«

Er ließ sie los und noch bevor einer von ihnen ein Wort sagen konnte, schnallten sie sich ab, sprangen aus dem Wagen und stiegen hinten wieder ein.

Beim nächsten Atemzug war Luca auf ihr. Er schob ihre Bluse hoch, seine Lippen fanden die weiche Stelle ihrer Brust, saugten an einer Brustwarze.

Brooke stöhnte auf und griff nach seinem Gürtel.

In seinem Auto ... wollen wir wirklich in seinem ...

Lucas Hand glitt über ihre Jeans und schob sich zwischen ihre Beine.

Ja, ganz offensichtlich würden sie es in seinem Auto tun.

Brooke konnte gar nicht schnell genug ihre Kleider loswerden, zumindest die wichtigsten Teile.

Mit ihrem Slip auf dem Boden und seiner Hose zu den Knöcheln hinabgeschoben, kletterte Brooke auf Luca und spürte, wie er sich gegen die Stelle ihres Körpers drückte, die nur darauf gewartet hatte, ihn in sich aufzunehmen.

»So gut.«

Sie begannen, sich zu bewegen, und bald waren alle Scheiben beschlagen.

Kapitel 29

Zwei Tage später, kurz nachdem er Franny zur Schule gebracht hatte, stand Antonia vor Lucas Tür.

»Was machst du denn hier?«

Antonia war mit der Stoffhose heute nur ein bisschen weniger schick gekleidet als sonst. Wie gewohnt trug sie High Heels und hatte die Bluse so weit aufgeknöpft, dass man den Ansatz der Brüste sah.

»Musst du so giftig sein, Luca? Ich bin gekommen, um über unsere Tochter zu reden«, sagte Antonia auf Italienisch und gab damit die Sprache für dieses Gespräch vor.

Er öffnete die Tür und ließ sie eintreten. »Du hättest auch anrufen können.«

»Und mich vertrösten lassen? Oder du hättest mich ins Restaurant bestellt, wo andere zuhören. Es scheint mir fast, als hättest du Angst, dass ich dich anspringe, wenn wir allein zusammen sind. Wir waren mal ein Paar, Luca. Du kannst doch keine Angst haben, mit mir allein zu sein.«

»Ich will nicht mit dir allein sein, damit du nicht den Eindruck gewinnst, dass ich mit dir allein sein *will*. Und weil es eine Frau in meinem Leben gibt, die mir sehr viel bedeutet. Ihre Gefühle sind mir wichtig.«

Antonia lief in seiner Wohnung herum. Früher hatte sie auch hier gewohnt. Sie strich über den Tisch, über die Rückenlehne des Sofas. »Damals war ich diejenige, die dir was bedeutet hat.«

»Du hast uns verlassen.«

»Die Ärzte sagen, dass ich eine postnatale Depression hatte.«

»Franny war fast drei Jahre alt. Und deine amerikanische Staatsbürgerschaft hast du sechs Monate, bevor du abgehauen bist, erhalten.«

Ihre Augen schossen zu ihm hoch. »Das denkst du doch nicht wirklich von mir.«

Luca lehnte sich gegen die Wand und verschränkte die Arme vor der Brust. »Es spielt keine Rolle, was ich denke, Antonia. Es ist schon lange her.«

Sie kam auf ihn zu.

Er hielt sie mit einem drohenden Blick auf, den er sehr gut beherrschte.

»Ich habe dich geliebt, Luca. Ich liebe dich immer noch, wenn ich ehrlich zu mir selbst bin.«

Doch Luca schüttelte den Kopf. »Ich weiß nicht, ob du fähig bist, irgendwen außer dir selbst zu lieben.«

»Das glaubst du doch selbst nicht.« Sie lächelte. »Erinnerst du dich noch an jene Nacht, als wir uns in den Hafen geschlichen haben und uns auf McAllisters Boot geliebt haben? Unsere Liebe in dieser Nacht hat alles übertroffen.«

Luca versuchte, jene Erinnerung auszublenden. »Wir hatten schöne Momente. In der Vergangenheit.«

»Versuch, dich an sie zu erinnern, mein Darling. Dann wirst du vielleicht akzeptieren, dass ich wieder in deinem Leben bin.«

Luca schüttelte den Kopf.

»Wir haben eine Tochter. Für immer.«

Er stieß sich von der Wand ab und ging zur Küche. »Worüber wolltest du mit mir nun sprechen?«

»Über Brooke.«

»Über sie gibt es keinen Gesprächsbedarf.«

»Wie kannst du es verantworten, dass Brooke jetzt ein Teil von Frannys Leben ist, der aber sofort wegfällt, wenn es mit euch auseinandergeht? Die Frau ist so verunsichert, dass sie Lügen verbreitet und irgendwelches Zeug behauptet, über das ich angeblich mit ihr gesprochen habe.«

»Welches Zeug?«

»Ich bin sicher, dass sie dir das schon erzählt hat.«

Dieses Gespräch schien völlig aus dem Nichts zu kommen. Statt ihr zu sagen, dass sie verrückt sei, gab er ihr die Chance, ihre Aussage zu untermauern.

»Erzähl du es mir.«

»Wir hatten vor ungefähr einer Woche ein vertrauliches Gespräch, als ich Francesca von der Schule nach Hause gebracht habe. Sie hat mir im Flur aufgelauert. Das muss sie dir doch erzählt haben.«

»Nein«, schwindelte er.

Vorgespielte Besorgnis zeigte sich auf Antonias Gesicht. »Das ist doch sehr bezeichnend, oder? Sie hat mir gesagt, ich sei eine schlechte Mutter und dass ich, wenn ich nicht für immer bleiben will, gleich wieder fahren soll.«

Nichts davon klang nach der Wahrheit, aber Luca behielt seine Gedanken für sich und ließ Antonia ihr Spiel fortsetzen.

»Franny freut sich schon darauf, dich kennenzulernen.«

Antonia stieß lang und gequält den Atem aus. »Oh, ich weiß, mein Darling. Und es tut mir so leid, dass ich nicht hier war. Aber wenn deine kleine Freundin so gemeine Dinge zu mir sagt, frage ich mich schon, wie vergiftend ihre Gespräche mit unserer Tochter sind.«

»Brooke hat für Franny nur das Beste im Sinn.«

»Wie kannst du das so genau wissen?«

»Weil sie es mit allem, was sie tut, immer wieder unter Beweis stellt.« Er ließ diese Worte erst mal wirken.

»Das sagst du nur, um mich zu verletzen.«

»Wenn dich die Wahrheit verletzt, dann ist es so. Wo warst du, Antonia? Was hat dich all die Jahre von unserer Tochter ferngehalten?«

»Ich möchte nicht darüber reden ...«

»Es ist mir ehrlich gesagt egal, was du möchtest und was nicht. Wir haben ein Anrecht darauf, das zu erfahren. Franny ist ständig in Sorge, dass du wieder abhaust. Wenn wir wüssten, dass du dich verändert hast, dann könnte ich ihr vielleicht etwas Hoffnung machen, dass du es diesmal ernst meinst und für den Rest ihres Lebens für sie da sein wirst.«

»Das werde ich.«

Lucas Blick wurde schmal. »Wo warst du?«

Sie sah weg. »Ich war in den Bergen. Anfangs.«

»In den Bergen? In welchen Bergen?«

»In Colorado.«

Er erinnerte sich, dass sie mal etwas über ihre Liebe zum Skifahren gesagt hatte. Eine Sportart, die er selbst nie ausprobiert hatte.

»Ich habe den Winter damit verbracht, ins Feuer zu starren und mich zu fragen, ob ich eine falsche Entscheidung getroffen hatte. Aber da ich die Frage weder mit Ja noch mit Nein beantworten konnte, bin ich weggeblieben. Ich habe gedacht, es sei das Richtige. Für Francesca. Für dich.«

Wie gern hätte Luca ihr das geglaubt.

»Ich bin den Winter über geblieben und dann weitergezogen. Im Laufe der Zeit ist es mir immer schwerer gefallen, es zu wagen, wieder zurückzukommen.«

»Und dann bist du krank geworden«, schloss er. »Wobei ich dich, seit du hier bist, noch nicht einmal niesen gesehen habe.«

Sie zuckte mit den Schultern. »Ich schlafe viel. Frag Rosa. Aber ja, wieder zu Hause zu sein und Zeit mit Francesca zu verbringen, hat mir zu mehr Energie verholfen, als ich noch vor einem Monat hatte. Ich wünschte, ich wäre stabiler gewesen, als ich unsere Tochter bekommen habe. Es war damals nicht leicht für mich, von meiner Familie in Italien getrennt zu sein und mich nicht mehr so frei bewegen zu können.«

Ja, er erinnerte sich daran, wie sie sich über die Bindung an das Restaurant beklagt hatte und an ihren Wunsch, die Welt zu sehen.

»Und jetzt, wo du gereist bist und alles Geld ausgegeben hast, bist du zurückgekommen.«

Sie rollte mit den Augen. »Ich bin erwachsen geworden. Jetzt bin ich bereit, mich niederzulassen.«

»Du meinst, einen Job zu finden und eine eigene Wohnung?« Antonia war allergisch gegen Arbeit. Allein die Frage ließ sie zusammenzucken.

»Ich überlege gerade, ob ich vielleicht studieren soll.«

Luca verschränkte die Arme vor der Brust. Das konnte ja heiter werden. »Was denn?«

Sie schaute zur Decke, als würde sie just in diesem Moment nach einer Eingebung suchen. »Innenarchitektur.«

Was er sich tatsächlich für sie vorstellen konnte, falls sie sich dahinterklemmte. »Guter Plan.«

»Das finde ich auch«, sagte sie lächelnd. »Wir haben gut zusammengepasst.«

»Früher, ja.« Luca vergrößerte den Abstand zu ihr, indem er einen Schritt zurücktrat.

Da verflog der sanfte Ton in ihrer Stimme, und nun hielt wieder die alte Gehässigkeit Einzug. »Ich habe Bedenken wegen Brooke.«

»Und sie hat Bedenken wegen dir.«

»Pass bloß auf, Luca. Sie ist ja schon älter und fragt sich, ob sie eine eigene Familie haben wird. Man sieht ja, wie sehr sie sich an dich klammert, an euch, um sich diesen Wunsch zu erfüllen. Außerdem sollten wir lieber nicht zulassen, dass sich Francesca zu sehr an Brookes Vater bindet. *Grandpa Joe?* Ich bitte dich, Luca. Du bist nicht mit dieser Frau verheiratet. Wie manipulativ von ihr, ein kleines Mädchen zu benutzen, um dir diese Flausen in den Kopf zu setzen.«

»Ich habe dich nicht um Ratschläge für mein Liebesleben gebeten. Und bis vor Kurzem hattest du noch nicht mal die geringste Ahnung, zu wem Franny eine Bindung aufbaut und zu wem nicht. Statt dir den Kopf darüber zu zerbrechen, was jeden Tag in unseren vier Wänden passiert, solltest du dich lieber für diese Kurse anmelden, die dir helfen, deinen eigenen Lebensunterhalt zu verdienen.«

Antonia seufzte. »Ich gehe jetzt besser.«

Luca nickte, ging zur Tür und hielt sie ihr auf.

»Ach, hallo«, ertönte da Brookes Stimme auf halber Treppe über ihnen.

Luca trat einen Schritt zurück.

Und Antonia grinste.

* * *

»Die Gerüchteküche brodelt.« Chloe half Brooke, den »Helden« richtig auszuführen.

Die Yogastunde im Freien war zwar anstrengend, aber gleichzeitig sehr befreiend.

»Ach ja?«

»Salena hat gefragt, ob Antonia und Luca jetzt wieder zusammen sind.«

»Wie kommt sie denn auf die Idee?«

»Das pfeifen wohl die Spatzen von den Dächern.« Chloe änderte ihre Pose. »Und jetzt wechseln wir in den Umgekehrten Krieger«, wies sie Brooke an.

Brooke nahm die neue Stellung ein. »Ist Antonia nicht klar, dass Luca diese Gerüchte zu Ohren kommen werden und sie irgendwann zu Kreuze kriechen muss?«

»Keine Ahnung. Jeder, der euch zusammen sieht, weiß, dass Luca schwer in dich verliebt ist.«

Brooke konnte sich ein Lächeln nicht verkneifen. »Und ich in ihn.«

Chloe lachte. »Du hast so ein Leuchten im Gesicht.«

»Das liegt am vielen Sex.«

»Iieeh, hör mir auf …« Chloe lachte weiter.

»Du hast genau gewusst, dass ich das sagen würde«, entgegnete Brooke.

»Und jetzt der Vordere Krieger.« Chloe bewegte sich.

Brooke sog tief die frische Luft ein und machte Chloes Haltung nach. »Zu welchem Frauenarzt gehst du eigentlich? Ich brauche einen Termin.«

Chloe warf Brooke einen besorgten Blick zu. »Ist alles in Ordnung?«

»Nur für die Vorsorgeuntersuchung. Außerdem geht mein Pillenvorrat diesen Monat zur Neige und ich brauche ein neues Rezept.«

»Meine Ärztin heißt Dr. Archer. Sie ist von hier. Sag ihr, dass du mich kennst, dann musst du nicht so lange auf einen Termin warten.«

Sie wechselten wieder die Position. »Schick mir bitte mal ihre Nummer.«

* * *

Wie Chloe vorausgesagt hatte, bekam Brooke tatsächlich schon innerhalb von zwei Wochen einen Termin bei Dr. Archer. So schnell hatte sie das sonst noch nie geschafft. Jetzt füllte sie gerade die Aufnahmeformulare für den bevorstehenden Arztbesuch aus.

Jedes Mal, wenn Fragen nach früheren Schwangerschaften und Geburten gestellt wurden, spürte Brooke einen Stich im Herzen.

Dann sah sie im Kalender nach, wann ihre letzte Periode gewesen war, und plötzlich stutzte sie.

Sie ging ins Badezimmer und holte die Pillenpackung. Hatte sie vielleicht vergessen, die vorgeschriebenen Tage auszusetzen?

Nein, das konnte nicht sein. In Texas hatte sie ihre Blutung gehabt.

Brooke schüttelte den Kopf, legte die Packung in den Waschbeutel zurück und verließ das Bad.

* * *

Nach Arbeitsschluss saß Luca mit Brooke draußen auf der Terrasse. Alle anderen waren schon zu Bett gegangen.

»Antonia möchte, dass Franny mal bei ihr übernachtet.«

»Will Franny das auch?«

»Franny will alle glücklich machen.«

»Was hältst *du* von der Idee?«, wollte Brooke wissen.

»Ich weiß nicht, *cara*. Wenn Antonia nach der Scheidung nicht abgehauen wäre, müsste ich Franny auch mit ihr teilen. Dann wäre ich längst daran gewöhnt.«

Brooke drückte seine Hand. »Sie wohnt nur eine Straße weiter. Und Rosa wäre auch dabei.«

Luca zuckte zusammen. »Bist du etwa dafür?«

Brooke räusperte sich. »Euer Ehren, der Grund, warum meine Ex-Frau unsere Tochter nicht über Nacht bei sich haben darf, ist, dass sie mich und meine Freundin belogen hat, um mich zurückzuerobern.« Brooke machte große Augen. »Ich glaube, das hat vor Gericht keinen Bestand.«

»Sie haben bisher nicht mehr als zwei Stunden miteinander verbracht, und das nur im Beisein einer weiteren Person.«

»So ungern ich es auch sage, aber das muss sich ändern. Es sei denn, Franny fühlt sich nicht wohl. Oder Antonia macht etwas Schlimmeres, als nur Gerüchte zu verbreiten, die niemand glaubt.«

»Warum bist du nur so vernünftig?«

»Weil ich meine persönlichen Gefühle außen vor lasse. Finde ich es gut? Nein. Glaube ich, dass dies nur zu ihrem Plan gehört, um an dich heranzukommen? Ja, wahrscheinlich. Aber falls dem doch nicht so ist und sie Franny wirklich kennenlernen will, müssen wir ihr auch eine Chance geben, dabei Erfolg zu haben – oder daran zu scheitern. Sie hängt über dem Abgrund. Gib ihr ein Seil. Entweder hängt sie nur schlaff daran oder sie schafft es, damit auf die andere Seite zu schwingen. Aber du bist derjenige, der es ihr reicht. Denn wenn sie darum kämpft, würde es nur Franny schaden und auf lange Sicht auch deiner Beziehung zu ihr. Bis jetzt hat Antonia, seit sie zurück ist, nichts getan, was vermuten lässt, sie wäre unfähig, auf Franny aufzupassen. Kein Gericht würde sie von ihrer Tochter fernhalten.«

»Ich hasse es, dass du recht hast.«

»Ich auch.«

»Hat dein Vater um dich kämpfen müssen, weil deine Mutter den Kontakt verbieten wollte?«

Brooke sah ihn an, als wäre er verrückt geworden. »Quatsch! Sie hat eher gehofft, dass er mich für eine Zeit bei sich aufnimmt. Dann wäre ich nicht da gewesen und hätte sie nicht mit meinem ›verurteilenden Blick‹ bedacht, wenn sie mal wieder besoffen heimgekommen ist oder irgendeinen Typen angeschleppt hat.«

»Oh, *cara*!«

Brooke schüttelte den Kopf.

»Mein Vater ist plötzlich auf der Bildfläche erschienen. So ähnlich wie Antonia. Nur in Form eines einwöchigen Urlaubs. Aber dann ist er mit seiner Frau, die mich nicht mochte, wieder nach Upland zurück, und ich blieb in Seattle. Er hat getan, als gäbe es mich nicht. Ich habe ihn angefleht, dass er mir Beachtung schenken soll und mir hilft, von meiner unfähigen Mutter wegzukommen. Aber er hat sich nicht für mich eingesetzt.«

Luca dachte daran, mit welcher Fürsorge sich Brooke um ihren Dad kümmerte. »Wie bist du dahin gekommen, wo du jetzt bist?«

»Ich habe mich so verzweifelt nach einem Vater gesehnt, Luca. Ich hatte nicht so eine starke Familie wie Franny. Keinen Vater, der mir solchen Halt gegeben und mich unterstützt hätte, wie du das bei ihr machst. Mein Dad war nicht das Rettungsboot, das mich von der Titanic weggebracht hätte, aber er war zumindest ein Stück Treibholz, an das ich mich klammern konnte. Als seine damalige Ehe zu Ende gegangen ist, bin ich wieder aufgetaucht. Erst jetzt, da ich erwachsen bin, haben wir eine Vater-Tochter-Beziehung. Das ist alles, was ich kriegen konnte, aber es ist besser als nichts. Wir haben unsere Schwierigkeiten, doch ich liebe ihn und er liebt mich. Vielleicht haben Antonia und mein Vater eine Sache gemeinsam. Nämlich, dass sie sich selbst mehr lieben, als sie jemals einen anderen Menschen lieben könnten, und das lenkt ihr Handeln. Die Erfahrung mit meinem Dad hat mich gelehrt, dass sich manches stets aufs Neue wiederholt.«

»Deshalb willst du Antonia unbedingt dieses Seil geben, mit dem sie sich auf die andere Seite schwingen kann.«

»Genau.«

»Und wenn dieser Strick meine Tochter verletzt?«

Brooke zögerte. »Glaubst du, dass Antonia Franny etwas antun würde?«

»Nein.« So etwas konnte er sich nicht vorstellen. »Zumindest nicht mit Absicht. Oder wie siehst du das?«

Brooke blickte gedankenverloren in die Ferne. »Antonia wird Franny verletzen, egal ob sie bleibt oder geht … oder irgendetwas dazwischen. Ich versuche nur, einen Weg zu finden, wie man den Schaden minimieren kann. Ich glaube nicht, dass deine Ex-Frau uns positiv überraschen wird. Ich kenne ihre Art.«

Luca seufzte und schmiegte sich an Brooke. »Ich werde es Franny erlauben, bei ihr zu übernachten.«

»Ja. Und stell dich lieber schon mal darauf ein, dass du sie vielleicht wieder abholen musst, falls sie anruft.«

Er setzte sich auf. »Lass uns ins Bett gehen.«

»Geh allein runter. Ich schlafe heute Nacht hier oben.«

Seine Augen wurden schmal. »Warum?«

»Ich bin gereizt und launisch.«

»Liegt das an mir?«

»Nein. Überhaupt nicht. Ich will heute nur lieber in meinem eigenen Bett schlafen.«

Irgendwie wirkte ihr Lächeln ein bisschen traurig. Luca fragte sich, ob es die Erinnerungen an ihre Kindheit waren oder die Beziehung zu ihrem Vater.

Er gab ihr einen Kuss.

»Geh ruhig. Ich bleibe noch ein bisschen hier sitzen.«

»Geht es dir gut?«

Sie legte die Hand auf sein Gesicht. »Ja, mir geht's gut.«

Wie sehr Luca diese Aussage hasste.

* * *

Er wusste nicht, was schlimmer war. Die Tatsache, dass Franny weg war oder dass sie nicht anrief.

Luca würde ihr ein Handy kaufen. Jetzt war es so weit. Vielleicht hielt Antonia sie vom Telefon weg.

Als die Stunden vergingen, die Abendessenszeit verstrich, erfolgte immer noch kein Anruf.

Chloe und Brooke beobachteten ihn und schauten, ob er ihnen vielleicht ein Zeichen geben würde, weil Franny ihn brauchte.

Aber immer wieder trat er aus der Küche und schüttelte den Kopf.

Es tat sich nichts.

Gio hatte an diesem Abend eine Verabredung, und selbst er rief an, um sich zu erkundigen, ob es etwas Neues gab.

Seine Mutter hatte als Einzige genauere Informationen und berichtete, als sie später im Büro zusammenkamen.

»Rosa erzählt, dass sie vom Abendessen heimgekommen sind. Dann haben sie sich einen Disneyfilm angeschaut und jetzt schläft Franny auf der Couch.«

»Das ist …«

»Unerwartet«, beendete Brooke den Satz für ihn.

»Und stresst uns«, gab Chloe zu.

Da waren sie sich alle einig.

»Ich gehe ins Bett«, verkündete Brooke.

»Ich komme auch gleich hoch«, sagte Luca.

Sie schüttelte den Kopf, sah sich im Raum um und sagte dann leise zu ihm: »Vielleicht ist das zu viel Info, aber ich habe meine Tage bekommen und will nur noch eine Wärmflasche und eine Schmerztablette.«

Luca musste lächeln, trotz des Elends, das man ihr deutlich ansah. In seinen Augen war es das Merkmal einer aufrichtigen Beziehung, wenn man solch intime Dinge miteinander teilte.

»Ich könnte dir Cannoli mit Schokolade beträufeln und zu dir hochbringen.«

Da leuchteten Brookes Augen auf.

Er lächelte sie an.

Sie lächelte zurück.

Und seine Mutter fasste sich ans Herz und seufzte.

Chloe dagegen rollte nur mit den Augen. »O Gott, ihr zwei macht mich krank.«

Kapitel 30

»Was kann ich heute für Sie tun?« Dr. Archer war etwa Mitte vierzig. Sie hatte freundliche Augen und wirkte sehr sympathisch.

»Eigentlich komme ich für die Vorsorgeuntersuchung. Ich bin neu in San Diego und muss mir deshalb neue Ärzte suchen. Allerdings …«

Dr. Archer beugte sich vor und wartete geduldig.

»Ich hatte eine ungewöhnliche Periode, und zwar mitten im Pillenzyklus.«

»Inwiefern ungewöhnlich?« Dr. Archer schaute auf Brookes Unterlagen, während sie sprach.

»Na ja, zum einen, weil ich sie hatte, während ich die Pille genommen habe, und zum anderen war die Blutung sehr stark. Und schmerzhaft.«

»Glauben Sie, dass Sie schwanger waren?«

Brooke schluckte. »Nein. Eigentlich nicht … also, ich weiß es nicht genau. Die letzte Blutung davor war sehr leicht.«

Dr. Archer tippte auf die Anmeldeunterlagen. »Sie hatten schon mal eine Fehlgeburt? Wann war das?«

»Vor zweieinhalb Jahren.«

»Und sind Sie da während der Einnahme der Pille schwanger geworden?«

Brooke nickte.

»Hat Ihr Arzt Ihnen damals daraufhin ein anderes Präparat verschrieben?«

»Ja. Aber mein Partner und ich benutzen zusätzlich auch Kondome.«

»Ist es noch derselbe Partner?«, fragte die Ärztin.

»Nein.«

»Haben Sie das Kondom schon mal vergessen?«

Brooke dachte an die beschlagenen Scheiben von Lucas Geländewagen. »Ein paar Mal ist das vorgekommen, ja.«

Dr. Archer legte die Unterlagen beiseite. »Lassen Sie uns ausschließen, dass es auch diesmal eine Fehlgeburt war, und dann sehen wir weiter.«

Als Brooke das hörte, wünschte sie sich, sie hätte Luca mitgebracht. »Okay.«

Dr. Archer untersuchte sie. »Wann hat die Blutung aufgehört?«

»Vor drei Tagen.«

»Ich sehe keine Anzeichen, die auf einen Abgang hindeuten würden.« Sie fuhr mit der Untersuchung fort, dann durfte Brooke wieder aufstehen. »Wir schauen uns noch Ihre Blutwerte an und den Urin. Haben Sie zu Hause einen Schwangerschaftstest gemacht?«

»Nein.«

»Wie gesagt, man kann nichts sehen, aber das Blutbild wird auf jeden Fall zeigen, ob eine Schwangerschaft bestanden hat. Morgen haben wir das Ergebnis vorliegen. Wenn es negativ ist, bitte ich Sie, zu einer Ultraschalluntersuchung zu kommen, um sicherzugehen, dass wir nichts übersehen.«

»Okay.«

»Gut. Nun zu den Verhütungsmitteln. Wann haben Sie das letzte Mal eine Pause von der Pille gemacht?«

Brooke schaute zur Decke. »Ich nehme sie durchgehend seit dem College.«

»Sie haben also nicht mal nach der Fehlgeburt eine Pause gemacht?«

Brooke schüttelte den Kopf. »Mein damaliger Freund wollte auf keinen Fall Vater werden.«

»Wenn es zu Zwischenblutungen kommt, heißt das, dass etwas nicht richtig funktioniert. Aber man kann davon ausgehen, dass bei Ihnen sonst alles in Ordnung ist, Sie sind jung, haben keine anderen Risikofaktoren. Ich denke, dass es sich nicht um ein ernsthaftes Problem handelt, sondern dass die Pille möglicherweise nicht das richtige Verhütungsmittel für Sie ist. Ich schlage vor, dass Sie für drei Monate eine Pause von den Hormonen einlegen, sodass sich Ihr Körper wieder auf Ihren natürlichen Zyklus einstellen kann. Wir machen weitere Untersuchungen und besprechen alternative Verhütungsmethoden.«

Brooke schluckte schwer. »Die mir riskant vorkommen.«

Dr. Archer lächelte. »Besprechen Sie es in Ruhe mit Ihrem Partner. Er muss das Risiko verstehen und in der Zwischenzeit verwenden Sie Kondome. Ich könnte Ihnen zwar ein anderes Pillenpräparat verschreiben, aber ich glaube nicht, dass es die richtige Lösung wäre. Wir finden schon etwas, das für Sie funktioniert. Wir wollen uns schließlich nicht jeden Monat die Was-wäre-wenn-Frage stellen.«

»Okay.«

»Sie können sich wieder vollständig anziehen. Ich rufe jemanden zum Blut abnehmen. Morgen melde ich mich bei Ihnen, um Ihnen die Ergebnisse mitzuteilen, und dann vereinbaren wir einen Termin für den Ultraschall.«

»Okay.«

Dr. Archer verließ den Raum.

Es vergingen zehn Minuten, ohne dass jemand kam.

Da streckte Brooke den Kopf zur Tür hinaus, um zu sehen, ob man sie vielleicht vergessen hatte und ob sie eine der Arzthelferinnen entdeckte. Da hörte sie plötzlich eine bekannte Stimme.

Sofort schreckte Brooke zurück.

»Sie haben drei Pfund zugenommen. Das ist gut.«

»Na ja, finde ich nicht. Letztes Mal habe ich erst zugenommen, als ich schon fast im fünften Monat war.«

Brooke hielt die Luft an.

»Jede Schwangerschaft verläuft anders. Beim letzten Mal war Ihnen morgens übel, diesmal nicht. Vielleicht wird es ein Junge.«

Brooke schloss die Tür, als die Leute, denen die Stimmen gehörten, vorbeigingen.

Ach, du liebe Scheiße!

Ein paar Minuten später kam eine Arzthelferin herein. »Tut mir leid, dass Sie warten mussten.«

»Kein Problem.« Brooke krempelte ihren Ärmel für die Blutabnahme hoch.

Als die Frau fertig war und zur Tür ging, sagte Brooke: »Ich habe gerade gehört, dass die Ex-Frau meines Freundes in der Praxis ist. Es wäre für sie ziemlich unangenehm, wenn sie mich hier sieht. Könnte ich vielleicht so lange hier drinbleiben, bis sie geht, oder könnten Sie dafür sorgen, dass sie und ich nicht zur selben Zeit im Vorraum sind?«

Die Arzthelferin nickte. »Klar. Um welche Frau handelt es sich?«

»Antonia D'Angelo. Obwohl ich mir nicht sicher bin, ob sie noch diesen Nachnamen trägt.«

Die Frau schmunzelte verständnisvoll. »Ich bin gleich wieder da.«

Wenige Augenblicke später schwang sie die Tür auf. »Die Luft ist rein. Sie ist jetzt bei der Frau Doktor.«

»Vielen Dank.«

Brooke huschte aus der Praxis und verließ eilig das Gebäude.

Heiliger Strohsack!

* * *

Als Brooke von ihrem Arzttermin nach Hause kam, ging sie direkt ins Büro, in dem Luca saß.

»Hi.«

»*Bella.*«

»Kann ich dich kurz von hier wegholen?«

Er legte den Kopf schief. »Ist alles in Ordnung?«

Sie nickte, dann schüttelte sie den Kopf. »Mehr oder weniger. Lass uns einen Spaziergang machen.«

»Oha.« Er stieß sich vom Schreibtisch ab.

»Nein, alles gut. Aber ich habe Neuigkeiten.«

Kaum waren sie aus dem Büro, nahm Brooke seine Hand.

Er küsste ihren Handrücken, dann rief er seinem Stellvertreter zu, dass er für eine Weile weggehen werde.

Sie traten auf die Straße hinaus, winkten im Gehen Nachbarn und Freunden zu.

»Was ist los?«, erkundigte sich Luca.

»Nicht hier.«

»Oh, es ist ein Geheimnis.«

Sie liefen Richtung Waterfront Park und Brooke drängte so lange zum Weitergehen, bis sie an der Bucht angekommen waren.

»Sind wir jetzt weit genug weg?«, neckte Luca sie, bevor sie an einem Geländer an der Strandpromenade stehen blieben.

Brooke schaute nach links, dann nach rechts. Niemand zu sehen, den sie kannte. »Ja.«

»Du bist so süß.« Er küsste sie auf die Stirn. »Okay, *cara*, was hast du für Neuigkeiten?«

Brooke holte tief Luft. »Ich war heute bei der Ärztin.«

Lucas Lächeln verschwand. »Was fehlt dir denn?«

»Nichts. Mir geht's gut.«

»Was war das für eine Ärztin?«

»Eine Gynäkologin.«

Da sog Luca scharf die Luft ein. »*Cara!*« Er sah ihr in die Augen, dann auf ihren Bauch. »Du bist schwanger?« Er grinste. »Bitte sag, dass du schwanger bist.«

Brooke war völlig sprachlos. »O Gott!« Sie schüttelte den Kopf. »Nein. Wow.«

Seine Schultern sackten zusammen.

»Luca, ach du lieber Schwan. Nein, Schatz.«

»Warum warst du dann dort?«

Brooke drückte seine Hand. »Nur zur Vorsorge, aber ganz eventuell war ich schwanger.«

Jetzt sah er sie entsetzt an. »Brooke, warum hast du mir nichts gesagt?«

»Die *Ärztin* meint, ich könnte es vielleicht gewesen sein.«

Brooke führte ihn zu einer Bank, wo sie sich beide hinsetzten.

»Mein Zyklus ist sehr unregelmäßig und stark und da ich schon mal trotz Pille schwanger geworden bin, will sie sichergehen, dass es nicht wieder passiert ist. Ich habe ehrlich gesagt nie geglaubt, dass ich schwanger sein könnte. Ich habe auch keinen Test oder so gemacht. So etwas würde ich nie vor dir verheimlichen.«

»Aber du bist zum Arzt gegangen.«

»Ich hatte sowieso den Termin für die Vorsorge. Morgen werde ich sicher wissen, ob ich schwanger war oder nicht.«

Luca legte eine Hand auf ihr Gesicht. »*Mia cara.*«

»So oder so stehen noch weitere Untersuchungen an. Und in der Zwischenzeit will die Ärztin, dass ich die Pille für ein paar Monate absetze.«

»Ja, spül sie einfach in der Toilette runter.«

»Machst du dir keine Sorgen?«

»Vater zu werden? Mit der wunderbarsten Frau ein neues Leben in die Welt zu setzen? Nein.«

Brooke fasste sich an die Brust und hätte am liebsten geweint.

»Was ist los, *tesoro*?«

»Das hätte ich nicht erwartet.« Eine einzelne Träne rollte ihr über die Wange.

»Gewöhn dich lieber schon mal daran.«

Sie beugte sich vor, um seinen Kuss zu empfangen. Wie sehr sie diesen Mann liebte!

Nie hatte sie das stärker gespürt als in diesem Moment.

»Aber ab sofort«, sagte er, als er sich zurückzog, »machst du keine Arzttermine mehr aus, ohne mir Bescheid zu sagen. Das nächste Mal komme ich mit.«

»Das habe ich auch gedacht, als ich in der Praxis saß.«

Er küsste sie erneut.

»Wir müssen ab jetzt ziemlich gut aufpassen. Kauf schon mal eine Großpackung Kondome.«

Luca zuckte mit den Schultern. »Ach, na ja.«

»Luca!«

»Willst du keine Babys?«

»Doch, irgendwann schon.«

»Na also.«

»Was soll das denn jetzt heißen?«

Er grinste. »Nichts.«

Dieser Mann! Seine Reaktion auf das Was-wäre-wenn-Szenario hätte nicht besser ausfallen können.

»Aber pass auf, jetzt kommt die wirklich große Neuigkeit.«

Luca sah sie verdutzt an. »Was denn noch?«

»Rate mal, wer tatsächlich schwanger ist!«

Er schwieg.

»Antonia!«

»Was?« Ihm fiel die Kinnlade herunter.

»Ja. Sie war auch in der Arztpraxis und ich habe sie gehört. War ihr damals schlecht, als sie mit Franny schwanger war?«

Er sah immer noch schockiert aus. »Ja, sehr. In den ersten drei Monaten konnte sie kaum was bei sich behalten.«

»Sie findet es dumm, dass ihr diesmal nicht schlecht ist und sie jetzt an Gewicht zulegt.« Obwohl Brooke ihr das nicht angesehen hätte.

Luca schüttelte den Kopf. »Sie hat versucht, mich in ihr Hotelzimmer zu locken, während du in Texas warst. Ich habe sie aber immer nur in der Öffentlichkeit getroffen.«

»Was sie nicht davon abhalten wird, das Gegenteil zu behaupten.«

»Die Wahrheit lässt sich leicht beweisen, wenn das Baby auf der Welt ist.«

»Jetzt ergibt aber alles Sinn, oder? Sie ist nicht auf der Suche nach einem Sugar Daddy, weil es bald offensichtlich sein wird, dass sie schwanger ist. Wo geht man hin, wenn man Sicherheit sucht?«

»Nach Hause.«

»Und hier ist sie. Alle Lügen und Gerüchte, die sie verbreitet, ihre Versuche, einen Keil zwischen uns zu treiben, haben ein Ablaufdatum.«

»Und ihre ominöse Krankheit …«

»… ist nach neun Monaten ausgeheilt«, beendete Brooke den Satz für ihn.

»Warum habe ich sie nicht schon früher durchschaut?«

»Sie ist eben eine verdammt gute Lügnerin, Luca. Du musst dir keine Vorwürfe machen.«

Er stöhnte, dann aber sagte er: »Stimmt, denn dank ihr habe ich jetzt Franny.«

»Und sie bedeutet dir die Welt. Es war also nicht alles schlecht.«

Luca nahm Brookes Hände. »Gibt es noch weitere Neuigkeiten, mit denen du mich umwirfst?«

Sie lachte. »Nein. Das war alles, was ich hatte. Ich versuche es morgen wieder.«

Er stupste ihre Nase mit seiner an und schaute Brooke dabei tief in die Augen. »Ich will, dass du Kinder von mir bekommst«, flüsterte er.

»Luca!«

»Wenn die Zeit reif ist.«

»Das sagst du besser nicht vor deiner Mutter, sonst sperrt sie uns in ein Zimmer und lässt uns erst wieder raus, wenn auf dem Teststreifen zwei rosa Striche erscheinen.«

Er wackelte mit den Augenbrauen. »Solch eine Zusammenarbeit könnte ich nur befürworten.«

»Du bringst mich noch um.«

Er half ihr beim Aufstehen, bevor sie sich wieder auf den Rückweg machten.

Luca zog sie von hinten in seine Arme und legte die Hände auf ihren Bauch.

Kichernd stieß sie ihn von sich. »Hör auf damit.«

»Nein.« Er wollte sie wieder einfangen.

Aber Brooke wich ihm aus.

Er kam erneut zu ihr und schwang sie in seine Arme. »Danke für diese Frau!«, rief er in den Himmel.

Ein Paar, das gerade vorbeilief, lachte amüsiert.

»Er hat seine Medikamente nicht genommen«, rief Brooke.

In ausgelassener Stimmung kehrten sie zur Trattoria zurück.

Plötzlich blieben sie abrupt stehen. Die Frau, über die sie zuvor gesprochen hatten, stand vor ihnen und starrte sie an.

Antonia versuchte zwar, sich nichts anmerken zu lassen, es gelang ihr aber nicht. »Na, ihr beide benehmt euch ja wie Teenager.«

Brooke lachte und sah Luca an. »Wir haben noch den Rest unseres Lebens Zeit, uns wie alte Leute zu benehmen.«

Antonia gab den Anschein der guten Laune wieder auf. »Ich bin gekommen, um über unsere Tochter zu sprechen.«

Luca deutete auf einen Tisch im hinteren Bereich. »Wir drei können uns gerne dort hinsetzen.« Er behielt Brookes Hand in seiner.

»Alleine.«

»Was auch immer du über Franny zu sagen hast, kannst du auch vor Brooke sagen. Wir haben keine Geheimnisse voreinander.«

»Was ja wohl nicht ganz stimmt, oder?«

»Antonia, lass es gut sein. Brooke und ich sind miteinander sehr glücklich. Können wir bitte die Gäste in Ruhe essen lassen und dieses Gespräch woandershin verlegen?«

»Also gut.«

Sie setzten sich und schon kam einer der Kellner zu ihnen. »Willst du etwas trinken?«, wandte sich Brooke an Antonia, um zu zeigen, dass ihr hier die Rolle der Gastgeberin oblag.

Die Frau sah sie verblüfft an.

Brooke drehte sich gelassen zu Luca. »Ich hätte nichts gegen ein Glas Rosé. Und was zu essen könnte ich auch vertragen, denn ich habe heute ganz vergessen, was zu essen.«

Luca lachte sie an. »Du hattest ja auch viel um die Ohren.«

Er winkte dem Kellner und sagte etwas auf Italienisch zu ihm.

Brooke liebte es, Luca in seiner Muttersprache reden zu hören.

»Antonia, möchtest du auch etwas?«, fragte Luca.

Antonia antwortete ebenfalls auf Italienisch, was bei ihr aber nicht annähernd so musikalisch klang wie bei Luca. Der Kellner ging.

»Ich muss lernen, wie man das R richtig rollt«, sagte Brooke zu Luca, bevor sie zu Antonia blickte. »Franny gibt mir Italienischunterricht. Sie liest mir Kinderbücher vor. Das ist sehr niedlich«, erklärte Brooke.

»Das hat sie mir erzählt, ja.«

Da kam Mari um die Ecke gebogen und sagte vorsichtig lächelnd: »Was für eine Überraschung!«

Antonia begrüßte sie und sprach so schnell, dass Brooke nur ein paar einzelne Worte mitbekam.

»Wie schön zu sehen, dass ihr euch alle gut versteht«, sagte Mari. »Das ist das Beste für Francesca, *vero?*«

Je netter alle waren, desto unwohler schien sich Antonia zu fühlen.

»Da kann ich dir nur zustimmen, Mama«, sagte Luca.

Der Kellner kam und brachte überraschenderweise gefüllte Weingläser für alle. Brooke bekam einen Rosé und Luca und Antonia Rotwein serviert.

Normalerweise hätte sich Brooke unsicher gefühlt, wenn die beiden dasselbe Getränk gewählt oder sich ein flüchtiges Lächeln geschenkt hätten.

Aber heute war das nicht der Fall.

»Ich lasse euch jetzt wieder allein«, sagte Mari, bevor sie wegging.

Antonia hob ihr Glas. »Unser Lieblingswein«, sagte sie seufzend.

»Du musst mal den 2019er probieren. Der ist noch besser. Giovanni sorgt dafür, dass sich mein Lieblingswein jedes Jahr ändert.«

Trotzdem sonnte sich Antonia in der Vorstellung, dass sie gegenüber Brooke die Oberhand hatte.

Dafür lag Lucas *Hand* auf Brookes Oberschenkel, als wollte er ihr sagen, *es ist nur Wein.*

Luca hatte durchaus recht, was den 2019er betraf, denn der war tatsächlich besser. Aber es war mitten am Tag, und auch wenn es in Mode gekommen war, zu jeder Uhrzeit Alkohol zu trinken, so würden Brooke nach dem schweren Rotwein schon am frühen Abend die Augen zufallen.

Antonia schien diesbezüglich keine Probleme zu kennen.

Als die Frau den ersten Schluck trank, konnte Brooke nur an das ungeborene Kind denken. Ein Schlückchen hier und da mochte vielleicht keinen Schaden anrichten – aber warum sollte man ein Risiko eingehen?

»Was wolltest du wegen Franny besprechen?«, begann Luca.

Ein weiterer Schluck, dann stellte Antonia das Glas ab. »Am Mittwoch beginnen die Sommerferien.«

»Stimmt.«

»Ich möchte, dass sie mehr Zeit mit mir verbringt.«

Brooke spürte, mehr als dass sie es sah, wie sich Luca neben ihr anspannte. »Das würde ihr wahrscheinlich gefallen«, sagte Brooke.

»Ob es ihr gefällt, weiß nur Franny«, entgegnete Luca.

»Wenigstens die Wochenenden, für den Anfang.«

Brooke und Luca sahen Antonia an.

»Was meinst du mit ›für den Anfang‹?«

Antonia setzte das Glas an die Lippen und trank.

Brooke spürte, wie ihr leerer Magen rebellierte.

»Für den Anfang eben.«

»Ich kann dir nicht folgen«, sagte Luca.

Jetzt brachte der Kellner das Essen.

»Sieht köstlich aus«, stellte Antonia fest.

Je mehr Sekunden verstrichen, desto angespannter wurde Luca an Brookes Seite.

»Was genau meinst du?«

Antonia hob Gabel und Messer auf und nahm sich den Caprese-Salat vor. »Ich habe unter Depressionen gelitten, als ich gegangen bin.« Sie nahm einen Bissen von dem Salat und trank wieder von ihrem Wein.

Brooke schnitt in ihr Essen und wartete auf die Fortsetzung.

»Es war eine schreckliche postnatale Depression. Oder vielmehr eine klinische Depression, um ehrlich zu sein. Mehr als ein Arzt hat diese Diagnose gestellt, nicht wahr, Luca?«

»Worauf willst du hinaus?«

Ein weiterer Schluck Wein.

»Ich war nicht bei klarem Verstand.«

Brooke ergriff Lucas Hand und drückte sie.

»Bist du jetzt bei klarem Verstand?«, fragte Brooke.

Antonia ließ ihre Gabel fallen. »Was ist das denn für eine Frage? Natürlich bin ich das.«

»Du sitzt hier mit deinem Ex-Mann und seiner Lebensgefährtin und redest über deine Tochter. Das ist genug, um einen unter Stress zu setzen«, sagte Brooke.

»Mein Verstand ist äußerst stabil, Brooke. Lucas *Lebensgefährtin* braucht mir wirklich nicht zu unterstellen, dass ich verrückt sei. Und was soll das Wort schon heißen?« Wieder trank sie einen Schluck.

»Es heißt, dass wir Franny eine Schwester oder einen Bruder schenken wollen. Das soll es heißen«, entgegnete Luca trocken.

Antonia hatte ihren Schwung verloren.

Die folgende Stille ließ Brooke nach ihrem Glas greifen, wobei sie jetzt merkte, dass Antonias Wein schon fast ausgetrunken war.

»Wie fortschrittlich von euch.«

Brooke sagte nichts, weil Antonia die Stille des Schweigens anscheinend nur schwer ertrug.

Luca spielte mit seinem Weinglas.

»Ich will mehr Zeit mit Francesca verbringen. Ich will nicht vor Gericht ziehen müssen, um zu beweisen, dass ich dazu in der Lage bin.«

»Niemand sagt, dass du nicht in der Lage wärest.«

»Klar.«

Mehr Wein.

»Hast du mit Widerstand gerechnet?«, fragte Luca.

»Ja.«

»Noch einmal kann ich nur sagen, dass es allein von Franny abhängt. Wenn du Druck auf sie ausübst, wirst du auf Widerstand stoßen.«

»Kinder wissen nicht immer, was gut für sie ist.«

Brooke konnte sich nicht zurückhalten. »Weißt du … vielleicht ist Wein nicht die richtige Grundlage für dieses Gespräch.« Sie schob ihr Glas beiseite und wollte Antonias Glas mit dem letzten Rest Wein von ihr fortziehen.

Antonia erwiderte etwas auf Italienisch und hielt ihr Glas fest.

Jetzt mischte sich Luca dazu und bremste Brooke. »Ich finde, wir sollten diese Unterhaltung jetzt beenden. Ich werde mit Franny reden und sie fragen, was sie will. Dann sehen wir weiter.«

Antonia grinste, als hätte sie gewonnen, und bedachte Brooke mit einem siegessicheren Blick, während sie ihr Glas leerte.

KAPITEL 31

Luca, Brooke und Franny nannten es »Familienabend«.

Ihren Familienabend.

Es war mitten in der Woche und Luca wurde nicht in der Küche gebraucht. Sie aßen zu dritt, was sie gemeinsam gekocht hatten und was zwar wie Knete aussah, aber hervorragend schmeckte.

Heute feierten sie Frannys Abschluss der zweiten Klasse.

Luca fand, dass sein Leben wirklich perfekt war.

Brookes Ärztin hatte gesagt, dass es keine Fehlgeburt gewesen sei, was sie beide beruhigte. Brooke hatte die Pille abgesetzt, und Luca wollte sie davon überzeugen, gleich auch noch die Kondome wegzuwerfen.

Er musste schmunzeln, als er wieder daran dachte, wie er Brooke davon abgehalten hatte, Antonias Wein über sie zu kippen. Seine liebe Brooke würde mal eine wunderbare Mutter sein, wenn die rechte Zeit gekommen war. Das war sie jetzt schon, wenn es um Franny ging.

»*Go fish!*«, rief Brooke, die Spielkarten in den Händen hielt.

Luca nahm eine Karte auf und legte eine andere ab. »Deine Mutter ist heute vorbeigekommen«, schnitt er das Thema ganz beiläufig an.

»Herz sechs«, sagte Franny und zeigte auf Brooke.

Stöhnend drehte Brooke ihre Karte um.

»Sie will mehr Zeit mit dir verbringen.«

»Pik Bube.« Jetzt zeigte Franny auf ihn.

»*Go fish.*«

Und Franny stöhnte.

»Wäre das okay für dich?«, fragte Brooke.

Franny zuckte mit den Schultern. »Ich glaube schon.«

Luca war an der Reihe. Er drehte seine Karten um. »Oder willst du nicht?«

»Sie schaut immer nur aufs Handy. Und manchmal behandelt sie mich wie ein Baby.«

»Du darfst es selbst entscheiden.«

Franny zuckte mit den Schultern. »Ich will nicht, dass sie traurig ist.«

Brooke streckte eine Hand aus. »Sie ist schon erwachsen. Wenn es zu viel für dich ist und du noch nicht so weit bist, schalten wir einfach einen Gang zurück. Du darfst ihr ruhig eine Chance geben, aber du musst auch nichts überstürzen.«

»Danke, Brooke.«

Luca hatte seine Antwort erhalten und wechselte jetzt das Thema.

»Ach, fast hätte ich's vergessen ...« Er erhob sich vom Tisch und ging in sein Schlafzimmer.

»Hey, wir spielen doch gerade«, hörte er Brookes Beschwerde.

Er kam mit einer Papiertüte zurück, die er Franny reichte. »Das wollte ich dir schon längst mal geben.«

»Es ist doch gar nicht mein Geburtstag.«

»Ich weiß. Aber es ist Sommer und da verbringst du mehr Zeit außerhalb dieser vier Wände.«

Dem Kind fiel die Kinnlade herunter, als wüsste es genau, um welches Geschenk es sich handelte.

Voller Eifer nahm Franny die Tüte und dann schrie sie begeistert auf.

Das Kartenspiel war vergessen.

»Ein Handy!« Sie sprang vom Stuhl auf und warf sich in seine Arme. »Danke, Papa.«

»Aber kein Facebook.«

»Ich bin doch erst acht.«

Luca rechnete nach. Sie war auf halbem Weg zu ihrem ersten Date.

»Aber darf ich TikTok haben?«

Brooke und Luca antworteten gleichzeitig mit »Nein«.

»Das ist nur dazu gedacht, dass du mich jederzeit anrufen kannst. Egal ob Tag oder Nacht. Ich gehe immer ran.«

Die Karten blieben liegen, wo sie waren, und schon saß Franny in ihr neues Handy vertieft da und probierte alle Funktionen aus.

»Heute ist eine Ausnahme, aber sonst, wenn die Familie zusammen ist, wird das Telefon weggelegt. Handys sind am Tisch tabu.«

»Okay, Papa. Vielen Dank! Das muss ich unbedingt Regina erzählen.«

Brooke griff über den Tisch und nahm seine Hand.

Sie sahen zu, wie Franny am Handy tippte und darauf herumwischte. »Da sind ja schon die Nummern von allen drin.«

Luca grinste. »Jep.« Sogar die ihrer Mutter, so viel Überwindung es ihn auch gekostet hatte.

Franny sprang auf und stürmte ins Wohnzimmer.

Brooke starrte ihn an. »Das hast du für *dich* getan.«

»Ja.«

»Wegen Antonia.«

»Schuldig im Sinne der Anklage.«

Brooke stieß einen langen Atemzug aus.

Dann hielt sie inne.

»Hast du auch Friend Finder installiert?«

Luca hob die Kaffeetasse an seine Lippen. »Na klar.«

Auch Brooke nahm ihre Tasse.

Gemeinsam beobachteten sie Franny im anderen Zimmer.

* * *

»Rate mal, wer diesen Winter nach Hause kommt?«, wandte sich Rosa während ihres wöchentlichen Kaffeeklatsches an Mari.

»Dante?« Wer sollte es sonst sein?

Rosas grinste von Ohr zu Ohr. »Mein Herz platzt fast vor Freude!«

»Für immer? Ich meine, bleibt er hier?«

»Nein, aber er sagt, er will seine Einkommensquellen diversifizieren. Was immer das bedeuten soll.«

»Ich freue mich für dich.«

»Ich habe Antonia gebeten, sich bis zum Herbst eine neue Bleibe zu suchen.«

Mari hob beide Hände in die Luft. »Das ist nur fair. Sie zahlt dir ja auch keine Miete und ist kein Familienmitglied.«

Rosa rollte mit den Augen. »Stimmt, aber man hätte meinen können, ich würde sie auf die Straße werfen, so viel Gezeter hat sie gemacht. So habe ich sie noch nie gesehen.«

»Die Frau ist allergisch gegen Arbeit«, erklärte Mari.

»Außerdem hat sie einen Mann mit nach Hause geschleppt.«

Mari lehnte sich vor. »Was? Wen denn?«

»Irgend so einen Typen. Ich glaube, es war ein Marinesoldat, aber ich habe es ihr untersagt. So was kommt mir in meinem Haus nicht in die Tüte. Was denkt sie sich nur?«

»Es ist wirklich traurig. Sie weiß, dass sie meinen Luca nicht zurückhaben kann.«

Rosa seufzte. »Ich habe ihr geraten, dass sie besser wieder zu ihren Eltern zurückgeht, zurück nach Italien, für einen Neuanfang.«

»Das wäre hart für Franny, aber vielleicht das Beste für Antonia. Ihr Kampf ist für mich eine gute Lehre, dass ich Chloe mehr Freiraum geben muss, damit sie sich fortbildet und sich einen Job außerhalb unseres Familienbetriebs sucht. Ich will nicht, dass es meiner Tochter mal so ergeht wie Antonia.«

»Ich bitte dich, Chloe hat schon gearbeitet, als sie so alt war, wie Franny jetzt ist. Antonia dagegen hat in ihrem Leben noch keinen einzigen Finger gekrümmt.«

Mari lächelte wieder. »Apropos Chloe ... wann genau kommt Dante nach Hause?«

* * *

Luca saß gegenüber von Antonia auf der Piazza vor seinem Haus, ein Kalender lag vor ihm auf dem Tisch.

»Vier Nächte im Monat? Das soll alles sein?«

»Ich habe Franny gefragt, was sie will, und genau das hat sie mir gesagt. Vielleicht ändert es sich, wenn du eine eigene Wohnung hast und sie nicht mehr auf dem Sofa schlafen muss.«

»Ist das nicht vielleicht auf dem Mist deiner *Lebensgefährtin* gewachsen?«

Allmählich ging Luca ihre Leier auf die Nerven. »Lass Brooke aus dem Spiel.«

Antonia schob den Kalender weg und lehnte sich zurück. »Ich glaube langsam, dass ich nur eine Beziehung zu meiner Tochter haben kann, indem ich vor Gericht gehe. Ich bin mit nichts in dieses Land gekommen, und du hast versprochen, dich um mich zu kümmern.«

Luca schüttelte den Kopf. »Du hast dich von mir scheiden lassen.«

»Du hast nicht um mich gekämpft. Du hast mir eine lächerliche Summe Geld geboten und mich weggescheucht.«

Luca sah zu, wie Antonias Welt zu bröckeln begann. Solch unvernünftiges Verhalten hatte er noch von ihrer ersten Schwangerschaft in Erinnerung. Diesmal schien es sogar noch verstärkt zu sein. »Deine Erinnerung an unsere Vergangenheit ist verzerrt, Antonia. Vielleicht solltest du dir professionelle Hilfe suchen.«

Sie wechselte vom Englischen ins Italienische. »Ich habe es satt, dass du mir zusammen mit deiner *Lebensgefährtin* unterstellst, ich sei verrückt.«

»Das sind deine Worte.« Er antwortete nun ebenfalls auf Italienisch. »Dann zieh eben vor Gericht. Binden wir eine unabhängige Partei ein. Aber in dem Fall musst du dich auf einen langen Kampf gefasst machen. Erstens werde ich nicht so schnell nachgeben und zweitens dauert es mehr als ein Jahr, bis man überhaupt einen Gerichtstermin kriegt.«

»Aber es wird sich lohnen.«

Luca ließ ihre Worte nicht an sich heran, denn er konnte sich nicht vorstellen, dass sie das wirklich durchziehen würde.

»Bis wir das erste Mal vor dem Richter stehen, wirst du alle Hände voll zu tun haben.«

Ihre Augen verengten sich. »Was soll das denn heißen?«

Er senkte seine Stimme, sprach weiter auf Italienisch. »Ich war dabei, als du das erste Mal schwanger warst, Antonia. Ich erinnere mich an die Stimmungsschwankungen, daran, dass man nicht mehr vernünftig mit dir reden konnte. Dass deine Finger angeschwollen waren.«

Sofort blickte sie auf ihre Hände und zog sie schnell vom Tisch.

»Das Gericht wird dir vielleicht mehr Zeit mit unserer Tochter zugestehen. Vielleicht wird sogar erwirkt, dass ich dir für diese Mühe eine Art Unterhalt zahlen muss. Aber man wird nicht von mir verlangen, dass ich für ein Kind aufkomme, das gar nicht von mir ist.«

Antonia atmete jetzt schwer und sagte kein Wort mehr.

»Und an dem Tag, an dem du denkst, du könntest Franny ausnutzen, um auf dein Baby aufzupassen, werde ich wieder das Gericht einschalten und dich erneut kämpfen lassen.«

Jetzt kochte sie vor Wut.

»Also, Franny will eine Übernachtung pro Woche. Sie freut sich, wenn sie tagsüber Zeit mit dir verbringen darf, wenn ihr zusammen ins Kino geht oder einen Ausflug in den Zoo macht. Egal was, solange es innerhalb der Stadtgrenzen ist.«

Jeder sichtbare Muskel in Antonias Körper war bis zum Äußersten angespannt. »Ich sehe Francesca am Dienstag.«

Luca lächelte und nickte. »Gut.«

* * *

Brooke und Luca brachten Franny am Dienstag zu ihrer Mutter. Sie wohnte nur zwei Blocks entfernt, und natürlich hätte das Kind mit fast neun Jahren auch allein gehen können. Aber sie wollten sich vergewissern, dass Antonia heute wieder in guter Verfassung war.

Laut Rosa hatte Antonia nach der Konfrontation mit Luca einen größeren Zusammenbruch erlitten.

Luca hatte der restlichen Familie, mit Ausnahme von Franny, von Antonias Schwangerschaft berichtet. Zuvor hatte er Antonia angerufen und gefragt, wie sie mit dieser Nachricht umgehen wollte. Als sie meinte, dass sie diejenige sein sollte, die es ihrer Tochter sagte, stimmte Luca ihr zu.

Sobald Franny es wusste, würde es die ganze Welt erfahren.

Oder zumindest ihr Teil der Welt in Little Italy.

Auf dem Weg zu Rosas Haus erinnerte Luca seine Tochter an die vereinbarten Regeln. »Ruf an, wenn du uns brauchst.

Jederzeit, auch wenn es mitten in der Nacht ist. Wenn du dich nicht wohlfühlst, kommst du wieder heim. Dann rufst du uns an und sagst uns Bescheid, dass du unterwegs bist. Falls es schon dunkel ist, holen wir dich ab.«

»Ich weiß, Papa.«

»Und falls wir nicht gleich drangehen, probierst du es einfach so lange, bis du uns erreichst.«

»Ich weiß schon, Brooke.«

»Ich glaube, wir nerven sie«, wandte sich Brooke an Luca.

»Wenn ich in die Dritte komme, laufe ich übrigens ohne euch zur Schule.«

»Wie bitte?«, fragte Luca nach.

Das war so ziemlich das Frechste, was Brooke je aus Frannys Mund hatte kommen hören. »Ich bin kein Baby mehr.«

»Es ist nicht wegen dir«, sagte Brooke und deutete auf einen Fremden, der vorbeiging, »sondern wegen ihm.« Dann zeigte sie zu einem Obdachlosen an der Ecke. »Oder ihm.«

»Das ist Charlie, der ist harmlos.«

Brooke rollte mit den Augen.

»Es geht um Leute, die vielleicht nicht harmlos sind, Franny.«

Als sie an Charlie vorbeigingen, winkte Franny ihm zu.

Brookes Argument hatte keinen Halt.

Als sie vor Rosas Haus angekommen waren, drehte sich Franny zu ihnen um. Sie umarmte und küsste erst ihren Papa, dann Brooke. »Ich werde ganz brav sein. Abends esse ich keine Süßigkeiten und ich rufe an, wenn ich nach Hause kommen will. Ich komme schon klar!«

Brooke nahm Lucas Hand.

Franny öffnete die Haustür. »Mama Antonia? Ich bin hier.«

Sie hörten Antonias Stimme. »Nenn mich doch nicht so. Sag einfach nur Mama.«

Jetzt war es Franny, die mit den Augen rollte.

Antonia erschien in der Tür.

Zum ersten Mal, seit Brooke die Frau kannte, trug sie einfach nur Jeans und ein T-Shirt, das aus der Hose hing. Sie hatte kaum Make-up aufgelegt, ihre Haare waren zu einem Pferdeschwanz gebunden. »Oh. Die ganze Familie ist gekommen.«

Franny ging an ihrer Mutter vorbei und betrat das Haus. »Hi, Rosa.«

Brooke zog an Lucas Hand. »Wir sehen uns morgen«, verabschiedete sie sich von Antonia.

Statt etwas zu erwidern, trat die Frau zurück und schloss die Tür.

»Sie wird schon klarkommen«, munterte Brooke ihn auf.

Luca blickte sie nur finster an.

»Komm schon. Ich kaufe dir ein Eis.«

Und das konnte ihm nun doch ein Lächeln entlocken.

KAPITEL 32

Schrilles Telefonklingeln riss Luca aus dem Schlaf.

Franny!

Er tastete nach dem Handy und richtete sich auf.

Brooke drehte sich neben ihm um.

Er wollte den Anruf entgegennehmen, aber es war gar nicht sein Telefon, das klingelte.

»Hallo?«

Luca schaltete das Licht an. Es war nach Mitternacht.

»Ja, ich bin dran«, sagte Brooke, die jetzt ihr Handy ans Ohr hielt.

Er legte ihr eine Hand auf die Schulter.

»Ist es Franny?«

Brooke schüttelte den Kopf. »Mein Dad.«

O nein!

Brooke schlug sogleich die Bettdecke zurück. »Welches Krankenhaus?«

Luca folgte ihr in die Küche und machte Licht.

Sie nahm einen Stift und sah sich suchend um.

Er fand einen Brief, drehte ihn um, damit sie auf den Umschlag schreiben konnte.

Brooke notierte sich den Namen eines Krankenhauses. »Okay. Ich bin auf dem Weg.«

Sie ließ das Telefon sinken und fasste sich an die Brust.

Luca stellte sich neben sie. »Was ist passiert, *amore*?«

»Sie wissen es nicht. Er hat Schmerzen in der Brust und ist gerade auf dem Weg ins Krankenhaus. Es besteht Verdacht auf Herzinfarkt.«

Er streichelte ihre Arme, bis sie ihn ansah. »Zieh dir was an, dann fahren wir.«

»Okay.« Sie nickte. »Okay.«

Sie beeilten sich, zogen sich hastig an und liefen kurz darauf die Treppe hinab. »Starte schon mal den Motor, ich sag noch den anderen Bescheid, wo wir sind.«

Brookes Augen sahen aus wie die eines Rehs im Scheinwerferlicht. »Okay.«

Brooke ging weiter nach unten, während Luca Halt an der Wohnung seiner Familie machte.

Er hörte, dass Gio noch wach war, und ging zu ihm ins Zimmer.

»Was ist los?«

»Brookes Vater. Verdacht auf Herzinfarkt. Wir sind gerade auf dem Weg ins Krankenhaus.«

»Oh, Luca!« Gio schaltete den Fernseher aus und ging zu ihm. »In welchem Krankenhaus ist er?«

Luca sagte es ihm, dann ging er, denn Gio wollte auch den anderen Bescheid geben.

Während der Fahrt sagte Brooke kein einziges Wort.

Luca missachtete ein paar Verkehrsregeln und schaffte es, innerhalb von fünfundzwanzig Minuten am Krankenhaus zu sein.

Sie bahnten sich den Weg vom Foyer zur Anmeldung der Notaufnahme, in der sich überraschend viele Leute aufhielten.

»Es müsste gerade ein Joe Turner eingeliefert worden sein«, sagte Brooke.

Die Dame blickte hinter der Scheibe des Empfangstresens in den Computer. »Ist das Ihr Vater?«

»Ja.«

»Und Sie sind?« Sie sah Luca an.

Brooke kam ihm zuvor. »Das ist mein Mann.«

»Okay. Bitte warten Sie einen kurzen Moment.«

Brooke flüsterte Luca zu: »Ich habe dich gerade befördert. Krankenhäuser lassen immer noch nicht jeden rein.«

»Kein Problem, *amore*.« Er hatte nichts dagegen, als ihr Mann bezeichnet zu werden.

»Kommen Sie zur Doppeltür.«

Brooke hielt Lucas Hand mit festem Griff, als sie aus dem Foyer mitten ins Herz der Notaufnahme geführt wurden.

Dort ging es laut und hektisch zu. »Heute ist doch erst Dienstag«, sagte er zu der Frau, die sie hineinführte.

Sie lachte. »Ja, heute geht es eher ruhig zu.«

Brooke rückte näher. »Wenigstens dürfen wir zu ihm. Als er seinen Schlaganfall hatte, war das damals nicht möglich.«

Sie wurden zu Joes Zimmer gebracht. Zwei Leute standen an seinem Bett, er bekam gerade eine Infusion und war an einen Monitor und an Sauerstoff angeschlossen.

»Hi, Daddy«, sagte Brooke, als er aufblickte.

Luca blieb an der Tür stehen, um nicht im Weg zu sein.

»Hallo, meine Kleine.«

Sie ging zu ihm und nahm seine Hand. »Was ist los?«, wandte sie sich ans Personal.

»Er hat Schmerzen in der Brust und bekommt schlecht Luft. Sein Blutdruck ist hoch, aber das EKG zeigt keinen akuten Myokardinfarkt an. Also, keinen Herzinfarkt. Wir machen ein paar Untersuchungen, um herauszufinden, was los ist.«

»Okay.«

»Auf Nitroglyzerin hat er reagiert und er wird wohl ein paar Stunden in der Notaufnahme bleiben müssen. Ich bin übrigens Dr. Mahoney. Bald werden wir mehr wissen.«

Luca sah, wie Brooke sich sichtlich entspannte, als der Arzt das Zimmer verließ.

»Wie fühlen Sie sich jetzt, Mr Turner?«, erkundigte sich die Schwester.

»B-beschissen.«

»Dad!« Brooke blickte die Schwester entschuldigend an.

»Auf einer Skala von eins bis zehn, wie stark sind die Schmerzen in Ihrer Brust jetzt?«

»So wie vorher.«

Die Krankenschwester sah Brooke an und begann, Fragen über die Krankengeschichte ihres Vaters zu stellen.

Luca lehnte sich zurück und hörte zu, während Brooke alles aufzählte, bis hin zu seiner Prostatauntersuchung. Nichts davon hatte sie aufgeschrieben, sie hatte alles im Kopf. Und es war eine ganze Menge.

Als die Schwester den Raum verließ, zog Brooke einen Stuhl zu ihrem Vater heran.

»Da sind wir also wieder.«

Joe lächelte kurz, dann wanderte sein Blick zu Luca. »Schön, dass wir diesmal Gesellschaft haben.«

»Ja, finde ich auch.«

Dann neckten sie Joe, indem sie ihn wegen seines schicken Krankenhemdchens und des perfekten nächtlichen Timings aufzogen. Alles nur, um dem Mann ein Lächeln zu entlocken, was ihnen tatsächlich gelang.

Er sah müde und unbehaglich aus. Und älter als vor ein paar Wochen, als er zum Familienessen gekommen war.

Ein Pfleger aus der Notaufnahme steckte den Kopf herein. »Weitere Angehörige sind gekommen. Aber wir können leider nicht noch mehr Leute reinlassen.«

Luca klopfte aufs Bett. »Ich sage den anderen Bescheid.«

Er ging durch die Notaufnahme, dann trat er durch die Türen in den Wartebereich. Dort entdeckte er seine Mutter, seinen Bruder und seine Schwester.

»Wie geht es ihm?«, fragte seine Mutter sogleich.

»Sie müssen ihn noch weiter untersuchen, aber der Arzt geht nicht von einem Herzinfarkt aus.«

»Oh, Gott sei Dank.«

»Wie geht es Brooke?«, wollte Chloe wissen.

»Sie ist unglaublich. Solche Krankenhaussachen hat sie sehr gut im Griff.«

Gio klopfte ihm auf die Schulter. »Wir sind hier, falls du was brauchst.«

»Sie können euch leider nicht reinlassen.«

»Das wissen wir schon«, sagte Mari. »Wir haben Essen dabei.«

»Mama, es ist ein Uhr morgens.«

Mari zog die Stirn kraus. »Doch nicht für dich, *amore mio*, fürs Personal.«

Luca schüttelte den Kopf. Die Antwort seiner Mutter auf alles war Essen.

Er folgte seinem Bruder zum Auto und holte zwei Tabletts heraus, die er aus der Restaurantküche wiedererkannte. Sie waren warm.

Die Frau an der Anmeldung warf einen Blick auf die beiden, dann auf die Tabletts und als sie hörte, dass das Essen fürs Personal gedacht war, ließ sie die beiden ohne weitere Fragen durch.

Sie wurden angewiesen, das Tablett in einem Pausenraum abzustellen, und die vorbeigehenden Mitarbeiter dankten ihnen sehr.

Bevor sie wieder hinausgingen, steckte Giovanni den Kopf in Joes Krankenzimmer. »Hi, Joe, schön zu sehen, dass Sie hier alle auf Trab halten.«

»Ich tue, w-was ich kann.«

Brooke stand auf und gab Gio einen Kuss auf die Wange. »Ihr hättet doch nicht kommen müssen.«

»Doch, klar.«

Da kam Dr. Mahoney wieder um die Ecke gebogen. »Danke für das leckere Essen. Das ist wirklich nett von Ihnen.«

»Es ist uns ein Vergnügen«, sagte Luca zu ihm.

Der Arzt ging weiter.

»Ihr habt Essen mitgebracht?«

»Wir sind Italiener. Essen ist Leben.«

Gio deutete mit dem Daumen nach hinten. »Wir sitzen hier draußen.«

Luca legte seinem Bruder die Hand auf die Schulter und drückte sanft zu. »Danke.«

Eine halbe Stunde verging, dann tauchte der Arzt wieder auf.

»Die gute Nachricht ist, dass Sie heute Nacht keinen Herzkatheter gelegt bekommen.«

»Was bedeutet das?«, fragte Luca nach.

»Es war kein Herzinfarkt. Aber wegen seiner Vorgeschichte und des hohen Blutdrucks, den wir kaum gesenkt bekommen, sind noch eine Reihe von kardiologischen Untersuchungen notwendig. Wir behalten ihn über Nacht hier, vielleicht auch noch für ein paar weitere Tage.«

»Hoffentlich ist das E-Essen besser als im l-letzten Krankenhaus«, sagte Joe gähnend.

Dr. Mahoney schüttelte den Kopf. »Na ja, eher nicht.«

Luca lachte, als plötzlich das Telefon in seiner Gesäßtasche surrte.

Er zog es heraus und dachte, es sei seine Familie, die draußen saß und wissen wollte, ob es schon Neuigkeiten gab.

Als er aber Frannys Gesicht auf dem Display sah, erstarrte er.

Es war fast zwei Uhr nachts.

Er konnte den Anruf gar nicht schnell genug entgegennehmen. »Franny?«

»Ich will nach Hause, Papa.«

»Baby, was ist los?«

Sofort kam Brooke zu ihm.

Luca hielt das Telefon schräg, damit Brooke das Gespräch mithören konnte.

»Zia Rosa und Antonia haben sich ganz schlimm gestritten. Jetzt ist Rosa weg, und ich will nicht mehr hierbleiben. Bitte hol mich ab, Papa.« Franny weinte.

Brooke wandte sich ab. »Wir müssen fahren. Irgendwas ist mit Franny.«

»Fahr ruhig, meine Liebe«, sagte Joe.

»Wir werden uns gut um Ihren Vater kümmern«, beruhigte der Arzt sie mit besorgter Miene.

Luca war bereits zur Tür hinaus, Brooke folgte ihm auf den Fersen. »Wir sind schon auf dem Weg, *tesorina*. Aber wir sind gerade leider nicht zu Hause. Brookes Papa musste ins Krankenhaus.«

Da weinte Franny noch stärker. »Beeil dich, Papa. Ich will nicht mehr hierbleiben.«

Sie eilten aus der Tür der Notaufnahme zu den anderen, die im Wartebereich auf einer Bank saßen.

Giovanni sprang auf. »Was ist los?«

»Es geht um Franny.« Luca sprach unterdessen mit seiner weinenden Tochter am Telefon. »Ich gebe das Handy jetzt an Brooke weiter. Wir fahren schon los.«

Brooke nahm den Hörer und sprach mit ruhiger Stimme. »Hey, mein Schatz. Was ist passiert?«

Luca blieb gar nicht erst stehen, sondern ging schnurstracks zu seinem Auto weiter.

Gio joggte hinterher, um ihn einzuholen.

Mari und Chloe folgten dicht hinter ihnen.

»Franny ist am Telefon. Sie weint und will nach Hause.«

Mari griff in ihre Handtasche. »Ich rufe Rosa an.«

»Angeblich hat sie das Haus verlassen.«

»Wie bitte?«

»Sollen wir hier bei Joe bleiben?«, fragte Chloe.

Luca schüttelte den Kopf. »Sie nehmen ihn auf. Es hat keinen Sinn, auf dem Parkplatz zu schlafen.«

»Dann sehen wir uns zu Hause.«

»Luca?« Seine Mutter hielt ihn kurz auf. »Fahr vorsichtig! Tot nützt du niemandem was.«

Er gab seiner Mutter einen Kuss, dann sprangen er und Brooke ins Auto.

»Okay. Kein Problem. Wir sind jetzt auf dem Weg«, sagte Brooke, bevor sie sich das Handy in den Schoß legte.

»Hat sie aufgelegt?«, fragte Luca, während er aus dem Parkhaus fuhr.

»Ihr Akku hatte nur noch fünf Prozent und sie hat das Ladegerät zu Hause vergessen. Sie will nicht, dass es ganz ausgeht.«

»Hat sie gesagt, was passiert ist?«

Zum Glück war an einem Mittwoch um zwei Uhr morgens außer ihnen niemand mehr auf der Straße unterwegs.

»Nur, dass sich Rosa und Antonia ziemlich gestritten haben. Antonia hat getrunken und Franny wollte ihre Mutter nicht wecken, damit sie sie nach Hause bringt.«

Er klammerte sich ans Lenkrad. »Ich mache nie wieder einen auf Mr Entgegenkommend.«

»Da bin ich ganz deiner Meinung.«

Luca hielt kurz an einer roten Ampel, aber als niemand kam, fuhr er einfach weiter.

»Dann wird sie sich einen Anwalt nehmen müssen.«

»Ich suche morgen einen für uns«, sagte Brooke.

Auf dem Freeway drückte er aufs Gas.

Brooke legte ihm eine Hand aufs Bein.

Luca sah zu ihr und bemerkte ihren besorgten Blick. »Ich liebe dich.«

Sie drückte sein Bein. »Ich liebe dich auch. Es wird alles gut. Sie hat nur Angst.«

Als der Tacho fast die Neunzig erreichte, ging Luca wieder etwas runter vom Gas.

Brooke blickte immer wieder aufs Handy, als könne sie es damit zum Klingeln bringen.

Aber es blieb still.

Die Fahrt, für die sie normalerweise fünfundzwanzig Minuten gebraucht hätten, dauerte diesmal nur achtzehn.

Mit quietschenden Reifen kam der Wagen vor Rosas Haus zum Stehen. Sofort sprang Luca hinaus. Er nahm zwei Stufen auf einmal und machte sich nicht die Mühe, anzuklopfen.

Er stieß die Tür auf. »Franny?«

Rosas Wohnung war ein einziges Durcheinander. Ein Tisch war umgekippt, eine Lampe lag zerbrochen auf dem Boden. Überall waren Scherben von kaputtem Geschirr.

»Franny?« Er lief durchs Haus und fand Antonia schlafend quer auf dem Bett liegen. »Wach auf!«, rief er.

Hinter sich hörte er Brookes Stimme. »Was in aller Welt ist passiert? Franny?«

Antonia bewegte sich. Sie war betrunken. »Was machst du denn hier?«

»Wo ist unsere Tochter?«

»Sie schläft.«

»Franny?« Brookes Stimme klang immer verzweifelter.

Luca drehte sich um und sah, dass Brooke das Handy ans Ohr hielt.

Er wartete.

»Es geht nur die Mailbox dran.«

Er fuhr sich durch die Haare. »Dann ist sie wohl nach Hause gelaufen.«

Brooke hielt ihm das Handy hin. »Friend Finder.«

Luca trat zu ihr und blickte aufs Display, während sie die App öffnete.

Der Signalpunkt zeigte, dass Franny einen Block entfernt sein musste.

Da sie sich in einer Einbahnstraße befanden, hätten sie mit dem Auto zunächst in die falsche Richtung fahren müssen, weshalb sie sich lieber zu Fuß auf den Weg machten.

»Franny?«, rief Luca, als sie sich dem Punkt näherten.

»Franny?« Brookes Stimme war noch lauter als seine. Sie blieb stehen und drehte sich im Kreis. »Laut App müsste sie genau hier sein.«

Die Straße war menschenleer. Alle Läden waren geschlossen. Nicht einmal ein streunender Hund lief herum.

Brooke ging zur anderen Seite und suchte zwischen den geparkten Autos. »Franny?«

Lucas Herz raste wie wild.

»Ist das Handy vielleicht genau hier ausgegangen?«, fragte er.

Brooke hielt sich das Telefon wieder ans Ohr.

Da hörten sie den Klingelton von Frannys Handy.

Als sie dem Geräusch folgten, fanden sie an einer Hauswand den rosafarbenen Kinderrucksack.

Luca verlor die Nerven.

* * *

Brooke hielt Luca fest, als er zu Antonias Haus rennen wollte.

»Halt, stopp!«

»Ich bringe sie um.«

»Hör auf! Wir müssen Franny finden. Wir laufen nach Hause. Vielleicht ist sie gerannt und hat dabei den Rucksack verloren. Wenn sie nicht daheim ist, rufen wir die Polizei. Komm, Luca, bleib bei mir.«

Brooke hatte noch nie in ihrem Leben solche Angst gehabt. Aber Lucas Gesichtsausdruck war noch schlimmer.

Er war außer sich. Dass er Antonia den Garaus machen wollte, bezweifelte Brooke keine Sekunde.

Sie zog ihn nach Hause. »Franny?«, rief Brooke erneut.

Der Name seiner Tochter schien ihn wieder zur Vernunft zu bringen.

Jetzt begann er zu rennen.

»Franny?«

Sie rannten zur Hintertür, tippten den Code ein, um sie zu öffnen, und riefen weiter, den ganzen Weg die Treppe hinauf.

Brooke betete zu wem auch immer, dass Franny einfach nur in ihrem Bett liegen möge.

Luca rannte zuerst in die Wohnung, aber sein Schrei verriet Brooke, dass Franny nicht da war.

Da hörten sie Schritte auf der Treppe.

»Was zum Henker ist los?«, rief Giovanni.

»Franny ist verschwunden.«

Als Luca das sagte, drang die Angst tief in Brookes Seele vor und verströmte eine grausame Kälte.

Brooke drehte sich zu Gio. »Ruf die Polizei, bevor er was Dummes anstellt.«

Luca hatte sich zur Wand gedreht und schlug mit beiden Fäusten so fest gegen den Putz, dass dort kleine Stücke abbröckelten.

»Komm, Schatz.« Brooke schlang die Arme um ihn.

Zuerst sträubte er sich, aber dann klammerte er sich an ihr fest.

Jetzt kamen Chloe und Mari herein, und Brooke sah, wie Gio ihnen die Neuigkeiten mitteilte.

Mari schrie auf.

Gio war schon am Telefon.

»Hast du auch in unserer Wohnung nachgeschaut?«, fragte Chloe.

»Nein.« Da stürmten alle zusammen eine Treppe abwärts und durchsuchten alle Zimmer, während sie Frannys Namen riefen.

»Ich schaue im Restaurant nach«, rief Chloe und entfernte sich vom Rest.

Gio sprach weiter mit der Notrufzentrale, während sie suchten.

»Franny!«, rief Luca verzweifelt.

In diesem Moment hörten sie es.

Ein dünnes Stimmchen.

»Papa?«

Sie drehten sich um. Draußen im Gang stand Franny.

Luca rannte zu seinem Kind, fiel auf die Knie, zog Franny in die Arme und sprach auf Italienisch auf sie ein.

Brooke merkte, wie ihr die Tränen übers Gesicht liefen.

Als Luca sich schließlich zurücklehnte, strich er Franny eine Strähne aus den Augen. »Was ist passiert?«

»Ich habe so große Angst gehabt. Ich weiß, du hast gesagt, ich darf nicht allein gehen, aber ich … Es tut mir leid, Papa.«

»Ist schon gut.«

»Ich habe ein Geräusch gehört und mich versteckt. Ich wollte anrufen, aber dann ist das Geräusch näher gekommen und da bin ich weggerannt.«

»Bist du nicht gleich in dein Zimmer gegangen?«, fragte Brooke.

Das Kind schüttelte den Kopf. »Ich habe mich oben versteckt.«

»Warum?«

»Ich hatte Angst, dass Mama Antonia kommt und mich von hier wegbringt.«

»Wie meinst du das?«, fragte Mari.

Chloe kam zurück ins Zimmer und griff sich erleichtert ans Herz, als sie ihre Nichte sah.

Franny weinte wieder. »Sie hat gesagt, dass sie mich nach Italien bringt und dass ich nichts dagegen machen kann. Dann ist sie wütend auf Rosa geworden. Sie haben herumgeschrien, und ich will nicht nach Italien, Papa. Ich will hierbleiben, bei dir und Brooke und bei Nonna und Gio und Chloe.«

Brooke ballte die Hände zu Fäusten. Wie schnell hatte es diese Frau nur geschafft, ihrem Kind ein Trauma zuzufügen?

Gio hielt noch das Telefon in der Hand. »Sollen wir die Polizei rufen?«

Brooke sah ihn an und entschied für alle. »Ja. Die Beamten sollen uns bei Rosa treffen. Es muss festgehalten werden, dass Antonia nicht fähig ist, auf ihre Tochter aufzupassen, damit so etwas nie wieder vorkommt.«

KAPITEL 33

Zwei Wochen später standen Brooke, Luca und Franny vor dem San Diego International Airport. Nicht etwa, weil sie einen geliebten Menschen verabschieden wollten, sondern um sich zu vergewissern, dass Antonia auch wirklich ins Flugzeug stieg.

Und sie taten es für Franny.

Die Nacht, die alle um Jahre hatte altern lassen, war erst mit dem Morgengrauen zu Ende gegangen.

Die Polizei hatte alles aufgenommen und Antonia wusste nun, dass sie ohne Gerichtsbeschluss nie mehr mit ihrer Tochter würde allein sein können.

Nachdem sie es sich auch mit Rosa verscherzt hatte und sie keine anderen Möglichkeiten hatte, blieb Antonia nichts anderes übrig, als nach Hause zu ihren Eltern zu fliegen.

Und zwar allein.

Beziehungsweise *fast* allein.

Es stellte sich heraus, dass Antonia wohl eine Beziehung mit einem reichen Mann in der Nähe von Napa geführt hatte. Er hatte ihre Wohnung bezahlt, und so, wie es sich anhörte – zumindest für Brooke –, war der Kerl entweder verheiratet oder hegte nicht die Absicht, Antonia eine bedeutendere Stellung in seinem Leben einzuräumen. Dann war sie schwanger geworden und er hatte sie rausgeschmissen.

Schluchzend hatte Antonia die ganze Geschichte erzählt.

»Warum bleibst du nicht hier und zwingst ihn, sich seiner Verantwortung zu stellen?«, fragte Brooke.

Er wolle vor Gericht ziehen, sagte Antonia, und ihr das Leben zur Hölle machen. Irgendwie klang diese Erklärung für Brooke nicht ganz nach der Wahrheit.

Luca hatte, als er mit Brooke allein gewesen war, die Vermutung geäußert, dass das Baby vielleicht gar nicht von dem Mann sei und dass er das vielleicht wisse. Falls das stimmte, war das Kind wahrscheinlich von jemandem, dessen Bankkonto zu uninteressant war, um ihn weiter zu verfolgen.

Doch Antonia hatte nichts dergleichen zugegeben.

Aber jetzt war das egal. Antonia war nach San Diego zurückgekehrt in der Hoffnung, Luca zurückzugewinnen und für Franny wieder Mama zu sein.

Als ihr klar wurde, dass dies nicht der Fall sein würde, war sie verzweifelt gewesen und die Verzweiflung hatte sie schreckliche Dinge tun lassen. Unverzeihliche Dinge. Und jetzt reiste sie wieder ab.

»Ich weiß, dass du es mir nicht abkaufen wirst, aber es tut mir wirklich leid«, sagte sie zu Luca.

Luca kommentierte diese Entschuldigung nicht weiter.

»Ich wünsche dir einen guten Flug. Und gib Franny Bescheid, wenn du gut angekommen bist«, ermutigte Brooke sie.

Antonia ging vor Franny in die Hocke. »Ich fliege weg, weil es besser für dich ist, wenn ich nicht da bin. Aber ich werde dir Briefe schreiben …«

»Mach lieber keine Versprechungen, die du nicht einhalten kannst«, riet Brooke.

Antonia sah zu ihr auf, dann blickte sie wieder zu Franny.

»Ich werde dir Briefe schreiben. Und wir können uns auch Nachrichten aufs Handy schicken und telefonieren. Und wenn du den Papa deiner Nonna besuchst, kannst du vielleicht auch mich besuchen.«

Franny nickte und Antonia öffnete die Arme. »Kriege ich noch eine Umarmung?«

Franny trat einen Schritt nach vorn in die Arme ihrer Mutter, drückte sie fest und kämpfte mit den Tränen.

Auf Italienisch sagte Antonia, dass sie Franny liebe, und Franny sagte dasselbe.

Als sich Antonia wieder aufrichtete, setzte sie ihre breite Sonnenbrille auf und verabschiedete sich von den anderen.

Sie sahen ihr nach, bis sie mit ihrem Rollkoffer zwischen den vielen anderen Passagieren verschwunden war.

Franny griff nach oben und nahm jeweils eine Hand von Brooke und von Luca.

»Geht's dir gut, Süße?«

Seufzend sagte die Kleine: »Ich will ein *gelato*.«

»O ja, ich auch«, rief Brooke mit etwas zu viel Begeisterung.

Luca warf einen Seitenblick in Brookes Richtung. »Du hast in letzter Zeit sehr viel *gelato* gegessen. Gibt es da etwas, das du mir sagen willst?«

Sie wusste, worauf er hinauswollte. »Nein.«

»Ich glaube, Mama Brooke mag Eis genauso gern wie ich«, sagte Franny.

Brooke glaubte, sich verhört zu haben.

»*Mama* Brooke, hm?«, gab Luca zurück.

»Ja. Wenn ihr mal verheiratet seid, kann ich einfach Mama sagen. Wenn ihr ein Baby habt, ist es sonst nur verwirrend, wenn ich dich Brooke nenne, aber meine Schwester oder mein Bruder sagt Mama.« Franny zog sie Richtung Parkplatz.

Brooke konnte sich unterdessen ein Grinsen nicht verkneifen. Franny kannte keine Zurückhaltung. Das war einer der Gründe, warum sie sich auch so gut mit Brookes Vater verstand.

»Dein Dad und ich müssen nicht erst verheiratet sein, damit du mich Mama nennen darfst.«

Franny dachte eine Minute lang darüber nach. »Na ja, aber wenn ich dich Mama nenne, und die Leute fragen mich, ob du mit meinem Papa verheiratet bist, und ich sage Nein, dann ist das auch komisch.«

Brooke zuckte zusammen.

»Stimmt, das wäre sehr komisch«, pflichtete Luca seiner Tochter bei.

»Dann beeil dich damit, Papa.«

Brooke musste sehr an sich halten, um nicht laut loszulachen.

Als sie vom Flughafen zurückkamen, gingen sie gleich zu Santorinis Eisdiele.

Gio, Chloe und Mari kamen mit und wollten alles über Antonias Abreise erfahren und fragten, wie es für Franny gewesen war.

Luca und Franny gingen nach drinnen, um Eis zu holen, während sich Brooke mit den anderen unterhielt.

»Sie ist ein taffes Mädchen. Und wie bei jeder guten Trennung wollte sie danach ein Eis.«

»Was bin ich froh, dass Antonia endlich weg ist«, seufzte Chloe auf.

»Ich auch«, gab Brooke zurück. »Vielleicht werden sie mal eine bessere Beziehung haben, wenn Franny erwachsen ist. Allerdings sind Antonias mütterliche Fähigkeiten wie die eines Kaninchens.«

»Sind Kaninchen denn keine guten Mütter?«, wollte Chloe wissen.

»Nicht wirklich. Das gehört zu den nutzlosen Fakten, die ich im Kopf habe. Kaninchenmamas kommen einmal am Tag vorbei, um ihre Babys zu füttern. Das machen sie etwa zwei Wochen lang, dann machen sie sich aus dem Staub.«

Gio verzog das Gesicht. »Wie schrecklich.«

»*Cara?*«

Brooke drehte sich um und sah, dass Luca ihr eine Eiswaffel hinhielt.

»Danke.« Sie leckte daran. »Gute Wahl, Franny.«

Luca hielt Franny sein Eis hin. »Halt mal kurz.«

»Woher weißt du das mit den Hasen?«, fragte Gio und lenkte ihre Aufmerksamkeit von Luca weg.

»Ich habe nach Codewörtern für meine eigene Mutter gesucht.«

»Brooke, das ist furchtbar«, sagte Mari lachend.

»Ich glaube, da könnte was dran sein. Wir können du-weißt-schon-wen ja vielleicht Fluffy nennen, dann wissen wir alle, wer gemeint ist.«

Brooke lachte. Dann sah sie, dass Luca sich nach vorn beugte.

»Hast du was verlor…«

Als Luca ein Knie senkte und ihr eine kleine, mit schwarzem Samt ausgekleidete Schatulle hinhielt, erstarrte sie. In dem Kästchen lag ein Ring mit einem einzelnen Diamanten.

»*Cara, amore mio …*«

Brooke fiel die Kinnlade herunter. Sie standen an einem belebten Sommertag mitten auf dem Gehweg vor der Trattoria.

Einige Passanten blieben stehen und schauten zu ihnen.

»Ich habe noch nie jemanden so geliebt, wie ich dich liebe. Du bist mein Fels in der Brandung. Du bringst mich zur Vernunft, wenn die Welt um uns herum zusammenbricht. Du bringst mich zum Lachen und erwärmst mein Herz. Du bist eine Mutter für meine Tochter und eine Tochter für meine

Mutter. Bitte, meine Liebste, lass mich dich zu meiner Frau machen. Heirate mich, Brooke.«

Sie hatte schon zu nicken begonnen, noch bevor er zu Ende gesprochen hatte.

Das *gelato* glitt ihr aus den Fingern und klatschte auf den Boden.

Die Menge, die sich um sie herum versammelt hatte, begann zu jubeln.

Luca stand auf, nahm den Ring aus der Schachtel und steckte ihn ihr an den Finger. »Ich liebe dich«, sagte sie zu ihm, kurz bevor er sie küsste.

Es folgte Applaus, die Leute klatschten.

Da dröhnte Santorinis Stimme über den Jubel hinweg: »Mein *gelato* vereint die Herzen!«

Luca beendete den Kuss, indem er ihr tief in die Augen schaute. »Ich liebe dich.«

»Mama?«

Brooke sah auf Franny hinab. Eiscreme tropfte auf ihre Kinderhände.

Franny sah zu ihr hoch. »Ich liebe dich auch.«

»Oh, Baby!« Brooke küsste Franny auf die Wange.

Chloe nahm Franny das tropfende *gelato* ab und warf es in einen Mülleimer.

»Santorini, bitte ein frisches Eis für Franny. Und für alle anderen gibt es Champagner. Wir haben was zu feiern!«, verkündete Mari.

Die Menge löste sich auf, als sie ins Haus gingen.

Mari rief den Gästen und Angestellten laut zu, dass sich ihr Sohn gerade verlobt habe und dass es eine Runde Champagner aufs Haus gebe.

»Jetzt muss ich doch nicht mehr wegziehen«, meinte Gio.

»Wegziehen? Quatsch, keiner zieht irgendwohin«, gab Mari zurück.

»Jetzt nicht mehr. Brooke zieht bei Luca ein und ich ziehe nach oben. Das heißt also, dass ich bleiben kann.«

Mari hob beide Hände in die Luft. »Wann wärst du denn ausgezogen? Hättest du das deiner Mama gar nicht gesagt?«

Gio umarmte seine Mutter. »Nein, ich habe darauf gewartet, dass dieser Kerl hier endlich seine Sache durchzieht, und jetzt ist alles gut.«

Chloe umarmte Luca, und als sie anschließend Brooke in ihre Arme zog, quietschte sie auf.

Franny kam mit einem frischen Eis hereingerannt, gefolgt von Santorini.

Dann kam auch das gesamte Personal herbei, um dem frisch verlobten Paar zu gratulieren.

EPILOG

Jeder Grund war recht, wenn es darum ging, gemeinsam zu essen, zu trinken und das Leben zu feiern.

Brooke hatte schnell gelernt, dass man als Mitglied der Familie D'Angelo ständig Gäste hatte. Was sie aber nicht im Geringsten störte.

Weniger als drei Wochen, nachdem Luca ihr den Ring an den Finger gesteckt hatte, wurde das Restaurant für andere Gäste geschlossen, weil darin die offizielle Verlobungsfeier stattfinden sollte.

Carmen und ihre Familie kamen aus Seattle hergeflogen.

Mayson reiste aus Idaho an.

Brooke holte zusammen mit Luca ihren Dad für diesen Tag aus dem Heim, und obwohl er sich eigentlich schonen sollte, genoss er die Aufmerksamkeit, die ihm als Vater der zukünftigen Braut zuteilwurde.

»Er sieht viel besser aus als beim letzten Mal, als ich ihn gesehen habe«, stellte Carmen fest, indem sie auf Joe deutete, der ein Glas Champagner in der Hand hielt.

»Ich bin mir ziemlich sicher, dass er gerade Jagd auf Ehefrau Nummer fünf macht«, entgegnete Brooke lachend.

»Bitte sag mir, dass das ein Scherz ist.«

Sie beobachteten ihn, während er mit Maria, der verwitweten Eigentümerin des Lebensmittelladens, zusammenstand und lachte. »Ich würde es ihm zutrauen«, stöhnte Brooke.

»Worüber tuschelt ihr beiden Damen?« Luca gesellte sich zu Brooke und drückte ihr einen Kuss auf die Lippen.

Jedes Mal, wenn sie ihn ansah, legte sich ein Lächeln auf ihr Gesicht. Sie konnte es kaum fassen. Er würde sie tatsächlich heiraten!

Glücklicher hätte sie nicht sein können.

»Brooke glaubt, dass Joe versucht, euch die Show zu stehlen, indem er sich eine zukünftige Ex-Frau sucht.«

Mit zusammengekniffenen Augen blickte er in Joes Richtung.

»Maria kann super kochen, aber dafür wird er hinten im Lager arbeiten müssen.«

Lachend verwarfen sie die Idee.

Jetzt kam Mayson mit einem kleinen Teller in der Hand an, auf dem eine Auswahl von D'Angelos besten Vorspeisen zu finden war. »Einen Italiener zu heiraten ist genial, Brooke«, sagte er, während er sich den Mund voller Essen stopfte.

»Lass noch Platz für den Hauptgang.«

Er schwenkte seinen Teller in einem kleinen Kreis. »Keine Sorge, bei mir passt immer was zwischen die Rippen.«

»Freut mich, dass es dir schmeckt«, sagte Luca.

Mayson summte zustimmend und stellte den leeren Teller auf dem Tisch neben sich ab. »Heute keine Portia?«

Brooke schüttelte den Kopf. »Sie kriegt aber eine Einladung zur Hochzeit.«

»Habt ihr eigentlich schon einen Termin?«, wollte er wissen.

Brooke sah Luca an. »Vielleicht im Dezember.«

Luca zog die Stirn in Falten.

»Was wäre so schlimm an einer Weihnachtshochzeit?«, wollte Carmen wissen.

»Es dauert noch so lang bis dahin«, entgegnete Luca.

Carmen rempelte Brooke mit der Schulter an. »O Gott, hör ihn dir an.«

Brooke verdrehte die Augen. »Er glaubt, dass ich bis dahin schwanger sein könnte, und er will nicht, dass es Gerede gibt.«

Wie zum Beweis zog Luca sie zu sich heran und küsste ihren Hals. »Ich sehe keinen Grund, so lange zu warten.«

»Eine Hochzeit zu planen, braucht Zeit«, gab Carmen zu bedenken.

»Nicht, wenn man ein Restaurant besitzt und einen Floristen, einen Bäcker und einen Pfarrer auf Kurzwahl eingespeichert hat.«

Mayson lachte laut auf.

Brooke schenkte ihrem Verlobten einen herausfordernden Blick. »Was ist mit deinem Großvater? Und Dante? Chloe und Gio sagen, dass er auch dabei sein soll, aber er kommt erst im Dezember zurück.«

Mayson sah Carmen an und sprach jetzt nur mit ihr. »Meinst du, die machen das ständig?«

»Sich über den Hochzeitstermin zu streiten?«, fragte Carmen nach.

»Ja.«

Sie nickte. »Mit Sicherheit. Wollen wir wetten, wer sich am Ende durchsetzt?«

»Ich tippe auf Luca.«

Luca machte sich größer.

Carmen kniff abwägend die Augen zusammen.

»Wehe, du wettest gegen mich«, warnte Brooke grinsend.

»Nein, nein«, flötete Carmen.

Luca stupste Brooke mit der Schulter an. »Ich mag deine Freunde.«

»Alles Verräter.«

Franny kam mit ihrer Freundin Regina herbeigelaufen. »Papa? Mama?«

Brooke konnte sich daran nicht satthören. Jedes Mal, wenn sie Frannys »Mama« hörte, füllte sich ihr Herz mit Liebe. »Ja, meine Süße?«

»Ich habe Regina gesagt, dass sie zur Hochzeit kommen kann. Das stimmt doch, oder?«

Das Mädchen, das neben Franny stand, blinzelte mit hoffnungsvollen Augen zu ihnen auf.

»Natürlich.«

Franny drehte sich zu ihrer Freundin um. »Siehst du, ich habe es dir doch gesagt.«

Noch bevor jemand etwas sagen konnte, rannten die beiden Mädchen los.

Nun kam Santorini mit einem Tablett voller Essen vorbei und Mayson folgte ihm wie ein Wolf seiner Beute. »Oh, das sieht gut aus!«

Er spechtete auf weitere Kohlenhydrate, während Chloe und Gio nun auf das glückliche Paar zugesteuert kamen.

»Dein Sohn ist süß«, sagte Chloe zu Carmen, als sie ebenfalls zu ihnen stieß.

Sie schauten alle zu Ben, der neben seinem Papa stand, während sich dieser gerade mit Mari unterhielt.

»In einer Stunde, wenn er ins Bett soll, ist er nicht mehr süß.«

Gio drehte sich zu Luca. »Ich habe heute mit Dante gesprochen. Er hat gesagt, dass er jederzeit kommen kann. Du brauchst nur zu schreien, dann springt er ins Flugzeug.«

Brooke hielt die Luft an und stieß Luca den Ellbogen in die Rippen. »Was erzählst du den Leuten nur?«

Er hob die Hände in die Luft, um seine Unschuld zu beteuern. »Was?«

Carmen löste sich von der Gruppe. »Ich glaube, ich muss schnell Mayson finden, um mein Wettgebot abzugeben.«

Langsam beschlich Brooke das Gefühl, dass sie sich ihre Idee, bis Dezember zu warten, jetzt schon abschminken konnte.

»Ich freue mich schon, Dante endlich wiederzusehen. Es ist schon zu lange her«, sagte Chloe mit sanfter Stimme.

Gio warf einen Blick in ihre Richtung. »Er hat sich nicht verändert, Chloe.«

»Ich weiß.«

»Was soll das heißen?«, wollte Brooke wissen.

Luca lehnte sich näher zu ihr. »Während Gio eines Tages sesshaft wird und Wurzeln schlägt, bleibt Dante wie ein fließendes Gewässer, genau wie sein Vater es war. Immer in Bewegung. Das ist nichts für unsere Chloe.«

Brooke sah sich Chloe genauer an. »Warum wird ›unsere Chloe‹ dann rot?«

»Weil Dante so umwerfend aussieht, dass du dich nicht sattsehen können wirst.«

Brooke lachte und lehnte sich an Luca. »Danke, aber mir reicht schon dieser heiße Italiener.«

Gio sagte etwas auf Italienisch, zog seine Schwester mit sich und ließ Luca und Brooke einen Moment allein.

Luca drängte sie in eine Ecke des Restaurants und nahm sie in die Arme. Nach einem Kuss, der nicht in der Öffentlichkeit hätte stattfinden dürfen, löste er sich von ihren Lippen und sah ihr in die Augen. »Du machst mich zum glücklichsten Mann der Welt.«

»Ich kann nicht glauben, dass das wirklich passiert.«

»Das sage ich mir auch jeden Tag.«

Brooke schmolz unter seinem Blick. »Meine Welt musste erst zusammenbrechen, damit wir aufeinandertreffen konnten, und jetzt habe ich einen Partner fürs Leben, der mir seine Liebe schenkt.«

»Von ganzem Herzen, *amore*.«

»Ich danke dir, Luca.«

»Für was?«

»Dass du mir dieses Märchen schenkst.«

»Es könnte schon früher wahr werden, wenn du mich lässt.«

Sie war kurz davor, jetzt schon nachzugeben. »Ich sag dir was. Wenn ich vor Dezember schwanger werde, kriegst du deinen Willen und wenn ich nicht …«

Lucas Augen blitzten auf. »Herausforderung angenommen.«

DANKSAGUNG

Es braucht bekanntlich ein ganzes Dorf, um ein Buch zu schreiben, und was den Inhalt angeht, trifft das bei diesem noch mehr zu als bei den übrigen.

Vielen Dank an Holly Ingraham, dass du mir geholfen hast, zu streichen, was zu persönlich war und nicht erzählt werden muss, und den Rest abzurunden. Es ist immer ein Vergnügen, mit dir zu arbeiten.

Danke an Maria Gomez und an Amazon Montlake dafür, dass ihr an meine Arbeit glaubt und mir die Freiheit schenkt, all die Geschichten zu schreiben, die ich erzählen möchte.

Danke an Jane Dystel für jede E-Mail, jeden Anruf und jeden Tritt in den Hintern. Du bist mehr als nur meine Agentin und wirst es immer sein.

Danke an Angelique, meine Schwester von Stiefmutter Nummer drei. Danke, dass du an jenem Tag für mich da warst, als ich »diese Briefe« gefunden habe. Die Briefe, die ich vor so vielen Jahren von Hand geschrieben hatte und die mich direkt in meine Teenagerzeit zurückversetzt haben, in der ich mich so verzweifelt danach gesehnt hatte, gehört und geliebt zu werden. Danke, dass du mich an deiner Schulter hast weinen lassen, als all die Gefühle hervorbrachen, die ich jahrelang unterdrückt hatte. Ich habe dich lieb, Schwesterherz.

Danke Ellen, dass du mir geholfen hast, die Wohnung zu putzen, die alten Sachen zu durchforsten, das Wechselgeld zu zählen und die Immobilie zu verkaufen. Ich habe dich lieb, Lady.

Danke an meinen Dad, der dieses Buch wohl nie lesen wird. Manch einer wird sich beim Lesen viele Fragen über dich stellen … und auch über mich. Die letzten Jahre sind ein ständiger Kampf gewesen. Und ja, es gab Zeiten, da habe ich mich gefragt, warum – warum mache ich das alles, wie bin ich nur an diesen Punkt gelangt? Aber die Quintessenz ist ganz einfach: Ich liebe dich. Du bist immer gut zu deinen Enkeln gewesen und das bedeutet mir sehr viel. Du und ich, wir sind in vielen Dingen vielleicht nicht immer einer Meinung, aber wir haben es trotzdem geschafft, über unsere Differenzen zu lachen oder einander die Meinung zu sagen und uns dann wieder zu versöhnen.

Bis auf diese Sache mit dem blöden Auto.

Ernsthaft: Hat das echt sein müssen?

Aber sei es wie es sei – ich hab' dich lieb. Und ich bin für dich da.

Und nun zu Tim.

Ich weiß nicht, wie ich die letzten Jahre ohne dich gemeistert hätte. Du warst mein unerwarteter Lichtblick in dieser verrückten Zeit. Du hast meine Hand gehalten, als ich öfter geweint habe, als ich zählen kann. Du hast sieben Stunden lang mit mir telefoniert, während ich mich durch den Verkehr kämpfte, bis ich um zwei Uhr morgens endlich in meine Einfahrt in San Diego einbog. Du hast mir ein Mantra beigebracht, das ich seitdem immer wiederhole: »Im schlimmsten Fall tritt der schlimmste Fall fast nie ein.« Deine Freundschaft mit mir hat dich deine Freundschaft mit meinem Dad gekostet und das tut mir aufrichtig leid. Ich kann dir nicht genug für die unzähligen Stunden danken, während derer du mir und meinem Dad so selbstlos deine Zeit gewidmet hast. Nicht nur bei der Auflösung des Geschäfts, sondern auch bei seinem Auszug aus der Wohnung. Du hast sogar die Weihnachtsbeleuchtung aufgehängt. Kein einziges Mal hast du eine Gegenleistung verlangt. Du erzählst jedem, dass du eigentlich kein großer Menschenfreund bist. Aber lass dir gesagt sein: Alle lieben dich! Meine Familie hat großes Glück, dich kennen zu dürfen. Ich danke dir mit jeder Faser meines Seins.

Und hier ist noch eine kleine Anmerkung für alle Leserinnen und Leser:
Mein Dad war nicht vier Mal, sondern fünf Mal verheiratet.
Seht ihr, es handelt sich also doch um Fiktion!
Eure Catherine

Druck:
CPI Druckdienstleistungen GmbH
im Auftrag der
Zeitfracht Medien GmbH
Ein Unternehmen der Zeitfracht - Gruppe
Ferdinand-Jühlke-Str. 7
99095 Erfurt

Zeitfracht Medien GmbH
Ferdinand-Jühlke-Straße 7
99095 Erfurt, Deutschland
produktsicherheit@kolibri360.de